W0317086

btb

Gibt es das, eine Seelenverwandtschaft zwischen bislang Unbekannten? Ist es manchmal leichter, mit einer Fremden zu sprechen als mit den Menschen, die man schon lange kennt und liebt?

Als die junge Fotografin Nico zufällig zwischen den Jahren der Schauspielerin Ellen Kirsch auf den nächtlichen, winterlichen Straßen Berlins begegnet, fühlt sie fast unmittelbar eine unheimliche Nähe, die sie sich nicht erklären kann. Was haben sie schon gemeinsam, der weltberühmte Hollywoodstar und die noch um Anerkennung ringende Fotografin? Was sieht Ellen in ihr? Und warum lässt sie sie schließlich so plötzlich wieder fallen und verschwindet von heute auf morgen? Als Nico endlich begreift, was sie selbst an der berühmten Schauspielerin so gefangen genommen hat, macht sie sich auf die Suche – nicht nur nach Ellen, sondern auch nach ihrer Mutter und ihrer eigenen Geschichte.

MELANIE RAABE wurde 1981 in Jena geboren. Nach dem Studium arbeitete sie tagsüber als Journalistin – und schrieb nachts heimlich Bücher. 2015 erschien DIE FALLE, 2016 folgte DIE WAHRHEIT, 2018 dann DER SCHATTEN und 2019 DIE WÄLDER. Ihre Romane wurden in 22 Sprachen übersetzt und vielfach verfilmt. Melanie Raabe lebt und arbeitet in Köln. Mit DIE KUNST DES VERSCHWINDENS verlässt sie erstmals das Gebiet des traditionellen Thrillers und entführt uns in eine Welt, in der alles möglich und nichts selbstverständlich ist.

Melanie Raabe

Die Kunst des Verschwindens

Roman

btb

FSC
www.fsc.org
MIX
Papier | Fördert gute Waldnutzung
FSC® C014496

Penguin Random House Verlagsgruppe FSC® N001967

1. Auflage
Taschenbuchausgabe März 2024
btb Verlag in der Penguin Random House Verlagsgruppe,
Neumarkter Str. 28, 81673 München

Covergestaltung: semper smile, München,
nach einem Entwurf von Sabine Kwauka
Covermotiv: © Juca Maximo
Druck und Einband: GGP Media GmbH, Pößneck
RK · Herstellung: sc
Printed in Germany
ISBN 978-3-442-77382-4

www.btb-verlag.de
www.facebook.com/penguinbuecher

Not knowing when the dawn will come
I open every door.

Emily Dickinson

1 ELLEN

Ich höre sie, die Geräusche meines Waldes, das Krachen der Äste und das Rauschen der Blätter, das Raunen der Wurzeln und das Gekicher der Gräser, die leisen Laute der schlafenden Blumen. Die Würmer und Käfer, das Geraschel meiner Freundinnen, der Mäuse, die Rufe der Vögel, die Füchse, die Rehe, die Hasen. Die Kreuzspinnen, die Pilze, die Erde. Und meine Elfen. Ich sehe den Zauber, den sie in die Luft weben, wie gesponnenes Silber. Es ist Mittsommer, so viel weiß ich noch, und ich bin die Königin hier.

Ich liege auf dem Boden, auf meinem Bett aus Moos, bin erwacht aus langem Schlaf, träumte von einem Reh, ruhig und schön, mit zierlichem Geweih, und ich versuche, das Bild festzuhalten, doch es entgleitet mir, und ich reibe mir den Schlaf aus den Augen. Ich erhebe mich, und meine Elfen streichen mir mit kühlen Fingern über die Wangen und fahren mir durch das Haar, von irgendwoher ruft mein Käuzchen, und ich frage nach meinem König, und sie springen kichernd davon.

Etwas bricht durch meinen Wald, ich höre ein Splittern und Krachen, und ich erkenne die Schritte von Menschenkindern, so angstvoll und schwer, und ich erinnere mich. Mittsommer, oh ja, oh ja.

Der Wald wispert, die Menschenkinder sind blind vor Furcht und Raserei. Die Elfen lachen leise, und da ist etwas Dunkles in ihrem Gelächter, eine Grausamkeit, die ich von ihnen nicht kenne, die sie sich in jeder anderen Nacht nicht anmerken ließen.

Dann beginnen sie zu tanzen, eine nach der anderen, nach einer Musik, die ich nicht hören, in einem Rhythmus, den ich nicht fühlen kann, und der ganze Wald tanzt mit ihnen, nur ich stehe hier, angstvoll und schwindelig und allein. Wo nur ist mein König?

Ich richte mich auf. Ich lasse mir die Nacht durch die Finger rinnen. Da ist ein Raunen in meinem Nacken, und mit einem Mal fühle ich es auch, die Sommernacht dringt in meine Poren, färbt alles um mich herum rot. Die Nacht brennt lichterloh. Ich wehre mich dagegen, gegen den Rausch, das Vergessen, die Raserei, den Todestaumel, der meine zarten Elfen befallen hat, einen Moment nur. Dann begreife auch ich, was mit ihnen vorgeht. Es ist nicht der Tod, der sie tanzen macht, sie verwandeln sich. Und ich begreife, dass ich mit ihnen tanzen muss, dass auch ich meine endgültige Form noch nicht angenommen habe, dass auch ich noch ein Stück weiter muss in dieser Nacht, noch ein bisschen, nur noch ein wenig. Ich stolpere auf sie zu, meine Schwestern, die in wildem Tanz verbunden sind, Schwestern, der Sommer ist hier.

Ich hebe die Arme zum Himmel, und wir tanzen, tanzen, und ich verstehe, dass ich ein Teil von ihnen bin wie sie ein Teil von mir. Ich verstehe, dass der Wald ein Teil von mir ist wie ich von ihm. Ich verstehe, dass die Tiere ein Teil von mir sind wie ich von ihnen, und ich spüre, dass ich mich verwandele. Ich selbst bin das Reh aus meinem Traum, und ich spüre, wie mein Körper sich transformiert, wie er schmaler wird und stärker, mehr Wald, mehr ich, ich spüre die Spitzen meines zierlichen kleinen Geweihs schmerzhaft unter meiner Haut, ich spüre, dass sie meine Kopfhaut durchstoßen und meine Verwandlung komplett machen werden, wenn ich es nur zulasse, und ich lasse es zu. Und ich wende den Kopf, und da ist mein König, und ich gehe auf ihn zu, und ich lächle. Verwundert, schmerzvoll.

Mein Oberon. Was für ein Traum, mein Lieber.

Als der Vorhang fällt und sich wieder hebt, sehe ich nichts als Bewegung und Licht. Das Publikum im Saal tobt wie zuvor Hermia und Lysander und Helena und Demetrius auf der Bühne. Der Zuschauerraum ist ein Schlund. Der plötzliche Lärm ist so gewaltig, dass ich kurz versucht bin, mir die Hände auf die Ohren zu pressen, es braust und tost, aber ich beherrsche mich. Ich blinzle gegen das Scheinwerferlicht an, ich lächle, ich nicke den anderen zu, dann trete ich an die Rampe. Das Publikum fängt an zu rasen, der Lärm steigert sich ins Unermessliche. Eine ältere Dame in der zweiten Reihe tupft sich mit einem Stofftaschentuch die Augen, ein junger Mann schluchzt völlig hemmungslos, aber die meisten stehen einfach nur da, mit strahlenden Gesichtern, und klatschen und rufen. Und ich habe mich endlich aus dem Kokon gelöst, den der *Sommernachtstraum* um mich gesponnen hat, und die Energie des Publikums trifft mich mit voller Wucht, heiß und archaisch und gleißend hell, und die Freude, die ich plötzlich empfinde, ist so allumfassend, dass es mir die Tränen in die Augen treibt. Ich trete beiseite, überlasse den anderen das Rampenlicht, und das Publikum applaudiert weiter, doch als die Reihe wieder an mir ist, beginnt es erneut zu rasen, und ich weiß, dass sie es auch gespürt haben, auch wenn ihnen vielleicht gar nicht bewusst ist, was sie da gesehen haben, denn das hier war echt, das hier war eine tatsächliche Mittsommernacht, schrecklich und rauschhaft und schön. Erneut verbeuge ich mich, so tief ich kann, und als ich wieder hochkomme, spüre ich, wie mir etwas den Hinterkopf hinabrinnt, und obwohl ich nassgeschwitzt bin wie alle auf dieser Bühne, weiß ich doch sofort, dass das hier kein Schweiß ist. Ich verbiete mir hinzufassen, muss mich regelrecht dazu zwingen. Stattdessen nehme ich die Hände meiner Mitspielerinnen, und gemeinsam treten wir ein letztes Mal an die Rampe.

Auf dem Weg von der Bühne treffe ich immer wieder auf Leute aus der Crew, die mich drücken und mir gratulieren wollen, und ich verteile Küsse und Umarmungen und bedanke mich und gebe die Komplimente zurück, bis es mir gelingt, in meine Garderobe zu schlüpfen und die Tür hinter mir zuzuziehen. Der Geruch, der in meiner Garderobe herrscht, ist so schwer, dass er mir fast den Atem raubt. Er geht von den zahllosen Blumen aus, die in vielleicht zwanzig, vielleicht dreißig riesigen Bouquets auf dem Boden stehen, versehen mit Glückwunschkarten zur *Dernière*, zu meiner letzten New Yorker Aufführung. Die meisten enthalten langstielige rote Rosen mit Blüten, so groß wie meine Fäuste, aber da sind auch einige riesige Vasen mit weißen Lilien. Sie sind es, von denen der schwere, süße Geruch ausgeht. Ich bahne mir den Weg zu meinem Schminkspiegel, vorsichtig, um keines der Blumenarrangements umzustoßen, die einer der guten Geister des Theaters für mich entgegengenommen und ins Wasser gestellt hat.

Ich setze mich auf den Stuhl vor meinem beleuchteten Schminkspiegel und schaue mir ins Gesicht. Ich sehe so weit normal aus, das ist gut. Ich betaste meinen Nacken, und als ich meine Finger betrachte, sehe ich das Blut, und obwohl ich wusste, dass es da sein würde, ist sein Anblick ein kleiner Schock. Ich wische mir mit einem Kosmetiktuch den Nacken ab, dann betaste ich vorsichtig, ganz vorsichtig, meinen Kopf. Zucke zusammen, als ich die zwei kleinen Wunden berühre, die ich unter meinem Haar ertasten kann, ziehe meine Hand zurück. Es ist okay, sage ich leise, es ist okay, alles okay. Ich versuche, tief durchzuatmen. Sage mir, dass ich immer noch ich bin, dass das nicht so schlimm ist, dass das zu mir gehört, dass ich lediglich lernen muss, mich besser zu kontrollieren. Ich schließe die Augen und fasse noch einmal hin. Dieses Mal halte ich es aus, ziehe meine Hand nicht wieder zurück, sondern betaste sie vorsichtig, die beiden kleinen Erhebungen unter meiner Kopfhaut, deren Spitzen sie bereits durchstoßen haben. Ich erinnere mich an diese Empfindung. Ich erinnere mich daran, wie es war, empfindliches Zahnfleisch da, wo einst Milchzähne waren, mit der Zunge zu betasten und eines Tages die Spitze eines bleibenden Zahnes zu fühlen, die durchbrach. Ich erinnere mich daran, wie seltsam sich das anfühlte, wund und wundersam und unvermeidlich. Genau wie das hier.

Kurz drohe ich, in Panik zu geraten, doch ich bekomme mich rechtzeitig wieder in den Griff, stehe auf, wasche mir die Hände in dem kleinen Waschbecken am anderen Ende des Raumes, warte, dass meine Hände aufhören zu zittern, dann wähle ich Anthonys Nummer. Lasse es lange klingeln. Atme auf, als ich seine Stimme höre.

»This is Anthony. Hello?«

»Anthony«, sage ich atemlos. »Ich bin so froh, dass ich dich erreiche. Es ist schon wieder passiert. Ich –«

Irritiert runzele ich die Stirn, als er mich unterbricht.

»Hello?«, sagt er. »Hello? Could you speak up, please?«

»Anthony, hörst du mich?«

Ich höre ihn lachen und begreife, dass ich – nicht zum ersten Mal – auf seine Mailbox hereingefallen bin.

»Just kidding«, sagt er gerade, »this is my voicemail. Leave a message … if you absolutely have to.«

Ich lege das Telefon weg. Natürlich hebt er nicht ab, ich befinde mich in New York, er ist in Berlin, hier ist es halb elf am Abend, bei ihm halb fünf in der Früh. Vermutlich ist es besser so. Bald sehen wir uns ohnehin. Nicht auf einem kalten Bildschirm, sondern von Angesicht zu Angesicht.

Ich wische mir die schwere Theaterschminke aus dem Gesicht, dusche, ziehe mich um, meine schwarzen Smokinghosen, mein schwarzer Kaschmirpullover, meine schwarze Lederjacke, schwarze Boots, ich verabschiede mich von der Crew, setze meine große schwarze Sonnenbrille auf, atme tief durch und stelle mich den Fotografen, die am Hinterausgang auf mich warten. Ein Mann, groß, breit, schwarzer Anzug, von dem ich nur den Rücken sehe, bahnt mir meinen Weg zum Wagen, ein zweiter hält mir einen Regenschirm über den Kopf, öffnet mir die Tür, schließt sie hinter mir – und plötzlich ist da Ruhe.

Noch einmal Zubettgehen in New York, und dann ab nach Hause.

Der Atlantik schimmert golden und blau, und während ich irgendwo zwischen Wachen und Schlafen auf ihn hinabblicke, erinnere ich mich, dass ich vom Wasser geträumt habe letzte Nacht. Dass der Traum mir noch in Fetzen um den Leib hing, als ich unter die Dusche meines Hotelzimmers stieg, in SoHo, wie immer, wenn ich in New York war, und alles, was die Nacht gebracht hatte, fortwusch. Ich sitze ganz hinten im Flieger, allerhinterste Reihe, ganz links. Es ist eine Weile her, dass ich zuletzt Economy geflogen bin, und die junge Produktionsassistentin, die damit betraut war, mir in letzter Minute den nächstbesten Flug nach Berlin zu buchen, wirkte ausgesprochen nervös, als sie mir sagen musste, dass Business und First Class ausgebucht seien. Ob sie mich auf den nächsten Flug buchen solle? Der ginge allerdings erst Stunden später. Alternativ könne ich über Amsterdam fliegen und von dort nach Berlin. Ich winkte ab. Schnellstmöglich nach Berlin, Klasse egal, Airline egal, diese Dinge haben mich noch nie interessiert.

Sie nickte, und ich bedankte mich bei ihr, und hier bin ich nun. Ich hätte irgendwann in den nächsten Wochen ohnehin nach Berlin gemusst für ein paar Meetings und für die Premiere, natürlich. Aber ich reise früher an, um Anthony zu sehen.

Es gibt zwei große Glücksfälle in meinem Leben, und einer davon ist Anthony. Nicht weil er mir gegen alle Widerstände die Hauptrolle in seinem Stück gab, damals, in London, sondern weil er mir fast so etwas wie ein Vater ist. Wenn ich an Anthony denke, dann denke ich nicht an seine Erfolge, sondern ich denke daran, wie er mich in seinem Gästezimmer schlafen lässt, weil er weiß, dass ich mich im Hotel einsam fühle, und wie er abends unglaubliche Gerichte für mich kocht, jeden Tag ein anderes: Risotto mit Tomaten, Rotwein und Chorizo, Hühnchen aus dem Ofen mit Zitronen und grünem Spargel, persischen Reis mit Safran und Granatapfelkernen und die weltbeste Pasta Primavera, mitten im Winter. Wenn ich an Anthony denke, dann denke ich daran, wie er in meiner kleinen Wohnung sitzt, die ich mir dann doch gesucht habe, auf seinen Rat hin, nach all den Hotelzimmern, und so tut, als schmeckten ihm die zerkochten Penne alla Norma, die ich für ihn gemacht habe, um mich für die vielen Male zu revanchieren, die er mich bekocht hatte. Ich denke an sein schüchternes Lächeln und an seinen schmutzigen Humor, und ich denke daran, dass er einen Raum voller Menschen unterhalten kann mit seinen Geschichten, aber stets zu schüchtern ist, um bei

Premieren auf die Bühne zu gehen und sich mit seinem Ensemble zu verbeugen.

Noch gut fünf Stunden bis nach Berlin, und ich weiß schon jetzt nicht mehr, wohin mit mir. Die Plätze neben mir sind frei. Erneut betaste ich vorsichtig meinen Kopf, doch ich fühle nichts Ungewöhnliches mehr, die zwei kleinen Wunden sind fort, alles ist gut. Ich hole das Buch aus meinem Rucksack, das ich für den Flug eingepackt habe, klappe den kleinen Tisch vor mir herunter, schalte das Leselicht ein und versuche, mich zu konzentrieren. Dann spüre ich, dass jemand mich ansieht, und stelle fest, dass ein kleines Mädchen direkt vor mir auf seinem Sitz kniet und mich mustert.

»Hey«, sage ich leise. »Kannst du auch nicht schlafen?«

Sie schüttelt den Kopf. Auch eine Deutsche also. Sie ist vier oder vielleicht fünf Jahre alt und sieht aus wie ein Kind aus diesen japanischen Anime-Filmen, die Anthony so gerne sieht. Dunkles, halblanges Haar, Pony, große schwarze Augen, rote Apfelbacken, riesiger Mund. Sie strotzt nur so vor Energie, das sieht man gleich, und ich bin froh, dass ich nicht in der Reihe vor ihr sitze, sie ist die Art von Kind, das einem vor lauter Bewegungsdrang auf Langstreckenflügen unermüdlich in den Sitz tritt und dem man noch nicht einmal böse sein kann deswegen.

»Du hast da Blut«, sagt sie.

»Was? Wo?«

Sie reckt sich über ihren Sitz und berührt mich am Hals.

»Oh«, sage ich und beginne, die Stelle zu reiben, sie ist klebrig, ich muss sie beim Waschen übersehen haben. »Das ist nur Farbe.«

Dass mir noch Kunstblut am Hals klebt, erklärt einiges. Zum Beispiel, weshalb eine der Stewardessen mich vorhin so eingehend gemustert hat.

»Ich bin gleich wieder da«, sage ich und verschwinde in Richtung Toilette.

Als ich zurückkehre, sitzt die Kleine auf meinem Platz. Ihre Eltern schlafen eine Reihe vor ihr tief und fest, und da sie zwischen ihnen saß, muss sie – unbemerkt von ihnen und dem Flugpersonal – entweder über ihren Vater oder über den Sitz geklettert sein.

»Mir ist so langweilig«, sagt sie.

»Das kann ich verstehen.«

Ich setze mich neben sie.

»Wie heißt du?«, fragt das Mädchen.

»Ellen, und du?«

»Mia.«

Sie schielt auf die angebrochene Packung Schokokekse, die ich mir am Flughafen gekauft und in das Netz an meinem Vordersitz gesteckt habe.

»Darf ich einen Keks?«

Ich frage mich kurz, ob die Eltern des Kindes mich wohl verklagen werden, wenn ich es hier mit Zucker vollstopfe, aber was soll's.

»Also, da muss ich aber mal gut überlegen, das sind schließlich Zauberkekse«, sage ich. »Die sind sehr wertvoll.«

Mia schaut mich mit großen Augen an.

»Was machen die denn?«

»Bei jedem was anderes«, sage ich. »Das ist ja das Besondere daran.«

Mia wippt aufgeregt mit den Beinchen, sagt aber nichts.

»In Ordnung«, sage ich schließlich. »Aber nur einen.«

»Okay«, sagt sie glücklich, fummelt die Packung heraus, nimmt sich einen Keks und schiebt ihn sich komplett in den Mund, sodass er ihre linke Wange ausbeult und sie Schwierigkeiten hat, ihn zu zerbeißen.

Sie stößt ein paar Krümel hervor. Und zwei Silben, die so ähnlich wie *danke* klingen.

»Darf ich noch einen?«, fragt sie, noch bevor sie den ersten aufgegessen hat.

»Vielleicht später«, sage ich, und sie schmollt, aber nur kurz.

»Bist du alleine?«, fragt Mia und gähnt mit so weit offenem Mund, dass sie mich glatt ansteckt.

Ich nicke.

»Und du?«

»Ich darf nicht alleine fliegen, ich bin ein Kind«, antwortet sie nüchtern.

»Natürlich«, sage ich. »Ich verstehe.«

Eine Pause entsteht, während der sie aus dem Fenster sieht, was ihr aber schnell wieder langweilig wird.

»Mir ist so fad!«, sagt sie und wirft sich im Sitz herum.

»Magst du einen Film gucken?«

Sie schüttelt den Kopf.

»Du kannst mir eine Geschichte erzählen.«

»Okay. Lass mich mal überlegen. Es war einmal ein Mädchen. Das lebte ganz alleine in einer riesengroßen Burg. Die Burg hatte tausend verschiedene Zimmer, und jedes sah anders aus. Aber weil das Mädchen komplett alleine in der Burg lebte, war ihm die ganze Zeit über fürchterlich langweilig.«

»Wo sind denn die Eltern von dem Mädchen?«

»Tot«, sage ich spontan und denke sofort, dass ich einen Fehler gemacht habe, doch die Kleine akzeptiert das so.

»Und hat das Mädchen keine Geschwister?«, fragt sie.

»Keine«, sage ich.

»Ich auch nicht«, sagt Mia.

»Ich auch nicht«, sage ich. »Na ja. Und weil dem Mädchen so furchtbar langweilig ist, überlegt es sich eines Tages, dass es seine Burg verlassen muss, um ein paar Freunde zu finden.«

Ich sehe, wie Mia die Augen schließt.

»Doch die Welt da draußen ist voller Gefahren«, sage ich. »Voller Wesen, von denen unsere junge Heldin noch nie gehört hat. Voller geflügelter –«

Doch ehe ich mir einen Namen für unsere »junge Heldin« ausgedacht und mir überlegt habe, was für geflügelte Kreaturen in ihrer Welt durch die Gegend schwirren, ist Mia auch schon eingeschlafen. Wie schnell Kinder aus äußerster Wachsamkeit in tiefen Schlaf hinübergleiten können, fasziniert mich immer wieder.

Als die Kapitänin unser Eintreffen in Berlin ankündigt, sitzt die Kleine längst wieder zwischen ihren Eltern. Ich bin natürlich wie immer erst kurz vor der Landung eingeschlafen, sodass ich nun Schwierigkeiten habe, in die Wirklichkeit zurückzufinden. Anthony, denke ich. Ich besuche Anthony. Es ist früher Morgen in Berlin, als wir aufsetzen, und während die Maschine Richtung Gate rollt, gehe ich in Gedanken meine Pläne für den Tag durch. Die Produktionsfirma hat mir eine Wohnung in Charlottenburg angemietet, ich muss also nicht ins Hotel. Ich kann mir einfach ein Taxi in die Stadt nehmen, mich im eigenen Bett – oder zumindest in etwas, das einem eigenen Bett nahe kommt – ausschlafen und dann zu Fuß zu Anthony rübergehen.

Anthony hatte so tapfer versucht, seine Enttäuschung darüber zu verbergen, dass ich es nicht zu seinem siebzigsten Geburtstag schaffen würde, es hatte mir das Herz gebrochen. Ich war ja selbst am Boden zerstört. Anthony hatte seine Geburtstage stets ignoriert, hatte keine Geschenke und keine Glückwünsche gewollt, hatte sich an diesem einen Tag immer zurückgezogen. Ich hatte stets Termine angenommen, die auf seinen Geburtstag fielen, und das war nie ein Problem gewesen. Bis zu diesem Jahr, in dem er plötzlich entschieden hatte, seinen Siebzigsten groß zu feiern. Ich wusste zunächst gar nicht, wie ich ihm beibringen sollte, dass ich, statt bei ihm zu sein, in New York auf der Bühne stehen würde.

»Soll ich die letzte Aufführung absagen?«, hatte ich ihn schließlich gefragt.

»Niemals! Das verbietet die Schauspielerinnenehre!«

Darauf war mir nichts mehr eingefallen.

»Aber wenn du *nach* meinem Geburtstag kommst, ist es doch sowieso viel schöner«, tröstete Anthony mich schließlich. »So habe ich dich wenigstens für mich alleine.«

»Kann ich dir was mitbringen?«, fragte ich.

Er überlegte einen Moment.

»Gibt es noch diesen koscheren Bäcker in Williamsburg?«

Obwohl ich mir Sorgen machte, dass die Geburtstagsfeier, die ich verpassen würde, womöglich seine letzte sein würde, obwohl man mir berichtet hatte, wie es um meinen ältesten Freund stand, und obwohl Anthony seit Wochen furchtbar schwach klang, musste ich lachen.

»Du bist der verfressenste Mensch, den ich kenne«, sagte ich.

»Danke«, entgegnete Anthony. »Ich gebe mir Mühe.«

Ich kann es also kaum erwarten, ihn zu sehen. Mal wieder in Ruhe mit ihm zu reden. Ihm alles zu erzählen, was in den letzten Monaten und Wochen passiert ist. Von der Frau, die nach Nelken roch, von ihrem Talisman, vom Tod, von allem. Von meinen großartigen, geheimen, inzwischen gescheiterten Plänen. Ich sehe sein zartes Gesicht vor mir, seine Lachfalten, seine Koboldaugen. Wenn mich jemand zu trösten vermag, dann Anthony.

Ich kann ihn fast hören.

Oh, Ellen. Der liebe Gott lacht über unsere Pläne. Vor allem über die großartigen.

Als das Kabinenpersonal die Türen freigibt, ziehe ich mir meine Baseballkappe tief ins Gesicht, schnappe mir meine Tasche und recke Mia, die mir von ihrem Sitz aus zuschaut, während ihr Vater Rollkoffer aus dem Gepäckfach hievt, meine linke Faust hin. Kurz blinzelt sie mich halb verschlafen an. Dann erkennt sie mich und stößt mit ihrer dagegen.

Ich verlasse die Maschine, und kaum, dass ich den ersten Atemzug getan habe, kaum, dass ich Berliner Boden unter den Füßen habe, spüre ich es. Etwas … stimmt nicht. Ich kann das Gefühl nicht sofort einordnen, sehe mich instinktiv um, in der Annahme, dass ich etwas gesehen habe, das mich irritiert hat, ohne mir dessen in meinem übermüdeten Zustand völlig bewusst geworden zu sein. Aber da ist nur das Flugzeug, aus dem ich gestiegen bin, da ist die Treppe hinter mir, da sind die anderen Passagiere, müde und langsam wie ich, da sind die Busse vor mir, da ist das Terminal, da ist das Flughafenpersonal, da ist der graue Berliner Morgen. Das Gefühl, dass etwas ganz und gar nicht in Ordnung ist, intensiviert sich, als ich auf den Bus zugehe, der uns zum Terminal bringen wird. Instinktiv ziehe ich die Schultern hoch, schlinge die Arme um den Körper. Ist es ein Klang? Nein, da sind nur die ganz normalen Flughafengeräusche. Ich falte mich in einen freien Platz in der hintersten Ecke des Busses und presse mir meine Tasche vor den Oberkörper, als fröre ich. Aber ich friere nicht. Ich bin auch nicht mehr müde, all meine Sinne sind hellwach. Registrieren die zerschundenen Sitze und das Ballett der Tankfahrzeuge und Gepäckwagen, die beschlagenen Fensterscheiben, die verschiedenen Schichten von Motorenlärm, die Turbinen der startenden und landenden Flugzeuge da draußen, das

Dröhnen des Busses, die gedämpften Gespräche der anderen Passagiere. Registrieren den Geruch nach Abgasen und Treibstoff, nach ungeputzten Zähnen und fast verflogenem Aftershave. Registrieren das leichte Vibrieren des Busses. Alles scheint normal, aber es fühlt sich nicht so an. Etwas ist anders, etwas ist neu. Oder ist es das Gegenteil? Fehlt etwas? Was auch immer es ist, ich kann es nicht sehen, ich kann es nicht hören, ich kann es weder riechen noch fühlen. Ich schmecke es eher in der Luft, spüre es mit den feinen Härchen auf meinen Wangen. *Was ist das?*

Ich versuche den Gedanken abzuschütteln und wappne mich für den Weg durch den Flughafen. Bin zunächst guter Dinge, denn im Bus nahm niemand Notiz von mir. Doch kaum, dass ich die Halle betrete und an den Duty-Free- und Coffeeshops vorbeihaste, werde ich zum ersten Mal erkannt.

Ich mache ein schnelles Selfie mit dem jungen Mädchen, das mich angesprochen hat, wünsche ihr einen schönen Tag und eile davon, doch ich bin zu langsam. Zwei junge Männer schließen zu mir auf und sprechen mich an.

»Hey! Hey, warte doch mal. Du bist doch die eine aus dieser Serie!«

Ich schaue mich um. Der Flughafen ist relativ voll, aber niemand schenkt uns Beachtung. Gut.

»Hey, warte doch mal, lass mal Selfie machen.«

Ich bleibe stehen, direkt vor einem kleinen Shop, der Äpfel, abgepackte Sandwiches und Wasser in Plastikflaschen anbietet. Lotse die Jungs ein bisschen beiseite, sodass sie niemandem im Weg herumstehen und wir insgesamt ein bisschen weniger auffallen.

»Okay, ein Selfie. Aber dann muss ich weiter.«

Die Jungs stellen sich links und rechts von mir auf, der links von mir, der mit dem Handy, legt mir den Arm um die Schultern.

»Lächeln!«

Ich lächele, wünsche den Jungs einen schönen Tag und will mich davonstehlen, komme aber nicht weit, denn das Mädchen hinter der Theke des Shops hätte auch gerne ein Selfie, und weil es schneller geht, es zu machen, als ihm zu erklären, dass ich keine Zeit habe, kriegt es eines. Ein Fehler, denn sofort gesellt sich ein weiterer Typ zu uns, kein Teenager, eher ein Mann in meinem Alter.

»Boah, ich will auch ein Selfie.«

»Tut mir leid«, sage ich. »Aber ich muss wirklich los.«

Ich versuche, das »eingebildete Fotze«, das mir hinterhergerufen wird, zu ignorieren, obwohl mein Körper sofort mit Adrenalin geschwemmt wird. Statt auf dem schnellsten Weg den Flughafen zu verlassen, steuere ich die nächstbeste Toilette an und schließe mich in einer der Kabinen ein. Ich brauche einen Moment, seit der Sache mit dem Stalker reagiere ich viel empfindlicher auf Angriffe als früher. Aber ich komme klar, atme noch einmal tief durch, dann wasche ich mir die Hände und blicke mir in die rot geränderten Augen. Abgesehen von einer verschleierten Frau, die mir keine Beachtung schenkt, bin ich alleine, und das genieße ich. Ich hole mein Handy hervor, das endlich deutsches Netz gefunden hat und auf dem gleich eine ganze Reihe von Nachrichten eintrudelt. Und dann leuchtet das Display erneut auf, und ein Anruf geht ein. Es ist Maddox. Ich runzele die Stirn. Anthonys Mann und ich tolerieren einander, aber wir mögen uns nicht. Wir tun nur so, als würden wir einander mögen, weil wir Anthony beide so sehr lieben. Wie auch immer: Maddox ruft mich *niemals* an. Ich wusste noch nicht einmal, dass er meine Nummer hat.

»Maddox, hi«, sage ich.

Er spricht nicht gleich, aber er ist da, das höre ich. Und in dem Moment weiß ich es, und das Universum stürzt ein, alle Planeten kullern durcheinander wie Murmeln, und nichts ergibt mehr Sinn.

»Wann?«, frage ich.

Meine Stimme klingt fremd. Immer noch ist es still am anderen Ende.

»Heute Morgen«, sagt Maddox dann. »Vor anderthalb Stunden.«

Er schluchzt leise.

»Er ist weg, Ellen. Gerade war er noch hier, und jetzt ist er fort. Einfach so.«

Ich fahre in die Stadt. Leichter Regen fällt, malt die Rücklichter der anderen Autos in roten und weißen Aquarellen auf die Windschutzscheibe, ich weine nicht. Mein Taxifahrer ist ein ruhiger, älterer Herr, der am Terminal ausgestiegen und um den Wagen herumgegangen ist, um mir die Tür zu öffnen. Der Name auf seinem Ausweis klingt persisch. Er fragt mich, ob ich einen angenehmen Flug hatte, und ich sage: Danke, ja, den hatte ich, frage ihn, wie seine Schicht sei – sehr angenehm bisher –, ob sie gerade begonnen habe oder bald ende – sie habe gerade begonnen –, und anschließend fahren wir eine Weile schweigend dahin. Ich mache die Augen zu, für ein paar Minuten nur, und als ich sie wieder öffne, haben wir die Grenze zum Tag endgültig überschritten.

Es hat aufgehört zu regnen, ich bin in Berlin, und Anthony ist tot. Das Taxi rollt über die Stadtautobahn, ich ziehe mir meine Baseballkappe tiefer ins Gesicht, um meine Augen zu verbergen, denn wenn der nette Mann am Steuer mich jetzt fragt, ob alles in Ordnung ist, klappe ich zusammen, so viel ist sicher.

Ich sehe die erste Plakatwand, als wir durch Friedenau fahren. Die zweite nur ein paar Meter weiter. Wende mich ab. Ich öffne meine Reisetasche, und der buttrige Duft des Gebäcks füllt den Innenraum des Taxis.

»Mögen Sie etwas Süßes?«, frage ich. »Manche halten das hier für die beste Backware des Planeten.«

Der Taxifahrer isst das Gebäck, das ich für meinen toten väterlichen Freund einmal halb um die Welt geflogen habe, während wir durch eine erwachende Stadt fahren, in der an jeder Litfaßsäule und auf jeder Plakatwand mein Gesicht prangt.

2 NICO

Die Straßen sind leer, und das mag ich. Die ganze Stadt nur für mich. Ich ziehe die Kapuze meines Parkas über den Kopf, um mir den Ostwind aus dem Nacken zu halten, und laufe Richtung Bahn. Berlin sieht ausgewaschen aus, ein nicht ganz zu Ende entwickeltes Polaroid.

Links von mir zieht sich eine Häuserzeile entlang, doch zu meiner Rechten klafft eine Lücke. Wenn ich vor Weihnachten zur Arbeit gegangen bin, bin ich hier gerne stehen geblieben und habe dabei zugeschaut, wie dinosaurierhafte Geräte eine komplette Gebäudefront einrissen. Der Anblick faszinierte mich. Vielleicht, weil die Häuser, die dort gestanden hatten, Zeit meines Lebens da gewesen waren und unverrückbar gewirkt hatten. Nun sind sie verschwunden; das mit Bauzäunen abgesperrte Areal wirkt surreal auf mich, so leer, so weit, eine Zahnlücke im Großmaul der Stadt. Ich mache ein schnelles Foto, checke routiniert das Display. Weiter.

Ich liebe die Zeit zwischen den Jahren, die Ruhe, die Leere, und ich mag diesen Ausdruck. *Zwischen den Jahren.* Mir gefällt der Gedanke, dass die Zeit kein einziger gewaltiger Strom ist, dem man nicht entgehen kann, der keine Müdigkeit kennt, keine Gnade, der keine Ausnahmen macht, der einfach durchs Universum walzt, erbarmungslos und kalt, sondern dass da eine Lücke ist zwischen den Jahren. Eine Atempause. Eine

Zeit, die außerhalb der Zeit steht, ein paar Tage, in denen Dinge geschehen, die während des Rests des Jahres unmöglich sind. Als Kind war ich mir, befeuert vom fröhlichen Aberglauben meiner Großmutter, sicher, dass zwischen den Jahren Magie möglich ist. Und auch heute noch gefällt mir diese Idee, obwohl ich nicht mehr an Zauberei glaube, anders als die kleine Nico damals.

Ich hauche in meine hohlen Hände, balle sie kurz zu Fäusten, reibe sie gegeneinander. Ich habe kaum geschlafen letzte Nacht, wurde lange vor dem Weckerklingeln wach, verließ meine Wohnung noch halb im Traum – und ohne Handschuhe. An einer roten Fußgängerampel bleibe ich stehen. Und plötzlich ist es da. Es, er, ein dunkler, dräuender Ton, wie ich ihn nie zuvor gehört habe. Ich sehe mich um, runzle die Stirn. Halte mir instinktiv die Ohren zu, um zu überprüfen, ob das Geräusch in meinem Kopf ist, ein böser Zwilling des hohen, fiependen Tinnitus, den ich mir einst bei einem Rockkonzert zuzog. Aber nein, so ist es nicht. Ich nehme die Hände von den Ohren, versuche zu erkennen, von wo aus der Ton zu mir dringt, versuche zu begreifen, weshalb er mich so trifft, so irritiert. Ich stehe noch immer so da, unbeweglich, mit heftig pochendem Herzen, als die Fußgängerampel vor mir längst auf Grün und wieder auf Rot geschaltet hat. Erst, als ein vorbeifahrendes Auto, in dem ein paar Jungs sitzen, die wahrscheinlich gerade aus einem Club gefallen sind, mich wie wild anhupt, komme ich zu mir und setze mich wieder in Bewegung. Überquere die Straße, weiche einem schwarzen Volvo aus, der mit eingeschaltetem Warnblinklicht auf dem Gehweg vor dem Späti an der Ecke geparkt ist, und ziehe mein Handy aus der Jackentasche, entwirre mit steif gefrorenen Fingern die Kopfhörer, stecke mir die Stöpsel in die Ohren, klicke auf irgendeine Playlist. Nun kann ich das Dräuen nicht mehr hören, aber ich spüre es noch, in meinem Magen. Seltsam, denke ich und hebe den Blick. Niemand außer mir scheint es wahrzunehmen. Bilde ich mir das ein?

Der Platz, an dem sich die U-Bahn-Station befindet, liegt vor mir, und ein überdimensionales, hochhausgroßes Plakat, das die komplette Nordseite der Häuserzeile einnimmt, erweckt meine Aufmerksamkeit. Das war vor den Feiertagen noch nicht da. Ich lege den Kopf in den Nacken, um es zu betrachten; nicht, weil ich mich für die neue Serie eines Streamingdienstes interessierte, die es bewirbt, sondern weil mich das Gesicht der jungen Frau, die darauf zu sehen ist, sofort gefangen nimmt. Sie blickt mit einem unergründlichen Ausdruck direkt in die Kamera. Eine Frau mit Geheimnissen. Starke Brauen umrahmen ihre leicht schräg stehenden Augen, ihr dunkles Haar ist kurz, der geschwungene Mund leicht geöffnet. Sie sieht unglaublich lebendig aus auf diesem Bild, so, als werde sie sich jeden Augenblick bewegen. Wobei vollkommen unklar ist, was sie dann tun würde. Auf mich zukommen? Sich umdrehen und weggehen? In Tränen ausbrechen? Lachen? Schreien? Ihre schmale Figur ist ganz in Schwarz gekleidet – schwarze Jeans und ein schwarzes T-Shirt unter einer schwarzen Lederjacke – und hat etwas, das mich beunruhigt. Vermutlich, weil ihre linke Hand hinter ihrem Rücken verborgen ist. So, als halte, als verberge sie etwas. *Was?*

Als ich näher komme, kann ich die weiße Schrift am unteren Rand des Bildes entziffern. *DO YOU REALLY WANT TO KNOW?*

Ich wende den Blick ab, denn plötzlich muss ich an Ben denken. An Ben, der an Neujahr noch einmal nach Berlin kommen wird, um mich zu sehen, ehe er zu seiner lang ersehnten Reise aufbricht. An Ben, der nach der Nachtschicht an seinem

Hamburger Krankenhaus vermutlich noch schlafend in seinem Bett liegt, arglos und warm, an Ben, den ich liebe und den ich belüge und den ich verlassen werde. Sofort ist der Druck auf meiner Brust, der mich die ganze Nacht über geplagt hat, zurück, und ich kann kaum atmen. Die Frau auf dem Plakat wirkt leicht, so, als könnte sie sich umdrehen und einfach entschlossen aus dem Rahmen herausmarschieren. Ich bin anders. Ich trage schwer an meinen Geheimnissen.

An der Kreuzung warte ich, bis die Fußgängerampel auf Grün schaltet, und meine Music App, die mir eben noch diesen geisterhaften Song von Phoebe Bridgers vorgespielt hat, den ich so gerne mag, springt um auf ein Lied, das ich nicht kenne und das mir entweder der Algorithmus vorgeschlagen oder das Ben bei seinem letzten Besuch in meine Playlist geschummelt hat, was er häufiger tut, wenn er begeistert von etwas ist und findet, dass ich es unbedingt hören sollte. Ich entsperre mein Handy, um nachzusehen, welche Band das ist, und laufe beinahe in jemanden hinein, der mir entgegenkommt. Ich hebe den Blick und muss zweimal hinschauen, weil der Anblick so surreal ist, denn die schöne junge Frau, die ich gerade noch in Überlebensgröße betrachtet habe, ist von ihrer Plakatwand herabgestiegen und läuft – kaum größer als ich, aber viel zierlicher in ihrem weiten, schwarzen Wintermantel – an mir vorbei. Ihre Haare sind etwas länger, ihr Ausdruck ist deutlich weicher, aber es ist dieselbe Frau, zweifellos. Schön ist sie, so schön, dass sie fast unecht aussieht an diesem profanen Ort an einem ausgewaschenen Berliner Morgen. In ihren Händen ist eine Zigarette, sonst nichts. Zum Glück nimmt sie mich nicht wahr, sieht nicht, dass ich sie anstarre, sie raucht und blickt Richtung Straße, vielleicht hält sie nach einem Taxi Ausschau, vielleicht hat sie aber auch gerade ihre Plakatwand entdeckt.

Binnen eines Wimpernschlages bin ich an ihr vorbei und zwinge mich, mich nicht nach ihr umzusehen. Ein Filmstar! Im echten Leben! Ein kleines bisschen Magie zwischen den Jahren. Ich laufe die Treppen zur Station hinunter und lasse zu, dass die Erde mich schluckt. Als ich die Stöpsel aus den Ohren nehme, ist der seltsame Klang in meinen Ohren und meinem Magen verschwunden.

Es ist noch nicht ganz acht Uhr, als ich das Fotostudio betrete, die Lichter einschalte, die Heizung aufdrehe und es mir im Büro bequem mache. Ich bin mehr oder minder nur pro forma hier heute, in meinem Kalender stehen keine Termine. Familien- und Pärchenshootings haben vor Weihnachten geboomt, mit den Junggesellinnenabschieden geht es erst im März wieder los, und auch spontane Kundinnen und Kunden, die ein Pass- oder Bewerbungsfoto brauchen, erwarte ich heute kaum. Ich werde mich mit der Buchhaltung befassen, vielleicht.

Die anderen haben frei bis nach Neujahr, ich muss arbeiten bis Neujahr und habe anschließend den Januar frei, weil ich Ben ursprünglich begleiten wollte. Ich bin allein, und der Tag rauscht so weg. Natürlich rühre ich die Buchhaltung nicht an, vertreibe mir die Zeit stattdessen, indem ich nachdenke und Kaffee trinke, neue Playlists auf Spotify erstelle und eine Liste mit Neujahrsvorsätzen schreibe. Gewohnheitsmäßig notiere ich *regelmäßig zum Yoga gehen* und *Meditation lernen* und *gesünder essen* – solche Dinge.

Dann fällt mir die junge Frau wieder ein, die mir heute Morgen am Eingang zur U-Bahn entgegenkam, ich google die Serie, für die das Plakat mit ihr warb, finde sie. *The Vanishing.* Ich klicke auf *Besetzung.*

Da ist sie. Sie heißt Ellen Kirsch. Ist zweiunddreißig Jahre alt, wie ich. Ich muss zweimal hinschauen, als ich ihr Geburtsdatum sehe, brauche den Bruchteil einer Sekunde, um zu begreifen, weshalb es mir so vertraut vorkommt: Es ist auch meines. Ich muss schmunzeln, denn ich bin noch nie jemandem begegnet, der auf den Tag so alt ist wie ich, und das wird mir jetzt erst klar.

Ellen Kirsch ist Deutsche, wurde laut Wikipedia jedoch aus Gründen, die das Internet mir nicht verrät, in Marrakesch geboren und wuchs in Frankfurt auf. Mit Anfang zwanzig begann sie ihre Ausbildung an der renommiertesten Schauspielschule des Landes, brach sie ein Jahr später ab, spielte Theater in München und in Wien und stand schließlich für einige Filme vor der Kamera. Die Rolle, die ihr zum Durchbruch verhalf, war die einer jungen Frau mit bipolarer Störung in einem Drama, das kaum jemand sah, für das sie allerdings einige renommierte Preise erhielt. Woraufhin sie zwei Jahre später für eine kleine Rolle in einer Hollywoodproduktion gecastet und international bekannt wurde. Danach spielte sie in einer Menge Produktionen, zwischendrin immer wieder Theater. Vor allem in London, aber auch immer wieder in Berlin und New York. Zuletzt spielte sie am Broadway. Ein Superstar *in the making,* dem mit der Hauptrolle in *The Vanishing* der Aufstieg in die absolute A-Riege bevorstehe – so berichtet es das Netz. Mir fällt auf, dass ich tatsächlich einige Filme mit ihr gesehen, sie aber nicht wiedererkannt habe. Ellen Kirsch mag schön sein, doch sie versteht es, sich dermaßen in ihre Rollen hineinzumorphen, dass sie bisweilen nicht mehr wiederzuerkennen ist.

Am späten Nachmittag bekomme ich Kopfweh, denke zuerst, dass ich noch bis 18 Uhr bleiben muss, denn dann endet unsere Öffnungszeit, aber dann fällt mir wieder ein, dass das hier ja *mein* Laden ist und dass ich ihn schließen kann, wann ich will – vor allem an Tagen, an denen eh keiner kommt, also werfe ich eine Ibuprofen ein und mache Feierabend.

Als ich das Studio absperre, bemerke ich, dass der Tag sich gewandelt hat, die Luft ist klar, die Wintersonne bescheint den Asphalt mit den immer noch wenigen Passanten, und ich beschließe, zu Fuß nach Hause zu gehen. Frank Ocean singt mir ein Lied, und seine Stimme verleiht der Stadt neuen Glanz, während ich Richtung Görlitzer Bahnhof laufe und meinen Gedanken nachhänge.

Als ich neunzehn war und gerade mein Abitur in der Tasche hatte, habe ich mich auch mal an der Schauspielschule beworben, die Ellen Kirsch für kurze Zeit besucht hat. Ich hatte als Teenager leidenschaftlich Theater gespielt, und obwohl ich wusste, dass sich Hunderte Menschen auf die wenigen Plätze bewarben, war ich mir sicher, dass ich es schaffen würde. Tat ich natürlich nicht, und das ist vielleicht auch ganz gut so.

Ich nehme eine schnelle Sprachnachricht für Alba auf: *Drinks?*

Sie antwortet in Sekundenschnelle: *Immer!*

Ich stecke das Handy weg, scheuche ein paar Tauben auf, die sich um heruntergefallene Pommes frites und ein Stück Dönerfleisch streiten, passiere einen Krankenwagen, der mit ausgeschalteter Sirene, aber blinkendem Blaulicht an der Straße geparkt ist, mache einen großen Schritt über die Stolpersteine, die am Eingang zu meiner Wohnstraße an ein von den Nazis ermordetes Ehepaar erinnern, weiche meiner neugierigen Nachbarin aus, indem ich die Straßenseite wechsele, bevor sie mich entdeckt hat, und bin daheim.

Einen frischen Espresso vor mir, hole ich den Zettel hervor, auf dem ich meine Vorsätze notiert habe. Ich schreibe *täglich 10 000 Schritte gehen* und *wieder mehr Bücher lesen*. Nach einer Weile füge ich *Ben von Kurt erzählen* hinzu, und ab diesem Punkt macht mir meine Liste keinen Spaß mehr, und ich lege sie weg.

Alba hat ein Café bei sich um die Ecke ausgesucht, das aussieht, als hätte man eine altmodische Apotheke mit einem Brooklyner Hipsterladen gekreuzt. Wärme schlägt mir entgegen, der Laden ist rappelvoll, es riecht nach Kaffee, orientalischen Gewürzen und Serotonin. Entgegen ihrer sonstigen Gewohnheit ist Alba pünktlich und erwartet mich bereits an einem kleinen Tisch an der Fensterfront. Die Beine weit von sich gestreckt lümmelt sie auf einem der schönen, aber notorisch unbequemen Stühle herum und tippt irgendetwas in ihr Handy. Wir absolvieren unser Begrüßungsritual, während dem Alba mich immer ein paar Sekunden lang so fest an sich drückt, als wollte sie mich zermalmen vor Liebe, während sie mein Gesicht in ihre Haare presst, die immer nach Flieder und kaltem Rauch und alter Freundschaft riechen.

»Wie geht's dir?«, fragt Alba, während ich Platz nehme. »Wie war Weihnachten?«

»Okay«, sage ich. »Und bei dir?«

»Oh mein Gott, hör mir auf. Meine Mutter hat uns alle wahnsinnig gemacht. Wie jedes Jahr, wenn ich's mir so recht überlege. Ich weiß nicht, wieso mein Bruder und ich uns das immer noch antun.«

Ich sage nichts, und Alba schaut mich erschrocken an.

»Scheiße, Mann«, sagt sie. »Tut mir leid.«

»Quatsch, wieso? Alles gut.«

Ich weiß natürlich, was Alba gerade siedend heiß eingefallen ist. Dass ich nämlich keine Mutter mehr habe, über die ich mich in schöner Regelmäßigkeit beklagen könnte.

»Hast du …« Sie zögert, ein vollkommen Alba-untypisches Verhalten, und ich ahne, was jetzt kommt. »Hast du die Sache mit dem Schiff neulich mitbekommen?«

Ich nicke. Natürlich habe ich das. Vor einigen Tagen ist ein belgisches Passagierschiff gesunken, vier Menschen sind ertrunken, der Rest konnte gerettet werden. Warum wollen alle immer mit mir über Schiffsunglücke reden? Wie kommt man auf so eine Idee? Reden die Leute mit Menschen, die dem Wrack eines Flugzeuges entkommen sind, auch am liebsten über Flugzeugabstürze?

»Erzähl mir lieber, wie es dir geht«, sage ich, bemüht, das Thema zu wechseln.

Ich spreche nicht über meine Mutter; nicht, wenn ich es vermeiden kann.

»Was macht die Arbeit?«, fahre ich fort. »Und hattest du vor Weihnachten nicht ein Date? Mit diesem Anwalt?«

Diese Themen sind echte Volltreffer, das sehe ich meiner Freundin sofort an.

Was folgt, ist ein vom Rotwein, den Alba bereits für uns bestellt hat und den wir hier immer trinken, befeuerter Monolog über die Unfähigkeit ihrer Chefin in der Agentur, die Unverschämtheit der Männer auf Datingportalen, die mangelnde Solidarität ihrer Kolleginnen und das Chaos in ihrer Wohnung, dessen sie einfach nicht Herr wird.

»Ich habe mir ein Buch von Marie Kondo gekauft«, werfe ich ein. »Aber als ich anfangen wollte, es zu lesen, habe ich es in meiner Unordnung daheim nicht mehr gefunden.«

Alba lacht, wirft sich ihre karamellfarbenen Braids über die Schulter und hebt ihr Glas. Wir stoßen an, obwohl wir das schon getan haben, als der Wein kam – aber mit einer Freundin anzustoßen gehört zu den Dingen, die man nicht oft genug machen kann.

»Wie läuft's bei dir mit der Arbeit?«, fragt Alba und greift nach ihrem Handy, das gerade verführerisch aufgeleuchtet hat. Vielleicht eine Nachricht von einem der Mistkerle von irgendeinem Datingportal, auf jeden Fall hellt sich Albas Miene sofort auf, als sie sie liest.

»Nicht so gut, ehrlich gesagt«, antworte ich. »Mir fehlt es gerade irgendwie ein bisschen an Inspiration.«

»Cool, das ist cool«, sagt Alba, tippt eine kurze Antwort und legt ihr Handy weg. »Vielleicht kannst du mir demnächst mal neue Bewerbungsfotos machen. Und ein paar hotte Bilder für Tinder. Wobei – da sind eh nur Idioten. Du kannst so was von froh sein, dass du Ben hast.«

Es folgt ein halbstündiger Monolog darüber, dass alle netten Männer vergeben sind, dass ihre Therapeutin glaube, Alba habe Angst vor dem Glück und betreibe in Beziehungsdingen Selbstsabotage. Dann kommen die »Middle Eastern Tapas«, die wir bestellt haben, und unterbrechen ihren Redeschwall.

»Und bei dir so?«, fragt sie und dippt ein Stück Brot in ihren Rote-Bete-Hummus.

»Ach, ich weiß auch nicht«, sage ich. »Es gibt da etwas, das ich schon länger mit mir rumschleppe. Ich –«

Wieder leuchtet das Display von Albas Handy auf, und wie selbstverständlich greift sie danach.

»Entschuldige«, murmelt sie und fängt an, darauf herumzutippen. »Red weiter, ich hör dir zu.«

»Okay. Also, ich weiß gar nicht so richtig, wie ich es sagen soll«, beginne ich. »Wenn ich es sage, wird es real, verstehst du, was ich meine? Und das macht mir Angst.«

»Hm-hm«, macht Alba, den Blick immer noch auf ihr Handy gerichtet, dessen Display ihr schönes, mondförmiges Gesicht beleuchtet.

Ich unterdrücke ein Seufzen.

»Ich habe erfahren, dass ich gar kein Mensch bin, sondern ein Alien«, sage ich.

»Verstehe«, murmelt Alba.

»Außerdem habe ich Ben mit George Clooney betrogen.«

Alba entgegnet nichts, tippt.

»*Und* ich habe eine unheilbare Krankheit und nur noch ein paar Monate zu leben«, schließe ich.

»Hm-hm«, macht Alba. »Krass.«

Sie legt ihr Handy beiseite, sieht mich an.

»Äh, tschuldige, was ist mit George Clooney?«

Ich muss lachen, obwohl ich eigentlich sauer sein sollte, aber so ist Alba nun mal. Sie ist verpeilt und egozentrisch, aber wenn nötig, gäbe sie für ihre Liebsten ihr letztes Hemd, und überhaupt: Wer bin ich, meine Freundinnen ändern zu wollen?

»Ich muss mal auf Toilette, bestellst du mir noch ein Glas Wein?«

Ich stehe auf, und Alba nickt.

Als ich zurückkomme, habe ich beschlossen, Alba überhaupt nichts mehr zu erzählen. Selbst, wenn es mir gelänge, zu Wort zu kommen, vielleicht, weil Alba sich an einer Fischgräte verschluckte oder so … Eigentlich sollte ich zuallererst mit Ben reden, so viel bin ich ihm wirklich schuldig.

»Oh mein Gott«, sagt Alba, als ich zurück an den Tisch komme. »Du wirst nicht glauben, wer gerade draußen vorbeigelaufen ist.«

»Wer denn?«

Ich setze mich und nehme noch einen Schluck von meinem frischen Glas Malbec.

»Ellen fucking Kirsch«, sagt sie.

Ich hebe die Brauen.

»Du kennst Ellen Kirsch?«

Alba schaut mich an, als wäre mein Satz von wegen »Ich bin ein Alien« jetzt doch in ihr Bewusstsein gesickert.

»Äh, wer kennt Ellen Kirsch bitte nicht? Hast du sie nicht in diesem Hollywoodfilm mit diesem super hotten Schauspieler aus *Game of Thrones* gesehen?«

»Ich glaube nicht.«

»Dieser Schotte. Wie heißt der noch? Ich komm nicht drauf. Egal. Na, jedenfalls hat sie angeblich vor, wieder nach Berlin zu ziehen«, sagt Alba. »Vorher war sie für eine Theaterproduktion in New York, aber eigentlich lebt sie in L.A.«

»Was für eine Theaterproduktion?«

Alba runzelt die Brauen, dann fällt ihr wieder ein, dass ich ja früher selbst Theater gespielt habe und mich für so einen nerdigen Kram interessiere.

»Das mit den Elfen«, sagt sie. »Du weißt schon. Shakespeare.«

»*Ein Sommernachtstraum?*«

»Kann sein. Auf jeden Fall hat Lana del Rey die Musik für das Stück geschrieben. Ist das nicht irre? Die beiden kennen sich anscheinend irgendwie.«

»Woher weißt du das alles?«

»Ich folge ihr auf Instagram. Also, Ellen Kirsch, meine ich.«

Albas Augen glänzen, sie liebt Promiklatsch.

»Oh, und wusstest du, dass sie was mit ihrem Co-Star hatte?«

»Mit dem hotten Schotten?«

Alba gluckst.

»Genau! Wobei das gar nicht so lustig ist, der hat nämlich schon eine Frau. Und drei Kinder.«

Mein Handy vibriert in meiner Tasche, und als ich es heraushole, sehe ich eine Nachricht von Ben. Sie besteht aus drei Emojis: einem Auge, einem roten Herz und einem durchgedrehten Smiley. Ich muss grinsen. Diese Kombination ist ein Running Gag zwischen uns, ein Verweis auf den Song »I Love You Like A Madman« von den Wave Pictures. Wenn Ben mir ohne viele Worte sagen will, dass er verrückt nach mir ist, mich eben liebt »Like A Madman«, dann schickt er mir diese

Kombination an Piktogrammen, und ich antworte auf dieselbe Art. Ich weiß auch nicht mehr genau, wann und wie das begonnen hat, aber wir machen das seit Jahren. Alba verdreht die Augen.

»Ben?«

Ich nicke.

»Ich hasse euch«, sagt Alba. »Euer Glück ist einfach nur zum Kotzen.«

Ich muss lachen, und Alba grinst.

»Noch einen Drink?«

»Lieber nicht, ich habe vorhin eine Schmerztablette genommen.«

»Migräne?«

Ich mache eine unbestimmte Bewegung und lasse die Rechnung kommen.

»Alba?«, frage ich, während ich nach meinem Portemonnaie krame. »Was ist der Sinn des Lebens?«

Diese Frage habe ich schon vielen Menschen gestellt. Die meisten zögern mit der Antwort, antworten mit einer Gegenfrage, wollen wissen, wieso ich ihnen damit komme. Alba nicht. Sie überlegt nur kurz.

»Den ganzen Quatsch hier zu genießen, schätze ich.«

Gute Antwort. Während Alba mich plappernd verabschiedet, schweifen meine Gedanken erneut zu Ben, und als ich mit hochgezogenen Schultern und tief in den Manteltaschen vergrabenen Fäusten nach Hause gehe, vorbei an einer kleinen Gruppe von Jugendlichen, die in einem Hauseingang stehen und rauchen, vorbei an wartenden Taxis und Bars und Litfaßsäulen, von denen mir Ellen Kirschs unergründliches Gesicht entgegenblickt, verspreche ich mir, dass ich noch in diesem Jahr mit ihm reden werde.

3 ELLEN

Etwas ist falsch, aber ich weiß nicht, was es ist. Das Gefühl, das mich am Flughafen überkam, ist nie ganz verschwunden. Es schwillt an, und es schwillt ab, eine düstere Präsenz, pulsierend und wabernd wie Narbenschmerzen.

Zudem fremdele ich mit Berlin, und auch das ist neu. Als ich die Stadt verließ, um erst nach London und dann in die USA zu gehen, fühlte sich nach Berlin zurückzukehren immer wie nach Hause kommen an. Und irgendwie dachte ich stets, dass ich eines Tages wieder hier landen würde. Das gab mir Sicherheit in meinem Nomadenleben: das Wissen, dass ich noch einen Koffer in Berlin hatte. Eine Homebase. Aber die, so merke ich jetzt, existiert nicht mehr. Die Berliner Luft riecht anders, der Wind hat sich gedreht. Liegt es daran, dass Anthony nicht mehr hier ist? Liegt es an mir?

Ich gehe eine Seitenstraße entlang, feiner Nieselregen fällt, und das ist schön so. Die Dunkelheit steht mir, ich verlasse ohnehin nur bei Nacht das Haus, niemand nimmt Notiz von mir, und halb links vor mir ragt die Gedächtniskirche auf, die ich schon immer gerne angeschaut habe, so wie man mit einer Mischung aus Faszination und Entsetzen wieder und wieder mit der Zunge über einen abgebrochenen Zahn fährt. Ich trage Jeans, einen schwarzen Wollpullover und meine Lederjacke. Bin mit so leichtem Gepäck in die Stadt gekommen, dass ich erst einmal Wintersachen werde kaufen müssen. Und angemessene Kleidung für die Beerdigung, denn Anthony hat mir immer alles nachgesehen, nur nachlässige Kleidung nicht. Ich friere ein bisschen, bin nicht nur zu dünn angezogen, sondern habe auch seit achtundvierzig Stunden nicht geschlafen. Ich fühle mich seltsam verloren zwischen den Jahren, taumele umher irgendwo zwischen Trauer und Jetlag, bin im Grunde gerade erst in Berlin angekommen, fühle mich aber, als wäre ich seit Wochen hier.

Ich biege in die Straße ein, in der die alte Kneipe liegt, in der ich mit Liv verabredet bin. Die Szenebar, in die sie gehen wollte, habe ich ihr ausgeredet, wenn ich auf etwas keine Lust habe, dann darauf, heute Abend mit irgendwem aus der Branche plaudern zu müssen. Das Lokal, das ich ausgesucht habe, riecht nach schalem Bier und – anders lässt es sich schlicht nicht sagen – nach Mann. Ein Fußballspiel läuft, findet aber nur die Beachtung der drei Herren, die an der Theke sitzen. An den anderen Tischen wird getrunken, laut geredet, an einem wird sogar Karten gespielt, und ich habe es mir spontan anders überlegt, es gibt doch noch Orte in Berlin, an denen ich mich zu Hause fühle; schon allein die Tatsache, dass hier nicht Football läuft oder – Gott bewahre! – Baseball, macht mich Amerikaheimkehrerin unangemessen froh. Liv ist noch nicht da, also setze ich mich an einen der Hochtische, lasse die Beine mit den Turnschuhen baumeln und bestelle zwei Bier, als die Bedienung, eine resolut wirkende Frau mit weinrotem Kurzhaarschnitt und tätowierten Armen fragt, was sie gegen mich tun könne.

Liv habe ich seit Ewigkeiten nicht gesehen. Wir sind zusammen zur Schauspielschule gegangen und haben es geschafft, über all die Jahre Kontakt zu halten. Und ich weiß auch nicht, aber irgendwie muss ich heute jemanden aus meinem alten Leben sehen. Jemanden, der mich schon lange kennt und den ich schon lange kenne. Jemanden, der in mir keinen Hollywoodstar sieht, sondern – nun ja, einfach mich.

Sie ist eine Viertelstunde zu spät. Auch sonst hat sie sich überhaupt nicht verändert, sie kommt nicht einfach rein, sie tritt auf. Und im Gegensatz zu mir erregt sie Aufsehen – und genießt es. Sie hat immer noch dieses fabelhafte, lange, honigblonde Haar, und ihr klassisch schönes, sommersprossiges Gesicht ist durch zwei ausgeprägte Stirnfalten nur anziehender geworden. Sie drückt mir Küsse auf die Wangen und bearbeitet mein Gesicht anschließend mit ihrem Daumen, um den Lippenstift wieder fortzuwischen, mit dem sie mich beschmiert hat. Dann setzt sie sich und schaut sich um.

»Schämst du dich, dich in zivilisierter Gesellschaft mit mir blicken zu lassen, oder wieso treffen wir uns hier?«

Sie versucht, belustigt zu klingen, ist aber im Grunde ernsthaft indigniert, das spüre ich sofort.

»Mir war einfach ein bisschen nach altem Berlin«, sage ich. »Ich war lange nicht hier.«

Die Bedienung bringt die Getränke, die ich bestellt habe.

»Ist Bier okay, oder möchtest du was anderes trinken?«, frage ich.

»Ist da Alkohol drin?«, fragt Liv und schnüffelt an ihrem Glas.

»Wofür hältst du mich?«, frage ich. »Denkst du, ich bestelle alkoholfreies Bier?«

»Bei euch Hollywoodstars kann man nie wissen«, versetzt Liv und leert das halbe Glas in einem Zug. »*Clean eating* und so.«

»Ich bin kein Hollywoodstar«, sage ich.

»Ja, genau.«

Liv lacht, und irgendwie klingt es hässlich. Einen Moment lang schweigen wir uns an, und auch danach kostet es uns einiges an Mühe, das Gespräch in Gang zu bringen. Ich frage Liv nach ihren Engagements, nach ihrer Familie, nach ihrem Freund, und sie antwortet ausführlich, aber eine echte Konversation bekommen wir nicht hin, irgendetwas ist anders, und irgendwie lässt mich das Gefühl nicht los, dass Liv sauer auf mich ist. Ich habe nur nicht die geringste Ahnung, wieso.

»Du«, sagt sie, »sorry, aber ich muss mal auf Toilette. Ich bin gleich zurück.«

Ich trinke mein Bier, denke an Anthony, mit dem ich zwei-, dreimal hier war, und betrachte die gerahmten Bilder an der Wand gegenüber, die eine unerklärlich stimmige Mischung aus Landschaftsfotografie, prominenten Berlinerinnen und Berlinern, Alltagsszenen und Porträts zeigt.

»Gunnar hat mir gerade geschrieben«, sagt Liv, als sie zurückkommt und sich wieder auf ihren Hocker schwingt. »Er ist mit ein paar Leuten aus seiner aktuellen Produktion essen, nur ein paar Straßen weiter. Ich würde da nachher wahnsinnig gerne noch schnell Hallo sagen, Gunnar hatte letzte Woche Geburtstag. Kommst du mit?«

Ich zögere. Gunnar ist Livs Exfreund, ein Filmregisseur, mit dem sie immer noch gut befreundet ist. Ich habe ihn nie getroffen, kenne ihn nur aus Erzählungen. Ich mag nicht.

»Es würde mir so viel bedeuten«, legt Liv nach. »Komm schon, Ellen.«

Ich unterdrücke ein Seufzen. Wie könnte ich da Nein sagen? Ich zahle unser Bier, und ein paar Minuten später sitzen wir im Taxi.

Das Restaurant entpuppt sich als exakt die Art von Szeneschuppen, die ich unbedingt vermeiden wollte, und ich verbringe den Rest des Abends damit, mich von Liv rumzeigen, mir von Gunnar sein neues Filmprojekt pitchen und mich von den anderen Gästen aus den Augenwinkeln beobachten zu lassen. Irgendwann wird es mir zu blöd, und ich nehme meine Jacke.

»Oh, bleib doch noch«, gurrt Liv.

»Ich muss los«, sage ich. »Mir ist hier zu viel Trubel.«

Liv verzieht gereizt das Gesicht.

»War mir nicht klar, dass es für dich Stress bedeutet, mit deinen alten Freunden abzuhängen.«

Sie merkt, wie unschön das klingt und fängt sich sofort wieder.

»Ich seh dich so selten«, sagt sie und zieht eine Schnute.

»Anthony ist gestorben«, sage ich. »Mir ist gerade nicht nach vielen Leuten.«

»Oh mein Gott, ja natürlich«, sagt Liv. »Davon habe ich gehört. Das tut mir so leid, Süße.«

»Du wusstest es?«

Sie zuckt mit den Schultern. *Natürlich.* Ich nicke, verabschiede mich, überhöre alle Einwände von wegen *Wäre es nicht besser, dich abzulenken?* und *Ich möchte nicht, dass du alleine zu Hause rumsitzt* und lasse mich von der Drehtür auf die Straße katapultieren. Ich lande zwischen den Rauchern auf dem Gehweg, orientiere mich kurz, stelle fest, dass ich zu Fuß zu meinem Airbnb gehen kann und beschließe, die kühle Abendluft zu genießen, denn mit einem hatte Liv recht: Ich habe keine Lust, alleine in einer Wohnung zu sitzen, die nicht meine ist, und an Anthony zu denken. Und in dem Moment trifft es mich. Anthony ist weg, und zwar für immer. Der Gedanke treibt mir die Luft aus den Lungen. Ich versuche, tief einzuatmen, sie wieder mit Sauerstoff zu füllen, aber es gelingt mir nicht. Plötzlich kommt mir die Stadt um mich her unerträglich laut vor, so, als hätte jemand alle Regler hochgedreht und einen Verzerrer eingeschaltet. Ich muss nach Hause, ich kann nicht mehr. Ich sehe mich nach einem Taxi um, keines in Sicht. Versuche, mir ein Uber zu rufen, doch aus irgendeinem Grund funktioniert das nicht. Ich gehe gerade mit hochgezogenen Schultern und dem Handy in der Hand die Friedrichstraße entlang, als drei Typen neben mir auftauchen. Ich schaue nicht hin, obwohl offensichtlich ist, dass sie mich absichtlich nicht einfach überholen, sondern neben mir hergehen, um meine Aufmerksamkeit zu erregen.

»Doch, das isse«, sagt der, der links von mir geht.

Sie sehen, von ihren Jacken mal abgesehen, alle drei gleich aus: Mitte zwanzig, dunkelblonder Kurzhaarschnitt, teure Jeans, gute Schuhe. Wahrscheinlich kennen sie sich vom BWL-Studium oder aus dem FC-Bayern-Fanclub.

»Nee, das isse nich«, sagt der zu meiner Rechten, der mit dem wohl ironisch gemeinten Oberlippenbart.

»Bist du das?«, fragt der dritte, schert aus und hält mir ein Handy unter die Nase, auf dessen Display ein Foto von mir in Unterwäsche zu sehen ist. Kurz begreife ich nicht, woher er dieses Bild hat, doch dann erkenne ich, dass es ein Standbild aus einem meiner ersten Filme ist. Ich kann die drei nicht länger ignorieren, blicke auf und stelle fest, dass der zu meiner Linken, der im olivgrünen Parka, mich filmt.

»Hör auf damit«, sage ich und hebe die Hand vors Gesicht.

»Sage ich doch, dass sie das ist«, sagt er zu seinen Freunden. »Hi, Elly! Sag mal was für die Kamera!«

Ich reiße mich zusammen und sage einfach mal gar nichts, ich will einfach nur nach Hause. Gehe schneller. Die Typen passen ihr Tempo an.

»Ach komm, sei nicht schüchtern«, sagt der Parka, überholt mich und läuft mit seiner Handykamera im Anschlag gebückt vor mir her, die schlechte Parodie eines Kameramannes.

Ich hebe mein Handy und filme zurück, schwenke zwischen den dreien hin und her.

»Gefällt euch das?«, frage ich und halte dem Parka meine Handykamera schließlich direkt vors Gesicht.

Er grinst und schneidet der Kamera eine Grimasse.

»Zeigst du uns deine Titten, Elly?«, fragt der Oberlippenbart.

»Verpiss dich!«

»Ich weiß gar nicht, wieso du dich so anstellst, wir kennen deine Titten doch eh schon.«

Ich blicke mich um, sehe ein Taxi herannahen, hebe den Arm und rufe.

»Taxi!«

Und wenn das hier ein Film wäre, hätte es für mich gehalten, aber so fährt es einfach weiter. Ich fluche.

»Macht doch nix, Elly«, sagt der Parka. »Du brauchst doch kein Taxi, *wir* bringen dich nach Hause.«

Er versucht, einen Arm um mich zu legen, und in dem Moment, in dem er mich berührt, setzt es bei mir aus, und ich schlage ihm mitten ins Gesicht. Etwas gibt nach unter meiner Faust, Blut spritzt, und der Typ liegt längst auf dem Berliner Asphalt, seine Kumpels über ihm, als mir so richtig klar wird, dass ich das ja mal für einen Film gelernt habe, Nahkampf. Scheiße. Ich mache, dass ich wegkomme, ignoriere die Flüche und Beschimpfungen, die mir die Straße hinunter folgen. Erneut versuche ich, mir ein Taxi heranzuwinken, dieses Mal hält eines. Mein Herz schlägt so schnell, als wollte es zerspringen. Scheiße, denke ich. Scheiße, Scheiße, Scheiße.

Ich bitte den Fahrer, mich an der Ecke vor meiner Wohnung rauszulassen, denn mein Schlag war dumm und undiszipliniert, und jetzt, wo das Adrenalin nachlässt, spüre ich ihn, den Schmerz in meiner linken Hand. Ich brauche Eis.

Der Späti leuchtet mich an wie eine Oase in der Wüste. Er ist leer, bis auf den Typen hinter der Kasse, der kaum aufblickt, als ich eintrete. Ich grüße leise, er grunzt eine Erwiderung. Ich nehme mir einen großen Beutel Eis, mit dem ich Flaschenbier für eine ganze Jugendfußballmannschaft kühlen könnte, und schleppe ihn zur Kasse, während ich versuche, die Süßigkeiten in der Auslage zu ignorieren. Für die Premiere muss ich in Form bleiben, ich werde ein winziges Kleid von Dior tragen, des Labels, dessen Werbegesicht ich seit Kurzem bin. Gummibärchen und Toffifee gibt es frühestens nach meinem nächsten Dreh. Ich lege ein paar Dollarscheine auf die Theke, bemerke meinen Fehler, entschuldige mich, finde ein paar Euro in meiner Hosentasche. Merke, dass meine Hände zittern.

Der Typ – Bart, ernste dunkle Augen – sieht mich stirnrunzelnd an.

»Ist mit Ihnen alles in Ordnung?«

Mir gefällt, dass er mich siezt, das ist so selten geworden, das vermisse ich.

»Ja, danke«, sage ich.

Erst, als ich wieder sicher in meinem vor Stille nur so vibrierenden Apartment bin, merke ich, dass das nicht stimmt.

Ich schlafe lange, denn der Jetlag hat mich noch voll im Griff, und ich habe keinen Wecker gestellt, weil ich nichts zu tun habe, außer Klamotten zu shoppen. Als ich mein Handy einschalte, habe ich dreiundsechzig verpasste Anrufe. Sofort bin ich hellwach. Nur wenige Menschen haben diese Nummer. Die meisten Anrufe sind von Rachel, meiner PR-Frau, und meiner Assistentin Kerstin, aber auch andere Leute, mit denen ich arbeite, haben sich gemeldet. Liv hat ebenfalls angerufen. Und einige andere Kolleginnen und Freundinnen. Sogar Maddox. Auf meiner Mailbox befinden sich elf Nachrichten, und mein Postfach birst fast vor Mails. Rachel bittet um Rückruf, meine Freundinnen wollen wissen, ob ich okay bin, und Matthias, ein Produzent, der sich gerne als mein Entdecker rühmt, fragt ohne Anrede oder Gruß, ob ich jetzt von allen guten Geistern verlassen sei. Und langsam ahne ich, was geschehen ist.

Ich lege mein Handy beiseite, suche in der Küche nach Kaffee, finde eine kleine Espressomaschine. *Va bene.* Ich trinke den Kaffee schwarz und sehr heiß, dann stelle ich mich der Welt.

»Oh mein Gott, endlich«, sagt Rachel, als sie meine Stimme hört. »Wo zum Teufel hast du denn gesteckt?«

»Ich habe geschlafen«, sage ich. »Wie schlimm ist es?«

Rachel antwortet nicht sofort, überlegt vermutlich, ob es sich lohnt, mich anzulügen.

»Schlimm«, sagt sie dann. »Ziemlich schlimm.«

Wenn ich mich so weit nach vorne beuge, wie ich nur kann, ohne aus dem Fenster zu fallen, und nach links schaue, dann kann ich vom Wohnzimmerfenster aus einen kleinen Spielplatz sehen, und wenn ich lüfte, weht manchmal das freudige Gebrüll der Kinder herein. Ich würde mir gerne einen Kaffee holen und mich einfach ein Weilchen zu den Eltern setzen, aber ich gehe kaum mehr raus. Die meiste Zeit über beobachte ich meine Nachbarin von gegenüber. Ihre Wohnung liegt eine Etage unter meinem Penthouse, und ich sehe ihr gerne dabei zu, wie sie fernsieht, auf ihrem Laptop herumtippt oder telefoniert. Sie ist kleiner als ich, mit einem hübschen, fast puppenhaften Gesicht und unfassbaren Haaren, die ihren Kopf umgeben wie eine herrliche, dunkle Wolke. Ich mag sie. Sie spricht nicht viel, wenn sie mit jemandem telefoniert, dann hört sie meistens zu. Sie wirkt die meiste Zeit heiter, aber obwohl ich sie schon eine ganze Weile beobachte, könnte ich nicht sagen, ob sie glücklich ist.

Vorhin habe ich sie bei einem Weinkrampf beobachtet. Sie hörte eine ganze Weile nicht wieder auf, und ich war kurz davor, rüberzugehen und zu fragen, ob ich helfen könne. Aber dann putzte sie sich die Nase, verschwand in einem Teil der Wohnung, den ich nicht einsehen kann, und als sie zurückkam, hatte sie offensichtlich geduscht – und sich gefasst. Sie holte sich ein Glas Rotwein aus der Küche und setzte sich, in Jogginghose und David-Bowie-T-Shirt, ein Handtuch ums Haar geschlungen, auf die Couch. Ich tat es ihr nach und prostete ihr von meinem Fenster aus zu, sie sah es nicht. Ich habe mich schon jetzt so sehr an ihre Gegenwart gewöhnt, nehme schon jetzt so großen Anteil an ihrem Leben, dass ich jedes Mal enttäuscht bin, wenn sie die Jalousien herunterlässt und mich aussperrt.

Ich frage mich, weshalb sie so geweint hat.

Aber ich habe meine eigenen Probleme. Die Untätigkeit nagt an mir, die Trauer höhlt mich aus wie einen gottverdammten Halloweenkürbis, ich fühle mich wie ein Automat, und wenn Rachel mich fragt, wie es mir gehe, antworte ich: *I'm surviving*. Und das stimmt.

Lebensmittel und alles, was ich sonst so brauche, bringt mir meine Assistentin Kerstin vorbei, die inzwischen ebenfalls in Berlin angekommen ist und so wie ich bis zur Premiere hierbleiben wird; ich verstecke mich derweil wie ein zur Fahndung ausgeschriebener Mafiaboss. Einmal abgesehen von Kerstin und von meiner Nachbarin sehe ich niemanden. Patrick bombardiert mich mit Anrufen, ich ignoriere sie ebenso wie die Anrufe von Liv. Meine amerikanischen Freundinnen versichern mir, die ganze Aufregung werde bald vergessen sein, aber ich bin mir da nicht so sicher. Stefan, der inoffizielle Vorsitzende meines deutschen Fanclubs, schreibt mir eine aufmunternde E-Mail, der Trubel werde sich bald legen, ich glaube es nicht. Das Video, auf dem zu sehen ist, wie der »schöne Netflix-Star ausrastet und einem Fan mit äußerster Brutalität ins Gesicht schlägt«, wie es eine große deutsche Boulevardzeitung formulierte, ist eine virale Sensation – aber sicher nicht die Art, die sich Rachel und das PR-Team von *The Vanishing* vorgestellt haben. Natürlich ist das Video geschnitten, man sieht nur meinen Faustschlag, nicht jedoch das, was ihm vorausging, und das sage ich Rachel und all den anderen auch. Doch Rachel rät, ich solle mich nicht dazu äußern, mich keinesfalls rechtfertigen, auf gar keinen Fall mein eigenes Video hochladen. Das würde nur so wirken, als versuchte ich, mein »gewalttätiges Verhalten« zu rechtfertigen, und das könne man nicht, niemals, ich solle einfach froh sein, wenn die Typen mich nicht anzeigten.

Auf Rachels Rat hin habe ich mich von den Sozialen Netzwerken ferngehalten, aber ich habe die Zeitungen gelesen, online oder, wenn Kerstin sie mir widerwillig mit meinen Einkäufen gebracht hat, auch hin und wieder auf Papier. Dass der Film, den ich als Nächstes hätte drehen sollen, womöglich neu besetzt wird, hat mir eine deutsche Tageszeitung verraten, ehe mein Agent sich dazu durchringen konnte, es mir am Telefon zu sagen.

Ich habe stundenlang mit Rachel und den Leuten von *The Vanishing* diskutiert. Nichts will ich *mehr,* als meine Seite der Geschichte zu erzählen. Den Leuten das Video zu zeigen. Das *ganze* Video. Doch niemand teilt meine Meinung, alle bitten mich, ein paar Tage lang die Füße stillzuhalten, dann könne ich immer noch sprechen, aber aktuell wäre alles, was ich sagen könnte, nur Öl ins Feuer. Ich fühle mich kaltgestellt, und ich fühle mich ungerecht behandelt. So etwas einfach über mich ergehen zu lassen, ist nicht meine Stärke, und wenn Anthony noch da wäre, hätte ich mich längst widersetzt, längst mein eigenes Ding gemacht, doch aktuell trauere ich, und das raubt mir alle Kraft. *Anthony.*

Die negative Presse ist bitter, aber das ist alles nichts im Vergleich zu der Tatsache, dass Anthony beerdigt wird und ich nicht dabei sein werde. Ich kann es Maddox noch nicht einmal verdenken. Er hat mich nie gemocht, hat, ebenso wie Anthonys andere Freunde, nie verstanden, weshalb Anthony plötzlich dieses dahergelaufene Mädchen unter seine Fittiche nahm und es behandelte wie eine Tochter. Ich habe Maddox die Gelegenheit, mich von der Beerdigung auszuschließen, auf dem Silbertablett serviert, und er hat sie genutzt.

»Es tut mir leid, Ellen«, sagte er am Telefon. »Aber wir möchten nicht, dass aus Anthonys Trauerfeier ein Pressezirkus wird. Ich hoffe, du verstehst.«

Ich hätte das einfach akzeptieren sollen, denn es war klar, dass nichts, was ich sagen konnte, ihn umstimmen würde.

»Bitte, Maddox«, flehte ich dennoch. »Ich muss mich doch von ihm verabschieden.«

»Tut mir leid«, wiederholte er. »Ich möchte, dass Anthony so bestattet wird, wie er sich das gewünscht hätte.«

»Er hätte gewollt, dass ich dabei bin!«

»Glaubst du? Auch noch nach diesem scheußlichen Video? Anthony hat Gewalt verabscheut. Wie ich im Übrigen.«

Ich spürte, wie mir das Blut in den Kopf stieg.

»Anthony hätte mich gefragt, was in dieser Nacht wirklich los war«, sagte ich. »Er hätte erst einmal mit mir gesprochen, bevor er mich verurteilt.«

Maddox seufzte.

»Ich hatte mir wirklich mehr Verständnis von dir erhofft«, sagte er. »Du tust so, als wollte ich dich bestrafen. Dabei möchte ich nur dafür sorgen, dass nichts von der Trauerfeier meines Mannes ablenkt. Ehrlich gesagt hatte ich damit gerechnet, dass du von selbst anbieten würdest, fernzubleiben. Ich hatte nicht erwartet, dass ich dich ernsthaft darum würde bitten müssen.«

»Maddox, komm schon«, sagte ich. »Bitte schließ mich nicht aus. Bitte.«

Er antwortete nicht, legte einfach auf, und ich beschloss in diesem Moment, dass dies hier das erste und letzte Mal in diesem Leben gewesen war, dass ich jemanden um etwas angebettelt hatte.

Es ist erst kurz nach fünf am Nachmittag, doch die Stadt liegt bereits im Dunkel. Ich sehe den Leuten zu, die unter meinem Fenster vorbeigehen, auf dem Weg in die nächste Kneipe vielleicht, und wünsche mir, dass ich mich ihnen anschließen und irgendwo betrinken könnte. Dann fällt mir auf, dass ich das natürlich ohne Weiteres tun könnte, auch wenn ich Rachel versprochen habe, ein paar Tage lang die Füße stillzuhalten, bis der Sturm vorübergezogen ist. Allerdings habe ich hier in der Stadt eh niemanden, mit dem ich gerne ausgehen würde. Nicht mehr. Ich sehe mich um in dem riesigen, schicken Penthouse, in das ich mich habe sperren lassen.

Es war einmal ein Mädchen. Das lebte ganz alleine in einer riesengroßen Burg. Die Burg hatte tausend verschiedene Zimmer, und jedes sah anders aus. Aber weil das Mädchen komplett alleine in der Burg lebte, war ihm die ganze Zeit fürchterlich langweilig.

Fucking Berlin, denke ich und wende mich ab vom Fenster. Wobei … Ginge es mir in London oder L.A. anders? Hatte ich den Großteil meiner zwischenmenschlichen Beziehungen in den letzten Jahren nicht sträflich vernachlässigt, zugunsten des gefräßigen Monsters Arbeit? Klar, ich habe in jeder der Städte, in denen ich immer mal lebe, eine Handvoll Beinahe-Freundinnen, mit denen ich hin und wieder essen gehe oder einen Drink nehme. Allesamt Frauen aus der Branche, Schauspielerinnen, Stylistinnen, eine Autorin, eine Regisseurin, eine Maskenbildnerin sind auch darunter. Ich bin nicht sozial isoliert, ich bin nur einsam. Anthony war mein einziger echter Freund. Wer außer ihm würde mich vermissen, wenn ich nicht mehr da wäre? Wenn das Flugzeug, das mich zum nächsten Dreh bringen soll, abstürzt oder ich mir bei einem Stunt den Hals breche? Falls mein Stalker doch noch hinbekommt, was er monatelang angekündigt hat: uns beide umzubringen? Ich beginne, in meiner Wohnung auf und ab zu gehen. Es ist nicht nur die Trauer, die mich zermürbt, nicht nur die Einsamkeit. Es ist auch die Hilflosigkeit, die an mir nagt. Also klappe ich meinen Laptop auf und tue das, wovon ich Rachel und mir selbst versprochen hatte, es nicht zu tun: Ich checke meine Social-Media-Accounts.

Ich sitze am Küchentisch in der blitzblanken, kühl durchdesignten Küche, die so aussieht, als hätte hier noch nie jemand gegessen geschweige denn gekocht, und versuche, das Atmen nicht zu vergessen. Beschimpfungen und Drohungen sind nicht neu für mich, ich kenne das alles, seit ich das erste Mal in einer größeren Rolle in einem Film aufgetaucht bin, und habe gelernt – wenn auch mehr schlecht als recht –, damit zu leben. Wie alle Frauen, die irgendwie in der Öffentlichkeit stehen. Aber das hier hat eine völlig neue Qualität. Wildfremde Menschen wünschen mir einen gewaltsamen Tod, Vergewaltigung, Folter. Und dass ich nie wieder einen Film drehen darf, natürlich. Ich klicke und scrolle, je mehr ich lese, je schlimmer es wird, desto schwerer fällt es mir wegzuschauen. Und noch schwieriger ist es, nicht auf die Beschimpfungen zu antworten. Ich scrolle und lese, ungläubig zunächst. Es dauert eine Weile, bis ich bemerke, dass ich nicht nur von allen Seiten – hauptsächlich von Männern – angegriffen werde, sondern dass ich auch eine Menge Verteidigerinnen habe. Frauen, die sich fragen, ob ich vielleicht einen Grund hatte, so auszurasten; eine Frau, nachts alleine auf der Straße, zwischen drei fremden Männern – *who knows*, oder? Je mehr ich lese, desto niedergeschlagener werde ich, denn jede Frau, die mich nicht verteufeln möchte, bekommt ebenfalls sofort den geballten Hass des Internets ab. Das ist ein kleiner Krieg, der da tobt, und mehr als einmal ertappe ich mich dabei, Anthony anrufen zu wollen. Den einen, der immer verstand, der immer wusste, was zu tun war. Aber Anthony ist nicht mehr da.

Ich klappe meinen Laptop zu und atme tief durch. *Alles wird irgendwann besser*, sage ich mir. Und: *Es gibt immer etwas, das man tun kann.*

Kurz spiele ich mit dem Gedanken, noch einmal Rachel anzurufen und ihr zu sagen, dass sie mich in eine Talkshow einbuchen soll. Das sollte kein Problem sein, denn sie wollen mich alle. Ich habe zwar keine Ahnung, wie die Redaktionen an meine Mailadresse gelangt sind, aber mein Postfach ist voller Medienanfragen von Leuten, die wohl hoffen, mehr zu erreichen, wenn sie mich direkt ansprechen und meine PR-Leute umgehen. Schon vor meiner »Faust-Attacke«, wie der Boulevard es nennt, wurde ich mit Anfragen überhäuft, aber nun überschlagen sich die Talkshows regelrecht. Natürlich weiß ich, was Rachel sagen wird. Aber, denke ich mir plötzlich, Rachel arbeitet für mich, nicht umgekehrt.

Also klappe ich meinen Laptop wieder auf, logge mich in meine Mails ein, öffne die erstbeste Nachricht, die von der

Redaktion einer deutschen Talkshow kommt, und rufe die Redakteurin unter der Nummer in ihrer Signatur an. Die Frau ist völlig überrascht und denkt zunächst, es handele sich um einen Telefonscherz, und das ist ja auch nur verständlich. Natürlich kümmere ich mich normalerweise nicht selbst um Auftritte in Talkshows. Rachel hat mich ein paarmal zu Jimmy Fallon und einmal zu Stephen Colbert geschickt, aber in einer deutschen Talkshow war ich überhaupt noch nie zu Gast. Doch schließlich dämmert der Redakteurin, welche Chance sich ihr bietet – und sie greift zu.

4 NICO

Ich liege im Bett, als das Wasser kommt. Ich trage das Nachthemd, das meiner Mutter gehörte und das nun mir gehört; es ist weit und weiß, und ich kam mir darin immer vor wie ein schöner, durchscheinender Geist, heute allerdings fühle ich mich darin nur fürchterlich verwundbar.

Alles beginnt mit einem dumpfen Krachen, und einen Moment lang weiß ich nicht, ob ich es tatsächlich gehört oder aus meinem Traum mitgebracht habe, doch obwohl es nun ganz still ist, bin ich alarmiert.

Das ist Unsinn. Alles ist gut.

Ich glaube mir nicht. Kurz liege ich einfach da, höre meinem Herzen beim Schlagen zu. Einen Moment nur, dann begreife ich, was mir solche Angst macht. Der Geruch ist falsch. Es riecht nicht mehr nach Menschen und nach Leben; es riecht nach Wasser. Zuerst sind da nur Dunkelheit und Unglaube. Wie sollte das sein? Ich blinzele in die Schwärze, die mich umgibt, dann begreife ich, wo ich bin.

Ich taste links, ich taste rechts – ins Leere. Konzentriere mich. Erinnere mich, dass da kein Nachttischlämpchen neben mir ist, sondern ein Schalter, über dem Kopfteil meines schmalen Bettes. Ich mache Licht, kneife die Augen zusammen, weil mich die plötzliche Helligkeit schmerzt, und mein Herz krampft sich zusammen. Sie ist nicht da. Und da sehe ich es, das Wasser, das unter der Tür durchsickert, leise und unaufhaltsam. Mein Bett steht im Wasser, knöcheltief. Das kann nicht sein!

Ich höre Stimmen, verzerrt, wie durch einen kaputten Lautsprecher, Männerstimmen, ein dunkler Choral, unverständlich und fremd, und dann höre ich den Alarm. Ich spüre die Gefahr in meinem Magen, ehe mein Kopf irgendetwas begreift, und das Wasser steigt.

Ich stehe auf, stehe mit beiden Beinen im Wasser. Ich möchte schreien, aber ich schreie nicht, ich bin still. Was auch immer es ist, ich schaffe das, was auch immer es ist, ich komme hier raus. Ich wate zur Tür, und ich weiß nicht, was auf der anderen Seite liegt, aber ich muss sie öffnen, also öffne ich sie. Das Wasser ist ein Schock. Die Kälte. Die schiere Menge. Seine Wucht. Ich keuche. Der Gang steht unter Wasser. Und ich denke nicht nach, ich weiß nicht, was ich tun, wohin ich mich wenden soll, ich weiß nur, dass ich das Ende dieses Ganges erreichen und dann weitersehen muss, weil ich hier nicht bleiben kann. Ich wate durch das Wasser, hüfthoch und schwer, so schwer, ich trete, keuche, ich kämpfe. Fast habe ich das Ende des Ganges erreicht, ich strebe der Tür entgegen, die an seinem Ende liegt, bin fast bei ihr angelangt, als etwas passiert. Ich verstehe es nicht. Halte inne. Es wirkt wie ein Zaubertrick, ein gemeiner kleiner Zaubertrick, denn plötzlich sind die Türen im Gang vor mir nicht mehr da, wo sie sein sollten, sondern – der Himmel ist eingestürzt! – an der Decke. Ein lauter Knall, Eisen auf Eisen. Und das Wasser steigt. Und der Alarm verstummt. Und das Licht verlischt. Ich wanke.

Es ist die Dunkelheit, die mir die Kraft nimmt, es ist das Flüstern, es sind die Kälte und die Schwere, es ist der Stoff meines Nachthemdes, es ist die Unmöglichkeit meines Unterfangens. Und plötzlich ist es leise.

Dann gibt es einen Ruck. Ein weiteres Geräusch, schmerzhaft und dumpf, das ich mehr fühlen kann als hören. Ein verwundeter Riese, der sich herumwirft, maßlos in seinem Schmerz. Und die Welt dreht sich noch einmal. Und das Wasser ist da. Alles ist Wasser jetzt. Und ich weiß, was jetzt kommt. Ich weiß, was jetzt kommt. Und es kommt.

Ja, in dieser Nacht träume ich vom Wasser. Ich wache auf und weiß nicht, wo ich bin, taste nach der Nachttischlampe, stoße das Glas um, das auf meinem Nachttischschränkchen steht, erschrecke über den Lärm, den es macht. Ich winde mich aus den letzten Fetzen des Traums wie aus einem engen, nassen Gewand. Mache Licht. Hole einen Lappen, um das vergossene Wasser aufzuwischen, sammle vorsichtig die Glassplitter ein.

Vom Fenster meines Wohnzimmers aus sehe ich die nächtliche Straße. Kein Mensch weit und breit. Im Penthouse des Hauses direkt gegenüber brennt noch Licht, und kurz wünsche ich mir, dass jemand ans erleuchtete Fenster tritt und zu mir herübersieht, in schlafloser Solidarität die Hand hebt, vielleicht. Aber natürlich geschieht das nicht. Ich sehne mich nach einer Zigarette, obwohl ich das Rauchen vor bestimmt zehn Jahren aufgegeben habe. Anscheinend ist heute die Art von Nacht, in der Dinge zurückkehren. Begierden, Träume.

Ich habe lange nicht vom Wasser geträumt, doch nun ist es zurück, und ich ahne, dass es ein Weilchen bleiben wird, dass ruhige, traumlose Nächte bis auf Weiteres der Vergangenheit angehören. War es mein Gespräch mit Alba, das das Wasser angezogen hat? Waren es die Nachrichten von Kurt? War es der Anruf der Talkshowredakteurin neulich, die mich in ihre Sendung einladen wollte – mich, das Mädchen, das überlebte? Oder war es etwas völlig anderes?

Ich stehe da, müde Augen, flatterndes Herz, und wehre mich gegen die Bilder der See.

Es ist so: Als ich neunzehn war, kam meine Mutter bei einem Fährunglück ums Leben. Ich war ebenfalls an Bord. Und trotzdem bin ich noch hier.

Seltsam ist, dass ich nie von dem träume, was ich in dieser Nacht erlebte. Ich träume stets aus der Perspektive meiner Mutter, die auf der Kabine vom Wasser überrascht worden sein musste, wie die meisten an Bord. Ich weiß nicht, wie sie starb, nicht wirklich. Aber ich ahne es. Ich will eigentlich nicht daran denken.

Es ist kurz nach vier, und ich weiß, dass ich nicht mehr zur Ruhe kommen werde.

Kurz entschlossen ziehe ich mich an und trete auf die Straße.

Bis auf die Obdachlosen, die in den Hauseingängen schlafen, und zwei, drei einzelne Nachtschwärmer ist meine Gegend verlassen. Mit hochgezogenen Schultern, die Fäuste tief in den Taschen meines Parkas vergraben, gehe ich mitten auf der Straße, bis mich ein einzelnes Taxi zurück auf den Gehweg scheucht. Ich spüre das Gewicht der Kamera in meinem Rucksack, den ich mir reflexhaft über die Schulter geworfen habe, ehe ich meine Wohnung verließ.

Heute höre ich den Ton nur ganz leise, doch das tut seiner Dringlichkeit keinen Abbruch. Er macht mir Angst, und er ruft mich, so zumindest fühlt es sich an. Ich versuche, das ungute Gefühl abzuschütteln, sage mir, dass ich mich besser fühlen werde, sobald ich die Quelle des Geräusches gefunden habe. Also folge ich dem Ton, die Straße hinab, an der Schlange aus Taxis vorbei, in der müde Fahrerinnen und Fahrer sitzen und warten. Über die Kreuzung, die Allee hinunter. Ich friere, aber ich störe mich nicht daran. Und während ich so durch das nächtliche Berlin laufe, trudeln ein paar Traumbilder wieder an die Oberfläche.

Das viele Wasser.

Alba sagt, dass die Träume, die man zwischen Heiligabend und dem Dreikönigstag hat, besonders sind. In diesen zwölf Nächten träume man die zwölf Monate des kommenden Jahres. Hat Alba recht? Hat der Traum vielleicht gar nicht mit früher zu tun? Weist er auf die Zukunft? Ist er eine Warnung? Ich schüttele den Gedanken ab – Alba und ihre Geschichten! –, laufe an der verhüllten Statue von Bismarck vorbei, lasse sie links liegen und biege in eine von Kastanien gesäumte Allee ein. Ben würde durchdrehen, wenn er wüsste, dass ich alleine durchs nächtliche Berlin streife. Aber er läuft ja auch ständig alleine durchs nächtliche Hamburg und findet es vollkommen normal, dass die Stadt und die Straßen ihm gehören. Um die U-Bahn-Haltestelle, die bald vor mir auftaucht, mache ich allerdings einen großen Bogen, was irrational ist, mir könnte hier draußen genauso gut etwas passieren, wie da drinnen, aber hey, ich bin auch nur ein Mensch. Ich habe die Station seit der Sache letztens nicht wieder betreten.

Ich hatte Ben zum Hauptbahnhof gebracht, am Bahnsteig gewartet, bis sein ICE abfuhr, ihm gewunken und bei der Abfahrt pantomimisch so getan, als wollte ich dem Zug hinterherlaufen. Was man eben so macht, nach einem liebestrunkenen Wochenende mit dem Mann seiner Träume. Dann war ich in die U-Bahn nach Hause gestiegen.

Es passierte, als ich den Ausgang meiner Haltestelle beinahe schon erreicht hatte, und eigentlich ist es schnell erzählt. Ich hörte die Aggression, bevor ich sie sah, die Stimmen von ein paar Jungs, Teenager vermutlich, und als ich um die Ecke bog, sah ich sie auch. Drei von ihnen, drei Jungs, alle drei schmächtig, kaum größer als ich. Einer von ihnen trat auf einen vierten ein, der am Boden lag, direkt in den Bauch, und der Junge, der am Boden lag, krümmte sich. Und nun stamme ich zwar aus Berlin und habe dergleichen schon häufiger gesehen, aber das Entsetzen über echte Gewalt im echten Leben hört einfach nicht auf, bei mir jedenfalls nicht, mir kommt das jedes Mal schier unglaublich vor. Ich rief irgendwas, *Hört auf damit!* vielleicht oder *Seid ihr bescheuert?* oder vielleicht auch einfach nur *Hey!* und rannte auf die Jungen zu. Und ich weiß nicht, was ich erwartete hatte, vielleicht war ich tatsächlich dumm genug anzunehmen, dass sie von dem am Boden liegenden Jungen ablassen und sich davonmachen würden, damit ich in aller Ruhe einen Krankenwagen rufen konnte, aber so war es nicht. Es kam ganz anders, und es ging ganz schnell, drei Augenpaare richteten sich auf mich, dann war einer von ihnen bei mir, und eine Faust explodierte so hart in meinem Gesicht, dass Oben plötzlich Unten war und der Schmerz erst in meinem Hirn ankam, als ich längst am Boden lag. Als ich mich benommen wieder aufgerappelt hatte, waren alle vier verschwunden. Wie lange hatte ich da gelegen? Wie viele Leute waren an mir vorbeigegangen in der Zwischenzeit? Ich wusste es nicht, aber irgendwie kam ich wieder auf die Beine und schaffte es nach Hause. Ließ meinen Mantel und meine Handtasche zu Boden fallen und wankte ins Bad, blickte in den Spiegel. Keine Ahnung, was ich erwartet hatte, aber ich hatte noch alle meine Zähne, meine Nase war nicht gebrochen. Nur unter meinem rechten Auge befand sich eine rötliche Schwellung, die am nächsten Tag vermutlich zu einem veritablen Bluterguss werden würde. Und am Hinterkopf hatte ich mich verletzt, wahrscheinlich, als ich gestürzt und mit dem Kopf auf den Boden aufgeschlagen war. Aber ich blutete nicht, ich musste nicht genäht werden – *nada*. Ich setzte mich auf den Rand meiner Badewanne, und plötzlich kamen mir die Tränen.

Ich weiß nicht genau, weshalb, aber seit der Sache in der U-Bahn-Station denke ich wieder häufiger an meine Mutter. An Dinge, die sie zu mir gesagt hat, als ich klein war. An ihren Mut, ihr Feuer. An ihre wunderschöne Haut, um die ich sie immer beneidet habe. An ihre Hände. Es ist seltsam, mir fallen selten vollständige Szenen ein, meistens sind es Bruchstücke, die mir in den Kopf kommen. Mentale Schnappschüsse, meist von Details. Die Lücke zwischen ihren Schneidezähnen. Die Narbe auf ihrem linken Handrücken. Ihre ausgelatschten Chucks, über die mein Vater sich immer aufregte. Die Ader an ihrer Schläfe, gewunden wie ein Flusslauf. Die silberne Kette mit dem zierlichen Anhänger um ihren Hals, ihr Markenzeichen. Die Art, wie sie nie an einem Streuner vorbeigehen konnte, ob es sich nun um Hunde, Katzen oder Menschen handelte.

Ich laufe weiter Richtung Mitte, folge dem dunklen Klang wie einem nur für mich geknüpften Band. Dann wird der Klang leiser und verstummt schließlich ganz. Ich bleibe stehen. War dieses Geräusch wirklich da? Habe ich es mir eingebildet? Ein Polizeiwagen, der mit eingeschaltetem Blaulicht durch die leeren Straßen rast, reißt mich aus meinen Gedanken, und ich beschließe, nach Hause zu gehen.

Im Grunde ist es warm für die Jahreszeit, die Temperaturen liegen deutlich über null, doch irgendwann in der Nacht hat leichter Regen eingesetzt, der zwar längst aufgehört, der Stadt jedoch eine feuchte Kühle zurückgelassen hat, die mir gerade in jede Ritze kriecht. Ich schlage den Weg nach Hause ein und entschließe mich, beim Späti bei mir in der Straße noch schnell ein Bier zu kaufen.

Das charakteristische Bimmeln, das ertönt, wenn man bei Mesut den Fuß über die Schwelle setzt, gibt mir sofort ein Gefühl von Sicherheit. Mesut – notorisch übellaunig und wortkarg – wohnt gemeinsam mit seinem hinreißenden und stets bestens aufgelegten Freund Franz direkt über dem Laden, wir kennen uns nicht gut, aber dafür schon ewig, sein Späti ist ein Stück Heimat für mich. Ich grüße, doch wie üblich schenkt Mesut mir keine Beachtung. Er kassiert gerade einen Typen mit Baseballkappe ab, und eine weitere Kundin lädt sich den Arm mit Fruchtgummis voll. Erstaunlich, dass um diese Zeit überhaupt Leute unterwegs sind, denke ich, vermutlich gibt es viel mehr Menschen mit chronischer Schlaflosigkeit, als man so meinen würde. Ich wende mich dem Kühlschrank mit den Flaschenbieren zu und entscheide mich für ein Astra, Bens Marke. Auf meinem Weg zur Kasse stoße ich mit dem Typen zusammen, der sich gerade seine Kippenpackung in die Jacke schiebt, er murmelt eine Entschuldigung, aber ich nehme ihn kaum mehr wahr, denn die andere Kundin bedankt sich gerade bei Mesut, klaubt ihre beachtliche Ausbeute an Süßigkeiten zusammen, dreht sich um und schaut mir direkt in die Augen. Nun habe ich in meinem Leben schon viele schöne Menschen gesehen, das geht wohl mit meinem Beruf einher. Zwar werde ich nicht so oft für Fashion Shootings oder Editorials gebucht, wie ich mir das wünschen würde, aber ich hatte schon einige Schauspielerinnen und Models vor der Kamera. Dieses Gesicht jedoch ist so besonders, dass es mir erneut den Atem verschlägt. Und einen Augenblick lang kommt es mir so vor, als wäre die junge Frau, die da vor mir steht, über meinen Anblick ebenso erstaunt wie ich über ihren. Ihre Brauen heben, ihre Augen weiten sich ein bisschen. Als würden wir uns kennen und sie wäre überrascht, mich hier zu sehen. Aber das ist natürlich Quatsch, denn ich weiß zwar, wer Ellen Kirsch ist, aber sie kennt mich nicht.

»Du blutest«, sagt sie.

Ich blinzle.

»Was?«

»Du hast Nasenbluten«, sagt sie, nimmt eine Packung Tempos aus der Tasche, in die sie gerade ihre Fruchtgummipackungen und Schokoladentafeln gestopft hat, und reicht mir eines. Ich betupfe mir die Nase, betrachte erschrocken das viel zu rote Rot.

»Wie unangenehm«, sage ich. »Danke.«

»Bist du okay?«, fragt sie.

»Ja«, antworte ich. »Danke. Das passiert manchmal, wenn ich meine Kräfte anwende.«

Sofort komme ich mir blöd vor, was für ein bescheuerter Spruch, ich bin so ein verdammter Nerd. Doch Ellen lacht.

»Verstehe«, sagt sie. »Na dann … Mach's gut, Eleven.«

Ich muss grinsen, während ich mir das Taschentuch auf die Nase presse und Ellen Kirsch in der Nacht verschwindet. Als ich mir sicher bin, dass das Nasenbluten aufgehört hat, stopfe ich das Tempo in meine Manteltasche und wende mich Mesut zu, der die ganze Szene schweigend beobachtet hat.

»Alter, woher kennst du Ellen Kirsch?«, fragt er schließlich.

Ich wundere mich. War ich bis gestern wirklich der einzige Mensch auf dem Planeten, der nicht wusste, wer diese Frau ist? Lebe ich unter einem Stein?

»Ich kenne sie nicht. Also, nicht persönlich.«

»Wieso nennt sie dich Eleven?«

»Sag bloß, du hast *Stranger Things* nicht gesehen?«

Er zuckt mit den Schultern.

»Schöne Frau«, sagt er und deutet mit seinem bärtigen

Kinn auf die Tür, durch die gerade ein veritabler Filmstar verschwunden ist.

»Absurd schön«, stimme ich ihm zu.

»Und nett, oder?«, sagt Mesut.

Ich muss grinsen. Wenn ich den griesgrämigsten und abgeklärtesten Menschen benennen sollte, dem ich je begegnet bin, dann wäre das vermutlich Mesut. Und jetzt himmelt er einen Filmstar an. Irgendwie ist mir das sympathisch, auch wenn es mein Weltbild ein wenig durcheinanderbringt.

Als ich es mir auf der Couch bequem gemacht und den ersten Schluck Bier genommen habe, öffne ich Instagram auf meinem Handy und suche nach Ellen Kirsch. Vermutlich liegt es daran, dass ich nach ein paar hässlichen Auseinandersetzungen mit rechten Trollen meine Social-Media-Accounts für ein paar Wochen deaktivieren musste, dass ich nichts mehr mitbekommen habe. Nun, inzwischen bin ich zurück online und stelle fest: Ellen Kirsch hat fast zwei Millionen Follower. Ich klicke auf die Funktion, die anzeigt, welche meiner eigenen Kontakte ihr folgen, und finde einen Großteil meines Freundeskreises. Ellens Feed besteht primär aus einer Mischung aus glamourösen Fotos von Premieren oder Partys, auf denen sie Haute Couture trägt und wie ein Topmodel aussieht, Shots von ikonischen Plätzen wie der Oper in Sydney oder der New Yorker Skyline, aber auch von unheimlichen Orten. Geisterhäusern, ausgestorbenen U-Bahn-Stationen, verlassenen Dörfern. Ich halte inne, als ich ein Foto von ihr finde, auf dem sie während einer Modenschau in der Front Row neben Beyoncé sitzt. In den Kommentaren unter ihrem letzten Post findet sich die auf den Instagram-Seiten von Prominenten übliche Mischung aus überbordender Fan-Liebe und offenem Hass. Ich scrolle ein bisschen und stelle fest, dass da anscheinend zuletzt ein richtiger kleiner Shitstorm tobte. Die neuesten Kommentare sind allerdings größtenteils wohlmeinend und beziehen sich auf einen Talkshowauftritt. Ich spiele kurz mit dem Gedanken, in der Mediathek nach der Sendung zu suchen, aber dann schaue mir doch lieber noch ein paar schöne Fotos aus Ellens Instagram-Feed an.

Wie es sich wohl anfühlen muss, so ein Leben zu führen? Ich nehme noch einen Schluck von meinem Astra. Als ich jünger war, hätte ich alles gegeben, um mit Ellen Kirsch tauschen zu können, aller Shitstorms zum Trotz. Als ich jünger war, wollte ich nichts mehr, als auf die Schauspielschule zu gehen und berühmt zu werden.

Was, wenn die Schauspielschule mich genommen hätte? Wenn ich nicht entschieden hätte, dass die Bühne doch nichts für mich war, wenn ich nicht an die Kunstakademie gegangen wäre, um stattdessen Fotografin zu werden? Hätte ich es noch mal versuchen sollen? Nicht nur das mit der Schauspielerei, sondern alles? Wie bin ich nur in diesem kleinen Studio gelandet, in dem ich die meiste Zeit über Passfotos von Leuten mache, die es zu fünfzig Prozent schaffen, genau in dem Moment die Augen zu schließen, in dem ich den Auslöser drücke?

War ich jemand, der zu schnell aufgab? Während des Studiums hatte ich mir ausgemalt, dass meine Bilder in Galerien hängen würden, dass ich berühmte Menschen ablichten und ein interessantes Leben führen würde. Kurz nach meinem Abschluss hatte ich tatsächlich eine erste Einzelausstellung in einer wichtigen Berliner Galerie. Doch es kam kaum jemand, und verkauft wurde nur ein Werk. Spät am Abend, als die Vernissage längst vorbei, als ich bereits gegangen war. An einen Herrn Hill, was ich deswegen noch so genau weiß, weil er nicht nur mein erster, sondern auch mein einziger Käufer gewesen ist. Ebenso wie die Einzelausstellung meine erste und einzige war. Wie wäre mein Leben verlaufen, wenn ich hartnäckiger gewesen wäre, wo wäre ich jetzt?

Bescheuerte Frage. Das kann niemand wissen, und das ist auch gut so, wir würden alle miteinander durchdrehen, wenn wir das im Nachhinein wissen könnten. Ich packe mein Handy weg, lasse das Bier stehen und lege mich ins Bett, während über Berlin eine fahle Wintersonne aufgeht wie hinter einer Milchglasscheibe.

Und wenn meine Mutter noch da wäre?, denke ich. Was wäre dann aus mir geworden?

Meine Mutter. So viele Stunden bei der Therapeutin, und die Nacht von damals verfolgt mich noch immer. Die Nacht – und das Geheimnis der Stunde davor.

Meine Mutter und ich hatten abgemacht, gemeinsam auf die Fähre zu gehen. Doch unmittelbar vor Abfahrt verschwand sie plötzlich. Sie erklärte sich nicht, sie sagte nur, sie müsse noch etwas erledigen, und verlor sich in der Dunkelheit. Ich war irritiert, wir hatten uns auf die gemeinsame Zeit gefreut, ihr Verhalten leuchtete mir nicht ein, doch ich hinterfragte es zunächst nicht.

Als sie zurückkam, war sie verändert. Sie hatte geraucht, obwohl sie mir versprochen hatte, das nicht mehr zu tun. Sie war so seltsam, offensichtlich mit den Gedanken ganz woanders. Und irgendwann bemerkte ich, dass ihre Kette, die sie zeit ihres Lebens um den Hals getragen hatte, verschwunden war. Ich fragte sie danach. Sie behauptete, sie habe sie daheim gelassen. Und das irritierte mich noch mehr, denn ich hatte das Gefühl, dass das nicht stimmte. Dass sie mich gerade angelogen hatte. Und das erschütterte mich. Vielleicht hätte ich all das längst vergessen, wenn dies nicht die Nacht ihres Todes gewesen wäre.

Daheim, nach allem endlich wieder daheim, suchte ich sie, die Kette, manisch, als könnte ich mit ihr auch meine Mutter wiederfinden. Ich fand sie nie. Die See hatte meine Mutter genommen. Und die Kette, ihr Talisman? Unauffindbar.

Ich hole den Zettel hervor, auf dem ich mir meine Pläne fürs neue Jahr notiert habe, und setze DIE KETTE MEINER MUTTER FINDEN in Großbuchstaben dazu.

5 ELLEN

Ich bin vollkommen geschafft, aber auch erleichtert, als ich, den Arm voller Süßkram, die Wohnung betrete. »Elevens« Gesicht taucht vor meinem inneren Auge auf. Es war seltsam, ihr so unvermittelt zu begegnen, nachdem ich sie so viele Stunden lang in ihrer Wohnung beobachtet habe. Fast fühle ich mich ein bisschen schuldig deswegen; ich habe am eigenen Leibe erfahren, wie es ist, wenn andere deine Privatsphäre nicht respektieren wollen, ich sollte es besser wissen. Ich widerstehe dem Drang, ans Fenster zu treten und zu sehen, was sie macht, setze mich stattdessen auf die Couch und schließe kurz die Augen.

Die Talkshow, die ich mir eher zufällig ausgesucht habe, wurde am frühen Abend aufgezeichnet und bereits um 22.45 Uhr ausgestrahlt. Ich schaue mich in meinem Apartment um, das inzwischen fast bewohnt aussieht. Während ich im Fernsehstudio saß, war Kerstin hier und hat mir die Sachen, die ich mir aus L.A. habe nachschicken lassen, in den Flur gestellt. Ich beschließe, sie ein anderes Mal auszupacken.

Es war seltsam, in einer deutschen Talkshow zu Gast zu sein. In meiner Muttersprache zu sprechen war befreiend, gleichzeitig war ich nervös. Ohne Absprache mit irgendwem mitten in einem Shitstorm in eine Talkshow zu gehen, wo ich das Team nicht kannte und von dem ich nicht wusste, ob es mir auch nur halbwegs wohlgesonnen war, war ein enormes Risiko. Aber alles war in meinen Augen besser, als weiter zu schweigen. Die anderen Gäste bestanden aus einem weiblichen deutschen Popstar, von dem selbst ich bereits gehört hatte, einem Comedian, einer jungen Schriftstellerin, die – wie Monika, die Maskenbildnerin, mir verriet – für ihre bissigen Kommentare bekannt war, dem Überlebenden einer Schiffskatastrophe und einem berühmten Fußballer, der zum Ende seiner Nationalmannschaftskarriere eine Autobiografie herausgebracht hatte.

Während Monika ihr Bestes tat, meine Augenringe zu überschminken, und mir Augentropfen gab, die die Rötung meiner Augen vertreiben sollten, betrachtete ich mich im Spiegel. Stellte mir vor, die Schminke, die die Maskenbildnerin auftrug, sei Kriegsbemalung. Hob das Kinn. Bedankte mich bei ihr. Zog Energie aus dem warmen Lächeln, das sie mir schenkte. Als ich auf dem Stuhl im Studio Platz nahm und Monika mir ein letztes Mal das Gesicht abpuderte, fühlte ich mich bereit. Zumindest einen Moment lang. Und dann spürte ich sie wieder. Wie am Flughafen. Diese düstere Präsenz. Was war das nur? Ich zwang mich, den Blick jetzt nicht durchs Publikum schweifen zu lassen, zwang mich, mich zu konzentrieren. Ich hatte mir ausgebeten, als Erste dran zu sein, und die Redaktion hatte meinem Wunsch entsprochen. Show Time jetzt, alles andere ausblenden. Das konnte ich.

Das Moderationsteam, Cora, eine große, norddeutsche Blondine mit trockenem Humor, und Bernhard, ein jovial wirkender, deutlich älterer Schwiegervatertyp, stellte mich als »deutschen Exportschlager« vor, und ich unterdrückte den Kommentar, dass ich keine Ware sei, sondern ein Mensch, und lächelte einfach ein kleines Lächeln. Der Schwiegervater und ich sprachen ein bisschen über Berlin, darüber, wie es für mich war, wieder in der Stadt zu sein, über die anstehende Premiere von *The Vanishing*, all das. Dann übernahm Cora, und mir war sofort klar, dass es nun ans Eingemachte gehen würde, aber verdammt noch mal, dachte ich, dafür bin ich ja hier. Cora schilderte die, wie sie es nannte, Kontroverse, die ein Handyvideo ausgelöst habe, das zeigte, wie ich einen Fan schlug.

»Seit ein paar Tagen tobt ein Shitstorm im Internet«, fuhr sie fort, »es wird zum Boykott deiner brandneuen Serie aufgerufen – und du hast bisher zu alledem geschwiegen. Wieso hast du dich jetzt entschieden zu sprechen?«

Im Studio war es so still, dass ich hören konnte, wie eine Frau aus dem Publikum, die in der letzten Reihe saß, sich leise räusperte.

»Ich habe tatsächlich lange überlegt, ob ich mich äußern soll«, sagte ich. »Denn machen wir uns nichts vor: Ich habe einem Menschen ins Gesicht geschlagen, und dafür gibt es absolut keine Entschuldigung. Keine. Ich bin ausgerastet. Ich schäme mich dafür. Ich kann das aber nicht ungeschehen machen. Ich kann nur die Verantwortung dafür übernehmen. Und ich bin absolut willens, die Konsequenzen meines Handelns zu tragen.«

Cora sah so aus, als wollte sie etwas einwerfen, entschied sich aber dagegen, ließ mich reden.

»Du hast gefragt, warum ich mich jetzt äußere. Ich habe mich entschieden zu sprechen, weil ich mich entschuldigen muss.«

Ich sah, wie Bernhard zustimmend nickte, Cora hingegen runzelte die Stirn.

»Du hast gerade, als du mich vorgestellt hast, erwähnt, dass es Boykottaufrufe gegen meine brandneue Serie gibt. Und das stimmt, das ist auch mir nicht entgangen. Auch dafür trage ich die Verantwortung. Und das macht mich ehrlich gesagt ziemlich fertig. Denn es ist wahnsinnig unfair.«

»Unfair?«, fragte Cora spitz. »Inwiefern?«

»Na ja«, sagte ich. »Du musst dir vorstellen, wie so eine Serie produziert wird. Wie viele Menschen daran mitarbeiten. Die Autorinnen und Autoren, die Produzentinnen und Produzenten, die Regie, die ganze Crew, Kameramänner und -frauen, Tonleute, Beleuchterinnen und Beleuchter. Die Maske. Der Schnitt. Die Postproduktion, so viele mehr. Und dann natürlich auch noch das Ensemble. Wir Schauspielerinnen und Schauspieler. An *The Vanishing* haben Hunderte von Menschen gearbeitet. Ich war nur ein ganz kleines Rädchen in diesem Getriebe. Alle haben so hart daran gearbeitet, etwas zu kreieren, das den Leuten am Ende Freude macht. Sie zum Nachdenken bringt, sie inspiriert oder sie auch einfach nur gut unterhält. Mit vielen der Menschen, mit denen ich daran gearbeitet habe, bin ich befreundet. Das sind die Menschen, die ich enttäuscht habe. Das sind die Leute, die jetzt dafür bestraft werden, dass ich so unbeherrscht war. Was nicht fair ist, denn sie haben sich nichts zu Schulden kommen lassen.«

Ich suchte und fand die Kamera, sprach hinein. Machte man eigentlich nicht, aber das war mir in dem Moment so was von egal.

»Daher … falls ihr gerade zuschaut: Ich habe richtig Mist gebaut. Es tut mir leid.«

Kurz war es still, dann räusperte sich Cora.

»Das ist ja alles gut und schön«, sagte sie. »Aber solltest du dich nicht zuallererst bei dem jungen Mann entschuldigen, den du verletzt hast?«

Der Moment, auf den das alles hier hinauslief, war da, jetzt musste ich mich entscheiden. Mich auch bei dem zu entschuldigen, wäre die sichere Variante gewesen. Es einfach irgendwie über mich bringen, den angerichteten Schaden begrenzen. Mit etwas Glück wäre der Sturm dann in ein paar Tagen vorüber gewesen, mir wäre womöglich irgendwann vergeben worden, und *The Vanishing* hätte noch eine Chance bekommen. Variante Nummer zwei war ehrlicher und mutiger, aber auch risikoreicher. Viel risikoreicher. Nur ein Wimpernschlag verging, dann hatte ich meine Entscheidung getroffen. Hey, was soll's, dachte ich, *fortune favours the bold,* das hatte ich von Anthony gelernt.

»Ich möchte das noch mal in aller Deutlichkeit sagen: Es gibt keine Entschuldigung dafür, dass ich gewalttätig geworden bin.«

»Klingt, als komme da gleich ein Aber«, wirft Cora ein.

»Aber das Video zeigt nicht alles, was in dieser Nacht passiert ist.«

»Soll heißen?«

»Ich hatte Angst«, sagte ich und merkte, dass es stimmte. »Richtige Angst. Ich war alleine unterwegs. Es war spät abends. Plötzlich tauchen drei Männer auf und belästigen mich.«

Ich hob die Schultern.

»Auf dem Video siehst du nicht sonderlich verängstigt aus«, sagte Cora. »Und davon, dass die Männer dich belästigt haben, ist auch nichts zu sehen.«

»Das haben sie aber.«

Cora breitete die Arme aus, als wollte sie sagen: Und du erwartest, dass wir dir das einfach so glauben?

Okay.

»Kennst du das?«, setzte ich neu an. »Du gehst im Dunkeln nach Hause, und du hörst Schritte hinter dir? Oder dir kommt jemand entgegen, der dir irgendwie verdächtig erscheint? Und du nimmst schnell dein Handy raus und tust so, als würdest du telefonieren?«

Cora schaute kurz verwirrt, dann nickte sie.

»Das kennen wir sicher alle. Zumindest wir Frauen.«

Sie sah sich im Studio um, viele Frauen im Publikum nickten.

»Man tut so, als telefonierte man, oder man kramt in der Tasche nach Pfefferspray oder auch nur nach einem Schlüssel, um sich zur Not verteidigen zu können«, fügte sie hinzu.

Ich nickte.

»Mir passiert es immer mal wieder, dass mir Menschen, meistens Männer, zu nahe kommen. Die meisten sind harmlos. Leute, die sich einfach freuen, mich zu sehen. Aber das kann ich vorher nicht immer wissen. Manchmal versuche ich es mit dem guten, alten Telefontrick. Und, na ja, manchmal filme ich Männer, wenn sie mir zu nahe kommen. Viele lassen sich davon einschüchtern und verschwinden dann.«

Ich machte eine kurze Pause.

»Aber nicht alle.«

Ich konnte sehen, wie der Groschen bei Cora fiel, Bernhard brauchte ein bisschen länger.

»Soll das heißen, du hast auch ein Video von dieser Begegnung?«

Ich nickte und zog mein Handy hervor. Cora und Bernhard sahen sich an, offensichtlich unsicher, wie sie damit umgehen sollten, denn das war nicht abgesprochen gewesen. Bernhards Blick irrlichterte in die Kulissen, wahrscheinlich zur Regie, doch Cora hatte bereits ihre Entscheidung getroffen.

»Kannst du es uns zeigen?«, fragte sie und wies einen der Kameramänner an, das Display meines Handys einzufangen.

Ich rief die Datei auf und klickte auf Play. Das Video war wackelig und zeigte eine nur von der Straßenbeleuchtung und einigen Neonreklamen erhellte Straße, dennoch war alles, was vorging, gut zu erkennen, und der Ton war glasklar.

Die Handykamera schwenkte zwischen drei jungen Männern hin und her. Einer von ihnen hielt ebenfalls eine Handykamera im Anschlag. Sie lachten, aber nichts an der Situation wirkte komisch, die Stimmung war spürbar aggressiv.

»Gefällt euch das?«, hörte man eine Frauenstimme, meine Stimme, fragen, dann kam das Bild einem der Männer ganz nahe.

Er grinste und schnitt der Kamera eine Grimasse.

»Zeigst du uns deine Titten, Elly?«, fragte der andere, und die Kamera schwenkte hektisch zu ihm hinüber.

»Verpiss dich!«, sagte die Frauenstimme.

Sie zitterte merklich. Die Männer kreisten die Kamera ein.

»Ich weiß gar nicht, wieso du dich so anstellst«, sagte einer von ihnen, »wir kennen deine Titten doch eh schon.«

Die Kamera wurde noch unruhiger, bewegte sich von den Männern weg, hin zur Straße. Man sah vorbeifahrende Autos.

»Taxi!«, hörte man die Frauenstimme rufen, sie klang panisch.

Das Taxi rauschte vorbei.

»Verdammte Scheiße«, sagte die Frauenstimme leise.

Sie klang, als würde sie jeden Augenblick anfangen zu weinen. Dann waren die Männer wieder im Bild. Nah, viel zu nah.

»Macht doch nix, Elly«, sagte der junge Mann im Parka und grinste. »Du brauchst doch kein Taxi, wir bringen dich nach Hause.«

Man sah noch, wie er sich auf die Kamera zubewegte, dann verlor die Kamera plötzlich den Fokus und filmte nur noch den Boden, allerdings war ein Aufschrei zu hören, gefolgt von wütendem Gebrüll. Dann Atem, ein Keuchen. Die Frau, die die Kamera hielt, rannte, als ob es um ihr Leben ginge.

»Du hast mir die Nase gebrochen, du blöde Fotze«, hörte man noch, und dann »Wenn wir dich erwischen, machen wir dich fertig«, dann nur noch Verkehrslärm und den Atem der Frau.

Erneut rief sie laut »Taxi! Taxi!«, dann brach das Video ab.

»Oh mein Gott«, hörte ich die Popsängerin leise sagen, die im Studio links von mir saß, ansonsten war es ganz still.

Wider Erwarten fing sich Bernhard als Erstes, während Cora das Ganze vermutlich noch einen Moment lang verarbeiten musste.

»Okay«, sagte er. »Das, ähm, das war sicher sehr unangenehm. Aber das rechtfertigt keine Gewalt, da sind wir uns sicher alle ei–«

»Nein, weißt du was, Bernhard?«, schaltete Cora sich ein. »Ich habe es satt, dass Typen wie diese drei mit so etwas davonkommen. Keiner hier feiert Gewalt, aber, ganz ehrlich? Ich hätte in diesem Moment vermutlich auch zugeschlagen.«

Bernhard schaute, als wäre er derjenige, der gerade einen Faustschlag abbekommen hatte.

Die junge Schriftstellerin, die mir direkt gegenübersaß, nickte.

»Einhundert Prozent«, sagte sie.

»Also, ich weiß nicht, ob ich *zugeschlagen* hätte«, warf der Popstar ein. »Aber ich kann Ellen verstehen. Ich war auch schon mal in einer ähnlichen Situation, und wenn mir nicht zwei andere Mädels zu Hilfe gekommen wären, weiß ich nicht, was ich gemacht hätte. Als ich zu Hause war, habe ich erst einmal ein paar Stunden lang geheult.«

Cora und die Schriftstellerin nickten.

Irgendwann wandten sich Cora und Bernhard den anderen Gästen und Themen zu, was nach dieser intensiven Diskussion etwas seltsam wirkte, aber ich konnte regelrecht in der Luft schmecken, dass der Wind sich gedreht hatte.

Als ich, nachdem der Talkshowauftritt hinter mir lag, in mein Apartment zurückkam, durch die leere Wohnung lief und mich am Küchentisch niederließ, hatte ich das Gefühl, nach tagelangem Luftanhalten erstmals wieder atmen zu können. Irgendwann rollte ich mich auf dem Sofa im Wohnzimmer zusammen und schlief ein paar Stunden lang durch – wie betäubt. Ich erwachte mitten in der Nacht, fühlte den dringenden Wunsch, ein bisschen durch Berlin zu stromern, und beschloss, im Schutze der Dunkelheit wenigstens einmal um den Block zu gehen. Und dann, nachdem ich eine halbe Stunde lang die kalte Winterluft eingeatmet hatte, spürte ich plötzlich, wie mich ein unsichtbares Band zu dem kleinen Späti zog. Zu dem Späti, in den kurz darauf meine schöne, heitere, traurige Nachbarin hereinschneite.

Nun bin ich zurück, in ein paar Stunden wird die Sonne aufgehen. Ich bin komplett allein – von dem kleinen Bild einmal abgesehen, das im Wohnzimmer steht. Ich betrachte Anthonys aus Ölfarbe geformtes Gesicht. Ich habe mir das kleinformatige Selbstbildnis von Anthony, das ich während meiner Zeit im Ausland in einem Berliner Depot eingelagert hatte, herbringen lassen, es spendet mir Trost. Ich erinnere mich so gut daran, wie es vor einigen Jahren in meinen Besitz kam. Ich hatte Anthonys Malerei immer bewundert. Sie hatte etwas angenehm Altmodisches, aus der Zeit Gefallenes, ein mit Magie angereicherter Lucian Freud, so hätte ich ihn vielleicht beschrieben. Nur wenige Menschen wussten, dass er, ein weltweit gefeierter Regisseur, so viel lieber Maler geworden wäre. Ich erinnere mich an ein gemeinsam verbrachtes Wochenende in Wien. Anthony inszenierte gerade am Burgtheater, ich drehte einen Film in Prag und reiste für ein paar Tage zu ihm, die wir ausschließlich in den Kaffeehäusern und in den Wiener Museen verbrachten. Als wir durchs Kunsthistorische schlenderten, ich bei Anthony untergehakt, und vor einem Caravaggio stehen blieben, erzählte er mir, wie er als Kind stets mit seiner Mutter ins Museum gegangen sei und sich vorgestellt habe, wie einst seine eigenen Bilder dort stehen würden. Das rührte mich, und ich wusste nicht, was ich sagen sollte.

Anthony malte ausschließlich Menschen, am liebsten seine Freundinnen und Freunde. Nur ein einziges Mal hatte er sich an einem Selbstporträt versucht, hielt das Werk aber für misslungen. Ich schwatzte es ihm ab, mit Hilfe von ein paar sündhaft teuren Flaschen Bordeaux und vielen guten Worten.

Ich denke daran, dass Anthony inzwischen unter der Erde ist. Ich denke daran, dass alle anderen Menschen, die ihm etwas bedeuteten und denen er etwas bedeutete, beisammengesessen und Geschichten über ihn ausgetauscht, gemeinsam geweint und gelacht und getrunken und geschwiegen haben. Ich erhebe mich wieder und suche in den Sachen, die Kerstin mir gebracht hat, meinen schwarzen Jumpsuit von Stella McCartney und meine passenden Stiefeletten, lege beides auf die Couch und wende mich den Einkaufstüten in der Küche zu, die ich mir an die Haustür habe liefern lassen. Ich packe das Gemüse, das Obst und die Gewürze aus, hole den Fisch aus dem Kühlschrank. Lege Schneidebrettchen, Messer und alle möglichen anderen Utensilien bereit. Es ist mitten in der Nacht, und ich mache mich an die Arbeit.

Meine Unfähigkeit, auch nur die einfachsten Gerichte zuzubereiten, war ein Running Gag zwischen Anthony und mir. Nun bereite ich Kalte Erbsensuppe mit Buttermilch, Thaibasilikum und Zuckermelone zu, rühre Zucchini-Zitronen-Risotto, glasiere Lachs mit Honig und richte ihn an mit grünen Bohnen. Schließlich hole ich das Schokoladenparfait mit Pistazien aus dem Kühlschrank, das ich bereits am Vortag zubereitet habe.

Als Anthonys runder Geburtstag nahte, habe ich mir lange Gedanken darüber gemacht, was ich ihm schenken könnte, und war schließlich auf die Idee gekommen, bei einem angesagten kalifornischen Koch einen Kochkurs zu belegen. In einer drehfreien Woche nahm ich Einzelstunden. Und ich kann immer noch nichts anderes kochen als diese vier Gerichte, die ich für Anthony ausgesucht hatte, weil ich wusste, dass er sie lieben würde, aber die beherrsche ich perfekt. Mein Geschenk zu Anthonys siebzigstem Geburtstag? Ein mit Liebe gekochtes Mahl. Nie im Leben denen ebenbürtig, mit denen er mich so häufig verwöhnt hatte, aber immerhin. Ich hatte es nicht erwarten können, sein Gesicht zu sehen.

Ich decke den Küchentisch für zwei – weiße Tischdecke, Porzellan, blank poliertes Besteck, Weingläser, Kerzenleuchter, Stoffservietten – und betrachte mein Werk. Maddox konnte mich von der Trauerfeier ausladen, aber er kann nicht verhindern, dass ich meine eigene abhalte. Erst im Morgengrauen bin ich fertig, ziehe mich sorgfältig an, schminke mich. Ich blinzele meine Tränen fort, fülle die Weingläser mit dem Riesling vom Mittelrhein, den Anthony so gerne mochte, hebe mein Glas auf ihn und nehme einen großen Schluck.

»Auf die Freude«, sage ich, so wie Anthony es immer getan hatte.

Und fast höre ich, wie er mir antwortet.

6 NICO

Silvester ist einfach plötzlich da, so wie Geburtstage auch immer plötzlich einfach da sind. Zack, wieder ein Jahr vorbei, einfach so. Draußen ist es noch stockfinster, aber ich schiebe meinen Einkaufswagen bereits durch den neonbeleuchteten Supermarkt bei mir um die Ecke auf der Jagd nach Snacks und Getränken für meine kleine Party heute Abend.

Als Kind mochte ich Silvester – wegen des Feuerwerks und des Bleigießens und weil ich viel länger wach bleiben durfte als normalerweise –, aber es machte mir auch Angst. Denn an Silvester sagten Leute zueinander Dinge wie »Guten Rutsch« oder »Kommt gut rüber« oder »Wir sehen uns auf der anderen Seite«, was für mich immer irgendwie gefährlich klang. So, als könnte in dieser Nacht irgendetwas schiefgehen, wenn man nicht aufpasste. So, als bestünde definitiv die Möglichkeit, dass es nicht alle rüberschafften ins neue Jahr. Womöglich, weil irgendwo am Übergang zwischen dem alten und dem neuen Jahr etwas war. Ein Monster vielleicht, dunkel und unförmig, mit schartigen Zähnen. Ein Abgrund. Ich fand nie genau heraus, was es war, aber irgendetwas war dort. Davon war ich als Kind jedenfalls überzeugt. Vor allem, nachdem mein Vater mir nach seiner Rückkehr von einer Reise nach Asien erzählte, dass die Leute in China nie auf die Schwelle ihres Hauses traten, sondern immer darauf achteten, den Fuß direkt in die Wohnung hinein zu setzen, aus Furcht, Geister oder Dämonen könnten sich sonst an ihre Füße klammern und auf diese Weise ins Haus gelangen. So irgendwie stellte ich mir das mit dem Übergang zwischen den Jahren auch vor. Da war eine Schwelle, und man musste sie ordentlich überschreiten, und wer nicht aufpasste, dem krallten sich Geister und Dämonen an die Fesseln und schafften es so hinüber in ein neues Jahr.

Ich schüttele die Gedanken ab und werfe ein paar Chipstüten in meinen Einkaufswagen. Irgendwie hat es sich so eingebürgert, dass meine engsten Freundinnen und Freunde zu Silvester bei mir vorbeischauen, dass wir gemeinsam Raclette machen – kein Fondue mehr seit dem inzwischen legendären, missglückten Dinner von 2015 –, um zwölf gemeinsam anstoßen und dann irgendwohin weiterziehen, wo wir tanzen können. Dieses Jahr ist mir gar nicht so sehr danach, viele Leute bei mir daheim zu haben, ich bin müde und habe Kopfweh und könnte mir gut vorstellen, Silvester einfach zu verschlafen, aber vielleicht ist es ganz gut, dass das auf gar keinen Fall geht, denn auch wenn das momentan verlockend klänge, fände ich es morgen früh wahrscheinlich traurig ohne Ende. Ich bin zweiunddreißig Jahre alt und damit rund siebzig Jahre zu jung, um Silvester einfach so zu verschlafen.

Im Kopf gehe ich gerade noch einmal meine Einkaufsliste durch – ich brauche noch ein paar Flaschen Sekt, dann habe ich alles –, als ich Ellen Kirsch sehe, die vor dem Regal mit den Spirituosen steht. Ich biege in den Gang mit den Kosmetikartikeln ab, obwohl ich gar keine brauche, ehe sie mich sieht, und noch im selben Moment ärgere mich. Ich mache Umwege, damit eine Frau, die ich gar nicht kenne, nicht vielleicht denken könnte, dass ich ihr hinterherspioniere, weil sie zufällig in ein paar Kinofilmen mitgespielt hat. Bescheuert. Wahrscheinlich würde sie mich gar nicht wiedererkennen. Also: vier, fünf Flaschen Sekt und dann ab nach Hause. Ellen steht immer noch vor dem Regal und scheint sich tiefgründige Gedanken über Gin zu machen, als ich mir den Einkaufswagen mit Crémant und Prosecco vollllade, ohne ihr Beachtung zu schenken.

»Eleven«, sagt sie, und ich blicke auf, muss lächeln, denn natürlich finde ich es cool, dass sie mich erkennt, ich bin ja auch nur ein Mensch.

Ich runzle in gespielter Empörung die Stirn.

»Sagen Sie mal, stalken Sie mich?«

Ellen lacht.

»Eigentlich nicht«, sagt sie. »Eigentlich versuche ich nur, schnell ein paar Dinge einzukaufen, bevor es hier zu voll wird.«

Ich nicke, und augenblicklich wird mir klar, dass ein voller Supermarkt für sie etwas ganz anderes bedeutet als für mich, denn in diesem Moment kommt ein junges Mädchen, das mit seiner Mutter einkaufen ist, auf uns zu und fragt Ellen schüchtern nach einem Selfie. Das ist ein ziemlich surrealer Moment, und kurz weiß ich nicht, was ich tun soll. Stehen bleiben, weil wir im Gespräch unterbrochen wurden? Einfach weggehen? Aus schierer Verlegenheit nehme ich noch eine weitere Flasche Sekt aus dem Regal und lege sie in meinen Wagen, während Ellen mit dem Mädchen ein Foto macht.

»Das war ziemlich cool«, sage ich, als Mutter und Tochter, beide selig lächelnd, wieder verschwunden sind.

»Was meinst du?«

»Na ja, du hast der Kleinen gerade ein Erlebnis geschenkt, über das sie noch Monate sprechen wird«, sage ich.

Ellen antwortet nichts darauf, greift sich nur eine billige Flasche Gin aus dem Regal.

»Sorry«, sage ich. »Vermutlich ist es dir lästig ohne Ende, ständig behelligt zu werden, und jetzt erzähle ich dir auch noch, wie toll das ist.«

»Schon okay. So ein kleiner Perspektivwechsel ist manchmal gar nicht so verkehrt«, sagt sie. »Ich bin übrigens Ellen.«

Ich unterdrücke das »Ich weiß«, das mir auf der Zunge liegt.

»Nicolette Roba«, sage ich.

Ellen grinst.

»Stellst du dich immer mit komplettem Namen vor?«

»Eigentlich nicht«, sage ich. »Aber ich kenne deinen kompletten Namen, insofern dachte ich mir irgendwie, ist das nur fair.«

»Nicolette«, wiederholt Ellen. »Schöner Name.«

Ich zucke mit den Schultern.

»Alle nennen mich Nico.«

Der Rest des Tages geht für die Vorbereitungen meiner Party drauf. Als abends meine Freundinnen und Freunde eintrudeln, trage ich Lippenstift und ein Kleid und hohe Schuhe. Das mache ich selten, aber heute ist mir danach. Eigentlich habe ich mir den Silvesterabend als gepflegtes Dinner vorgestellt, aber da habe ich die Rechnung ohne Björn gemacht. Die Karaokemaschine war seine Idee. Björn ist einer meiner langjährigsten und engsten Freunde, auch wenn ich ihn nicht mehr so häufig sehe, seit er der Liebe wegen nach Zürich gezogen ist. Wir sind seit dem Kindergarten befreundet, und ich liebe ihn wie einen Bruder, aber das heißt nicht, dass ich jede seiner Entscheidungen gutheiße. Eine Karaokemaschine zu meinem gepflegten Silvesterdinner mitzubringen war eine grauenhafte Idee, das ist mir bereits klar, als Alba eine experimentelle Version von *Living On A Prayer* grölt, aber nachdem Björn und Brad im Duett *My Heart Will Go On* von Céline Dion zum

Besten gegeben haben, treten die Nachbarn auf den Plan und klingeln Sturm, und ich ziehe dem Teufelsding den Stöpsel, womit ich nur deswegen durchkomme, weil endlich alles fürs Raclette und fürs Bleigießen vorbereitet ist.

Wir quetschen uns an den ausgezogenen Tisch in meinem Ess- und Wohnzimmer, den ich für zehn Personen eingedeckt habe, während Nilgün die Zutaten fürs Raclette geschnippelt hat. Ich habe das gute Porzellan herausgeholt, das ich von meiner Großmutter väterlicherseits geerbt habe, ebenso wie die Leinenservietten und die schöne Tischdecke. Ich habe mir Mühe gegeben und zwischen Raclettepfännchen und sonstigem Utensil drei große Kerzenleuchter aufgestellt, die zwar unpraktisch sind wie nur was, aber wunderschön aussehen, und dass Alba ein schnelles Foto für Instagram macht, ehe sie sich ebenfalls setzt, zeigt mir, dass ich einen guten Job gemacht habe. Ich versuche, Kurt keine Beachtung zu schenken und mich ganz auf Lea zu konzentrieren, die mir gegenübersitzt und die ich viel zu lange nicht gesehen habe. Sie hat mit Mann und Kind einige Wochen in den USA bei ihren Schwiegereltern verbracht, und nun erzählt sie mir, dass sie und Elias darüber nachdächten, Deutschland zu verlassen und nach Tel Aviv zu gehen.

Ehe ich etwas erwidern kann, funkt Alba dazwischen, die anscheinend fertig ist mit Instagram, zumindest für den Moment.

»Sag mal, wo steckt eigentlich Ben?«, fragt sie.

»Ben muss leider arbeiten«, sage ich. »Letzte Schicht vor seiner großen Reise. Er kommt morgen her. Das ist zumindest der Plan.«

Alba zieht die Nase kraus.

»All work and no play«, sagt sie und füllt ihr Raclettepfännchen mit Pilzen. »Und bei euch so? Wie war Weihnachten,

und überhaupt?«, fragt sie an Lea gewandt und pikst zerstreut ein Stück Brokkoli auf.

Lea, die Alba schon tausendmal erklärt hat, dass sie Jüdin ist und Weihnachten gar nicht feiert, verdreht die Augen und spart sich eine Antwort, Elias hingegen lacht.

»Wie auch immer«, sagt Lea und wendet sich demonstrativ wieder mir zu. »Was ich dir die ganze Zeit schon erzählen wollte: Ich soll dich von meiner Chefin grüßen. Britt würde im neuen Jahr gerne mit dir über eine Ausstellung sprechen.«

»Was?«

Ich spüre, wie sich ein Schuss Adrenalin in meinem Körper verteilt. Ich träume seit Jahren davon, einige meiner besten Fotografien in einer renommierten Galerie auszustellen. Einer wie der in Mitte, in der Lea arbeitet.

»Woher weiß Britt überhaupt, dass es mich gibt?«, frage ich.

Lea hebt die Hände.

»Ich habe damit nichts zu tun. Du weißt ja: Ich habe schon vor einer ganzen Weile für dich getrommelt, aber völlig auf Granit gebissen. Sie hat sich deine Sachen noch nicht einmal angeschaut. Wie ich inzwischen weiß, hasst sie es, wenn ihre Angestellten versuchen, befreundete Künstler bei ihr einzuschleusen.«

»Aber wie ist sie dann auf mich gekommen?«

»Genau weiß ich es auch nicht. Sie sagte, jemand, auf dessen Meinung sie viel gebe, hätte sie auf dich aufmerksam gemacht.«

»Das ist unglaublich«, sage ich. Und dann, als mir klar wird, dass Lea und ich seit einer Ewigkeit plaudern und sie erst jetzt mit dieser Info um die Ecke kommt: »Wieso sagst du mir das eigentlich erst jetzt?«

»Ich wollte warten, bis alle Champagner haben«, sagt Lea und grinst.

Ich grinse zurück.

»Auf die Kunst«, erklärt Lea und hebt ihr Glas.

Wir stoßen an, und kurz bin ich glücklich, richtig glücklich.

»Soll ich mich bei deiner Chefin melden, oder kommt sie auf mich zu?«, frage ich, doch Lea kommt nicht dazu, zu antworten, weil ihr Handy vibriert.

»Entschuldigt«, sagt sie, während sie darauf herumscrollt. »Das ist die Babysitterin. Der Satansbraten weigert sich, ins Bett zu gehen. Ich rufe kurz an.«

Alle in Hörweite müssen grinsen, »der Satansbraten« ist ein hinreißender Wirbelwind und in jeder Hinsicht die kleinere Ausgabe seiner Mutter.

Ich trinke mein Glas leer, und irgendwer dreht an der Uhr, und plötzlich ist es kurz vor Mitternacht, und Alba teilt Wunderkerzen aus, Nilgün und Brad und ich füllen Sektgläser nach, während draußen die ersten voreiligen Raketen in die Berliner Luft steigen, während alle, die keine Aufgabe haben, gebannt auf die Zeitanzeige ihrer Handys starren.

»Zehn, neun«, ruft Björn schließlich, und wir fallen sofort ein. »Acht, sieben, sechs, fünf, vier, drei, zwei, eins! Frohes neues Jahr!«

Wir stoßen an und umarmen uns und zünden Wunderkerzen an und küssen uns, und ich schaue auf mein Handy, und genau in diesem Moment ruft Ben an und sagt mir, dass er mich liebt, und ich sage *Ich liebe dich auch, ich freu mich so auf dich morgen,* und Ben sagt *Heute!*, und ich sage *Was?* Und er sagt *Heute, wir sehen uns schon heute.*

Und ich stecke mein Handy weg, und Björn tippt auf meinem MacBook herum, würgt Noga Erez einfach ab, aber wir alle dulden das, denn wir wissen, was jetzt kommt, weil wir diesen Song jedes Jahr um Mitternacht hören, und wir können es kaum erwarten, und als die ersten Takte von REMs *It's the*

End Of the World As We Know It erschallen, drehen wir alle ein bisschen durch, während draußen die Feuerwerksraketen explodieren. Ich tanze mit Björn, wie jedes Jahr seit ich weiß nicht wann, und dann ist der Song vorbei, und ich bin völlig außer Atem, und ich bin sehr, sehr glücklich und auch ein bisschen melancholisch, weil ich dieses Lied nur genau einmal im Jahr höre und weil diese vier Minuten und sieben Sekunden nun vorbei sind. Ich platze gleich vor Freude darüber, dass alles gerade so ist, wie es ist, und vor Trauer darüber, dass es nur genau jetzt so ist und nie wieder so sein wird, und ich bin so unfassbar glücklich, meine Freundinnen und Freunde sind hier, und das mit Ben wird sich regeln, und der Himmel über Berlin explodiert in Farben und Licht. Und Lady Gaga singt *The Edge of Glory*, und am liebsten würde ich uns alle einfrieren in diesem Moment, für immer, denn hier und jetzt ist alles gut, hier und jetzt ist das Universum ein freundlicher Ort, hier und jetzt sind wir sicher.

Und dann ist der Moment vorbei, und Kurt fällt mir wieder ein, und plötzlich bin ich nicht mehr bei meinen Freundinnen und Freunden, plötzlich ist es, als trennte uns eine Plexiglasscheibe, und mein Sektglas und ich verabschieden uns auf den Balkon. Atmen.

»Alles gut bei dir?«, fragt Björn und stellt sich neben mich, legt einen schweren, warmen Arm um meine Schultern.

Ich nicke.

»Und bei dir?«

Er lächelt unsicher, und ich merke sofort, dass etwas im Busch ist. Bin sofort alarmiert. Jeder liebt Björn, und jeder macht sich ständig Sorgen um ihn. In seinem Leben gab es Katastrophen für zehn, alle seine Freundinnen und Freunde wissen das. Und ich bin seine beste Freundin.

»Du bist die Erste, der ich es sage.«

Er schluckt.

»Brad und ich werden im Sommer heiraten. Und wir wünschen uns beide, dass du unsere Trauzeugin bist.«

Und plötzlich haut es mich total um, und ich fange unkontrolliert an zu flennen.

Spätestens seit der Mittelstufe hat Björn mir die Ohren vollgeheult, weil er sicher war, niemals jemanden zu finden, der ihn zurücklieben würde, und eine ganze Weile lang – die Mittel- und Oberstufe hindurch, das Studium und fast sein komplettes Erwachsenenleben hindurch – sah es tatsächlich so aus, bei all den gescheiterten, ungesunden, teils wirklich, wirklich toxischen Beziehungen, in die er sich stets mit größtem Enthusiasmus und weit offenem Herzen stürzte, nur um ein paar Wochen oder Monate später wieder heulend vor meiner Tür zu stehen. Und dann kam vor drei Jahren Brad.

»Oh mein Gott«, sagt Björn. »Ich dachte, du würdest dich freuen.«

»Ich freue mich auch, du Idiot«, sage ich und drücke ihn an mich. »Und wie.«

7 NICO

Die Kerzen sind runtergebrannt, jede einzelne Sektflasche ist ausgetrunken. Ich liege auf der Couch und versuche, meinen Rausch mit Wasser in den Griff zu kriegen. Es ist kurz nach zwei, meine Freundinnen und Freunde sind weitergezogen in irgendeinen Club, doch ich habe es tatsächlich geschafft, mich allen Überredungsversuchen zu widersetzen und standhaft daheim zu bleiben. Ich kneife die Augen zusammen, um die Nachrichten auf meinem Handy zu entziffern, ganz so, als hätte der Alkohol mich kurzsichtig gemacht. Jonathan, mein kleiner Bruder, hat ein paarmal angerufen, zweimal kurz nach zwölf, und dann noch einmal – wahrscheinlich heimlich aus seinem Kinderzimmer – gegen halb zwei. Er wird enttäuscht gewesen sein, dass ich nicht rangegangen bin, und kurz spiele ich mit dem Gedanken, ihn auf gut Glück zurückzurufen, aber wahrscheinlich würde ich ihn nur wecken, und außerdem bin ich eindeutig zu betrunken, um Gespräche mit einem Neunjährigen zu führen. Ich öffne meine Textnachrichten und finde eine Flut von Neujahrswünschen.

Happy New Year!, steht da dutzendfach, oder *Frohes neues Jahr!*, mal mit, mal ohne Champagner-Emojis. Dazu eine knappe Nachricht von meinem Vater und seiner zweiten Frau, von *ihrem* Handy. *Frohes neues Jahr von Angélique und Günther.*

Nicht Papa, sondern Günther. Ich ziehe eine Grimasse und lege mein Handy beiseite. Wie es Angélique und Günther gelingen konnte, einen so verdammt feinen Kerl wie Jonathan hinzubekommen, ist mir ein absolutes Rätsel. Ich hole mir ein weiteres Glas Wasser und beschließe mit einem Blick auf den Esstisch und die Küche, doch noch heute Nacht aufzuräumen, statt das Ganze bis zum Morgen aufzuschieben. Dann kommt mir eine Idee, ich hole mein Handy, steige auf einen Stuhl und mache ein paar Schnappschüsse des ehemals prächtig eingedeckten, nun komplett zerstörten Arrangements. Ich öffne Instagram, und genau in dem Moment geht eine neue Nachricht ein. Instinktiv tippe ich darauf.

Sie ist von Ellen Kirsch. Und ich stelle fest, dass mein Herz sofort ein wenig schneller schlägt.

Party schon vorbei?

Ich zögere kurz.

Ja, aber woher weißt du das?, tippe ich.

Die Antwort kommt sofort.

Ich kann dich sehen.

Ich runzle die Stirn, dann kapiere ich und drehe mich um. Im schicken Altbau gegenüber steht Ellen an einem der hell erleuchteten Fenster, eine Hand zum Gruß erhoben. Hinter ihr kann ich zahlreiche andere Leute erkennen, die sich in einem unhörbaren Takt bewegen oder rauchend herumstehen.

Deine läuft noch, wie ich sehe, tippe ich.

Als ich wieder aufblicke, steht Ellen nicht mehr am Fenster, und ich bin ein bisschen enttäuscht, aber nur kurz. Ich mache mich daran, das dreckige Geschirr abzuräumen und die benutzten Aschenbecher vom Balkon hereinzuholen. Als es ein paar Minuten später an meiner Tür klingelt, taumele ich Richtung Gegensprechanlage.

»Hallo?«

»Hallo, Nachbarin. Hier ist Ellen. Frohes Neues!«

Jetzt bin ich wirklich überrascht.

»Oh«, sage ich. »Hi. Frohes Neues. Ähm, alles klar? Möchtest … Möchtest du reinkommen?«

»Nicht wirklich«, sagt sie. »Sag mal, hast du vielleicht Lust auf einen Spaziergang?«

Ich überlege kurz. Eigentlich nicht. Oder zumindest nicht unter normalen Umständen.

»Klar«, sage ich. »Gib mir zwei Minuten, ich zieh mir nur kurz was an.«

Auf der Straße ist nicht halb so viel los, wie ich erwartet hätte, die meisten Nachtschwärmer haben längst ihre Clubs gefunden, und die Kids, die um Mitternacht mit Böllern um sich geworfen haben, sind vom Regen, der gegen eins eingesetzt hatte, vertrieben worden. Inzwischen hat es aufgehört zu regnen, doch der Asphalt glänzt nass, die Rücklichter der Taxis spiegeln sich in den Pfützen.

Ellen hat sich einen grünen Parka über das schwarze Kleidchen gezogen, ihre Beine stecken in einer schwarzen Wollstrumpfhose und in schweren Boots. Knallroter Lippenstift leuchtet unter ihrer Kapuze hervor, und über ihrer Schulter hängt eine große schwarze Tasche, die sehr teuer aussieht.

»Hey«, sage ich, als sie sich zu mir umdreht. »Alles okay bei dir?«

»Klar«, sagt sie. »Wieso?«

»Weil du vor deiner eigenen Party flüchtest.«

Sie lacht.

»Das tue ich gar nicht, ich musste nur mal raus.«

»Ist das nicht dasselbe?«

»Ich gehe ja wieder zurück«, sagt sie. »Nur jetzt noch nicht.«

Ellen betrachtet mich mit gerunzelten Brauen.

»Was ist?«, frage ich.

»Du hast nichts mitbekommen, oder?«

»Wovon?«

»Dem Sturm in der Presse? Der Talkshow?«

»Ich habe mitgekriegt, dass du in einer Talkshow warst«, antworte ich. »Aber ich habe sie mir nicht angeschaut. Wieso fragst du?«

»Ach, nur so«, sagt sie. »Du hast mir nur gerade auf wohltuende Art und Weise in Erinnerung gerufen, dass nicht alle permanent die Klatschspalten verfolgen. Oder Talkshows gucken. Oder den ganzen Tag auf Twitter rumhängen.«

Ich nehme das so hin, ohne weiter nachzufragen. Ich bin ein bisschen unschlüssig. Was passiert hier gerade? Was möchte sie von mir? Instinktiv haben wir uns in Bewegung gesetzt, schlendern Richtung Mitte, weichen hier und da den Pfützen aus.

»Wir sind also Nachbarinnen«, sage ich.

»Nachbarinnen auf Zeit«, sagt Ellen.

»Wie meinst du das?«

»Das ist eine Airbnb-Wohnung. Hat die Produktion für mich angemietet, während ich in Berlin Promo für *The Vanishing* mache. Ich wollte nicht ins Hotel, und meine eigene Wohnung hier habe ich schon länger nicht mehr.«

»Wo wohnst du denn?«, frage ich, und sofort komme ich mir zu neugierig vor, dabei habe ich das aus simplem zwischenmenschlichem Interesse gefragt, nicht, um *Ellen Kirsch* auszuhorchen.

»Mal hier, mal da«, sagt sie, und ich habe nicht das Gefühl, dass sie mir ausweicht, sondern dass das schlicht die Wahrheit ist.

»Bist du okay?«, frage ich.

Ich spüre ihr Zögern, der Moment dehnt sich.

»Ach«, sagt sie schließlich. »Ich mag die meisten Leute auf meiner Party nicht besonders.«

»Wieso hast du sie dann eingeladen?«, frage ich.

»Keine Ahnung, das war ein Selbstläufer. Ich bin selten in der Stadt, und als ich vor ein paar Monaten beschlossen habe, den Jahreswechsel in Berlin zu verbringen, schien es mir noch eine gute Idee zu sein, einfach alle Berliner Freundinnen und Freunde an einem Abend abzufrühstücken. Also habe ich Einladungen verschickt. Es sollte eigentlich nur eine kleine Sache werden. Wie der Abend bei dir. Aber dann haben alle möglichen beruflichen Kontakte und jede Menge Freunde von Freunden Wind davon bekommen, dass ich eine Party veranstalte, und das Ganze ist außer Kontrolle geraten, irgendwie. Ausgerechnet jetzt.«

»Was meinst du?«

»Ach, es ist einfach viel passiert in letzter Zeit. Ich habe jemanden verloren, der mir sehr nahestand.«

»Das tut mir leid«, sage ich.

Sie schweigt kurz.

»Ich bin froh, dass ich ausgebüchst bin. Hier draußen ist es so viel netter.«

Ich sehe mich um. Überall liegt Müll herum, und wir müssen permanent aufpassen, nicht in Glasscherben zu treten.

»Findest du?«, frage ich.

Ellen nickt.

»Magisch«, sagt sie. »Silvester und Neujahr sind magisch.«

Eine Weile lang gehen wir schweigend.

»Ich habe über das nachgedacht, was du im Supermarkt gesagt hast«, sagt Ellen schließlich. »Dass das Mädchen, mit dem ich das Selfie gemacht habe, sich noch lange daran erinnern wird.«

»Das wird sie ganz sicher.«

Ellen zieht an ihrer E-Zigarette.

»Glaubst du, eine Begegnung kann ein Leben verändern?«, fragt sie.

Ich zögere keine Sekunde.

»Natürlich! Was für eine Frage! So etwas passiert andauernd! Nehmen wir nur das Mädchen von gestern. Du hast ihr für einen Moment das Gefühl gegeben, etwas ganz Besonderes zu sein. Das Gefühl, dass für sie alles möglich ist. Ich meine, wenn man im Supermarkt nebenan an einem Samstagmorgen um kurz nach halb acht einen Hollywoodstar treffen kann, was ist dann noch alles möglich? Endlich diesen Jungen oder dieses Mädchen anzusprechen, für das man schwärmt? Sich um die Hauptrolle im Schulmusical zu bewerben oder Medizin zu studieren oder zum Mars fliegen oder was auch immer es für einen eben ist, erscheint plötzlich einen Hauch möglicher. Das ist nicht wenig!«

Ellen strahlt mich an.

»Ich glaube, du wärst der bessere Star als ich«, sagt sie.

»Also, ich habe in meinem Leben schon viel Unsinn gehört, aber das noch nicht«, antworte ich.

»Doch, wirklich«, sagt Ellen. »Du würdest wahrscheinlich irgendwas richtig Cooles anstellen mit deiner Prominenz. Eine Stiftung gründen, Menschen dazu inspirieren, Gutes zu tun und über sich hinauszuwachsen, die Welt verändern – was weiß ich. Ich hingegen will einfach nur arbeiten.«

»Ist doch okay«, sage ich, obwohl ich ehrlich gesagt finde, dass eine so prominente Frau wie Ellen eine gesellschaftliche Verantwortung hat.

Sie schaut mich forschend von der Seite an, während wir einer betrunkenen Radfahrerin ausweichen, die uns in Schlangenlinien auf dem Gehweg entgegenkommt und beinahe umfällt, als sie Ellen erkennt.

»Was hast du gerade gedacht?«, fragt Ellen.

Ich überlege kurz, dann entscheide ich mich zur Ehrlichkeit.

»Ich habe gedacht, dass ich das schade finde.«

»Was meinst du?«

»Na ja«, sage ich. »Es ist schade, dass du deinen Einfluss nicht nutzen willst! Wie oft habe ich mir auf Demos die Beine in den Bauch gestanden und die Kehle heiser gebrüllt? Wie viele Nächte lang habe ich online mit rechten Trollen gestritten? Und wofür? Alles zischende, sofort verpuffende Tropfen auf einen viel zu heißen Stein. Du hingegen könntest wirklich Einfluss nehmen.«

Ellen legt den Kopf schief.

»Ich nehme Einfluss«, sagt sie. »Im Kleinen. Auf die Menschen, denen ich wirklich begegne, von Angesicht zu Angesicht. Ich versuche, jeden Ort ein bisschen besser zu hinterlassen, als ich ihn vorgefunden habe. Und ich versuche, den Menschen mit Respekt zu begegnen. Ich glaube total an das, was du sagst. Ich glaube, dass eine einzige Freundlichkeit einen Unterschied macht. Ich glaube tatsächlich, dass eine einzige Begegnung ein Leben verändern kann. Ich versuche, mehr zu geben, als ich nehme, und eine anständige Person zu sein. Alles andere ist Schall und Rauch. Vor allem das Internet.«

»Aber du bist doch auch auf Instagram«, sage ich.

»Instagram ist eine Performance«, sagt Ellen. »Mehr nicht.«

Ein paar Minuten lang gehen wir schweigend, hängen wohl beide unseren Gedanken nach.

»Wieso bist du Schauspielerin geworden?«, frage ich, als wir an einem weiteren, riesigen Plakat von *The Vanishing* vorbeikommen. »Was hat dich angezogen?«

Ellen überlegt kurz.

»Die Verwandlung«, sagt sie dann.

Ich weiß sofort, was sie meint. Sie mag technisch nicht die versierteste Schauspielerin sein, aber sie ist in der Lage, sich in ihre Rollen zu verwandeln, wie keine zweite.

Erneut spüre ich, wie sie mich von der Seite her betrachtet.

»Hast *du* eigentlich mal gespielt?«

Ich sehe sie erstaunt an.

»Wie kommst du darauf?«, frage ich.

Ellen hebt die Schultern.

»Das habe ich tatsächlich«, sage ich. »Ist lange her.«

»Mochtest du's?«

»Ich habe es geliebt.«

»Wieso hast du aufgehört?«

»Keine Ahnung.«

»Vermisst du's?«

»Nein«, sage ich. »Eigentlich nicht. Ich mochte es, in eine andere Haut zu schlüpfen. Aber aktuell interessiere ich mich am meisten dafür, ich zu sein. Was auch immer das heißt.«

»Recht hast du«, sagt Ellen. »Wir müssen nicht darauf warten, dass irgendein Regisseur uns eine Hauptrolle gibt, wir haben alle die Hauptrolle in unserem Leben.«

Sie überlegt.

»Und … was machst du so?«, fragt sie nach einer Weile. »Ich weiß gar nicht, was du arbeitest.«

»Ich bin Fotografin. Ich habe ein Fotostudio.«

»Cool«, sagt sie. »Magst du deinen Job?«

»Ja«, sage ich. »Schon. Von der Buchhaltung mal abgesehen.«

Wir kommen an einer Dönerbude vorbei, der Geruch von Frittenfett hüllt uns ein, und Ellen bekommt glänzende Augen.

»Oh mein Gott, jetzt ein Bier und 'ne Tüte Pommes«, sagt sie. »Nektar und Ambrosia, Speisen der Götter.«

»Gibt's auf deiner fancy Party nichts zu essen?«, frage ich belustigt.

»Jedenfalls nichts Frittiertes«, sagt Ellen. »Ich liebe Frittiertes.«

Wer tut das nicht?

Zehn Minuten später laufen wir mit je einer Portion Pommes rot-weiß durch die Nacht.

»Ich würde deine Arbeiten gerne mal sehen«, nimmt Ellen den Faden wieder auf. »Hast du eine Homepage oder so was?«

»Schon«, sage ich. »Aber die müsste ich dringend mal überarbeiten.«

Die Wahrheit ist, dass ich nicht sonderlich stolz auf meine letzten Arbeiten bin. Ihnen fehlt das Leben, ich weiß auch nicht, wieso. Irgendetwas ist mir verloren gegangen.

»Wenn du noch mal neu anfangen könntest, würdest du dann noch mal denselben Job wählen?«, fragt Ellen.

»Meine Güte, deine Fragen gehen wirklich ans Eingemachte«, sage ich.

»Findest du? Dann solltest du dich mal in eine Talkshow setzen«, sagt Ellen und lacht. »Und?«, setzt sie nach.

»Ja«, antworte ich. »Definitiv. Ich liebe meine Arbeit. Ich bin nur irgendwie vom Weg abgekommen, schätze ich. Ich wollte immer Künstlerin sein. Inzwischen mache ich aber vor allen Dingen kommerziellen Kram. Ist aber okay. Es könnte wirklich schlimmer sein.«

Ellen sagt nichts dazu.

»Und du?«, frage ich schließlich.

»Ich was?«

»Was wärst du gerne?«

Ellen überlegt kurz.

»Frei«, sagt sie dann.

»Bist du das nicht?«

Sie lacht. Vor uns liegt der Park, und Ellen steuert genau darauf zu.

»Jetzt verstehe ich, worauf das Ganze hier hinausläuft«, sage ich, nur halb im Scherz. »Du willst Drogen kaufen, oder?«

»Unsinn. Ich will nur ein bisschen Magie.«

»In einem Berliner Park? Nachts?«

Mir wird langsam klar, dass Ellen nicht alle Tassen im Schrank hat. Sie bleibt stehen, als hätte sie meine Gedanken erraten.

»Glaubst du an Magie?«

Ich runzle die Stirn.

»Wie in *Harry Potter*?«

»Nein«, sagt sie. »In echt.«

Ich schüttele den Kopf. Frage mich, ob sie auf Drogen ist. Das würde erklären, wieso sie lieber mit einer dahergelaufenen Frau, der sie zufällig im Supermarkt begegnet ist, durch die Gegend zieht, statt auf ihrer schicken Party in ihrem schicken Penthouse mit irgendwelchen wichtigen Leuten Champagner zu trinken.

»Ist es dir schon mal passiert, dass du vorher wusstest, was geschehen würde?«, fragt Ellen.

»Mir? Nicht, dass ich wüsste, nein. Meine Großmutter hat behauptet, sie habe das zweite Gesicht, aber ich habe davon ehrlich gesagt nie etwas bemerkt. Und die Mutter meiner Freundin Alba kann es angeblich spüren, wenn jemand stirbt. Creepy wie nur was, wenn du mich fragst.«

Ellen lächelt.

»Also, ich kann überhaupt nichts voraussehen. Aber manchmal kann ich fühlen, dass gleich etwas Magisches passieren wird.«

»Und das fühlst du jetzt gerade?«

Sie nickt, und das alles ist so wundervoll verrückt, dass ich einfach mal fünfe gerade sein lasse und mit Ellen zusammen den kleinen Park betrete. Der feuchte Kies knirscht unter unseren Füßen, wir hören das leise Rauschen der vorbeifahrenden Autos an der Straße, die wir gerade hinter uns gelassen haben, und eine lachende Frau in der Ferne, sonst nichts. Vor uns taucht eine Bank auf, auf der tagsüber vermutlich rauchende Jugendliche hocken. Ellen wischt sie mit ihrem Ärmel notdürftig trocken und setzt sich, ich tue es ihr nach.

Eine Weile sitzen wir schweigend, ich esse meine Pommes frites – Ellen ist längst fertig – und versuche, mich nicht davon irritieren zu lassen, dass sie mich von der Seite beobachtet.

»Deine Haare sind der Wahnsinn«, sagt sie.

»Ich weiß«, antworte ich. »Und wenn du mich jetzt gleich fragst, ob du sie mal anfassen darfst, ramme ich dir die hier ins Bein.«

Ich hebe meine Frittengabel. Ellen lacht.

»Hatte ich nicht vor.«

Und plötzlich ist es still um uns herum, der Stadtverkehr dringt nur noch leise an unsere Ohren, scheint schließlich ganz zu verschwinden. Ich lege den Kopf in den Nacken und kann tatsächlich ein paar Sterne erahnen, die hier und da zwischen den orangeroten Wolken hervorblitzen.

»Gib mir deine Hand«, sagt Ellen, und das mache ich.

Meine Hand ist eiskalt, die von Ellen ist warm, und es fühlt sich gut an, sie festzuhalten. Es ist nichts Romantisches dabei, Ellen ist einfach die Art von Person, die gerne die Hand eines anderen Menschen hält, das ist mir augenblicklich klar.

Im Gebüsch raschelt es, vermutlich eine Amsel oder so was. Ich schaue mich um, mir ist unwohl dabei, hier herumzusitzen. Klar finde ich, dass Frauen sich die Nacht zurückerobern sollten, aber das hier ist einfach nur fahrlässig, und langsam kriege ich Angst.

»Ich glaube, Magie hat es schwer heutzutage«, flüstere ich.

Ellen schaut an mir vorbei und lächelt. Ich wende den Kopf, folge ihrem Blick und sehe einen Fuchs, der vom Gebüsch her auf uns zukommt. Zwei, drei Meter von uns entfernt bleibt er stehen. Er steht einfach da und sieht uns aus unergründlichen Augen an. Wunderschön ist er, und ich traue mich kaum zu atmen. Was für ein unglaubliches und – ja – magisches Wesen.

Der Fuchs sieht noch einen Moment lang zu uns herüber, dann dreht er sich um und verschwindet ohne Eile wieder im Gebüsch.

Es dauert einen Moment, bis wir die Sprache wiederfinden.

»Nico? Was wünschst du dir fürs neue Jahr?«, fragt Ellen leise.

Ich überlege.

»Mehr Magie in meinem Leben. Und mehr Leben in meinen Bildern.«

Ellen lächelt.

»Und ich würde gerne mal wieder ans Meer fahren«, sage ich.

Das habe ich schon lange nicht mehr gemacht. Aus den offensichtlichen Gründen.

»Und ich würde gerne jemandem helfen, der es braucht«, füge ich hinzu.

Ich glaube, das würde meiner Mutter gefallen.

Eine Weile sagt keine von uns beiden etwas. Schließlich ist es Ellen, die die Stille beendet.

»Hast du Lust auf einen kleinen Ausflug?«

»Wohin?«, frage ich.

»Ins Museum.«

»Was, jetzt?«

Ich schaue auf meine Uhr, als hätte ich nicht eine ziemlich genaue Vorstellung davon, wie spät es ist. Kein Museum dieser Stadt hat jetzt noch auf.

»Ja«, sagt Ellen. »Komm.«

Sie steht auf und streckt sich wie eine Katze.

»Komm«, sagt sie erneut.

Also mache ich das. Wir verlassen den Park, und an der Straße bleibt Ellen kurz stehen und schaut sich um. Ich bin immer noch erstaunt, wie wenige Menschen unterwegs sind, das Wetter mag scheußlich sein, aber das hier ist Silvester in einer Millionenstadt, die Leute hier sind tough, aber heute haben sie sich von ein wenig kaltem Regen von den Straßen vertreiben lassen.

»Soll ich uns ein Taxi rufen?«, frage ich.

Ellen schüttelt den Kopf, hebt den Arm, als sie einen schwarzen Audi auf uns zurollen sieht. Der Wagen hält direkt vor uns, und Ellen hält mir die Tür auf. Ich rutsche auf die Rückbank und sehe, wie der Fahrer, ein Mann mit braunen Augen und gepflegtem Bart, der ungefähr im Alter meines Vaters sein muss, mir im Rückspiegel einen Blick zuwirft.

»Andrej, das ist Nico«, sagt Ellen. »Nico, das ist Andrej.«

Der Mann schenkt mir ein knappes Nicken, während Ellen sich neben ihn auf den Beifahrersitz fallen lässt. Die beiden plaudern über Andrejs Kinder, über die Ellen ziemlich gut informiert zu sein scheint, während der Audi fast geräuschlos durch die leeren Straßen gleitet. Ich lehne mich einfach zurück und warte ab, was es mit all dem hier auf sich hat. Wir sind unterwegs nach Mitte, so viel ist klar. Ob Ellen dort mit einem privaten Sammler verabredet ist? Oder mit einer Galeristin? Ich denke an die Galeristin, mit der ich mich auf Leas Betreiben hin in ein paar Tagen treffen werde, und während ich mir

Gedanken darüber mache, welche meiner Werke ich ihr zeigen sollte, um sie für mich einzunehmen, driftet mein Bewusstsein weg, und ich schlafe ein.

Als ich erwache, blicke ich in Ellens belustigtes Gesicht. Sie hält mir die Wagentür auf, und die kühle, feuchte Luft, die von draußen ins Innere strömt, weckt mich zumindest halbwegs auf. Ich bedanke mich bei dem Fahrer und steige aus. Und erst jetzt begreife ich, wo wir sind. Ich hebe die Brauen, schlinge die Arme um den Körper. Vom Wasser her steigt eine Kälte auf, die mir sofort durch Mark und Bein geht. Links ist in der Ferne der Fernsehturm zu sehen, vor uns, auf der anderen Seite des Wassers, liegt die Museumsinsel.

»Wirklich?«, frage ich. »Jetzt?«

»Komm«, sagt Ellen nur. »Sonst kommen wir noch zu spät.«

Vielleicht liegt es daran, dass ich eben tatsächlich noch geschlafen habe, aber ich folge ihr wie durch einen Traum. Das Wasser, die Brücke, kein Mensch weit und breit außer der schmalen, schönen Gestalt neben mir, ihr leuchtend roter Lippenstift wie ein kleines Leuchtfeuer in der Dunkelheit. Wir gehen auf den Eingang des Museumsbaus zu, der in hell beleuchteter Pracht am äußersten Zipfel der Insel thront.

Ellen wirkt äußerlich ganz ruhig, aber ich spüre ihre innere Unruhe sofort, weil sie sich ein Stück weit auf mich überträgt. Ich betrachte sie von der Seite, ihr Gesicht, das auf praktisch jeder Plakatwand der Stadt prangt und das mir schon jetzt so seltsam vertraut ist, und mir ist, als könnte ich sehen, was darunter liegt. Kurz kommt es mir so vor, als würden wir uns seit Jahrzehnten kennen, seit Jahrhunderten vielleicht, und ich beiße mir auf die Zunge, um nichts dergleichen zu sagen, denn das wäre seltsam und ein Klischee noch dazu.

Ellen zieht an ihrer E-Zigarette. Sie macht ein zischendes

Geräusch und verströmt einen Geruch, der mich an die gletscherblauen Bonbons erinnert, die ich als Kind so gerne gegessen habe. Sie wirft mir einen Blick zu, während wir auf das Museum zugehen.

»Ich will dir was sagen, aber du musst versprechen, nicht zu lachen«, sagt sie.

»Okay«, antworte ich, neugierig.

»Mir kommt's so vor, als würden wir uns schon ewig kennen.«

Ich muss lachen.

»Unfassbar«, sagt Ellen. »Man kann sich heutzutage echt auf niemanden mehr verlassen.«

»Ich habe vor ungefähr dreißig Sekunden dasselbe gedacht«, sage ich. »Nur deswegen habe ich gelacht.«

»Na klar«, sagt sie.

Ich lege eine Hand aufs Herz und hebe die andere wie zum Schwur. Ellen grinst, und als ich meine Aufmerksamkeit wieder auf den Prunkbau vor uns richte, sehe ich den kleinen, schmalen Herrn, der, ganz in Schwarz, davor steht und auf uns wartet.

»Guten Abend«, ruft er, als wir uns ihm nähern. »Willkommen, willkommen.«

Er schlottert in seinem offenen dunklen Mantel, unter dem ein eleganter schwarzer Anzug zu sehen ist. Er hat graues Haar, das ihm in sein seltsam knabenhaftes Gesicht fällt. Seine Augen sind freundlich und hellwach, und ich mag ihn sofort. Er nickt mir freundlich zu, dann wendet er sich Ellen zu. Statt ihr die Hand zu geben oder sie zu umarmen, nimmt er ihre beiden Hände in die seinen und sagt etwas zu ihr, das ich nicht verstehe, das ihr jedoch die Tränen in die Augen treibt. Sie blinzelt sie fort, schaut ihm in die Augen und murmelt ein stimmloses *Danke*.

Ich weiß nicht, was da zwischen den beiden vor sich geht, aber der Moment geht vorbei. Ellen fasst sich.

»Nico«, sagt sie und wendet sich mir zu. »Das ist Claude, der Direktor dieses Hauses. Claude, das ist meine gute Freundin Nico.«

Wir schütteln uns die Hände, und Claude schenkt mir ein reizendes kleines Lächeln, ehe er meine Hand wieder loslässt.

»Claude wird uns eine kleine Führung durch das Museum geben«, sagt Ellen.

»Es ist mir eine Ehre, meine Damen«, antwortet Claude und deutet eine Verbeugung an.

»Folgen Sie mir bitte«, sagt er und stößt den Haupteingang zum Museum auf. »Hier draußen ist es doch fürchterlich kalt.«

Ellen folgt ihm auf dem Fuße, und nach ihr betrete auch ich das hell erleuchtete Foyer. Der Raum wirkt eigenartig. Es ist lange, lange Jahre her, dass ich zuletzt auf der Museumsinsel war, doch in Museen gehe ich per se gerne und häufig, und kurz bin ich irritiert, ehe ich begreife, was mir so seltsam vorkommt an diesem Ort. Die Menschen fehlen. Das ist so offensichtlich, dass ich einen Moment brauche, um es zu begreifen. Während ich noch in der Halle stehe und mich umsehe, meinen Blick hinauf zur Kuppel, über das monströs große Reiterstandbild, all die Säulen und Statuen in ihren Nischen schweifen lasse, haben Claude und Ellen die Halle bereits durchquert. Sie scheinen genau zu wissen, wo sie hin möchten, und ich beeile mich, ihnen zu folgen.

»Es ist wahnsinnig nett von Ihnen, dass Sie eigens Ihre Silvesterfeier für uns unterbrechen«, sagt Ellen gerade, als ich zu ihnen aufschließe und hinter den beiden die Treppe hinaufgehe.

»Nicht der Rede wert«, sagt Claude. »Wenn ich alles richtig im Kopf habe, dann interessieren Sie sich besonders für einige Objekte unserer Skulpturensammlung und für die Leihgaben aus der Gemäldegalerie?«

Ellen nickt.

»Und Sie, Nico?«, fragt Claude, während wir ihm einen Gang entlang folgen, von dem zur Rechten verschiedene Räume abgehen, aus denen ich leises Flüstern höre.

Wir sind also doch nicht ganz allein hier. Vermutlich gibt es einige reiche Berliner Bürgerinnen und Bürger, für die der Herr Direktor gerne mal seine eigene Silvesterfeier unterbricht.

»Bitte?«, frage ich zerstreut.

»Gibt es etwas, womit ich Ihnen eine besondere Freude machen kann?«

Ich überlege kurz, doch ich bin zu wenig bei mir, um eine kohärente Antwort zu geben.

»Mein Kopf ist ein leerer Tanzsaal«, sage ich.

»Büchner«, sagt Claude entzückt und klatscht in die Hände, und ich wundere mich, dass er mein kleines Zitat erkannt hat. Tatsächlich habe ich als Teenager einst an einer Produktion von Büchners Leonce und Lena mitgewirkt und kann Teile des Textes immer noch auswendig.

»Sie interessieren sich fürs Theater?«, frage ich.

»Ich liebe das Theater«, antwortet Claude. »Und ich verehre Büchner.«

Er schließt kurz die Augen.

»Mein Kopf ist ein leerer Tanzsaal«, rezitiert er. *»Einige verwelkte Rosen und zerknitterte Bänder auf dem Boden, geborstene Violinen in der Ecke, die letzten Tänzer haben die Masken abgenommen und sehen mit todmüden Augen einander an.«*

»Bravo«, ruft Ellen, und dann, an mich gewandt: »So haben Claude und ich uns kennengelernt, vor Jahren. Im Theater.«

Er lächelt.

»Ich bin ein Fan der ersten Stunde.«

»Aber Claude«, sagt Ellen. »Freunde sind niemals Fans.«

Claude errötet, entgegnet aber nichts. Er führt uns weiter und weiter in das Museum hinein. Ellen wirft mir einen Blick zu, ihr Gesicht glüht regelrecht. Schließlich lotst Claude uns in einen großen, von mildem Licht durchfluteten Raum, in dem zahllose Skulpturen auf Stelen sehen. Ellen schaut sich mit leicht geöffneten Lippen um und bleibt unweit des Eingangs hingerissen vor einer Statue des halb nackten Bacchus stehen, doch ich betrete den Raum und gehe wie von einem unsichtbaren Band gezogen auf die Skulptur zu, die sich in seiner Mitte befindet. Es handelt sich um eine junge Frau, das Gesicht zur Seite geneigt, die Arme zum Tanz erhoben, die von einer Anmut ist, die nicht von dieser Welt zu sein scheint. Langsam, mit unsicheren Schritten wie eine Traumwandlerin, trete ich näher. Betrachte sie lange, während sie sich im Tanze vor mir wiegt. Sie wirkt so versonnen, ihr Glück so perfekt und zerbrechlich wie ein kleiner Singvogel, dass ich nur stumm dastehen und ihr zusehen kann. Ich kann sie hören, die leise Melodie, die sie summt, und ich wage kaum, auch nur zu atmen, aus Furcht, dass sie aufhören könnte damit, sich im Rhythmus dieser Melodie zu wiegen, die nur sie hören kann. Merke es kaum, als Claude vorsichtig neben mich tritt.

»Das ist die *Tänzerin* von Canova«, sagt er leise. »Mir geht es wie Ihnen, Nico. Sie ist mir von allen die Liebste.«

Er sieht zu ihr auf.

»Sie ist älter als wir drei zusammen. Aber sie wird noch blutjung sein, wenn wir alle längst zu Staub geworden sind. Und sie wird immer noch tanzen.«

Wir lächeln uns an. Dann ist Ellen bei uns.

»Gehen wir noch ein Stück?«, fragt sie leise. »Zu den Gemälden?«

Auch sie scheint zu merken, dass das hier nicht unser Reich ist, nicht jetzt, um diese Zeit. Wir sind Eindringlinge, und das Mindeste, was wir tun können, ist, zartfühlend zu sein. Und leise.

»Natürlich«, sagt Claude. »Sehr gerne.«

Er löst sich von der Tänzerin und geht voran aus dem Raum. Ellen wartet einen Augenblick, und kaum, dass Claude uns den Rücken zugedreht und sich ein paar Meter entfernt hat, holt sie ihr Handy aus der Manteltasche und hält mir das Display hin. Automatisch lese ich die Worte, die sie in ihre Notizen-App getippt hat. Ehe ich etwas sagen kann, hat sie das Mobiltelefon schon wieder in ihre Tasche gleiten lassen und ist Claude gefolgt. Wie betäubt tue ich es ihr nach, ich muss wohl träumen. Und tatsächlich ist mir, als hörte ich hinter mir ein Wispern, als ich als Letzte den Raum mit den Skulpturen verlasse.

Claude führt uns den Gang entlang zu einem anderen Trakt des Gebäudes. Der Raum, den wir in seinem Rücken betreten, fühlt sich anders an als der, in dem die Tänzerin und die anderen standen. Dasselbe milchige Licht, dieselbe trockene Luft, aber eine ganz andere Atmosphäre. Dunkler. Dichter. Hier stehen keine Skulpturen, hier hängen Gemälde. Ich bleibe an der Schwelle stehen und lasse meinen Blick durch den Raum schweifen, während ich die Nachricht überdenke, die Ellen mir mittels des Displays ihres Handys hat zukommen lassen.

Ich betrachte sie von hinten, wie sie da steht, vor dem Gemälde einer schönen jungen Frau, die mit einladendem Blick aus dem goldenen Rahmen schaut, der sie bannt. Claude steht ein Stück hinter ihr, auch er völlig gefangen genommen von dem jungen Mädchen. Ich trete ein wenig näher, um die Plakette lesen zu können, und stelle fest, dass es sich um einen

Rembrandt handelt. Gerade will ich meinen Blick weiter durch den Raum schweifen lassen, da sieht Ellen mich an, und in ihren Augen ist etwas Dringliches. Ich denke an die verborgene Botschaft, die sie mir geschickt hat.

Du musst ihn kurz für mich ablenken, wenn wir bei der Gemäldesammlung sind.

Vielleicht liegt es am Alkohol, vielleicht liegt es an der Schläfrigkeit, die mich wie ein schwerer Mantel umfängt, seit wir aus dem Audi gestiegen sind, vielleicht liegt es daran, dass mir all das hier vorkommt wie ein schöner, seltsamer Traum, auf jeden Fall zögere ich nur kurz.

»Claude?«, sage ich dann. »Bitte entschuldigen Sie, aber dürfte ich noch einmal die Tänzerin sehen?«

Claude blinzelt wie eine Kinderpuppe, schaut mich an, schaut Ellen an, die gerade das Bildnis eines Malers betrachtet, hinter dessen Schultern ein Geige spielender Tod lauert.

»Gehen Sie ruhig«, sagt Ellen, als sie seinen Blick bemerkt. »Ich warte hier.«

Die Rechnung geht auf. Claude lässt lieber die weltberühmte Schauspielerin alleine hier drinnen als ihre Freundin, von der er gerade mal den Vornamen kennt. Um Nein zu sagen, ist er schlicht zu höflich.

Schweigend legen wir den Weg zurück, den wir gerade erst gekommen sind. Wieder ist da dieses Wispern, dieses Mal bin ich mir sicher, denn dieses Mal wird es weder von leisen Gesprächen zwischen Ellen und Claude noch durch unser aller Schritte übertönt, und als ich den Raum betrete, halte ich irritiert inne, denn die Tänzerin hält die schönen schlanken Arme anders als zuvor, da bin ich mir sicher. Und der Bacchus, für den sich Ellen so interessierte, schaut zu ihr hinüber. Ich versuche, in Claudes Gesicht zu lesen, doch er blickt so heiter und gelassen drein wie zuvor. Sein Gesicht ist von vielen kleinen

Falten durchzogen, und dennoch wirkt es so jung. Vielleicht liegt es daran, dass er sich Tag für Tag mit der zeitlosen Schönheit dieses Museums umgibt, dass er selbst so alterslos wirkt. Plötzlich packt mich das schlechte Gewissen. Ich mag diesen kleinen Mann im teuren Anzug, der uns in der Silvesternacht durch sein Museum führt, und ich weiß nicht, was Ellen sich denkt, aber ich möchte nicht, dass er in Schwierigkeiten gerät.

»Danke, Claude«, sage ich, nachdem ich die Tänzerin noch einmal ausgiebig betrachtet habe. Ihr Gesichtsausdruck, der mir vorhin noch versonnen vorkam, scheint mir jetzt einen leicht spitzbübischen Ausdruck um den Mund zu zeigen. »Danke, dass ich Ellen begleiten durfte, das ist ein unglaubliches Privileg. Sollen wir?«

Er lächelt, nickt, und gemeinsam verlassen wir den Raum. Als ich noch einen Blick zurück werfe, meine ich, aus dem Augenwinkel eine Bewegung wahrzunehmen, doch sicher bin ich mir nicht. Aber das leise Kichern und Geflüster, das aus dem Raum dringt und Claude und mir den Gang hinunter folgt, das höre ich wirklich, dessen bin ich mir gewiss.

Ellen steht noch fast genau so da, wie wir sie verlassen haben. Auch der Raum ist komplett unverändert. Ich weiß selbst nicht, was ich erwartet habe. Doch sicherlich nicht, dass Ellen versuchen könnte, ein Bild zu stehlen! Aber was dann? Etwas beschädigen, wie dieser betrunkene Museumsbesucher in Madrid, der im Zorn auf ein Bild einschlug und von dem ich voller Entsetzen in der Zeitung las? Auch das schien mir kaum möglich, und doch bin ich erleichtert. Erst, als sich Ellen von den Bildern ab- und uns zuwendet, sehe ich, dass sich ihr Ausdruck geändert hat. Ganz minimal nur, sie gibt sich große Mühe, sich nichts anmerken zu lassen. Auch sind weder ihre

Augen noch ihre Nase gerötet, und doch könnte ich schwören, dass sie in unserer kurzen Abwesenheit geweint hat. Ich sage nichts.

Auch Ellen bedankt sich nun überschwänglich bei Claude und hakt sich bei ihm unter, während wir den Weg zum Ausgang nehmen. Wieder kommen wir an dem Raum vorbei, aus dem ich zuvor leise Gespräche vernommen habe, dieses Mal ist alles still. Wir steigen die Treppen hinab, und ich schlage mich immer noch mit der Frage herum, was Ellen in unserer Abwesenheit getan haben mag, während die beiden sich über irgendein modernes Theaterstück unterhalten, das ich nicht kenne.

Ellen umarmt Claude, dann verlässt sie das Museum durch den Haupteingang und zieht, kaum, dass sie wieder unter freiem Himmel ist, ihre E-Zigarette aus ihrer Manteltasche und saugt gierig daran.

Ich wende mich Claude zu und gebe ihm die Hand.

»Danke noch mal«, sage ich. »Das war unvergesslich.«

Ich taumele zurück in die Berliner Nacht. Erst als ich neben Ellen die Museumsinsel verlasse und die kalte Winterluft mich umfängt, merke ich, wie ich wieder so richtig zu mir komme. Wir nehmen den Weg, den wir gekommen sind, während Ellen auf ihrem Handy herumtippt, vermutlich ruft sie ihren Fahrer.

»Bitte sag mir, dass ich dir nicht gerade bei einem Kunstraub geholfen habe«, sage ich.

Ellen strahlt mich an.

»Besser!«, sagt sie. »So viel besser.«

Während wir über die verlassene Museumsinsel gehen, schneller als auf dem Hinweg, weil es noch kälter ist, während nicht weit von uns eine verspätete, einzelne Silvesterrakete rot über den Himmel flittert, versuche ich, keine Panik zu bekommen. Ein klares Nein war das nämlich nicht.

»Ellen«, sage ich und bleibe stehen.

Sie tut es mir nach, sieht mich an.

»O Gott, du meinst das ernst!«

Ich sage nichts.

»Entschuldige bitte«, sagt Ellen. »Ich wollte dir keinen Schreck einjagen. Ich habe nichts mitgehen lassen.«

Ich glaube ihr natürlich, das wäre auch zu absurd. Wobei, denkt der Teil von mir, der immer noch reichlich betrunken ist, eigentlich wäre Hollywoodstar doch das perfekte Cover für eine raffinierte Kunst- und Juwelendiebin.

»Schwör's«, verlange ich, halb im Scherz. »Auf deine Mutter!«

Ellen schnaubt.

»Meine Mutter ist eine echte Schreckschraube, ich schwöre lieber auf deine.«

Sie hebt die Hand zum Schwur.

»Ich schwöre hoch und heilig, dass ich nichts gestohlen habe.«

Sie nimmt die Hand wieder runter.

»Können wir jetzt gehen? *I'm freezing.*«

Ich setze mich wieder in Bewegung, da ich ebenfalls fürchterlich friere.

»Was sollte das dann? Das mit dem Handy? Mein Gott, ich kann nicht fassen, dass ich dir auch noch geholfen habe.«

Irgendwie dringt der ganze Wahnsinn dieser Aktion erst jetzt zu mir durch.

»Du hast mir geholfen, weil du wusstest, dass ich nichts Böses im Schilde führe«, sagt Ellen ruhig.

Und ich merke, dass sie damit vollkommen recht hat. Das wusste ich tatsächlich.

»Also?«, frage ich. »Was hast du dann getan? Wenn du nicht versucht hast, etwas zu klauen?«

»Rate!«, sagt sie.

Ich verdrehe die Augen. Ich bin beruhigt, aber ich bin auch immer noch ungeduldig.

Ellen lächelt ein triumphierendes Lächeln.

»Ich habe nichts aus dem Museum mitgenommen, sondern ich habe etwas dort gelassen.«

Und während wir auf ihren Fahrer warten, erzählt Ellen mir von Anthony. Ihrem besten Freund und Vaterersatz, dem erfolgreichen Regisseur, der eigentlich immer Maler sein wollte, Philosoph, Liebhaber des Guten und Schönen, großzügiger Förderer junger Künstlerinnen, Unruhestifter und *master of mischief*. Anthony, der schon als kleiner Junge davon geträumt hatte, etwas zu malen, das irgendwann in einem großen, schönen Museum ausgestellt würde, wie die Rembrandts, die er so liebte. Sie erzählt mir von einem gemeinsamen Wochenende in Wien, von einem langen Nachmittag im Kunsthistorischen Museum. Wie sie ihm sagte, sie werde ein Bild für ihn stehlen. Sie drehte gerade einen Film über einen Juwelendiebstahl, hatte sich monatelang mit Sicherheitssystemen, Alarmanlagen und dem Steuern von Fluchtwagen befasst, war mit ihrem Stuntkoordinator durch die Gassen Prags gekurvt, wusste alles darüber, wie man es anstellen musste – zumindest in ihrer Fantasie, und die war doch das Wichtigste, da waren sie und ihr Mentor sich immer einig gewesen. Anthony lachte und sagte, am Ende waren und blieben sie und er doch immer Künstler, keine Diebe. Und sie lachte mit ihm und sagte, na gut, meinetwegen, dann würden sie eben nichts stehlen, aber etwas einschmuggeln könnten sie, eines von Anthonys Gemälden. Und er war begeistert, denn das war doch mal originell, was für eine hinreißende Idee, und sie malten sich aus, wie sie es machen würden, und machen würden sie es, eines Tages, fest abgemacht, versprochen, ganz bestimmt.

»Du bist wahnsinnig«, sage ich, als sie geendet hat. »Ich kann nicht fassen, dass du das getan hast.«

Sie antwortet nicht, aber ihre selbstzufriedene Miene sagt alles.

»Was für ein Bild war es?«, frage ich.

Ein Schatten huscht über Ellens Gesicht.

»Ein Selbstporträt.«

Der Kies knirscht unter unseren Sohlen.

»Ist mir nicht leichtgefallen, es herzugeben«, sagt Ellen leise.

Der schwarze Audi fährt vor, wir steigen ein und brausen ein paar Minuten lang durch die Nacht, hängen beide unseren Gedanken nach.

»Wie lange, glaubst du, wird es dort unentdeckt bleiben?«, frage ich.

»Nicht lange«, sagt Ellen. »Wahrscheinlich finden sie es schon morgen früh. Aber das macht nichts.«

»Nein? Warum nicht?«

»Ihm bleibt immer noch heute Nacht«, sagt sie. »Und heute Nacht kann er mit ihnen sprechen und feiern und tanzen.«

»Mit wem?«, frage ich.

»Mit ihnen«, sagt Ellen und macht eine Geste in Richtung der Museumsinsel, die wir längst hinter uns gelassen haben.

Ich muss nicht nachfragen, wovon Ellen redet, ich begreife sofort. Die Stimmen im menschenleeren Museum. Sie hat sie auch gehört.

8 NICO

Ellens Airbnb sieht aus wie etwas aus einem Werbespot für irgendeinen Luxuskonzern, und fast kommt es mir so vor, als werde augenblicklich Robert Pattinson in einem Hugo-Boss-Anzug um die Ecke biegen, sich mit einem teuren Herrenduft einsprühen und den Flakon anschließend suggestiv in eine imaginäre Kamera halten. Die meisten Menschen hier sehen so aus, als hätten sie sich sehr viel Mühe dabei gegeben, auf absichtslos wirkende Art und Weise perfekt auszusehen, aus den Boxen kommt seelenloser House. Ich fühle mich augenblicklich unwohl. Gar nicht so sehr, weil ich, nachdem meine Freundinnen und Freunde von meiner Party weitergezogen sind, mein Partykleidchen ausgezogen hatte und in Jeans und Hoodie geschlüpft war und hier damit gnadenlos underdressed bin, sondern weil ich instinktiv spüre, dass die Leute hier nichts für mich sind. Was vollkommen okay ist, denn alle Blicke richten sich augenblicklich auf Ellen, von mir nimmt gar niemand Notiz. Sofort hat Ellen den Arm eines gut aussehenden Mannes um die Taille, sie schüttelt ihn ab. Zwei Frauen in unserem Alter bestürmen sie sofort, *Ohmein-Gottdabistdujawiederwirdachtenschonduhättestdichohneuns-davongemacht*. Ellen macht sich nicht die Mühe, mir die beiden vorzustellen, sagt ihnen bloß, dass wir uns nur kurz etwas zu trinken holen und dann sofort wieder zu ihnen stoßen würden, und zieht mich hinter sich her in Richtung Küche.

»Wer sind die beiden?«, frage ich.

»Ich habe nicht die geringste Ahnung«, antwortet Ellen. »Komm schon.«

»Aber wirklich nur auf einen Drink«, sage ich, und sie lächelt, nickt.

Sie ist anders, seit wir die Wohnung betreten haben, das merke ich gleich. Sie setzt keine Maske auf oder so, aber sie wirkt verändert. So, als wäre sie einen Hauch mehr … auf der Hut als zuvor und als würde sie das Energie kosten. Ja, genau, das ist es.

Bevor wir es in die Küche geschafft haben, taucht eine junge, wunderschöne Frau von höchstens zwanzig vor uns auf. *Oh-meinGottEllendumusstsofortmitkommenCarlottaisttotaldurch-gedrehtundhatsichimBadezimmereingeschlossenundwillmit-niemandemsprechenaußermitdir.*

Ellen seufzt, wirft mir einen entschuldigenden Blick zu und folgt dem Mädchen in die Richtung, in der wohl das Badezimmer liegen muss, und ich bin allein. Ich sehe mich um, und mein Blick bleibt an einem schlanken Mann mit glattem, alterslosem Gesicht und schlohweißem Haar hängen. Ich glaube, ich habe ihn schon mal irgendwo gesehen, ein Designer, wenn ich mich nicht ganz irre. Er scheint meinen Blick als Aufforderung zu verstehen und kommt auf mich zu, doch exakt in dem Moment, in dem ich den Mund aufmachen und irgendetwas Smalltalkartiges von mir geben möchte, bemerke ich, dass er nicht zu mir kommt, sondern zu dem umwerfenden Pärchen hinter mir, und ich muss grinsen. Was für ein Slapstick-Moment. Mein Blick fällt auf ein paar junge Leute vor mir. Sie tun so, als tanzten sie, eigentlich sind sie aber nur damit beschäftigt, auf möglichst rhythmische Art schön auszusehen. Zwei Frauen knutschen in einer Ecke. An der Fensterfront, von der aus ich meine Wohnung sehen könnte, wenn ich das Licht nicht ausgeschaltet hätte, drückt sich eine unscheinbare junge Frau herum und hält sich an ihrem Flaschenbier fest. Sie ist klein und dünn, trägt Jeans und ein obskures Band-T-Shirt und hat ihr braunes Haar zu einem simplen Pferdeschwanz gebunden. Irgendwie scheint sie das Treiben um sich herum mit ironischer Distanz zu betrachten. Sie ist mir sofort sympathisch, und ich beschließe, mich zu ihr zu gesellen, doch ehe ich mich zu ihr vorgearbeitet habe, ist sie verschwunden, vielleicht in Richtung Küche, vielleicht in Richtung Toilette, wer weiß.

Ich lasse meinen Blick weiterschweifen. Eine junge Frau lässt sich auf ein Designersofa fallen und streift ihre High Heels ab. Über dem Sofa hängt eine gerahmte Fotografie von Rankin. Ein Mann Mitte fünfzig, sauteurer Anzug ohne Krawatte; Schmerbauch, ergrauter Vollbart, grobe Hände, setzt sich zu ihr, was sie offenkundig freut. Sie streicht sich kokett die Haare aus dem Gesicht, was seinen kleinen, intelligenten hellblauen Augen nicht entgeht. Ich sehe, wie er die junge Frau, mit der er sich unterhält, taxiert, aber sofort das Interesse an ihr verliert, als er bemerkt, dass Ellen zurück ist. Er ist das zweite Gravitationszentrum, um das die Menschen auf dieser Party hier kreiseln, das merke ich gleich. Ein Filmproduzent? Ein Regisseur? Eigentlich interessiert mich das nicht wirklich.

»Ellens Entdecker«, sagt jemand neben mir. »Glaubt er zumindest.«

Ich wende den Kopf und sehe, dass es sich um die junge Frau handelt, die ich eben hatte ansprechen wollen. Sie hält ein frisches Bier in der Hand, nimmt einen Schluck.

»Ein Regisseur?«, frage ich, und sie nickt.

»Du bist nicht aus der Branche, oder?«

Ich muss lachen.

»Nein«, sage ich. »So gar nicht. Du?«

»Ich bin Kerstin«, antwortet sie. »Ellens Assistentin.«

»Nico«, sage ich. »Freut mich.«

»Möchtest du was trinken, Nico?«

»Nein, alles gut. Ich bleibe nicht lange. Eigentlich wollte ich längst im Bett sein.«

»Es gefällt dir hier nicht besonders, oder?«, fragt Kerstin.

Ich zögere kurz, weil sie Ellens Assistentin ist und womöglich dabei geholfen hat, das hier zu organisieren, aber ich bin eine lausige Lügnerin, und ich weiß es.

»Das hier ist nicht gerade meine natürliche Umgebung«, sage ich, während eine Frau an uns vorbeistolpert, die mich an die junge Naomi Campbell erinnert. »Ich komme mir ziemlich deplatziert vor, ehrlich gesagt.«

»Woher kennst du Ellen?«

»Oh, wir kennen uns gar nicht. Oder nicht wirklich. Ich wohne gegenüber. Ich bin mehr oder weniger zufällig hier.«

Ich zucke mit den Schultern, blicke an mir hinunter.

»Hey, wenn ich gewusst hätte, dass ich heute auf einer Promiparty lande, hätte ich meinen *guten* Hoodie angezogen. Nicht den mit dem Ketchupfleck, der nicht mehr rausgeht.«

Kerstin grinst.

»Dich schickt der Himmel«, sagt sie. »Du bist so wundervoll normal.«

Ich ziehe die Nase kraus.

»Meine Güte, du weißt wirklich, wie man einem Mädchen ein Kompliment macht.«

Sie lacht. Dann spüre ich einen Arm um meine Taille.

»Hier steckst du«, sagt Ellen. »Komm, wir gehen was trinken.«

Sie zieht mich von Kerstin weg, und ich kann ihr nur noch einen entschuldigenden Blick zuwerfen, ehe sie aus meinem Blickfeld verschwindet. Sie hebt ihre Bierflasche, als wolle sie mir zuprosten.

Ellen und ich quetschen uns an ein paar Leuten vorbei und landen in einer offenen Küche.

»Also, was magst du trinken?«, fragt sie.

»Irgendwas Leichtes«, sage ich. »Eigentlich habe ich für heute genug getankt.«

»Magst du einen Schluck Sekt?«

Ich nicke, und Ellen beginnt, eine Flasche Veuve Clicquot zu entkorken, und mich freut, dass sie den Champagner Sekt nennt und ihn mir in eine Porzellantasse schüttet, weil sie kein sauberes Glas mehr finden kann. Sie gießt sich ebenfalls einen ordentlichen Schluck ein, und wir stoßen an.

»Auf das neue Jahr«, sage ich. »Und … auf Anthony?«

»Auf Anthony«, wiederholt Ellen. *»Master of mischief.«*

Ich spüre, dass sich nun doch die Aufmerksamkeit einiger Anwesender auf mich richtet, sicher fragen sie sich, wen Ellen da aufgegriffen hat. Eine alte Schulfreundin, die sie aus Loyalität eingeladen hat? Irgendeine Person von der Straße, die sie, impulsiv wie sie ist, spontan mitgenommen hat? Plötzlich fühle ich mich seltsam exponiert. Ich bin nicht überdurchschnittlich schüchtern, wollte eine Zeitlang ja sogar selbst ins Schauspielfach, aber die Aufmerksamkeit, die auf mir liegt, fühlt sich alles andere als wohlwollend an. Etwas Dunkles liegt in der Luft, ein Gefühl, das ich nur mit Hunger umschreiben kann. Diese Leute hier *hungert* es nach Ellen, nach ihrer Anwesenheit, ihrer Aufmerksamkeit, und ich habe sie ihnen weggenommen. Ellen spürt die Gier auch, da bin ich mir sicher.

Sie leert ihre Champagnertasse in einem Zug und geht in der Folge dazu über, direkt aus der Flasche zu trinken, was bei ihr unverschämt glamourös aussieht, sodass ich direkt wieder an einen Werbespot denken muss.

»Sag mal, kennst du eigentlich Robert Pattinson?«, frage ich.

»Ich glaube nicht«, sagt Ellen. »Wieso?«

»Nur so.«

»Ich habe auch eine Frage an dich.«

»Schieß los.«

»Wenn du dich genau jetzt in diesem Moment an einen beliebigen Ort beamen könntest, welcher wäre das? Denk nicht nach, sag das Erste, was dir einfällt.«

»Japan zur Kirschblüte«, sage ich. »Und du?«

»Ich wollte immer mal nach Brügge«, antwortet sie. »Brügge sehen und sterben. Aber deine Antwort gefällt mir besser.«

»Dann lass uns da mal zusammen hinfahren«, sage ich und unterdrücke einen Schluckauf.

Ich hatte definitiv genügend Alkohol für eine Nacht.

»Abgemacht«, sagt Ellen und hebt feierlich ihre Tasse. »Japan zur Kirschblüte.«

»Wann?«, frage ich.

Ellen überlegt.

»Zu unserem vierzigsten Geburtstag?«

»Deal.«

Sie spuckt sich in die Hand und schüttelt meine, ganz so, als hätte sie mir gerade eine Ziegenherde verkauft oder etwas in der Art.

Ich leere meinen Drink ebenfalls und stelle die Tasse ab.

»Tausend Dank«, sage ich. »Das war nett. Aber jetzt muss ich los.«

»Okay«, sagt sie. »Okay. Warte, nur einen Moment noch.«

Ich sehe sie stirnrunzelnd an.

»Was ist denn?«

Kurz wirkt sie unsicher, scheint zu zögern. Dann ist ihr Filmstarlächeln zurück.

»Nur eine Sekunde noch«, sagt sie. »Ich hab was für dich.«

Ellens Schlafzimmer ist der erste Ort in dieser Wohnung, der nicht wie die Kulisse eines Werbespots aussieht. Auf dem Bett liegen allerlei Klamotten verstreut, und auf der Ablage daneben und auf dem Boden befinden sich ein paar kleine Stapel Bücher. Gedichte von Emily Dickinson, Maya Angelou und Warsan Shire, eine bunte Mischung an Romanen – Irmgard Keun, Thomas Pynchon, Yaa Gyasi, Linda Conrads, Stephen King, Zadie Smith, Dan Brown – und zwei, drei How-To-Sachbücher.

Ich stehe etwas ratlos herum, während Ellen in einem riesigen Koffer wühlt. Ich denke immer noch an die Stimmen auf der Museumsinsel und an den Fuchs, der so plötzlich vor uns stand. Ich wohne seit zweiunddreißig Jahren in Berlin, und ich habe hier noch nie einen Fuchs gesehen. Wenn ich es mir recht überlege, habe ich überhaupt noch nie einen Fuchs gesehen, weder in Berlin noch sonst wo. Mit Magie hat das trotzdem nichts zu tun, und ich wäre nicht die Tochter meiner pragmatischen Mutter, einer Frau, die nur an drei Dinge glaubte – an harte Arbeit, an das Gute im Menschen und an die Liebe –, wenn ich in der Lage wäre, das einfach so stehen zu lassen.

»Ich glaube, man nennt es magisches Denken«, sage ich.

Ellen sieht zu mir auf.

»Was?«

»Der Fuchs wäre so oder so vorbeigekommen. Wir denken, wir haben Dinge ausgelöst, die nichts mit uns zu tun haben.«

Ellen grinst, zuckt mit den Schultern.

»Das hat mit Magie nichts zu tun. Wenn du dir wünschst, etwas Magisches zu sehen, dann wird dir irgendetwas magisch vorkommen.«

»Wo ist der Unterschied?«

Ich mache den Mund auf und wieder zu. Darauf weiß ich keine Antwort.

Ellen fängt derweil wieder an, in ihrem riesigen Louis-Vuitton-Koffer zu kramen.

»Ach, hier steckst du«, sagt plötzlich jemand hinter mir.

Es ist Kerstin, die im Türrahmen aufgetaucht ist, Ellens Assistentin.

»Sorry, aber Matthias sucht dich. Er will sich von dir verabschieden, ehe er morgen nach Toronto fliegt.«

»Ich komme«, sagt Ellen, und Kerstin wendet sich zum Gehen.

»Warte«, sagt Ellen und greift nach einem hübsch verpackten Geschenk, in dem der Größe und Form nach zu urteilen ein Buch steckt. »Das ist für dich.«

Ihre Assistentin hebt überrascht die Brauen.

»Aber du hast mir doch schon was zu Weihnachten geschenkt«, sagt sie.

»Das ist nicht zu Weihnachten«, sagt Ellen. »Sondern einfach so. Mach es erst daheim auf, okay? Und sag Matthias, dass ich gleich da bin.«

Kerstin sieht sehr hübsch aus, wenn sie lächelt, wie ein glückliches Kind. Ich freue mich automatisch mit, es ist offensichtlich, wie viel es ihr bedeutet, dass Ellen sich die Mühe gemacht hat, ihr ein Geschenk zu machen. Als sie geht, trägt sie Ellens Päckchen vor sich her wie eine wertvolle Monstranz. Ellen schaut ihr einen Moment lang nach, dann wendet sie sich wieder mir zu.

»Warte hier, okay? Ich bin gleich wieder da«, sagt sie.

Ich sehe mich in dem Raum um, greife mir eines der Bücher, die neben dem Bett stehen, und blättere darin herum. Als ein Foto herausfällt, bücke ich mich instinktiv danach und sehe es mir an. Es zeigt eine deutlich jüngere Ellen in einer Theaterproduktion. Hastig stecke ich das Foto zurück und lege das Buch wieder an seinen Platz, auf gar keinen Fall möchte ich neugierig wirken oder gar so, als schnüffelte ich hier herum. Ich setze mich auf die Bettkante und warte. Und weil sie nicht gleich zurückkommt, habe ich Zeit nachzudenken.

Was mache ich hier eigentlich? Und was möchte Ellen mir geben? Ein Geschenk? Das ist wirklich absolut nicht nötig und wäre mir eher unangenehm. Als Ellen nach zehn Minuten immer noch nicht wieder da ist, werde ich ungeduldig und kehre zur Party zurück. Doch ich kann sie nirgends finden. Auch Kerstin ist weit und breit nicht zu sehen. Vielleicht besser so. Ich gehöre ins Bett.

Im Erdgeschoss angekommen, laufe ich fast in einen gutaussehenden Mann meines Alters hinein, der in Anzug und Hemd, jedoch ohne Krawatte gut zur perfekt arrangierten Party-Installation in Ellens Penthouse passen wird.

»Sorry«, sagen wir beide gleichzeitig.

Und dann sagen wir beide synchron: »Frohes Neues!« – und müssen grinsen.

»Kommst du von Ellens Party?«

Ich nicke.

»Ist noch was los?«

»Kann man so sagen, ja. Viel Spaß!«

Ich wende mich zum Gehen, und der Mann schenkt mir ein schüchternes Lächeln.

Statt sich den Aufzug zu rufen, lehnt er sich gegen eine Wand und scheint mit sich zu ringen.

»Alles klar?«, frage ich.

Er fährt sich durchs Haar, und ich denke, dass ich ihn gerne mal fotografieren würde. Er ist nicht mein Typ, aber er hat etwas. Er ist nicht nur schön, da ist auch … eine Tiefe.

»Ach«, sagt er, »solche Partys sind nicht so mein Fall.«

»Geht mir ähnlich.«

»Gehst du deswegen schon?«

Ich hebe die Schultern. Und überhaupt, was heißt hier schon?

»Ehrlich gesagt hatte ich auf dieser Party eh nichts zu suchen«, sage ich. »Ist nicht so ganz meine Szene.«

»Du kommst nicht aus der Filmbranche?«

»Nein«, sage ich. »Ich bin Fotografin. Und Ellen kenne ich nur durch Zufall. Ich wohne gegenüber.«

»Verstehe«, sagt das Männermodel. Dass ich nichts mit der Branche zu tun habe, scheint mich sympathisch zu machen. »Ich bin Patrick«, fügt er hinzu. »Ellens Freund.«

Ich hebe überrascht die Brauen, ich wusste nicht, dass Ellen einen Freund hat. Patrick bemerkt es und lächelt.

»*On and off*«, sagt er.

»Und jetzt gerade *on*?«

Er grinst.

»Verrat uns nicht, okay?«

»Niemals«, sage ich und mache diese kleine Geste, die ich von Jona habe: mit zwei Fingern den Mund verschließen, wie einen Reißverschluss. »Ich bin übrigens Nico«, sage ich.

Patrick lächelt und ruft sich jetzt doch den Aufzug.

»Wünsch mir Glück«, sagt er.

»Viel Glück«, sage ich, dann ist er verschwunden.

Kaum, dass ich Ellens Airbnb endgültig hinter mir gelassen habe und auf die Straße trete, fühle ich mich erleichtert. So, als wäre ich gerade aus kaltem Wasser aufgetaucht. Ich verstehe, dass Patrick nicht scharf darauf ist, in diese glatte Kühle einzutauchen, in der jede und jeder um ein bisschen Aufmerksamkeit seiner Freundin buhlt. Das strengt an, wie sehr, spüre ich schon jetzt, nach ein paar Minuten.

Plötzlich merke ich, wie müde ich tatsächlich bin, und kann es kaum erwarten, ins Bett zu kommen, doch als ich schon die Hand auf dem Türknauf der Haustür habe, halte ich noch einmal inne, wende mich um. Lasse den Blick zu Ellens Wohnung hinaufschweifen. Kurz war mir, als beobachtete mich wer. Doch die hell erleuchteten Fenster sind leer.

9 ELLEN

Es ist kalt am Wasser. Ich schlinge die Arme um den Oberkörper, unter meinen Füßen knirscht der Kies. Ich befinde mich in einem verwucherten Ödland, weit draußen, irgendwo im Osten Berlins, ich bin müde, ich friere, und ein bisschen betrunken bin ich vermutlich auch immer noch. Das Wetter an diesem Neujahrstag ist unentschlossen wie ein Kleinkind, das gerade aufs Gesicht gefallen ist und einen Wimpernschlag lang nicht weiß, ob es weinen oder einfach klaglos wieder aufstehen soll. Ich höre, wie das Taxi, das mich hier abgesetzt hat, davonfährt, und versuche, mich zu orientieren. In meinem Rücken ist das Wasser, und in der verwilderten Ödnis vor mir liegt hinter einem schmiedeeisernen Tor ein Gebäudekomplex, der weitestgehend verfallen zu sein scheint. Bin ich hier richtig? Das kann eigentlich nicht sein. Nichts hieran wirkt spektakulär oder auch nur interessant. Sofort bereue ich es, dass ich den Taxifahrer nicht gebeten habe, auf mich zu warten. Ich checke mein Handy, rufe die Textnachricht auf, die mich beim ersten Kaffee des Jahres erreichte und dazu brachte, mich auf den Weg zu machen. Doch, ja. Es ist hier.

Ich seufze. Die letzten Tage waren hart, so vieles ist in allerkürzester Zeit geschehen. Ich hatte mich jetzt, so kurz vor der Premiere von *The Vanishing,* auf ein paar ruhige Tage gefreut. Drehbücher lesen, ein paar Zoom-Meetings mitmachen, die letzten Anproben für den roten Teppich – und ansonsten nur essen, schlafen, vielleicht das eine oder andere Buch lesen. Ich hätte die Nachricht auch ignorieren können. Aber dann wäre ich mir schäbig vorgekommen. Ich versuche, die Müdigkeit abzuschütteln, und setze ein Lächeln auf. Ich wäre lieber in meinem Apartment auf der Couch, das schon, aber irgendwie freue ich mich auch, dass ich hergekommen bin. Ich habe in den letzten Tagen großes Glück gehabt. Der mediale Sturm, der mit etwas Pech meine Karriere hätte beenden können, hat sich in sein krasses Gegenteil verkehrt. Nicht, dass ich auf Social Media nicht immer noch beschimpft würde, der Hass aus einer bestimmten Ecke hat nach meinem Talkshowauftritt nur noch zugenommen. Aber umso lauter und zahlreicher sind nun auch die Stimmen derer, die mir beispringen. Mein Team hat mich wissen lassen, dass mein Name Trending Topic auf allen Sozialen Netzwerken ist und dass meine Filme und Serien, die auf den Streamingportalen zu sehen sind, fast doppelt so häufig gesucht und geklickt werden wie zuvor. Und auch die Premiere von *The Vanishing* steht wieder unter einem guten Stern. Rachel sagt, die Leute vibrierten vor Vorfreude, und das ist gut.

Also, hier bin ich nun. Und jetzt?

Ich bin hier, tippe ich in mein Handy. *Vor dem Tor. Wo geht's lang?*

Die Antwort kommt sofort.

Durch das Tor und dann in das Gebäude links.

Als ich den Gebäudekomplex betrete, gehen mir die Augen über. Ich kenne viele *Lost Places,* aber so etwas habe ich in der Tat noch nicht gesehen. Ich weiß nicht, weshalb mich verlassene Orte so faszinieren, aber das war schon immer so. Alte Spukhäuser zogen mich schon als Kind an, und seit ich so viel reise, versuche ich, in jeder neuen Stadt die verlassenen, geheimnisvollen Orte zu finden. Aufgegebene Metro-Stationen in Paris, eine Kapelle in London, eine Villa in Hollywood ... Letzten Sommer bin ich sogar mit Kemi in die Wüste gefahren, um ein verlassenes Spaßbad zu besuchen, das mich allerdings eher traurig gemacht hat. Die Fotos von diesem Trip hatte ich auf Social Media geteilt. Seither weiß das Internet um meine Vorliebe für diese Orte, und es gibt immer wieder Fans, die mir Bilder von *Lost Places* schicken, die ich vielleicht noch nicht kenne, um mir eine Freude zu bereiten. Die meisten dieser Orte sind einfach nur leer stehende Räume, nichts Besonderes. Dieser hier ist jedoch etwas vollkommen anderes, hier hängen die Geister in allen Ecken.

Ich befinde mich in einer großen Empfangshalle. Stockfleckiger Jugendstil, blätternde Farbe, eine mit vergehendem Stuck verzierte Decke, die so aussieht, als müsse sie jeden Moment herunterkommen. Nur in wenigen der Fensterrahmen, die fahles Januarlicht hereinlassen, befindet sich noch Glas, dennoch hängt ein deutlicher Geruch von Moder und Staub in der Luft.

»Wo bist du?«, rufe ich.

»Ich bin hier!«

Ich wende mich nach rechts. Vorsichtig bahne ich mir den Weg durch die Halle, betrete den Raum, dessen Fenster zum Wasser hinausgehen. Setze jeden meiner Schritte mit Bedacht, denn der Boden ist bedeckt von Schutt, Holz und Glas. Ich trete durch das, was vom Torbogen übrig ist, der die Räume im Erdgeschoss miteinander verband, und stehe in einem sterbenden Ballsaal. Der Anblick raubt mir fast den Atem. Der Raum ist immer noch prächtig, immer noch schön. Oder nein, das stimmt so nicht: Seine Schönheit und seine Pracht sind immer noch zu erahnen, zu erfühlen. Die Farbe der Decke muss einst hellblau und weiß gewesen sein wie ein milder Sommerhimmel, nun schält sie sich in riesigen Fetzen. An den Wänden verrottet der Jugendstil in Senfgelb und Creme. Dieser Raum war einmal umwerfend schön. Berückend. Ich kann spüren, wie junge Mädchen erstmals durch diese Tür schritten, mit geröteten Wangen und schlagenden Herzen. Ich genieße es, einen Augenblick lang auf der Schwelle zwischen Vergangenheit und Gegenwart zu verweilen, ich höre die Musik, die entzückten Ausrufe der Mädchen, das Gelächter und Geplauder. Dann sehe ich mich genauer um. Die Holzvertäfelungen an den Wänden splittern wie kaputte Fingernägel, das Fischgrätparkett bedeckt nur noch einen Teil des Bodens und gibt in der Hälfte des Raumes den Blick auf rohen Beton frei.

»Dieser Ort ist unglaublich«, rufe ich.

Aus dem angrenzenden Raum erklingt ein schabendes Geräusch, es kommt jedoch keine Antwort.

Ich folge dem Geräusch und finde mich in einem weiteren, deutlich kleineren Ballsaal wieder, der einmal komplett in Dunkelrot und Gold gehalten gewesen sein muss.

Von draußen fällt kaum Licht herein, die Decke ist halb heruntergekommen, in der Luft hängt ein Geruch, den ich nicht definieren kann, der mich jedoch sofort abstößt. Instinktiv halte ich die Luft an. Dieser Raum sieht aus wie eine frisch verschorfte Wunde. Zunächst glaube ich, ich sei allein, dann wende ich meinen Blick nach links und sehe es, und mit einem Schlag wird mir alles klar. Mit einem Schlag begreife ich, was das Gefühl zu bedeuten hatte, das mich am Flughafen befiel – und dann noch einmal, als mein Blick vor Beginn der Aufzeichnung durch das Talkshowpublikum schweifte. Mit einem Schlag weiß ich, wovon diese düstere Präsenz ausging, verstehe ich, was da anschlug in mir. Eine Art Frühwarnsystem der Katastrophe, dessen Signale ich nicht einordnen konnte, weil ich viel zu sehr mit mir selbst beschäftigt war. Ich hatte Unrecht, als ich Nico sagte, ich könne nur ab und zu spüren, wenn etwas Magisches passieren werde. Dieses Mal habe ich auch Vorboten des schieren Gegenteils gespürt, abstoßend und kalt wie der Geschmack von Metall.

10 NICO

Der Vorhang hebt sich für das noch so junge Jahr, und der Neujahrsmorgen setzt auf Understatement in fahlem Grau. Ich habe ein wenig geschlafen, nachdem ich die Spuren der Party in meiner Wohnung zumindest annähernd beseitigt habe, doch ich bin immer noch hundemüde, und meine Kehle ist so trocken, dass sie schmerzt. Ich nehme ein paar große Schlucke Wasser, lasse meinen Kopf wieder aufs Kissen sinken und schließe die Augen. Ich habe nur ganz leichtes Kopfweh, was, wenn ich es recht bedenke, einem Wunder gleichkommt. Was für eine irre Nacht das war, denke ich; eine Nacht wie drei Nächte oder vier.

Was bleibt?

Ich denke an den Fuchs, und ich denke an Claude und an die Tänzerin im Museum, und ich denke an Ellen, an ihre grünen Augen und ihren roten Lippenstift. Als ich mit ihr unterwegs war, habe ich mich großartig gefühlt. So, als hätte sie sich entschieden, Silvester ausgerechnet mit mir zu verbringen, weil sie mich für etwas Besonderes hielt. Ellen hatte sich eine magische Nacht im Museum organisiert und offenbar spontan beschlossen, mich daran teilhaben zu lassen. Weil sie aus irgendeinem Grund gerne Zeit mit mir verbrachte. Heute Morgen sehe ich das schon klarer.

Kerstin hatte es perfekt in Worte gepackt, oder nicht?

Du bist so wundervoll normal.

Das musste Ellen irgendwie angezogen haben. Aber – stimmt das überhaupt? Bin ich das? Wundervoll normal? Ich hätte es vor Kerstin nicht zugegeben, aber ihr Kommentar hatte mich ein wenig gekränkt, obwohl mir bewusst war, dass sie ihn freundlich gemeint hatte. Normal im Sinne von unprätentiös, bodenständig, zugänglich. Mit ganz normalen Sorgen und Nöten, ohne hochfliegende Träume, abgehobene Ambitionen oder herausragende Talente. Normal eben.

Wann war ich normal geworden? Galt ich nicht einst als außergewöhnlich? Als vielversprechend?

In der Schule war ich eine Überfliegerin gewesen, hatte eine Klasse übersprungen und – punktgleich mit Gianna Bertolo, einer echten Streberin – das beste Abitur des Jahrgangs gemacht. Und das, obwohl ich mich spätestens seit der Oberstufe eigentlich nur noch für eines interessiert hatte: fürs Theaterspielen. Mit vierzehn war ich einer kleinen Theatergruppe für Jugendliche beigetreten, die von einer engagierten Regisseurin geleitet wurde, die bisweilen genug hatte von den Anwandlungen der Profis, mit denen sie es hauptberuflich zu tun hatte, und die gerne immer mal mit jungen Menschen arbeiten wollte. Ehe ich zu ihr fand, war ich in mich gekehrt gewesen, sprach ungern vor anderen, aus Angst, etwas Dummes zu sagen. Meine dichten Locken bändigte ich mit Haargummis, trug ausschließlich Schwarz – nicht aus Stylegründen, sondern aus Sorge, einen modischen Fauxpas zu begehen, der mich den Hauch sozialer Akzeptanz kosten würde, den ich an meiner Schule genoss, und versuchte, mich auch sonst so unauffällig wie möglich zu verhalten. Das wurde mit dem Theaterspielen, das zunächst von meiner Mutter unterstützt worden war, aber schon bald zu meinem ganz eigenen Ding wurde, radikal anders. Nicht von heute auf morgen, das Ganze war eher ein schleichender Prozess. Aber regelmäßig in die Haut, den Kopf, das Leben eines anderen fühlenden und denkenden Wesens schlüpfen zu dürfen machte etwas mit mir, und bald wurde ich regelrecht süchtig danach. Ich spielte in jedem Stück, in dem es Rollen für mich gab. Ich sagte Zeilen von Shakespeare auf und hopste in Kinderstücken als Räuber oder Piratin über die Bühne, ich lernte auswendig und ich improvisierte; ich stürzte mich in jede Rolle, ich trank Tennessee Williams und atmete Büchner, wochenlang träumte ich wie Hermia von ihrem Lysander oder schlafwandelte durch mein Leben wie Ophelia. Kurz vorm Abitur hatte sich mein Leben komplett verändert, ich war nicht mehr die schüchterne Vierzehnjährige, die sich kaum getraut hatte, anderen Menschen in die Augen zu sehen, sich daheim vergrub und Smashing Pumpkins rauf und runter hörte. Ich hatte jede Menge Freundinnen, ich hatte einen Freund, um den mich besagte Freundinnen beneideten, ich hatte gute Noten und keinerlei Nöte.

Ich nehme noch ein paar Schlucke Wasser, und meine Gedanken kehren zu Ellen zurück. Sie war bestimmt eine grauenhafte Schülerin. Und vermutlich aus einer Laune heraus Schauspielerin geworden, wie die Mädchen, die immer alle Supermodel wurden, weil sie zufällig eine Freundin zu einem Casting begleitet haben, zu dem sie selbst sonst niemals gegangen wären.

Ihr Gesicht taucht vor meinem inneren Auge auf.

Glaubst du, eine einzige Begegnung kann ein Leben verändern?

Wahrscheinlich war ich für sie wie das Mädchen im Supermarkt. Wahrscheinlich war unser kleines nächtliches Abenteuer auch nichts anderes als der Selfie mit dem Teenie. Vermutlich war das auch nur wieder Ellen, die zur Feier das Tages einer ganz normalen Frau wie mir eine Freude machen zu können glaubte, indem sie es ihr erlaubte, sich ein paar Stunden lang in ihrem Glanz zu sonnen. Ich merke, dass der Gedanke mich wütend macht, und ich schiebe ihn beiseite. Und das ist ja auch Quatsch, denn so hatte es sich nicht angefühlt. Es hat sich angefühlt, als hätten wir eine Verbindung. Oder?

Wie dem auch sei, ich kenne diese Frau zwar kaum und schulde ihr nichts, dennoch habe ich ein schlechtes Gewissen, dass ich mich einfach so davongemacht habe.

Ein paar Minuten später stehe ich mit der ersten Tasse Kaffee des Jahres an meinem Wohnzimmerfenster und schaue zu Ellen hinüber. Es ist gerade mal kurz nach neun. In ihrer Wohnung ist niemand zu sehen, alles ist ruhig. Ich checke mein Handy. Keine neuen Nachrichten. Ich öffne Instagram und suche den Chat mit Ellen.

Sorry, dass ich mich nicht verabschiedet habe, schreibe ich. *Ich habe dich irgendwie nicht mehr gefunden. Und war todmüde.*

Zack, erledigt. Und das war das. Ich habe ja auch wirklich andere Probleme.

Ein paar Stunden später habe ich die Wohnung auf Vordermann gebracht, Ellen ist vergessen, und ich sitze mit dem wunderbarsten Mann des Planeten beim späten Brunch im Café bei mir um die Ecke, schiebe mein Rührei auf dem Teller hin und her und versuche, mich auf das Gespräch zu konzentrieren. Ben vibriert nur so vor Energie, dabei dürfte er noch weniger geschlafen haben als ich. Er liebt Neujahr. In Polen, wo seine Eltern herkommen, sagt man – so behauptet Ben zumindest –, dass man an Neujahr alles tun müsse, was einem wichtig sei, denn so wie Neujahr sei, so werde das Jahr. Daher ist sein Neujahrstag für gewöhnlich vollgepfropft mit Aktivitäten: gut essen, gut trinken, Sport machen, Sex haben, Freundinnen und Freunde treffen, etwas erleben. Dass er darauf bestand, nach einer langen Schicht im Krankenhaus in den Zug zu steigen, um Neujahr mit mir in Berlin zu verbringen, ist ein Kompliment. Vor Ben steht praktisch alles, was die Frühstückskarte zu bieten hat: Obstsalat, Müsli, Brötchen, ein Croissant, Tofu-Rührei, Orangensaft und natürlich eine große Tasse Kaffee. Mir ist zwar leicht übel, und der Geruch von Essen macht das nicht unbedingt besser, aber ich sehe Ben gerne beim Essen zu, das habe ich schon immer. Sein Enthusiasmus für kleine Dinge ist umwerfend. Er ist jemand, der stehen bleibt, um eine pummelige Hummel zu beobachten, die sich in eine eigentlich viel zu kleine Blüte quetscht. Der Kleinkinder anlächelt, sich über die Mauersegler am Himmel freut und jede Person in seiner Straße mit Namen kennt. Übermorgen wird er mit seinem besten Freund nach Südamerika fliegen, um gemeinsam mit ihm und einer kleinen Gruppe Einheimischer den Aconcagua zu besteigen, den höchsten Berg außerhalb Asiens. Er redet davon, seit ich ihn kenne, träumt davon, seit er ein Kind war und eine Doku über den Berg sah, bekniet mich seit Ewigkeiten, ihn zu begleiten – und nun ist es bald so weit. Die Expedition wird mindestens vierzehn Tage dauern, vierzehn Tage, in denen Ben nicht erreichbar sein wird. Er vibriert vor lauter Vorfreude, das kann ich nicht nur sehen, sondern auch fühlen. Und ich freue mich ebenfalls für ihn.

Ben beißt in sein Croissant und nimmt noch einen Schluck Kaffee, während ich ihm von meiner Nacht erzähle.

»Unfassbar«, sagt er zwischen zwei Bissen. »Da lässt man dich einmal alleine, und schon bandelst du mit einem Hollywoodstar an.«

Ich muss lachen, werde aber schnell wieder ernst, atme tief durch. Unsere Blicke treffen sich, kurz schauen wir uns stumm an, und ich versinke ein bisschen in Bens Augen, wie immer, wenn ich da zu lange reinblicke.

»Ich muss dir was erzählen«, sagen wir dann beide, fast im selben Augenblick, genau so, als befänden wir uns hier in einer romantischen Komödie, mit Jennifer Aniston vielleicht oder Sandra Bullock.

»Du zuerst«, sagt Ben.

»Nein«, sage ich. »Ist schon okay, sag du.«

Du Feigling, denke ich, *warum bringst du es nicht endlich hinter dich?*

»Okay«, sagt Ben und fährt sich durchs Haar. »Also. Weißt du noch, wie ich mich im Sommer auf die Stelle an der Charité beworben habe?«

Natürlich weiß ich das noch, wir haben beide den ganzen Sommer über von nichts anderem geredet. Wir hatten uns beide so gewünscht, dass Ben die Stelle bekommen würde. Nicht nur, weil er dort mehr verdient hätte als in Hamburg und weil er in eine deutlich bessere Position aufgestiegen wäre, sondern vor allem, weil das unserer Fernbeziehung endlich ein Ende bereitet hätte. Dass ich zu ihm nach Hamburg zog, war für uns nicht wirklich eine Option gewesen, wir stammen beide aus Berlin und hatten uns unsere gemeinsame Zukunft immer hier vorgestellt. Dementsprechend groß war die Enttäuschung, als Ben die Stelle nicht bekam.

Wie viel sich in dem halben Jahr verändert hat, denke ich. Vor einem halben Jahr war alles noch in Ordnung, und ich hätte mir den kleinen Finger abgehackt, wenn das bedeutet hätte, dass Ben nach Berlin ziehen könnte. Aber das war davor. Vor Kurt, vor allem.

Ich versuche, mich zu konzentrieren.

»Natürlich weiß ich das noch«, sage ich, da Ben nicht von sich aus weiterspricht.

»Okay, halt dich fest: Im Februar wird eine Stelle frei«, sagt er.

»Oh«, sage ich. »Cool. Wirst du dich darauf bewerben?«

Ich spüre, dass Ben ein breites Grinsen unterdrückt.

»Das habe ich schon«, sagt er. »Im Oktober.«

»Was? Das hast du mir gar nicht erzählt!«

»Ich wollte nicht, dass du dir noch einmal falsche Hoffnungen machst. Das im Sommer hat mir gereicht.«

Ich blinzle.

»Sag bloß …«

»Ich hab die Stelle«, sagt Ben. »Sie haben mich gestern angerufen. Sie wollten es mir noch im alten Jahr sagen.«

»Oh mein Gott«, sage ich.

Ich fühle mich betäubt.

»Freust du dich?«

»Das ist der Wahnsinn«, sage ich. »Herzlichen Glückwunsch!«

»Danke.«

Er gibt mir über den Tisch hinweg einen Kuss. Dann legt er den Kopf schief, aufmerksam wie immer.

»Hey, und was waren deine Neuigkeiten?«

Er sieht mich an mit seinem schönen, offenen Gesicht, und mein Herz rutscht ein paar Zentimeter nach unten in meiner Brust. Ich erzähle es ihm, denke ich, aber nicht jetzt. Nicht jetzt. Nicht vorm Aconcagua, das kann ich ihm nicht antun.

»Björn und Brad werden im Sommer heiraten«, sage ich.

»Oh mein Gott«, stößt Ben hervor. »Das ist ja wundervoll!«

Er dreht sich um, um bei der Kellnerin, die ihn schon die ganze Zeit über unverhohlen anflirtet, was ihm natürlich nicht auffällt, weil ihm so etwas niemals auffällt, zwei Gläser Crémant zu bestellen.

Nachdem wir angestoßen haben, leere ich meines in drei großen Schlucken.

11 NICO

Der Zauber, der Silvester und Neujahr umgab, legt sich viel zu schnell, und die Realität ist zurück. Ben ist wieder in Hamburg und fliegt noch heute von dort nach Buenos Aires, von Ellen habe ich nichts mehr gehört, und dass ich mir diese große, dreckige Stadt hier mit so wunderschönen Wesen wie Füchsen teile, kommt mir immer unwahrscheinlicher vor, so wie mir nach und nach die komplette Silvesternacht seltsam ausgedacht vorkommt.

Unter den Blicken von Ellen, deren Gestalt immer noch auf riesigen Plakaten in der ganzen Stadt prangt, gehe ich zum Yoga, gehe ich einkaufen, gehe ich zum Arzt, gehe ich zum Friseur, treffe ich die Galeristin, der Lea meine Fotos gezeigt hat, gehe ich essen mit Lea, während Elias den Satansbraten hütet, und trinken mit Björn, der noch für ein paar Tage in der Stadt ist, gehe ich zur Apotheke, schaue ich im Studio nach dem Rechten. Und fühle mich hohl dabei. Ja, hohl, besser kann ich es nicht beschreiben, aber in der Silvesternacht habe ich mich lebendig gefühlt, und das tue ich jetzt nicht mehr, und als ich eines Nachts wieder wach liege mit pochendem Herzen, begreife ich, dass ich es zurückwill, dieses Gefühl, und zwar unbedingt.

Ich stehe auf und trete ans Fenster, bei Ellen brennt kein Licht. Kein Zeichen von Leben. Genau wie gestern und vorgestern und den Tag zuvor. Es ist nicht so, als würde ich ihre Wohnung direkt beobachten, aber man bekommt natürlich mit, was genau gegenüber passiert, und in Ellens Wohnung passiert gar nichts, sie ist verlassen. Wo sie wohl hin ist? Vielleicht doch noch in ein Hotel?

Ich werfe mich aufs Sofa, klappe meinen Laptop auf, tippe eine meiner Playlists auf Spotify an, und Lana del Rey singt mir ein Lied zur Nacht. Ich checke Instagram. Die Nachricht, die ich Ellen geschickt habe, liegt noch ungelesen im Postfach, das kann ich sehen. Sie hat auch nicht wieder gepostet, ihre Social-Media-Kanäle liegen brach. Und das so kurz vor der großen Premiere für *The Vanishing*, die, wie ich aus der Presse weiß, am Dienstag stattfinden wird, also in drei Tagen. Allerdings habe ich eine Anfrage von jemandem, der mir gerne folgen würde, was ich, da mein Account auf privat steht, jedes Mal bestätigen muss. Die Anfrage kommt von einer Person, die auf ihrem Profilfoto nicht zu erkennen ist, aber sie heißt Kerstin Irgendwas und nennt sich @diekindischekaiserin, und mit diesem Namen hat sie bei mir natürlich sofort einen Stein im Brett, obwohl ich ein bisschen neidisch bin, weil mir das nicht eingefallen ist. Dann macht es klick. Das ist *die* Kerstin, Ellens Assistentin. Ich nehme ihre Anfrage an und folge ihr umgehend zurück. Noch kann ich nicht sehen, was sie so postet, denn auch ihr Profil steht auf privat.

Ich lege mein Handy weg und klappe meinen Laptop auf, google zum ersten Mal seit vielen, vielen Jahren meine alte Schauspiellehrerin. Für eine lange Zeit war Petra einer der wichtigsten Menschen in meinem Leben. Mein Vorbild, meine Mentorin. Doch nachdem ich es nicht auf die Schauspielschule geschafft hatte, hatte ich den Kontakt zu ihr verloren. Oder nein, das stimmt nicht so ganz; denn sie hat sich eine Zeitlang noch regelmäßig bei mir gemeldet, vor allem nachdem meine

Mutter gestorben war, aber ich hatte ihre Anrufe ignoriert und Petra geghostet wie ein verdammtes Schlossgespenst. Ich schämte mich zu sehr für mein Versagen und wollte einfach nichts mehr hören über Proben und Premieren und die vielversprechenden jungen Talente, mit denen sie arbeitete und zu denen einst auch ich gehört hatte. Aber plötzlich vermisse ich sie.

Der letzte Eintrag auf Google, den ich über sie finde, ist vier Jahre alt. Da war sie mit einer Hannoveraner Jugendtheatergruppe für einen Preis nominiert und strahlte, umgeben von ihren Schützlingen, in die Kamera irgendeiner Lokalreporterin. Wann hatte ich sie zuletzt gesehen? Vor zehn Jahren? Fünfzehn? Sie musste inzwischen deutlich über siebzig sein, wahrscheinlich war sie nicht mehr aktiv. Unsere letzte Begegnung hatte uns ans Deutsche Theater geführt, wo wir uns einen jungen, schönen Schauspieler, in den ich wahnsinnig verknallt war damals, in der Rolle des Hamlet ansahen. Das war eines der letzten Male, dass ich ins Theater gegangen bin. Mir Filme und Serien anzuschauen geht klar für mich, ich denke dabei fast nie daran, dass ich auch einmal Schauspielerin werden wollte und krachend gescheitert bin, aber ins Theater zu gehen wäre zu schmerzhaft, da war ich mir sicher. Doch nun bin ich darüber hinweg, das spüre ich, und so klicke ich auf die Website der Schaubühne, meines Lieblingstheaters früher, an dem auch Ellen eine Zeitlang als Gast gespielt hat, ehe sie zum Film ging, und scrolle durchs Repertoire, blicke in die Gesichter der Schauspielerinnen und Schauspieler, die mir von ausdrucksstarken Porträtfotos entgegenstarren, schaue Trailer und lese digitale Programmhefte, bis mir die Augen zufallen.

Am nächsten Morgen ist es frühlingshaft mild, und das mitten im Januar. Eigentlich wollte ich nur kurz zur Bäckerei zwei Straßen entfernt, doch einem Impuls folgend laufe ich einfach weiter, Richtung Park. Auf dem Gehweg finde ich einen toten Spatz. Er ist winzig, und er wirkt vollkommen unversehrt, sein Gefieder wie gemalt, die Beine abgewinkelt gen Himmel gestreckt. Ich bedaure, meine Kamera nicht dabeizuhaben, mache ein Foto mit meiner Handykamera, laufe weiter. Ein paar Jogger sind unterwegs, ein paar Leute führen ihre Hunde aus oder umgekehrt, ansonsten ist wenig los. Ich finde die Bank, auf der Ellen und ich gemeinsam gesessen haben, und lasse mich nieder. Ich würde irre gerne noch mal mit ihr sprechen, denke ich – und sofort komme ich mir bescheuert vor. Es ist doch wahrlich nicht so, als hätte ich niemanden zum Reden. Warum rede ich nicht mit Lea oder Nilgün, mit Björn? Warum rede ich nicht endlich mit Ben?

Weil es manchmal leichter ist, mit Fremden zu sprechen als mit Menschen, die man liebt.

Heute kommt kein Fuchs vorbei, natürlich nicht, das hatte ich auch nicht erwartet. Obwohl er hier fette Beute machen würde, denn der Mülleimer unweit meiner Bank quillt nur so über vor Kaffeebechern, Bierdosen und Essensresten, und ein halb gegessener Döner liegt daneben im Gras. Von Magie ist nichts zu spüren.

Auf dem Heimweg schreibe ich Ellen eine Nachricht, während ich an der Fußgängerampel warte. *Du musst mir unbedingt zeigen, wie das mit der Magie funktioniert.* Ich zögere kurz, weil ich nicht wie ein übergeschnappter Fan rüberkommen will, dann tippe ich auf Senden. Die Ampel springt auf Grün, die Autos halten, und ich will das Handy gerade wieder wegstecken, als ich den kurzen Hinweis sehe, der auf dem Display unter meiner Nachricht aufgetaucht ist. Gelesen: 8:51 Uhr. Ich halte inne. Ellen ist online, und sie hat meine Nachricht geöffnet. Prompt tauchen die drei hüpfenden Pünktchen auf, die anzeigen, dass sie dabei ist, eine Nachricht an mich einzutippen. Unwillkürlich halte ich den Atem an, während die Ampel erneut auf Rot schaltet und der Verkehr wieder zu fließen beginnt. Die charakteristischen hüpfenden Punkte verschwinden. Ich warte noch zwei, drei Augenblicke, dann stecke ich mein Handy weg. Jeder halbwegs digital affine Mensch könnte sich denken, was gerade passiert ist. Ellen hat damit begonnen, eine Nachricht an mich zu tippen, es sich dann anders überlegt und die Nachricht wieder gelöscht. Ich versuche, nicht zu enttäuscht zu sein.

Als ich in meine Straße einbiege, sehe ich schon von Weitem, dass Frau Albrecht, meine Nachbarin von unten, vorm Haus steht und sich mit dem DHL-Boten unterhält. Augenblicklich empfinde ich tiefes Mitgefühl mit ihm. Der Mann ist verständlicherweise immer wahnsinnig in Eile. Doch wenn man einmal in die Fänge meiner so neugierigen wie gesprächigen Nachbarin geraten ist, kommt man nicht mit einem freundlich gemurmelten Halbsatz davon, das Problem kenne ich. Ich meide sie wie der Teufel das Weihwasser, und das nicht erst, seit sie versucht hat, sich mit mir – mit mir! – gegen die neue Mieterin aus dem Erdgeschoss, eine kopftuchtragende Studentin, zu verbrüdern. Dankenswerterweise trägt Frau Albrecht den ganzen Winter über eine in knalligem Pink gehaltene Daunenjacke über ihren altmodischen Hauskleidern, die immer irgendwie nach Bratkartoffeln mit Zwiebeln riechen, was dazu führt, dass man sie schon von der anderen Spreeseite aus erkennen und ihr ohne Weiteres aus dem Weg gehen kann – es sei denn, sie passt einen im Hausflur ab. Meine Brötchentüte und ich drehen eine Ehrenrunde, und als ich dann doch heimkomme, ist sie verschwunden. Dafür liegen vor meiner Wohnungstür drei weiße Rosen. Keine Karte.

Von Ben können sie nicht sein, der hat mir eben eine letzte Nachricht vom Flughafen geschickt. Alba vielleicht? Die immerzu gedankenvolle Nilgün? Björn? Nein, das ergibt keinen Sinn. Oder? Ich stelle die Blumen in eine Vase, schicke dieselbe Nachricht an alle meine Berliner Freundinnen und Freunde, die infrage kommen: Sind die Rosen von dir? Und da wir alle seit Jahren mit unseren Smartphones verwachsene Cyborgs sind, antworten sie alle sofort, und alle im selben Tenor. *Was? Welche Rosen?*

Seltsam, denke ich, und während ich die Blumen in ihrer zierlichen Vase betrachte, finde ich sie plötzlich nicht mehr nur schön. Bilder der Beerdigung meiner Mutter tauchen vor meinem inneren Auge auf. Ein Meer aus weißen Rosen …

Mit einem Mal frage ich mich, ob sie wirklich als Geschenk gedacht waren. Oder nicht vielmehr als Warnung. Ich versuche, das Gefühl der Bedrohung abzuschütteln. Das ist Unsinn, wer sollte mir etwas wollen? Doch der Gedanke beruhigt mich nicht, und erst, als ich die wunderschönen Blumen mit etwas schlechtem Gewissen in den Müll geworfen habe, fühle ich mich besser.

Mir ist ein wenig flau, als ich am Abend meinen Platz einnehme und darauf warte, dass das Stück, für das ich mir spontan eine Karte gekauft habe, beginnt. Ich habe mich aus dem Bauch heraus für ein zeitgenössisches Drama aus der Feder einer jungen deutschen Autorin entschieden, das sich, so sagt es das Programmheft, mit der Überwindung des Todes auseinandersetzt. Die Bühne ist in blaues Licht getaucht, und als die in Weiß gekleideten Gestalten beginnen, sich darauf zu bewegen und miteinander zu interagieren, bin ich sofort gefesselt. Das Stück ist ein einziger Rausch aus Bewegung und Text und Licht, ein Klangteppich aus Satzfetzen, aus Gedanken, aus Wünschen und Sehnsüchten und Ängsten. Ich verstehe es nicht so wirklich, aber im Kern dreht es sich wohl um die Frage, ob man das menschliche Bewusstsein uploaden und so Unsterblichkeit erlangen kann, und dann natürlich darum, ob man das überhaupt möchte. Am Ende singt eine der Darstellerinnen, ein junges, unfassbar kraftvoll wirkendes Mädchen mit kahl geschorenem Kopf, *Who Wants To Live Forever?*, und die ganze Besetzung brüllt, *Ich!*, und in Gedanken brülle ich mit, *ich, ich, ich,* denn die Performance nimmt mich vollkommen gefangen, ich bin ihrem Sog vollkommen erlegen, und ich liebe das Theater, plötzlich bin ich wieder siebzehn, ich möchte jedes Stück der Welt sehen und jede Rolle spielen, die jemals geschrieben wurde, ich möchte jede und jeder sein, will Hunderte von Leben leben und niemals, wirklich niemals damit aufhören, möchte niemals, aber auch wirklich niemals sterben, ich bin bereit für den Upload, jetzt und hier.

Als das Stück endet, stehe ich neben mir, applaudiere erst, als die meisten Menschen um mich herum längst damit fertig sind, stolpere ins Foyer, überrede den blassen Studenten mit dem akkuraten Oberlippenbart, der gerade Gläser spült, mir noch ein Glas Weißwein auszuschenken, gebe ihm ein riesiges Trinkgeld und stürze mich mitsamt meinem Riesling in die Berliner Nacht.

Ich beschließe, ein Stück zu Fuß zu gehen, ehe ich mir ein Taxi nach Hause heranwinke, die kühle Nachtluft fühlt sich unglaublich an. Was für ein Rausch dieses Stück gewesen ist. Was für ein Rausch es gewesen sein muss, es zu spielen!

Als junges Mädchen bin ich immer davon ausgegangen, dass ich eines Tages eine erfolgreiche Schauspielerin sein würde.

Es hatte mit diesem einen Traum zu tun, den ich hatte, als ich dreizehn oder vierzehn war. Es war seltsam, ich träumte ihn an sieben aufeinanderfolgenden Nächten und war mir sicher, er müsse etwas bedeuten: Ich befinde mich in einem schönen, lichten Raum, und ich bin sehr glücklich. Es muss Spätsommer sein, denn es ist Abend, aber immer noch wunderbar hell. Meine Premiere ist geglückt, und die Menschen, die ich liebe, sind bei mir und spenden mir Applaus, was mir ein kleines bisschen unangenehm ist, aber dann genieße ich es doch. Ich habe ein kleines Mädchen auf dem Arm. Ich bedanke mich bei den Gästen der Premierenfeier, ich bin so froh, dass sie alle da sind, an diesem für mich magischen Abend. Ein Mann mit kahl rasiertem Schädel gibt mir einen Kuss. Ich lächele, drehe mich um und blicke in das zufriedene Gesicht meiner Mutter.

Ich habe damals lange über die Bedeutung dieses Traumes nachgedacht, war mir irgendwann, befeuert von meiner abergläubischen Großmutter, die damals noch lebte, sicher, dass der Traum die Zukunft gezeigt hatte. Es musste eine goldene, es musste die beste aller möglichen Zukünfte sein, wenn ich in ihr so glücklich war. Kein Zweifel also, dass ich Schauspielerin werden sollte und werden würde. Meine Mutter hielt das für hanebüchenen Unsinn. Nicht die Schauspielerei, aber den Traum. Und was soll ich sagen? Spätestens, als sie den Tod fand, wusste ich, dass sie recht gehabt hatte. Ich würde nie wieder glücklich sein, und ich würde mich nie wieder umdrehen und in ihr zufriedenes Gesicht blicken.

Ich habe nur noch eine knappe halbe Stunde Fußweg vor mir, als ich mir doch noch ein Taxi heranwinke, weil meine Füße mir die hohen Schuhe übel nehmen, in die ich sie gequetscht habe. Der Fahrer ist ein zurückhaltender älterer Herr mit vornehmer Ausdrucksweise und leichtem arabischem Akzent, der darauf besteht, mir die Tür aufzuhalten, als wir meine

Straße erreicht haben. Ich bedanke mich bei ihm, gebe ihm ein großes Trinkgeld, das er zurückweist, was mich ein wenig beschämt. Ich lege die letzten Meter bis zu meiner Wohnung zurück. Und blinzle verwirrt, denn nachdem ich tagsüber kaum etwas gegessen und im Theater einiges an Weißwein runtergekippt habe, glaube ich kurz, ich halluziniere. Aber das stimmt nicht. Auf der Stufe vor meinem Haus sitzt mein neunjähriger Halbbruder Jona und schläft.

Ich starre ihn fassungslos an. Sieh sich das mal einer an, denke ich, der sitzt an die Hauswand gelehnt und schläft den Schlaf der Gerechten, einfach so, mitten in der Nacht, als hätte er noch nie etwas von Gewaltverbrechen, Kindesentführung oder Wer-weiß-Was gehört. Der Junge hat die Ruhe weg. Er hält seinen kleinen Hertha-BSC-Rucksack im Arm und sieht richtig friedlich aus. Ich wecke ihn vorsichtig.

»Jona?«

Er versucht, meine Hand abzuschütteln, so, als wäre ich seine Mutter und wollte ihn viel zu früh für die Schule wecken. *Nur noch fünf Minuten, Mutti.*

Dann öffnet er die Augen, zunächst auf Halbmast, blinzelt. Versucht, sich zu orientieren. Dann erkennt er mich, und auf seinem Gesicht zeigt sich ein glückliches Lächeln. Ich habe keine Ahnung, warum, aber Jona hält mich für die coolste Person des Planeten, und das weicht von der gängigen Meinung über mich doch ein gutes Stück weit ab; von der seiner Eltern – meines Vaters und seiner deutlich jüngeren Frau – allemal.

»Jona, was machst du hier mitten in der Nacht? Wo sind deine Eltern?«

Er blinzelt verschlafen.

»Wieso hast du ein Weinglas dabei?«, fragt er und rappelt sich auf.

Das Glas hatte ich ganz vergessen und stelle es auf den Asphalt.

»Was tust du hier?«

»Ich bin von zu Hause abgehauen«, sagt Jona. »Du hast gesagt, ich bin bei dir immer willkommen.«

Ich starre ihn an. Ja, das habe ich bestimmt mal gesagt. Wie man so etwas eben sagt. Aber damit hatte ich bestimmt nicht gemeint, dass er einfach so mitten in der Nacht die Stadt durchqueren und unangekündigt bei mir auftauchen sollte.

»Darf ich bei dir schlafen?«

»Das sehen wir noch«, sage ich, immer noch fassungslos. »Komm erst mal rein. Und dann rufen wir deine Eltern an.«

Als ich meine Wohnungstür aufschließe, stelle ich fest, dass jemand einen Zettel darunter durchgeschoben hat. Ich muss an die unheimlichen weißen Rosen denken, runzele die Stirn und bücke mich danach. Das Papier stellt sich aber nur als handgeschriebene Nachricht von Frau Albrecht heraus; sie habe mich nicht angetroffen, ich solle doch mal bei ihr klingeln bitte. Ich verdrehe die Augen, lege den Zettel beiseite. Frau Albrecht kann warten.

Wie sich herausstellt, haben *Günther* und Jonas Mutter schon dutzendfach versucht, mich zu erreichen, sind aber nicht durchgekommen, weil ich mein Handy im Theater abgeschaltet hatte. Ich lasse sie wissen, dass alles gut und Jona bei mir ist, rede ihnen aus, ihn augenblicklich abzuholen, und erhalte wie durch ein Wunder die Erlaubnis, ihn bei mir übernachten zu lassen.

Nachdem das durchgefrorene Kind ein Bad genommen hat, sitzt es bei mir auf der Couch und isst Spaghetti mit Tomatensauce, aber ohne Parmesan, denn Jona ist seit ein paar Wochen Veganer, wie er mir stolz berichtet.

Ich schaue ihm dabei zu, wie er die Nudeln aufdreht und in sich reinschaufelt, als ob es kein Morgen gäbe. Wir sehen uns nicht sonderlich ähnlich, die meisten Menschen können sich kaum vorstellen, dass wir Geschwister sind, und das ist ja auch nur natürlich, denn ich könnte locker Jonas Mutter sein. Er ist klein und dünn, schiebt alle zwei Minuten seine Brille nach oben, die ihm immer wieder verrutscht, und hat dunkelblonde Locken und große braune Augen. Er ist der klügste und anbetungswürdigste kleine Junge, der je auf Gottes Erde wandelte, und ich muss meine Liebe zu ihm hin und wieder mit einem Hauch Spott konterkarieren, damit er mir nicht noch mehr auf der Nase herumtanzt als ohnehin schon. Als Jona noch sehr klein war, hat er mich immer Yogurette genannt, wahrscheinlich, weil ihn Nicolette daran erinnerte, was eigentlich keinen Sinn ergab, weil man meinen Namen französisch ausspricht und er sich überhaupt nicht auf Yogurette reimt, aber das störte Jona nicht. In letzter Zeit macht er das aber ohnehin nicht mehr, ist wohl schon zu groß für solche kindischen Späße, was ich insgeheim unwahrscheinlich schade finde.

Jona wischt sich mit dem Handrücken den Mund ab.

»Mega lecker, ist noch was da?«

Ich muss lachen, das Kind hat gerade ganz alleine eine 250-Gramm-Packung Nudeln weggeputzt und immer noch Hunger. Wahrscheinlich ist er gar nicht abgehauen, sondern seine Eltern haben ihn bei mir ausgesetzt, weil er ihnen zu Hause die Haare vom Kopf frisst.

»Ich glaube, du hattest genug«, sage ich und stelle seinen Teller in die Spüle.

»Okeee«, sagt Jona.

»Möchtest du mir jetzt vielleicht erzählen, warum du einfach abgehauen bist und deine armen Eltern in Angst und Schrecken versetzt hast?«

Er antwortet nicht, scheint plötzlich den Zustand seiner Fingernägel wahnsinnig interessant zu finden. Ich setze mich neben ihn.

»Jona.«

Er zieht eine Schnute.

»Die wollen umziehen«, sagt er. »Nach München.«

»Was? Wer.«

»Mama und Papa.«

Kurz bin ich wie vor den Kopf geschlagen. Ich weiß, dass Angélique aus München stammt und Berlin hasst, aber ich wäre nie auf die Idee gekommen, dass sie sich bei meinem Vater tatsächlich damit durchsetzen würde. Der Sitz seiner Firma befindet sich seit dreißig Jahren in Berlin. Andererseits ist er längst im Rentenalter, womöglich hat er sich vorgenommen kürzerzutreten? Davon weiß ich nichts, aber das ist natürlich auch kein Wunder. Günther redet schließlich kaum mit seinem Kind aus erster Ehe, jedenfalls nicht, seit er Angélique geheiratet hat. Wobei das Angélique gegenüber vermutlich ein wenig unfair ist, die Beziehung zu meinem Vater war irreparabel beschädigt, lange bevor Jonas Mutter auf der Bildfläche erschien. Und ich bin froh, dass sie erschien, denn ohne sie gäbe es keinen Jona, und was wäre das eigentlich für eine Welt?

»Und du möchtest nicht nach München?«, frage ich.

Er schaut mich an, als hätte ich den Verstand verloren.

»Bist du von allen guten Geistern verlassen? Natürlich nicht!«

Fast muss ich lachen. Ich weiß nicht, wo Jona immer diese Redewendungen her hat, die so gar nicht zu einem Neunjährigen passen. Neulich erzählte er mir am Telefon, er habe eine Mathearbeit verhauen, weil er nach der letzten Niederlage der Hertha »nicht mehr Herr seiner Sinne gewesen sei«.

Ich lege einen Arm um seine schmächtigen Schultern.

»Steht das Ganze denn überhaupt schon fest? Mir haben die beiden noch gar nichts davon erzählt.«

Jona zuckt niedergeschlagen mit den Schultern.

»Wir sprechen morgen mit ihnen darüber, okay?«, sage ich. »Es ist spät. Zeit, dass du ins Bett kommst.«

»Darf ich bei dir im Bett schlafen?«, fragt Jona und holt einen akkurat zusammengelegten Schlafanzug und eine kleine Zahnbürste aus seinem Rucksack, was mir ehrlich gesagt ein bisschen das Herz wärmt, ich weiß auch nicht genau, warum.

»Ist der Papst katholisch?«

Jona sieht mich verwirrt an, scheint zu überlegen. Ich muss lachen.

»Das heißt *Ja*«, sage ich.

Zehn Minuten später liegen wir im Bett. Jona murmelt leise im Schlaf. Als ich den Kopf wende, um ihm ein bisschen beim Schlafen zuzuschauen und den Anblick ganz fest in meinem Herzen einzuschließen, für schlechte Zeiten, sehe ich, dass in Ellens Wohnung zum ersten Mal seit Silvester Licht brennt. Aber ich stehe nicht auf, um ans Fenster zu gehen und hinüberzusehen, ich will nicht, dass Jona aufwacht. Ich lausche lieber seinen langen, friedlichen Atemzügen.

In dieser Nacht schlafe ich zum ersten Mal seit Kurt wie ein zufriedenes Baby.

12 NICO

An der Wand meines Fotostudios saß ein Nachtfalter, so groß, wie ich noch nie einen gesehen hatte, und tiefschwarz, als ich morgens zur Arbeit kam. Mara hatte sich krankgemeldet, und ich war spontan eingesprungen, nicht unglücklich darüber, etwas zu tun zu haben.

Ich starrte das Tier ein paar Augenblicke lang an, seine angelegten Flügel ein perfektes Dreieck auf dem weißen Putz. Konnte mich nicht entscheiden, ob ich es abstoßend fand oder wunderschön oder beides. Dann fing der Falter an, sich zu bewegen, ganz so, als hätte er meine Blicke gespürt, und ich öffnete das Fenster und ließ ihn hinaus. Doch ich musste im Laufe des Tages immer wieder an ihn denken. So, als hätte er versucht, eine Botschaft zu überbringen, die ich nicht verstanden hatte.

Es ist kurz nach sechs und bereits dunkel, als ich auf dem Heimweg an der U-Bahn-Haltestelle vorbeikomme, an der ich Ellen zum ersten Mal begegnet bin. Als ich die Rolltreppe hinter mir gelassen habe, wende ich den Blick nach links und erwarte, das häuserfrontgroße Plakat zu sehen, von dem herab sie mich stets mit ihrem unergründlichen Blick anschaute – und stelle fest, dass es, kaum, dass ich mich an seinen Anblick gewöhnt hatte, ausgetauscht wurde. Auch das neue Plakat zeigt Ellen. Es zeigt sie von hinten und ergibt nur Sinn, wenn man das erste Plakat kennt, denn es gibt die Antwort auf die Frage, was sie auf Plakat Nummer eins hinter ihrem Rücken versteckt hielt. Ich hätte – ganz ohne die Serie zu kennen – auf ein Messer getippt, doch da lag ich falsch. In ihrer Hand befindet sich ein menschliches Herz. Verstört wende ich den Blick von der Plakatwand ab, Ellens Anblick kann ich aber dennoch nicht entgehen. Schon während ich auf meine U-Bahn wartete, wurde ich auf der LED-Wand, auf die ich wie viele der Wartenden starrte, mit Werbung für *The Vanishing* bombardiert. Und nun säumt sie meinen Nachhauseweg.

Ich habe mir Ellen inzwischen aus dem Kopf geschlagen. Es war schön, Zeit mit ihr zu verbringen, aber dass sie mich erst auf ihre Party schleppt, mich dann stehen lässt und sich dann überhaupt nicht mehr meldet, ist schon ein bisschen unhöflich, oder etwa nicht? Und Unhöflichkeit kleidet die, die jederzeit damit davonkommen können, noch weniger als den ganzen Rest. Trotzdem bin ich neugierig darauf, wie die Premiere laufen wird und wie die Serie so ist. Auf Social Media ist Ellen noch nicht wieder aufgetaucht, obwohl sie zuvor sowohl auf Instagram als auch auf Twitter sehr regelmäßig, oft mehrmals täglich, gepostet hat. Ich finde es ungewöhnlich, dass sie sich unmittelbar vor einer großen Premiere so ruhig verhält; die Stars, denen ich folge, sind in solchen Zeiten erst recht präsent, posten Fotos von ihrem Glam Squad oder von Anproben mit berühmten Designerinnen und Designern auf Instagram oder überschwemmen Twitter mit Nachrichten darüber, wie stolz sie auf ihren neuen Film, ihre neue Serie, ihr neues Album sind und dass sie es kaum erwarten können, es mit der Welt zu teilen. Ellen postet gar nichts.

Und ich habe ganz andere Dinge zu verdauen als mein kurzes Zusammentreffen mit einem Filmstar. Ich hatte meinen

Vater angerufen, um herauszubekommen, ob er mit seiner neuen Familie tatsächlich nach München ziehen würde oder ob Jona da nur etwas falsch verstanden hatte. Hatte er nicht. Wie sich herausstellte, hatte mein Vater die Geschäftsführung seiner Firma bereits im alten Jahr aufgegeben und würde als Consultant an Bord bleiben, was ihm die Möglichkeit bot, weiterhin Leute herumzukommandieren, ohne dabei an einen Ort gebunden zu sein.

»Wann zieht ihr um?«

»Im März.«

»Und wann hattest du vor, mir das zu sagen?«

Günther stieß ein Seufzen aus.

»Ich hatte viel um die Ohren«, sagte er. »Mach keine große Sache daraus.«

Ich sparte mir die Antwort und atmete tief durch.

»Ich würde gerne noch mal Mamas Sachen durchsehen«, sagte ich.

Vor meinem inneren Auge tauchten die Kartons auf, fein säuberlich auf dem Dachboden gestapelt, die den Teil des Hab und Guts meiner Mutter enthielten, den mein Vater und ich damals nicht das Herz gehabt hatten, wegzugeben. Günther sagte nichts, aber ich schwöre, ich konnte hören, wie seine Kiefer mahlten. Er hatte das Thema von Herzen satt, schon seit Jahren.

»Nicolette«, sagte er. »Bitte. Die Kette ist nicht da.«

»Lass mich einfach noch einmal nachsehen«, sagte ich. »Wenn ihr umzieht, müsst ihr den Dachboden ohnehin freiräumen. Ich störe euch auch nicht.«

»Du hast schon neunundneunzig Mal nachgesehen. Das hundertste Mal wird das Ergebnis nicht ändern. Ich habe ohnehin nie verstanden, was du immer mit dieser Kette hast«, sagte er. »Sie war noch nicht einmal sonderlich wertvoll.«

»Aber das ist doch *mein* Problem, oder? Wenn diese wertlose kleine Kette mir etwas bedeutet, dann ist das doch *mein* Problem, oder nicht?«

»Ich verstehe dich nicht«, sagte Günther.

Ich unterdrückte ein Seufzen. Ich hatte es ihm so oft erklärt, aber er begriff es einfach nicht. Mir geht es nicht um den Wert der Kette. Ich muss einfach nur wissen, wo sie abgeblieben ist.

»Kann ich morgen vorbeikommen?«, fragte ich. »Ich störe auch nicht, versprochen.«

Eine kurze Pause entstand.

»Ich habe die Sachen deiner Mutter weggegeben«, sagte mein Vater schließlich.

Kurz schwieg ich getroffen.

»Alles?«, fragte ich.

»Alles«, sagte mein Vater und legte auf.

Wenn mich jemand danach fragt, dann sage ich, dass mein Vater und ich einander nicht sonderlich nahestehen. Die Wahrheit ist, dass mein Vater mich hasst. Er gibt mir die Schuld am Tod meiner Mutter, er muss es nicht sagen, ich weiß es auch so.

Als ich an Elias' Weinladen vorbeikomme, entscheide ich, ihm kurz Hallo zu sagen, statt schnurstracks nach Hause zu gehen. Leas Ankündigung geht mir wieder durch den Kopf: Wir denken darüber nach, nach Tel Aviv zu gehen. So vieles um mich herum ist gerade in Bewegung, Ben hat den Job an der Charité bekommen, Björn und Brad wollen heiraten, mein Vater will sich mit seiner neuen Familie in München niederlassen. Mein Herz ist schwer, als ich den Laden betrete, doch ich zwinge mich zu einem Lächeln, als ich Lea und Elias entdecke.

Lea stößt einen freudigen kleinen Ruf aus, als sie mich sieht, und schenkt mir eine feste Umarmung, und Elias haucht mir Küsse auf die Wangen.

»Schön, dich zu sehen«, sagt er.

»Schön, euch zu sehen! Wie geht's euch, was macht der Satansbraten?«

»Alles bestens«, sagt Elias und grinst.

»Ist dir der Wein ausgegangen, oder kommst du, um Hallo zu sagen?«, fragt Lea.

»Beides«, sage ich. »Elias, hast du noch was von diesem argentinischen Malbec, den ich so gerne mag?«

»Von dem habe ich vorhin die letzte Kiste verkauft«, sagt Elias. »Ich sag dir gerne Bescheid, wenn die nächste Lieferung ankommt. Probier bis dahin mal den hier …«

Er dreht sich zum Regal hinter der Theke um und greift sich eine Flasche.

»Ein Tempranillo, aber ein ganz besonderer. Den wirst du lieben.«

»Va bene«, sage ich und ziehe mein Portemonnaie aus der Manteltasche.

»Das steckst du mal ganz schnell wieder weg«, sagt Elias.

Ich lege den Kopf schief.

»Komm schon, Elias. Du kannst mir nicht ständig Wein schenken.«

»Nicht ständig«, sagt er. »Nur heute. Als Dankeschön für die wunderbare Silvesterparty.«

Ich beiße mir auf die Lippe, die begonnen hat zu zittern.

»Danke«, sage ich.

Elias reicht mir die Flasche, und ich stecke sie in meinen Rucksack. Als ich wieder aufblicke, hat Elias sich einer Kundin zugewandt, und ich merke, dass Lea mich mustert.

»Ist alles klar bei dir?«, fragt sie in ihrer gewohnt direkten Art. »Du bist irgendwie komisch.«

»Alles gut«, sage ich. »Ein bisschen müde vielleicht.«

»Harter Tag im Studio?«

»Geht so«, sage ich. »Ich habe den Laden schon um vier dichtgemacht, weil ich einen Termin hatte, aber derzeit ist eh nicht viel los.«

»Arzttermin?«, fragt Lea.

Ich nicke.

»Wegen deiner Kopfschmerzen?«

»Hm-hm.«

Leas Lippen werden dünn und blass, so fest presst sie sie aufeinander.

»Ich kann immer noch nicht fassen, dass du den kleinen Wichser von einem U-Bahn-Schläger nicht angezeigt hast«, sagt sie. »Ist doch völlig klar, dass deine Kopfschmerzen von dem Faustschlag kommen. Wahrscheinlich hattest du doch eine Gehirnerschütterung!«

Ich seufze, nach einem Vortrag von Lea steht mir heute wirklich nicht der Sinn, und sie spürt es, bremst sich.

»Wie geht's deinem Kopf denn?«, fragt sie. »Was sagt die Ärztin?«

»Lass uns nicht über Arztbesuche reden«, sage ich. »So alt sind wir noch nicht. Erzähl mir lieber von Tel Aviv.«

Der Tempranillo ist tatsächlich fantastisch, und ich bedaure es, dass ich ihn nicht mit Ben teilen kann, doch der kommt frühestens in zwei Wochen wieder. Ich sehe mich um, während die Geschmäcker in meinem Mund explodieren. In meiner sonst so ordentlichen Wohnung herrscht Chaos, seit ich begonnen habe, so gründlich auszumisten wie seit Jahren nicht mehr; überall liegen Bücher und Kleidungsstücke verstreut, und der Flur ist voller Plastiksäcke – die blauen für die Kleiderspende, die grauen für die Müllabfuhr. Für heute ist Schluss mit der Marie-Kondo-Methode, ich habe Kopfweh, und auch, wenn mir aktuell nicht danach ist, sollte ich doch auch mal wieder etwas essen. Seit dem Frühstück mit Jona hatte ich keine anständige Mahlzeit mehr.

Beim Gedanken an meinen Bruder muss ich unwillkürlich lächeln. Er hatte mir unbedingt sein Spezialsandwich zubereiten wollen, also hatten wir erst noch zum Bio-Supermarkt bei mir um die Ecke gehen müssen, um veganen Aufschnitt, vegane Mayo, Röstzwiebeln und Gewürzgurken zu holen. Jona beobachtete mich genau, als ich in das Brot biss, das er mir zubereitet hatte, und wuchs vor Stolz ein paar Zentimeter, als ich in begeisterte Ohs und Ahs ausbrach. Was ich nicht spielen musste, das Jona-Spezial war das mit Abstand köstlichste Sandwich, das ich je in meinem Leben gegessen hatte.

»Wieso ist das so lecker?«, fragte ich ihn. »Ich habe schon oft Sandwiches gegessen, aber keines hat je so gut geschmeckt!«

Er strahlte, wurde dann ernst und erklärte mir genau, wie es ging und warum man auf gar keinen Fall körnigen Senf, sondern nur Dijon-Senf verwenden durfte.

»Aber das Wichtigste ist, dass man es mit Liebe zubereitet, denn das merkt man.«

Was soll ich sagen, der Junge ist ein seltenes Genie, und Günther und Angélique müssen ihn heimlich adoptiert haben, denn dass sie ihn selbst so hinbekommen haben, ist vollkommen ausgeschlossen.

Ich mache mir mit den Resten ein in jeder Hinsicht minderwertiges Nico-Spezial und esse im Stehen. Ich hatte Jona gefragt, ob er mir jetzt bitte jedes Mal ein Sandwich machen könne, wenn wir uns sehen, und er antwortete sehr ernsthaft, jedes Mal könne er das leider nicht tun, aber er verspreche mir, auf jeden Fall immer eines zu machen, wenn ich traurig wäre.

»Wie kommst du darauf, dass ich traurig bin?«, fragte ich, und er zuckte mit den Schultern.

»Ich weiß nicht, ich finde, du siehst traurig aus«, sagte er. »Ist was passiert? Hat dich wieder jemand gehauen?«

Ich schüttelte den Kopf. Er bohrte nicht weiter.

»Was hast du gestern Abend eigentlich gemacht?«, fragte er.

»Ich war im Theater.«

Jona rümpfte die Nase.

»Letztes Schuljahr haben wir uns mit der Schule *Pippi Langstrumpf* angeguckt«, sagte er. »Das war bescheuert. Die Pippi Langstrumpf war mindestens so alt wie Mama.«

»Wusstest du, dass ich auch mal Schauspielerin werden wollte?«

Er legte den Kopf schief.

»Wirklich? Wieso?«

»Ich glaube, es hat mir Spaß gemacht, mich zu verwandeln«, sagte ich.

»Wie meinst du das?«

»Na ja, es macht doch Spaß zu spielen, oder nicht? Jemand anderes zu sein, ein … ich weiß nicht, ein Pirat oder eine Königin oder so.«

»Hattest du, als du klein warst, keine PlayStation?«

Ich musste lachen.

»Bist du deswegen traurig?«, fragte Jona. »Weil es dein Herzenswunsch war, Schauspielerin zu werden?«

Dein Herzenswunsch, woher nahm das Kind nur diese Ausdrücke.

»Kannst du nicht immer noch Schauspielerin werden?«, fragte Jona.

»Nein«, sagte ich. »Ich glaube nicht. Das ist aber nicht so schlimm. Ich bin gerne Fotografin. Ich habe ein wundervolles

Leben, ich habe Ben, und ich habe ganz viele tolle Freundinnen und Freunde, und vor allen Dingen habe ich dich.«

Ich wischte mir mit dem Ärmel übers Gesicht, die Tränen kamen so plötzlich, dass ich mich nicht rechtzeitig zusammenreißen konnte.

»Alter, was geht?«, sagte Jona und sah mich aus so großen Augen an, dass ich augenblicklich wieder lachen muss.

»Es ist nichts«, sagte ich. »Deine große Schwester ist nur ein bisschen melodramatisch.«

»Melodramatisch«, wiederholte Jona und drehte und wendete das Wort in seinem Mund wie ein Brausebonbon. »Ist das so was wie eine Drama Queen?«

»So was Ähnliches. Möchtest du noch eine Limo?«

»Der Papst ist katholisch«, verkündete Jona.

Ich musste lachen und schenkte ihm nach.

Ich bin, nachdem ich die halbe Flasche Tempranillo ausgetrunken habe, auf der Couch eingeschlafen, und als ich erwache, greife ich instinktiv nach meinem Handy, um nach der Uhrzeit zu sehen. Und wie es dann so ist, lande ich auf Twitter. Ganz oben unter den Trending Topics findet sich der Hashtag #woistellenkirsch, und ich bin mit einem Schlag hellwach und klicke die beliebtesten Tweets zum Thema an. Ellen ist heute Abend nicht zu ihrer eigenen Premiere erschienen, obwohl sie als Hauptdarstellerin natürlich der am sehnlichsten erwartete Stargast war. Doch die Fans, die Kamerateams, die Fotografinnen und Fotografen, das Team der Serie und ihre Co-Stars warteten vergeblich darauf, dass sie aus einem Wagen stieg und den roten Teppich entlanglief. Das Internet ist in heller Aufruhr, und die Internetausgaben einiger Zeitungen haben das Thema bereits aufgegriffen. Fasziniert lese ich jeden Text, den ich finden kann, scrolle mich durch die Tweets.

Die Spekulationen, weshalb die junge Schauspielerin ihrer eigenen Premiere ferngeblieben ist, sind binnen Minuten ins Kraut geschossen. Eine Kommentatorin vermutet in Ellens Wegbleiben eine Äußerung von Protest, immerhin sei einer der amerikanischen Produzenten der Serie erst in der vergangenen Woche mit #metoo-Vorwürfen konfrontiert worden. Andere streuen das Gerücht, Ellen Kirsch sei plötzlich schwer erkrankt oder sogar verstorben, sogar von Selbstmord ist die Rede. Mir wird augenblicklich flau, auch wenn ich weiß, dass diese Spekulationen vollkommen haltlos sind und die Leute auf Twitter nicht mehr wissen als ich. Wieder andere vermuten in der ganzen Sache einen PR-Gag für die Serie, die immerhin *The Vanishing,* also *Das Verschwinden,* heiße. Garantiert werde Ellen Kirsch binnen kürzester Zeit wieder auftauchen. Ich weiß nicht, was ich von alldem halten soll. Je mehr ich lese, desto nervöser werde ich. Ist Ellen etwas zugestoßen?

Ich schließe Twitter und öffne Instagram. Hier finde ich zahllose Fotos und Videos von der Premiere – aber weit und breit keine Ellen. Sie selbst hat seit Tagen nichts gepostet, alle ihre Social-Media-Kanäle sind immer noch komplett tot. Merkwürdig, denke ich und nehme noch einen Schluck Rotwein, und da kommt mir eine Idee: Kerstin! Sie weiß bestimmt was! Ich tippe ihren Namen ins Suchfeld und lande auf ihrer Instagram-Seite, muss aber feststellen, dass sie meine Anfrage noch nicht akzeptiert hat.

Ich trete ans Fenster und sehe zu Ellens Airbnb hinüber, das nach wie vor im Dunkeln liegt.

In den folgenden Tagen beobachte ich den Medienzirkus, der sich um Ellens Verschwinden entfaltet, mit einer Mischung aus Faszination und Sorge. Die Premiere hat am Dienstagabend stattgefunden, inzwischen haben wir Freitag. Obwohl ich den

Januar offiziell frei habe und meine beste Mitarbeiterin Mara verlässlich die Stellung hält, hat es mich ins Studio gezogen, denn zumindest die Buchhaltung will noch erledigt werden, bevor ich mir frei nehme, um … ja, um was zu tun? Ursprünglich hatte ich vor, den Aconcagua mit Ben und den anderen zu besteigen, aber dafür bin ich aktuell nicht fit genug, und Ben war nicht halb so enttäuscht, wie ich gedacht hatte, als ich ihm das sagte. Nun liegt der Januar vor mir wie ein unbeschriebenes Blatt. Und ich müsste mich mit Kurt befassen. Müsste Camilla anrufen, all das. Aber ich kann nicht, noch nicht.

Ich arbeite mich durch die Buchführung, während Mara sich um die Laufkundschaft kümmert, und checke zwischendurch immer mal wieder mein Handy, um up to date zu bleiben. Ich bin per se nicht die Art von Person, die sich um Promiklatsch schert, auch der Shitstorm, der über Ellen hereingebrochen ist, kurz bevor wir uns begegnet sind, wäre komplett an mir vorbeigegangen, wenn ich nicht aktiv auf Ellens Instagram-Seite gegangen wäre. Aber das hier will mir nicht mehr aus dem Kopf. Zwar kenne ich Ellen nicht wirklich, aber ich habe mich ihr in den Momenten, die wir miteinander verbracht haben, nahe gefühlt. Ich will nicht, dass ihr etwas zugestoßen ist, dieser jungen, vor Leben strotzenden Frau, die an Magie glaubt und den Traum lebt, den auch ich jahrelang gehegt habe. Also hole ich alle zwanzig, dreißig Minuten mein Handy aus der Hosentasche und hoffe auf Entwarnung. Doch nichts. Irgendwann im Laufe des Nachmittags bekomme ich Kopfweh und beschließe, den Laden für heute Mara zu überlassen und früher Feierabend zu machen.

Ehe ich meine Haustür aufschließe, schaue ich zu Ellens Wohnung hinauf, und kurz ist mir so, als hätte ich eine Bewegung hinter einem der Fenster gesehen. Oder habe ich mir das eingebildet? Sofort schlägt mein Herz schneller. Ich halte inne, lege den Kopf in den Nacken, bin mir unsicher. Vielleicht nur eine Reflexion? Dann nehme ich erneut eine Bewegung wahr; jemand ist am Fenster vorbeigegangen, gar kein Zweifel. Ich zögere nur kurz, dann stecke ich meinen Schlüssel wieder ein und überquere die Straße. Im Haus gegenüber wohnen vier Parteien, und ganz oben, auf den obersten beiden Etagen, befindet sich das Airbnb, das Ellen zumindest bis Neujahr bewohnt hat. Ich drücke auf den obersten Klingelknopf, warte kurz, niemand öffnet. Auf gut Glück versuche ich es bei »Schmidtke«, der Partei, die, wenn die Anordnung der Klingelknöpfe ein Indikator ist, im dritten Stock wohnen müsste. Eine dünne Männerstimme erklingt.

»Ja?«

»UPS«, sage ich.

»Für mich?«

»Für … Renc«, sage ich, weil so die Partei im zweiten Stock heißt.

Ein elektronisches Knarzen ertönt, und ich drücke die Tür auf und nehme den Aufzug in den vierten Stock. Als ich vor Ellens Tür stehe, komme ich mir bescheuert vor. Ich verhalte mich gerade wie eine Stalkerin oder wie eine Klatschreporterin. Doch nun bin ich einmal hier, also drücke ich auch auf die Klingel.

Ich warte einen Augenblick und glaube schon, dass ich mich tatsächlich geirrt und doch nur eine Spiegelung im Fenster wahrgenommen habe, als ich sehe, dass sich hinter dem Türspion etwas bewegt.

»Ellen?«, frage ich leise.

Mein Herz klopft viel zu wild. Wieso bin ich so aufgeregt? Kurz passiert gar nichts, dann öffnet sich die Tür, und Kerstin kommt zum Vorschein.

»Du bist das!«, sagt sie. »Was machst du hier?«

Kerstin sieht fast genauso aus wie auf der Party, sie trägt Jeans, Turnschuhe und ein langärmeliges Shirt. Sie ist ungeschminkt und hat ihre Haare im Nacken zusammengebunden.

»Ehrlich gesagt … Ich habe von Ellens Verschwinden gehört und mir Sorgen gemacht«, sage ich.

»Da bist du nicht die Einzige«, antwortet Kerstin.

Sie seufzt.

»Ich wollte gerade gehen«, sagt sie. »Ich habe nur noch die Wohnung übergabefertig gemacht. Wir können zusammen runterfahren, wenn du magst. Ich brauche nur noch eine Minute.«

»Okay, cool«, sage ich.

Kurz höre ich sie in der Wohnung rumoren, dann kommt sie zurück, wirft sich ihre Jacke über und schließt ab.

»Also, frag schon«, sagt Kerstin, als wir im Aufzug nach unten fahren.

»Hast du irgendeine Ahnung, wo sie sein könnte?«

»Nein«, sagt Kerstin. »Keine.«

»Das Ganze ist also kein PR-Gag?«, frage ich.

Kerstin fährt sich mit einer Hand über die Augen, sie wirkt müde.

»Das ist eine lange Geschichte.«

Wir kommen im Erdgeschoss an und verlassen das Gebäude.

»Sag mal, hast du Lust auf einen Kaffee?«, frage ich.

Sie sieht mich an, wirft dann einen kurzen Blick auf ihre Armbanduhr.

»Warum nicht«, sagt sie. »Aber hat die Kaffeebar an der Ecke nicht längst zu?«

»Wie gesagt, ich bin die Nachbarin. Und ich habe eine recht anständige Espressomaschine.«

»Na dann«, sagt Kerstin. »Sehr gerne. Ehrlich gesagt kann ich eine Portion Koffein gut gebrauchen!«

Erst, als ich meine Wohnung bereits aufgeschlossen habe, fallen mir die ganzen Plastiksäcke im Flur wieder ein.

»Bitte entschuldige die Unordnung«, sage ich. »Ich habe ein paar Sachen aussortiert.«

Kerstin macht eine abwehrende Handbewegung.

»Wenn du wüsstest, wie es bei mir aussieht«, sagt sie und bleibt vor den gerahmten Schwarz-Weiß-Fotografien stehen, die den Flur säumen.

»Die sind unglaublich«, sagt sie. »Wo hast du die her?«

Ich lächle.

»Die sind von mir«, sage ich.

»Wahnsinn«, sagt sie. »Es ist, als würden sie leben.«

Ich sehe ihr dabei zu, wie sie sich meine Porträts anschaut, eines nach dem anderen. Die meisten Fotos zeigen Fremde – die alternde Dragqueen in vollem Ornat in einer leeren U-Bahn, der syrische Taxifahrer mit den Augen wie tiefe Brunnen, die japanische Performancekünstlerin mit ihrer Boa constrictor –, aber nicht alle, und Kerstin bleibt zielstrebig vor dem zweiten von rechts stehen, das eine schöne Schwarze Frau zeigt, deren Alter man unmöglich schätzen kann, und das bisher noch jeden in Bann geschlagen hat, der meine Wohnung zum ersten Mal betreten hat. Das Porträt wurde aus nächster Nähe aufgenommen, man sieht nur ihr Gesicht, ihre Schlüsselbeine, den kleinen silbernen Anhänger auf der Mulde unter ihrer Kehle, das silberne Kettchen ein reizvoller Kontrast zu ihrer perfekten Haut. Sie schaut direkt in die Kamera. Offen, herausfordernd. Voller Stärke, voller Wärme.

»Wer ist das?«, fragt sie.

»Das ist meine Mutter«, sage ich.

»Wow«, haucht Kerstin.

»Ja.«

Ich verschwinde Richtung Küche.

»Wie trinkst du deinen Kaffee?«

»Mit Milch und Zucker.«

»Setz dich doch«, sage ich und deute auf den Esstisch.

Ich mache zwei Tassen Kaffee, eine mit Milch und Zucker für Kerstin, eine mit Jonas Lieblingshafermilch für mich.

»Wie geht's dir?«, frage ich, nachdem wir beide einen Schluck genommen haben.

Kerstin sieht mich über den Rand ihrer Tasse hinweg an.

»Ich weiß nicht, wann mich das zuletzt jemand gefragt hat«, sagt sie.

Und dann: »Es geht mir okay, glaube ich. Ich bin nur müde.«

»Kein Wunder«, sage ich. »Das muss ein ganz schöner Sturm sein, der da über dich hereingebrochen ist.«

»Das kannst du laut sagen. Vor allem, seit die Presse an meine Handynummer gekommen ist.«

Eine Pause entsteht.

»Was ist passiert?«, frage ich.

Kerstin überlegt kurz, scheint dann eine Entscheidung zu treffen.

»Na ja«, sagt sie. »Du kennst Ellen, daher ist es vielleicht okay, wenn ich es dir erzähle. Und jetzt ist es eh egal.«

Ich spüre, wie mein Herz schneller schlägt.

»Die Idee, dass Ellen kurz vor der Premiere von *The Vanishing* abtaucht, hatte eine PR-Firma«, sagt Kerstin. »Es bot sich einfach an. Beim Thema der Serie und allem.«

Sie nimmt noch einen Schluck.

»Ellen fand das zunächst total bescheuert. Sie hasst PR-Gags, sie ist einfach nicht der Typ dafür. Aber das restliche Team fand die Idee toll, und es sollte ja auch nicht die Art von unehrlichem Stunt sein, bei dem sich Leute als Liebespaar ausgeben, die sich eigentlich hassen oder so. Sie sollte einfach nur abtauchen für ein paar Tage, von Social Media und so, die PR-Leute wollten den Hashtag #findingellenkirsch streuen, und dann sollte sie zur Premiere strahlend und schön wieder auftauchen.«

»Aber das ist sie nicht«, sage ich.

»Aber das ist sie nicht«, wiederholt Kerstin. Sie leert ihren Kaffee. »Und den Rest weißt du.«

Ich weiß nicht, was ich erwartet habe, aber ich bin perplex.

»Und du hast keine Ahnung, wo sie steckt?«, frage ich.

»Nicht die geringste. Soweit ich weiß, hat die niemand.«

»Was ist mit ihrem Handy?«

»Ausgeschaltet.«

Wir schweigen eine Weile gemeinsam.

»Hoffentlich ist ihr nichts passiert«, sage ich, und Kerstin nickt.

»Ja, hoffentlich«, sagt sie und steht auf. »Danke für den Kaffee, Nico.«

Ich schenke ihr ein Lächeln und bringe sie zur Tür. Am liebsten würde ich sie in den Arm nehmen, so niedergeschlagen wirkt sie.

»Mach's gut, Kerstin. Pass auf dich auf.«

Sie nickt.

»Sie wird schon wieder auftauchen«, sagt sie.

»Bestimmt.«

Ich sehe Kerstin nach, als sie meine Wohnung verlässt und die Treppen zum Erdgeschoss hinabsteigt, als mir etwas einfällt.

»Kerstin?«

Sie sieht zu mir auf, ihr weißes Gesicht rund und still wie der Vollmond.

»Was war eigentlich in dem Päckchen? In dem Geschenk von Ellen. An Silvester.«

»Ach so, das Buch!«, sagt Kerstin. »Das war Ellens Sylvia-Plath-Erstausgabe.«

13 NICO

Berlin ist mitten im Januar in eine Art Vorfrühling getaumelt. Die Welt spielt verrückt, meine ebenso wie die da draußen. Verwirrte Frühblüher und fünfzehn Grad. Niemand versteht es, alle sind misstrauisch. Die eine Hälfte der Menschen, denen ich auf den Straßen begegne, als ich auf dem Weg zur U-Bahn bin, hat sich der Jahreszeit passend angezogen und schwitzt in ihren Daunenmänteln, die andere Hälfte trägt dünne Jäckchen im Januar und fühlt sich seltsam dabei, so, als fordere sie das Schicksal heraus und könnten sie trotz der Beteuerungen des Wetterberichts, dass das ungewöhnlich milde Wetter noch ein paar Tage andauern werde, jederzeit in einen Schneesturm geraten.

Ich trage meinen dünnsten Wintermantel, mir ist derzeit nicht danach, das Schicksal herauszufordern. Ich überquere die Straße und gehe auf Mesuts Späti zu. Mesut hockt hinter dem Tresen und liest irgendwas, vermutlich Sartre oder Camus oder irgendeine andere dieser Stimmungskanonen, die er so liebt.

»Hallo, Sonnenschein«, sage ich.

Er wirft mir einen grimmigen Blick zu, als ich eine kleine Flasche Wasser und einen Schokoriegel vor ihn stelle und nach meinem Portemonnaie krame.

»Werde ich nie verstehen, warum die Leute etwas in Plastikflaschen kaufen, das gratis aus dem Wasserhahn kommt«, sagt Mesut.

»Wieso bietest du es dann an?«

Er macht eine vage Handbewegung.

Ich zahle und gehe nicht weiter darauf ein, der Mann hat ja recht. Seit Jona mir eine Strafpredigt über Plastik gehalten hat, verwende ich eine Glasflasche, aber die habe ich in der Wohnung vergessen, und als ich es gemerkt habe, hatte ich keine Zeit und keine Lust, noch einmal umzukehren, denn wenn ich zu spät zum Training komme, bedeutet das zehn Liegestützen zur Strafe, und ich schaffe mit Ach und Krach sechs oder sieben.

»Hast du das mit Ellen mitgekriegt?«

Ich hatte mich schon zum Gehen gewandt, der Liegestütze wegen, aber nun drehe ich mich doch noch einmal um.

»Haben sie sie gefunden?«

Mesut schüttelt den Kopf.

»Nein, aber auf Twitter kursiert das Gerücht, dass sie einen Stalker hatte. Muss ein richtig schlimmer Typ sein. Ich wette, der hat sie erwischt. Sie ist ja ständig alleine im Dunkeln rumgelaufen. Sie kam immer nur mitten in der Nacht her.«

Er zuckt mit den Schultern.

»Du sagst das, als wäre es ihre Schuld«, sage ich.

»Alter, so meine ich das nicht. Aber Ellen war nicht wie du und ich. Sie wollte nicht einsehen, wie berühmt sie wirklich war. Die hatte ein paar Millionen Follower auf Instagram und hat ständig gepostet, wo sie rumhängt. Wie einfach wäre es denn bitte gewesen, sie abzupassen? Die hatte keinen Bodyguard oder so was …«

Er schüttelt den Kopf.

»Du glaubst, sie ist tot?«, frage ich.

»Nettes Mädchen«, sagt Mesut. »Ich hoffe nicht.«

Während ich meinen Schokoriegel esse, denke ich über das nach, was Mesut gesagt hat. Von dem Stalker weiß ich natürlich, und ehrlich gesagt kann ich mir kaum vorstellen, dass Ellen nur den einen hatte. Aber wenn man den Sozialen Medien glauben darf, dann hat sie nur gegen ihn eine einstweilige Verfügung erwirkt. Was ist mit Ellen geschehen? Hat ihr tatsächlich jemand etwas angetan? Ich denke an die schöne, junge Frau, mit der ich in der Silvesternacht durch die Straßen gelaufen bin. Die lieber mit einer Fremden durch das regennasse Berlin strich, als auf ihrer eigenen Silvesterparty Spaß zu haben. Ist sie freiwillig abgehauen? Ist ihr der Trubel zu viel geworden? Sitzt sie irgendwo in Biarritz oder Casablanca oder Bangkok, schlürft Martinis und lacht sich kaputt über den Unsinn, der auf Twitter über sie verbreitet wird? Aber selbst, wenn es ihr gelungen ist, einfach so zu verschwinden mit ihrem berühmten Gesicht – wieso sollte sie alle Menschen, die ihr etwas bedeuteten, darüber im Dunkeln lassen? Ihre Freundinnen und Freunde, das Team ihrer Serie, ihre Familie?

Die Behörden suchen zwar nicht nach Ellen, sie ist eine Erwachsene und kann tun und lassen, was sie will. Aber dafür suchen die Presse und Ellens Fans umso fieberhafter nach ihr. Und durch die kollektive Suche ist so einiges an Informationen zusammengekommen, Blogs und Threads und YouTube-Kanäle sind aus dem Boden gesprossen, die sich nur dem einen Thema widmen: Wo steckt Ellen Kirsch? Und inzwischen scheint klar, dass Ellen keinen Flug angetreten hat, das hätten die Passagierlisten gezeigt. Ein Auto besitzt sie nicht. Ist sie mit der Bahn aus Berlin geflüchtet? Aber wie, ohne dass sie jemand gesehen hat? Ist sie vielleicht noch in Berlin? Hat die Stadt nie verlassen? Hat sich in einem Hotelzimmer oder in einer Privatwohnung verbarrikadiert?

Immer mehr Gerüchte schießen ins Kraut. Ellen Kirsch habe einen Nervenzusammenbruch gehabt und sei am Tag ihrer Premiere in eine psychiatrische Einrichtung eingeliefert worden. Ellen Kirsch habe sich einer Schönheitsoperation unterzogen, die fürchterlich schiefgegangen sei, was sie dazu zwinge, sich vor der Weltpresse zu verstecken. Ellen Kirsch sei von ihrem Freund verlassen worden und habe einen Selbstmordversuch unternommen, von dem sie sich nun in einer Privatklinik erhole, ihr Team wisse sehr wohl, wo sie sei, behaupte aber, sie sei verschwunden, um den Hype um *The Vanishing* weiter anzuheizen. Und so weiter und so fort.

Natürlich gibt es auch noch eine sehr einfache weitere Erklärung. Ellen hat sich tatsächlich umgebracht und ist schlicht noch nicht gefunden worden. Daran will ich nicht glauben, auch wenn ich das ehrlich gesagt gar nicht mehr für so unwahrscheinlich halte. Ja, mir ist Ellen stark und strahlend vorgekommen. Wie jemand, der das Leben liebt. Aber was weiß ich denn schon über sie? Ich bin keine Psychologin, aber eines habe ich im Laufe meines Lebens doch gelernt: Wir Menschen machen immer wieder dieselben Fehler. Wir glauben, dass nur wir selbst facettenreiche, widersprüchliche, tiefgründige Wesen mit komplexem Innenleben sind, und halten alle anderen für relativ einfach und berechenbar. Aber das sind sie nicht. So sind wir nicht. Und eines ist Fakt: Ellen hat vor ihrem Verschwinden Dinge verschenkt. Aus der Presse weiß ich, dass gleich mehrere ihrer Freundinnen berichten, Ellen habe ihnen in der Zeit vor ihrem Verschwinden Geschenke gemacht. Mal waren es teure Gegenstände, mal Dinge von eher sentimentalem Wert. Bücher. Armreifen. Oder die Erstausgabe eines Lyrikbandes von Sylvia Plath, die sie vor Jahren gekauft und wie ihren Augapfel gehütet hat. So etwas tun manche Menschen, bevor sie sich das Leben nehmen, oder nicht? Andererseits, so berichten es ihre Freundinnen, ist Ellen immer extrem großzügig gewesen und hat es geliebt, anderen eine Freude zu machen.

Plötzlich habe ich das Gefühl, dass mir etwas entgangen ist. Ein Detail nur, eine Kleinigkeit. Doch als ich versuche, es zu fassen zu kriegen, trudelt es davon wie ein kleines Papierschiff auf hoher See.

Als ich um die Ecke biege und auf die U-Bahn-Station zulaufe, an der ich Ellen zum ersten Mal begegnet bin, sehe ich, dass ihr Plakat durch eine überdimensionale Werbung für das neue iPhone ersetzt wurde.

Sylvia Plath hat sich umgebracht, hat ihren Kopf in den Backofen gesteckt und das Gas aufgedreht, geht es mir durch den Kopf. Aber Ellen nicht. Ellen lebt. Daran will, daran muss ich einfach glauben. Und ich werde sie finden. Ich weiß nicht, wieso, aber mir ist, als wisse Ellen etwas über mich, das ich selbst noch nicht herausbekommen habe. Etwas Wichtiges.

Liegt es daran, dass wir Zwillinge sind, geboren unter demselben Stern? Liegt es daran, dass Ellen den Weg eingeschlagen hat, den auch ich einst gehen wollte? Hat es damit zu tun, dass in ihrer Gegenwart so etwas wie Magie möglich ist? Ich weiß nicht, was es ist, aber etwas zieht und zerrt an mir. Vielleicht wäre es anders, wenn ich in der Silvesternacht nicht einfach gegangen wäre, wenn ich abgewartet hätte, was es war, das Ellen mir geben wollte. Wie dem auch sei: Wir beide sind noch nicht fertig miteinander. Ich beschließe, das Krav-Maga-Training auf morgen zu verschieben, und rufe meine Freundin Nilgün an.

Ich habe die Bahn zum Tempelhofer Feld genommen, und kaum, dass ich aufs Rollfeld getreten bin, sehe ich in der Ferne bereits das Grün der Stadtgartenanlage. Ich bin fast ein bisschen aufgeregt, denn nach allem, was Nilgün mir erzählt hat, ist der Mann, mit dem ich einen Termin habe, eine Art lebende Legende.

Ich hatte das Gespräch mit Nilgün damit begonnen, sie nach ihrer professionellen Meinung zu fragen. Nilgün hat nämlich in ihren Zwanzigern als Reporterin gearbeitet, ehe sie in die Lehre gewechselt ist. Konnte sie sich vorstellen, dass jemand, der so berühmt war wie Ellen Kirsch, einfach so hatte verschwinden können? Und falls ja, wie konnte man sie aufspüren? Falls Nilgün sich über meine Fragen wunderte, ließ sie es sich nicht anmerken. Das ist einer der vielen Gründe, warum ich sie so mag. Sie ist diskret.

»Ich bin mir nicht sicher, wie ich so etwas heutzutage angehen würde«, sagte sie. »Ich bin schon so lange raus aus dem Geschäft.«

Sie überlegte kurz.

»Aber wenn du dich ernsthaft für dieses Thema interessierst, dann solltest du mit James sprechen.«

Wie sich herausstellte, war James E. Miller, ein gebürtiger Amerikaner, fast zwei Jahrzehnte lang darauf spezialisiert, Menschen aufzuspüren. Er arbeitete allerdings nicht für die Polizei oder andere Behörden, sondern er verdingte sich bei zahlungskräftigen Klatschblättern. Der von einem »Sexskandal« geplagte Kongressabgeordnete war abgetaucht? Miller spürte ihn auf. Ein junger Popstar buchte sich unter falschem Namen in einer Entzugsklinik ein? James fand sie. Seine Praktiken waren vermutlich nicht immer hundertprozentig legal und auf gar keinen Fall moralisch, aber er war effizient. Nach jahrzehntelanger Tätigkeit in seiner Heimat war er nach Berlin gezogen. Weshalb, wusste niemand. Ich rümpfte die Nase, als Nilgün mir das alles erzählte.

»Das mit dem Leute Aufspüren für Klatschblätter klingt scheußlich«, sagte ich.

Ich konnte fast hören, wie meine Freundin am anderen Ende der Leitung mit den Schultern zuckte.

»Er ist gut in dem, was er tut. Und … also, ich habe ihn seit Ewigkeiten nicht gesprochen, aber ich meine mich zu erinnern, dass er vor einer Weile die Seiten gewechselt hat.«

»Wie meinst du das?«

»Er sucht keine Menschen mehr. Sondern er hilft ihnen beim Verschwinden.«

Kurz war ich sprachlos.

»So was gibt es? Das ist ein Job?«

Nilgün lachte.

»Wo Nachfrage ist, da entsteht ein Angebot, schätze ich«, sagte sie.

»Okay, aber das klingt super dubios«, antwortete ich. »Hilft der irgendwelchen Verbrechern dabei, unterzutauchen, oder so?«

»Keine Ahnung«, sagte Nilgün. »Ich könnte mir da auch ganz andere Dinge vorstellen. Frauen, die vor gewalttätigen Männern flüchten, zum Beispiel. Sektenaussteiger. Die Angehörigen von Amokläufern … Was weiß ich. Ich spinne nur rum, ich habe keine Ahnung, mit wem James so arbeitet. Aber ich könnte mir da alle möglichen Szenarien vorstellen.«

»Meinst du, dieser James würde mit mir sprechen?«

Nilgün überlegte kurz.

»Lass mich mal vorfühlen«, sagte sie. »Wie der Zufall es will, habe ich noch einen Gefallen bei ihm gut.«

Es dauerte keine halbe Stunde, bis Nilgün mir eine Textnachricht schickte, in der sie mir mitteilte, dass Miller bereit wäre, sich mit mir zu unterhalten. Aber dafür müsste ich schon zu ihm kommen. Am besten morgen, irgendwann am

Nachmittag, da habe er frei. Ich hatte erwartet, dass er mich in seinem Büro empfangen würde, wo auch immer das liegen mochte. Stattdessen ließ Nilgün mich wissen, dass er einen kleinen Garten in der Stadtgartenanlage am Tempelhofer Feld habe.

Ich befinde mich am Treffpunkt, am Rand der begrünten Anlage. Erstaunlich, denke ich, die ist ja riesig. Ich stehe direkt am Rand des Rollfeldes, und vor mir befindet sich ein großflächiges Areal, das aus zahllosen kleinen Beeten und Gärtchen zu bestehen scheint. Sie sind nicht umzäunt und scharf voneinander abgegrenzt wie normale Kleingärten, sondern gehen in lose geordnetem Chaos ineinander über. Ich sehe kleine Hochbeete, in denen im Sommer vermutlich Salat und Radieschen wachsen. Auf einem kleinen, ordentlich abgetrennten Stück Erde wachsen Grünkohl und Pastinaken, und in dem Busch ein paar Meter weiter sitzen schimpfend die Spatzen.

Ich werfe einen Blick auf meine Armbanduhr, es ist vier Uhr, auf die Minute. Ich sehe drei junge Leute, die an einem großen Hochbeet arbeiten, zwei Frauen mit einer Horde spielender Kinder, aber ich sehe keinen einzelnen Mann. Als Miller auch nach fünf Minuten noch nicht aufgetaucht ist, werde ich ungeduldig, und ich beschließe, mich ein bisschen umzusehen. Das Tempelhofer Feld an sich ist schon eine großartige Location für Fotos. Diese Weite! Keine Ahnung, weshalb ich hier noch nie geshootet habe. Was mir jedoch vor allem gefällt, sind die urbanen Gärten. Ich gehe gerade auf ein Beet zu, auf dem ein Wintergemüse wächst, das ich nicht ganz zuordnen kann, als ein Hund auf mich zuspringt. Er ist schwarz und weiß und ein bisschen struppig, und ich mag ihn sofort.

»Hey, wer bist du denn?«, sage ich und hocke mich hin, um ihn zu begrüßen.

Als ich mich wieder erhebe, ist auch das Herrchen aufgetaucht.

»James Miller?«, frage ich, und der Mann nickt.

Er ist eine ziemliche Erscheinung. Gute eins neunzig, athletisch, fit, mit hellwachen, dunklen Augen. Schwarze Jeans, schwarzes T-Shirt, eine Tätowierung am Unterarm, die sich kaum von seiner dunklen Haut abhebt. Ja, er trägt tatsächlich nur ein T-Shirt, und das im – wenn auch milden – Januar.

»Sie sind Nicolette?«, fragt er. »Nicolette Roba?«

Sein amerikanischer Akzent klingt angenehm und weich.

»Nennen Sie mich Nico«, sage ich.

»Kommen Sie, Nico.«

Ich folge ihm kreuz und quer durch das Labyrinth aus Grün, bis wir zu einer kleinen Sitzecke kommen, die etwas abseits gelegen ist. Miller lässt sich auf einem der Gartenstühle nieder und bietet mir mit einer Geste den anderen an.

»Ich mag Ihren Hund«, sage ich und werfe dem Tier, das sich brav zu Füßen seines Herrchens niedergelassen hat, einen Blick zu. Ich hätte auch gerne einen Hund. Er spart sich das Lächeln, mit dem andere Menschen es normalerweise quittieren, wenn man ihre Haustiere lobt. Und ich denke, dass der süße Struppi gar nicht zu ihm passt.

»Sie sind also eine Freundin von Nilgün.«

Ich nicke.

»Wir kennen uns seit dem Studium.«

»Wie kann ich Ihnen helfen?«

Er kommt direkt zur Sache, na gut.

»Ich suche jemanden.«

Miller lehnt sich in seinem Stuhl zurück.

»Hat Nilgün Ihnen nicht gesagt, dass ich keine Menschen mehr suche?«

»Doch, das hat sie. Sie hat gesagt, dass Sie die Seiten gewechselt haben. Dass Sie Menschen helfen zu verschwinden.«

»Das ist richtig. Und deswegen weiß ich nicht, ob ich Ihnen helfen kann.«

Er sitzt ganz nonchalant da, so, als würden wir über etwas vollkommen Belangloses plaudern, aber ich merke, dass er mich sehr genau mustert.

»Wen suchen Sie denn?«, fragt er schließlich. »Und warum?«

»Ich suche Ellen Kirsch«, sage ich.

Er lacht.

»Da sind Sie nicht die Einzige, oder? Sind Sie von der Presse?«

Ich schüttele den Kopf.

»Ich kannte Ellen. Nicht gut. Aber ich wüsste gerne, was mit ihr geschehen ist.«

Er antwortet nicht, streichelt seinen Hund, scheint nachzudenken.

»Wie gesagt, ich bin nicht mehr im Geschäft«, sagt er schließlich. »Und wenn ich es wäre, könnten Sie mich nicht bezahlen. *No offense.*«

»Ich will gar nicht, dass Sie Ellen für mich finden«, sage ich. »Ich dachte nur, Sie könnten mir vielleicht ein paar Tipps geben.«

»Ein paar *tricks of the trade*? Warum sollte ich?«

»Weil Sie Nilgün noch etwas schuldig sind?«

Er zeigt ein kleines Lächeln.

»Hören Sie«, sagt er. »Es ist nicht leicht, heutzutage zu verschwinden. Es verlangt einem einiges ab. Ein Leben ohne Kreditkarten. Ohne Onlineshopping. Ein Leben, das es erfordert, permanent auf der Hut zu sein.«

Ich verstehe nicht recht, was er damit sagen will.

»Es gibt Dutzende Wege herauszufinden, wohin jemand verschwunden ist. Wir hinterlassen fast unweigerlich Spuren, vor allem digitale. Und natürlich könnte ich Ihnen jetzt verraten, womit ich anfangen würde. Aber ehrlich gesagt habe ich das nicht vor.«

»Warum nicht?«

»Den ersten Grund kennen Sie bereits. Ich spüre keine Menschen mehr auf.«

»Und der zweite?«

»Es wäre …« Er überlegt kurz. »Wie sagt man auf Deutsch? Es wäre vergebliche Liebesmüh.«

»Erklären Sie mir das.«

»Sich eine Zeit lang zu verstecken ist einfach. Aber sich auf Dauer zu verstecken, ist sehr, sehr schwierig. Warten Sie einfach ab. Das ist Ihre beste Option. Geduld.«

Ich lasse das sacken.

»Viele Menschen da draußen suchen Ellen«, fügt er hinzu. »Ein paar von denen sind fast so gut wie ich. Falls Ellen am Leben ist und nicht auf dem Grunde der Spree liegt *or something like that*, wird man sie finden. Auch ohne Ihr Zutun. Lassen Sie die Zeit für sich arbeiten. Das ist mein Rat.«

»Ich weiß nicht, wie viel Zeit ich noch habe.«

Er runzelt die Stirn, mustert mich aufs Neue.

»Wie meinen Sie das?«

»Ich habe Krebs«, sage ich. »Einen Hirntumor. Ich nenne ihn Kurt.«

Miller betrachtet mich, als wollte er in meinem Gesicht lesen. Ich presse die Lippen zusammen. Ich sage Miller nicht, dass der Tumor überhaupt nur deswegen entdeckt wurde, weil ich ein paar Tage nachdem mich ein Junge in einer U-Bahn-Station niedergeschlagen hatte, schlimmes Kopfweh bekam und Sorge hatte, dass ich mich ernsthaft verletzt haben könnte.

Ich sage ihm nicht, dass er der erste Mensch ist, dem ich von Kurt erzähle. Ich sage ihm nicht, dass ich vor Jahren als einzige Passagierin ein Fährunglück überlebte habe, bei dem meine Mutter starb, und dass ich seither das Gefühl nicht loswerde, dass ich in dieser Nacht ebenfalls hätte sterben sollen. Dass ich dem Tod nur durch einen Zufall entronnen bin. Dass es nicht vorgesehen war, dass ich überlebe. Dass ich seither das Gefühl habe, dass das Universum einen Fehler gemacht hat und ihn bald korrigieren wird. Ich sage ihm nicht, dass ich erwartet habe, mit dreiundzwanzig bei einem Verkehrsunfall zu sterben oder mit achtundzwanzig bei einem Flugzeugabsturz. Oder eben mit zweiunddreißig an Krebs. Ich sage ihm nicht, dass ich Kurt erwartet habe, ich sage ihm nicht, was für eine Scheißangst ich vor dem Tod habe, und ich sage ihm auch nicht, dass ich weiß, dass eine Chemo nichts bringen wird, weil meine Zeit abgelaufen ist, und das seit Jahren. Ich sage ihm nicht, dass ich nicht weiß, wie ich Ben sagen soll, dass ich sterbe. Oder Alba oder Björn. Oh Gott, oder Jona.

All das spielt im Moment keine Rolle. Wichtig ist nur, dass Miller mir hilft.

Er schweigt noch immer. Ein paar Meter von uns entfernt haben zwei Krähen angefangen, sich um irgendetwas zu zanken, und kurz sieht Miller ihnen zu.

»Wieso ist es überhaupt so wichtig für Sie, Ellen zu finden?«

Ich zucke mit den Schultern.

»Ich weiß nicht, ob ich das jemandem auf die Nase binden möchte, der früher für die Klatschpresse gearbeitet hat«, sage ich.

Dieses Mal lächelt Miller tatsächlich.

»Touché.«

»Mir liegt an dieser Frau«, sage ich schließlich. »Ich mag sie. Irgendetwas an ihr hat mich berührt. Ich wüsste einfach nur gerne, ob sie noch lebt. Das würde mir schon reichen. Wenn ich wüsste, dass sie sich nach Acapulco oder nach Lagos oder nach Canberra abgesetzt hat, wäre ich happy für sie. Aber nicht zu wissen, ob sie am Leben ist oder nicht, das setzt mir zu. Bescheuert, ich weiß. Wie gesagt, ich kannte sie eigentlich kaum.«

»Geheimnisse nagen an uns«, sagt Miller. »Das ist ganz normal, damit kommt der menschliche Geist einfach nicht klar. Wir wollen Gewissheit. Die Jagd danach ist manchmal wie ein Rausch. Sie glauben nicht, wie viele Menschen sich an mich wenden, weil sie gerne wissen möchten, was ich meine, wo dieser Minister abgeblieben ist, der vor ein paar Jahren verschwand. Und da handelt es sich nicht um Menschen, die irgendwas mit der ganzen Sache zu tun oder ein, wie sagt man, begründetes Interesse haben. Es sind einfach Menschen, die in der Zeitung davon gelesen haben, und die schier umkommen vor Neugier.«

Wir schweigen beide. Mein Blick wandert zu seinen sauberen, perfekt gepflegten Händen, die entspannt in seinem Schoß liegen. Ich glaube nicht, dass dieser Mann hier ein Beet hat. Ich glaube überhaupt nicht, dass er ein Gärtner ist.

»Werden Sie mir helfen, Ellen zu finden?«, frage ich.

Miller sieht mich an, als wollte er mich studieren.

»Nein«, sagt er schließlich.

Die Krähen haben ihren Kleinkrieg beendet und fliegen davon.

»Ich verstehe Sie nicht«, sage ich. »Nilgün hat Ihnen doch am Telefon gesagt, dass ich jemanden suche. Wenn Sie nicht vorhaben, mir zu helfen, weshalb haben Sie mich dann überhaupt herkommen lassen? Ich meine, Sie sind mir nichts schuldig, schon klar. Aber warum so unser beider Zeit verschwenden?«

Er schaut mich ernst an.

»Vielleicht ist das hier nur deswegen Zeitverschwendung, weil Sie die falschen Fragen stellen.«

Schweigen breitet sich aus wie Wasser aus einem umgestürzten Glas, während ich nachdenke. Miller sieht mir geduldig zu, nur von seinem Hund geht Unruhe aus. Und schließlich geht mir ein Licht auf. Könnte es sein, dass …? Mein Gott, warum habe ich nicht gleich daran gedacht?

»War Ellen Kirsch bei Ihnen? War sie Ihre Kundin?«

Er lächelt.

»Das war sie.«

»Sie haben ihr dabei geholfen, zu verschwinden?«

»Frau Roba«, sagt Miller. »Ich spreche nicht über die Menschen, denen ich beim Verschwinden geholfen habe. Das ginge gegen meine Berufsehre, das können Sie sich doch denken. Aber ich kann Ihre Frage dennoch beantworten. Sie liegen nämlich falsch. Ich habe Frau Kirsch *nicht* dabei geholfen, zu verschwinden. Ich habe mit ihrem Verschwinden nichts zu tun.«

Ich runzle die Stirn.

»Also war sie bei Ihnen, weil sie jemanden suchte?«

Miller nickt knapp.

»Ich dachte, Sie machen diesen Job nicht mehr.«

»Frau Kirsch war sehr überzeugend«, sagt er. »Ich habe eine Ausnahme gemacht.«

»Wen hat sie denn gesucht?«, frage ich.

Er sagt nichts, sieht mich nur an. Es schmerzt fast, als der Groschen fällt.

Mich, denke ich.

Sie suchte mich.

14 NICO

Ich stehe am Fenster und blicke auf die Straße hinab, die sich im Dunst nur schemenhaft abzeichnet. Ellens Wohnung liegt verlassen da wie eh und je. Ich hatte die letzten Stunden damit verbringen wollen, Bilder für meine potenzielle Einzelausstellung in Britts Galerie auszuwählen, doch ich kann nur noch an das denken, was Miller mir gesagt hat.

Ellen sollte mich gesucht haben? Das klingt so unwahrscheinlich. Doch wieso sollte Miller mich anlügen? Er wirkte nicht wie die Art von Mensch, die Spielchen spielt. Mehr als diese eine Info bekam ich nicht aus ihm heraus. Er habe mir schon viel zu viel gesagt. Nilgün zuliebe, wie er behauptete. Und vielleicht auch ein bisschen wegen Kurt, denke ich. Er wünsche mir Glück und alles Gute, hatte Miller mir zum Abschied gesagt. *I hope you'll recover. Fucking cancer.*

Ich bin allein mit meinen Gedanken. Wieso hatte Ellen mich von einem Privatdetektiv aufstöbern lassen? An mir gab es nichts Besonderes. Welchen Grund konnte Ellen Kirsch haben, mich finden zu wollen? Wie um alles in der Welt konnte sie überhaupt von meiner schieren Existenz wissen? Was verband uns? Von unserem zufällig übereinstimmenden Geburtsdatum einmal abgesehen?

Mir schwirrt der Kopf, und ich gieße mir ein kleines Glas Rotwein ein. Wenn es stimmt, was Miller sagt, dann ist es kein Zufall, dass Ellen und ich uns begegnet sind. Dann hat sie aktiv meine Nähe gesucht. Das bedeutet, dass die Wohnung direkt gegenüber eben nicht zufällig von ihrer Produktionsfirma für sie angemietet wurde, sondern dass Ellen ganz bewusst in meine Gegend gezogen ist. Um mir hier ganz »zufällig« über den Weg laufen zu können. Aber das ist doch verrückt! Weshalb sollte sie?

Um mich aus dem Gedankenkarussel zu befreien, das mein Gespräch mit Miller in Gang gesetzt hat, und zumindest diesen einen Punkt zu klären, rufe ich Kerstin an. Ich erreiche sie nicht, also hinterlasse ich ihr eine Voicemail, mit der Bitte, für mich herauszufinden, ob Ellen zufällig oder absichtlich genau in meine Straße gezogen ist.

Da mir klar ist, dass ich die Wände hochgehe, wenn ich mich nicht beschäftige, beschließe ich, meinen Hintern hochzukriegen und zum Training zu gehen. In den letzten Wochen war ich häufig zu erschöpft dazu, aber heute raffe ich mich auf, schnappe mir meine Sporttasche und mache mich auf den Weg.

Ich bin gerade an Mesuts Späti vorbei, da meldet Kerstin sich bereits zurück.

»Kerstin«, sage ich. »Das ging aber schnell!«

Ich habe ein schlechtes Gewissen, dass ich sie zur Informationsbeschaffung benutze, sie wirkt ziemlich angeschlagen, was ja auch kein Wunder ist. Ihre Chefin ist verschwunden, und damit ist sie ihre prestigeträchtige Assistentinnenstelle natürlich los. Aber ich muss einfach wissen, was Ellen von mir wollte. Ob sie überhaupt etwas von mir wollte.

»Also«, sagt Kerstin, nachdem wir ein paar Höflichkeiten ausgetauscht haben. »Ich habe mich ein bisschen für dich umgehört. Tatsächlich hat die Produktion die Wohnung für Ellen besorgt.«

»Oh«, sage ich.

»Aber«, fügt Kerstin hinzu, »Ellen wollte unbedingt diese Wohnung. Die Produktion hatte ihr ein Haus in einer schicken Gegend weiter draußen ausgesucht. Weniger Leute, mehr Privatsphäre, im Grünen. So, wie Ellen es eigentlich auch am liebsten hat. Aber sie wollte unbedingt diese Gegend, am liebsten auch genau diese Straße.«

Miller hat die Wahrheit gesagt. Ellen war keine Zufallsbegegnung. Sie hat es darauf angelegt, mich kennenzulernen. Aber warum?

»Danke, Kerstin«, sage ich. »Ich schulde dir was. Sag mal, hast du Lust auf ein Abendessen irgendwann diese Woche?«

»Leg noch eine Flasche Wein drauf, und ich bin dabei«, antwortet sie.

»Deal«, sage ich. »Ich melde mich noch mal, ja? Ich steige gerade in eine U-Bahn und habe gleich keinen Empfang mehr.«

»Mach's gut.«

»Du auch.«

Kaum, dass ich an der Haltestelle, von der aus ich nur noch fünf Minuten zur Trainingshalle brauche, aus dem Bus gestiegen bin, gerate ich in einen Demonstrationszug. Es ist erst kurz nach halb sechs, aber die Dunkelheit hat sich längst über die Stadt gesenkt, und die Menschen, die Plakate und Schilder in die Höhe recken, wirken ein bisschen verloren. Es sind dreißig, vielleicht vierzig Leute, und während ich mich zwischen ihnen durchquetsche, um die andere Straßenseite zu erreichen, kann ich genügend Blicke auf ihre Banner werfen, um zu wissen, dass sie gegen Abschiebungen protestieren. Kurz verspüre ich den Drang, mich ihnen spontan anzuschließen.

Es gibt Fotos von mir auf meiner ersten Demo. Da bin ich fünf oder sechs Jahre alt, trage Zöpfe und Jeans und kleine blaue Gummistiefel und einen roten Anorak und sitze auf den Schultern meiner Mutter.

Als ich die Kampfsportschule betrete, ist mir eigentlich direkt danach, wieder umzukehren, aber ich zwinge mich dazu, mich in der kleinen, nach Schweiß und billigem Deo riechenden Kabine umzuziehen und schließlich barfuß und in Sportklamotten den Geräuschen Richtung Trainingsbereich zu folgen. Dies ist erst meine vierte Stunde, ich hatte mich direkt nach der Sache in der U-Bahn-Station angemeldet, in der Hoffnung, mich nächstes Mal besser verteidigen zu können. Wobei ich natürlich inständig hoffte, dass es kein nächstes Mal geben würde. Heute ist gemischte Stunde, das heißt, Frauen und Männer trainieren gemeinsam. Ich bin gut zehn Minuten zu spät, die anderen sind bereits fertig mit dem Aufwärmen und üben paarweise Schläge und Tritte.

Der Trainer, ein großer, schlanker Mann mit einem freundlichen Gesicht, von dem man sich nicht täuschen lassen sollte, wirft mir einen Blick zu und begrüßt mich mit einem Nicken.

»Du weißt, was du zu tun hast.«

Das Training ist hart, und schon ein paar Minuten nachdem ich mich zur Gruppe gesellt habe, brennen meine Muskeln wie Feuer. Ich übe mit einer schmächtigen weißen Frau Anfang zwanzig, Studentin vielleicht, die Augen hat, deren Farbe fast ins Violette geht, was mich normalerweise völlig faszinieren würde, doch heute bin ich mit meinen Gedanken ganz woanders. Meine Mutter schwirrt mir durch den Kopf. Das Gespräch mit meinem Vater. Und dann denke ich an Ellen. Wieder ist mir so, als bekäme ich es beinahe zu fassen, dieses eine Detail. Irgendetwas, das mir aufgefallen war, das den Weg in mein Bewusstsein suchte, ihn aber einfach nicht fand. Es hatte mit dem Inhalt von Ellens Koffer zu tun. Oder?

Und da passiert es, ich passe nicht auf, bin nicht in der Trainingshalle, sondern bei Ellens Verschwinden, bin zu spät mit der Abwehrbewegung, die ich gerade üben soll, und die junge Frau mit den krassen Augen erwischt mich mitten im Gesicht. Sie hat nicht fest zugeschlagen, den Schlag eher angedeutet, aber sofort schießt Adrenalin in meinen Körper, und ich bin wieder in dieser verdammten U-Bahn-Station, und dieser Typ kommt auf mich zu, und ehe ich weiß, was los ist, gehe ich zu Boden, und der Schmerz explodiert in meinem Kopf.

»Oh nein, das wollte ich nicht«, sagt die Frau, die sich noch mehr erschreckt hat als ich, wenn ihr Gesicht ein Indikator ist.

»Schon gut, alles okay«, sage ich. »Mein Fehler.«

Ich reiße mich zusammen, konzentriere mich, schlage mir Ellen und meine Eltern und meinen Schuldkomplex aus dem Kopf und stehe den Rest der Übungen irgendwie durch. Doch als das Training vorbei ist, bin ich unendlich erleichtert. Obwohl ich völlig verschwitzt bin, beschließe ich, erst zu Hause zu duschen, und ziehe mich an. Als ich das Studio verlasse, sind kaum noch Menschen auf der Straße. An der leeren Bushaltestelle setze ich mich frierend, tippe ein bisschen mit steifen Fingern auf meinem Handy herum, stecke es schließlich weg und hebe den Blick. Hinter mir befindet sich eine Straßenzeile mit Wohnhäusern, aber auf der anderen Seite der Straße liegt eine kleine Grünfläche. Und an ihrem äußeren Ende, gerade noch so im Licht der Straßenbeleuchtung, steht ein Reh und sieht mich an. Ein Feuerwehrwagen mit Sirene und Blaulicht nähert sich, und ich lege die Hände auf die Ohren, verliere es kurz aus den Augen, und als ich wieder hinsehe, sehe ich noch, wie es davonspringt und sich im Dunkel verliert. Die Welt ist eine andere als noch vor wenigen Tagen. Als ob sich ein Riss in ihrer Oberfläche aufgetan hätte, durch den ich sehen kann. Und es ist Ellen, die ihn mir gezeigt hat. Und jetzt, wo ich einmal das Gewebe der Welt dahinter gesehen habe, sehe ich es immer. Man kann nicht wieder *be*decken, was man einmal *ent*deckt hat. Der Bus kommt, ich steige ein, bezahle den Fahrer, setze mich direkt hinter ihm ans Fenster und schaue mir die Straßen an, auf die der Regen fällt.

Als ich aus der Dusche gestiegen bin, klappe ich meinen Laptop auf und suche nach neuen Informationen über Ellens Verbleib, und natürlich finde ich nichts, was ich nicht schon längst wüsste. Keine neuen Entwicklungen. Also öffne ich mein berufliches Postfach und checke meine Mails. Zweimal Werbung, aber eine Buchungsanfrage ist auch dabei.

Hi, Nico, ich weiß nicht, ob du dich an mich erinnerst, wir sind uns letztens auf Ellens Party begegnet. Oder besser: vor Ellens Party. Du hast erzählt, dass du Fotografin bist. Na ja, wie der Zufall es will, brauche ich neue Autorenfotos. (Der Horror für mich. Alle Autoren sind soziophobe Nerds, lass dir von niemandem etwas anderes erzählen.)
Hättest du Lust, sie zu schießen? Ich muss dich natürlich warnen, ich bin ein grauenhaftes Model.

Liebe Grüße,

Patrick

Jackpot, denke ich. Vielleicht kann ich von ihm etwas über Ellens Verbleib erfahren. Und: Wenn der Typ, mit dem Ellen zur

Zeit ihres Verschwindens zusammen war, gechillt seiner Arbeit nachgeht und sich um Fotos sorgt, dann scheint er sich keine besonderen Sorgen um sie zu machen. Wahrscheinlich, weil er weiß, dass sie wohlauf ist. Oder? Ich antworte ihm sofort.

Patrick, schön, von Dir zu hören. Challenge accepted, soziophobe Nerds sind meine Spezialität! Du kannst nicht zufällig spontan morgen?

Liebe Grüße,

Nico

Patrick braucht keine halbe Stunde, um mir zu antworten. Es steht also fest. Morgen Nachmittag treffe ich mich mit Ellens Freund oder Exfreund oder was auch immer er derzeit ist.

Als ich in dieser Nacht im Bett liege, brauche ich lange, bis ich endlich Schlaf finde.

Die Dunkelheit kommt, das kann ich fühlen. Bald wird es dunkel sein und still.

Ich gehe auf das Wasser zu, spüre seine Kühle.

Mein Körper fühlt sich seltsam an. Ich brauche eine Weile, bis ich das richtige Wort finde, bin so langsam im Kopf, so schwerfällig. Leer, mein Körper fühlt sich leer an.

Meine Hände sind klamm.

Wie bin ich hierhergekommen?

Ach ja.

Ich gehe auf das Wasser zu, Schritt für Schritt. Halte inne. Ich hebe den Blick. Die Welt hat kaum noch Farben, und jemand hat den Ton leiser gedreht.

Bin ich noch ich, ist die Welt noch die Welt?

15 NICO

Wir treffen uns am Morgen am Landwehrkanal, in der Nähe von Patricks Wohnung. Ich hatte ursprünglich ein Shooting bei mir im Studio vorgeschlagen, doch schließlich hatten wir uns auf den Kanal geeinigt.

Als ich am vereinbarten Zeitpunkt am Treffpunkt an der Brücke ankam, wartete er schon auf mich. Er rauchte und wirkte nervös. Ich musterte ihn, betrachtete ihn erst mal genauer. Bei unserer Begegnung vor Ellens Wohnung war ich reichlich angetrunken gewesen – und reichlich abgelenkt. Er hatte sehr normal auf mich gewirkt. Kein wie eine riesige Bugwelle vor sich hergeschobenes Ego. Patrick sah gut aus, aber gleichzeitig wirkte er zurückgenommen, fast ein bisschen schüchtern. Dass sie sich für einen Mann wie ihn entschieden hatte, hatte mir Ellen noch sympathischer gemacht.

Als ich ihm ins Gesicht schaue, wird mir sofort klar, dass ich seine E-Mail falsch interpretiert habe. Dieser Mann ist alles andere als gechillt. Er sieht aus, als hätte er seit Tagen nicht mehr geschlafen. Er hat abgenommen, und unter seinen blauen Augen zeigen sich dunkle Schatten. Schlecht rasiert ist er auch. Nicht gerade ideale Voraussetzungen für ein Fotoshooting, aber mal sehen, was ich tun kann.

»Hey«, sagt Patrick, als er mich kommen sieht, und wirft seine Zigarette weg.

Er kommt ein paar Schritte auf mich zu und macht dann eine etwas unbeholfene Bewegung, so, als sei er sich unsicher, ob er mich nonchalant auf die Wange küssen oder mir einfach nur die Hand geben soll. Ich schenke ihm eine kurze Umarmung und stelle die überflüssigste Frage des Planeten.

»Wie geht's dir?«

Ich habe auf dem Weg hierhin und die halbe Nacht darüber nachgedacht, wie ich Patrick Informationen über Ellen entlocken kann, ohne dass er mich für eine gefährliche Stalkerin oder für jemanden von der Presse oder wenigstens für eine unsensible Kuh hält, und habe mich entschieden, mich erst einmal aufs Fotografieren zu konzentrieren und vorsichtig vorzugehen. Nicht gleich mit der Tür ins Haus zu fallen. Patrick fährt sich durchs Haar.

»Ganz okay«, sagt er.

Ohne uns darüber abzustimmen, fangen wir an, den Kanal entlangzulaufen. Trotz des milden Wetters sind wenige Menschen unterwegs, was mir die Arbeit leichter macht. Aber das ist ja auch kein Wunder, es ist Dienstagmorgen, die Cafés sind voll, das Kanalufer wird jedoch nur von ein paar Spaziergängerinnen mit Hund und ein paar Joggern bevölkert. Das Licht ist schön heute Morgen, die Sonne kommt immer mal wieder hinter den Schleierwolken hervor, und es dauert nicht lange, bis ich einen Spot gefunden habe, an dem wir sicher ein paar schöne Bilder machen können. Patrick hat keine genauen Vorstellungen, er braucht einfach ein Autorenfoto für seinen Roman. Umso besser. Ich richte mich ein und mache ein paar einfache Probeaufnahmen.

»Woher kennt Ellen und du euch eigentlich?«, fragt er schließlich, nachdem wir alle möglichen Smalltalkthemen – das Wetter, unsere Jobs, Neujahrsvorsätze, die inakzeptablen Berliner Mietpreise – erschöpft haben.

»Ach, das war eher eine Zufallsbekanntschaft«, sage ich.

Er runzelt die Stirn, was ihm irgendwie steht, und ich drücke ab, checke das Display.

Hat was.

»Und ihr?«

»Wie wir uns kennengelernt haben?«

Ich nicke.

Patrick antwortet nicht gleich. Vielleicht überlegt er, ob ich nach diesem Shooting hier zu irgendeinem Klatschblatt laufe und seine Antworten verticke.

»Du musst mir das nicht sagen. Ich mache nur Konversation«, sage ich. »Lass uns über was anderes reden. Wovon handelt denn dein Buch? Ist es ein Roman oder so was?«, versuche ich, wieder in ungefährlichere Gefilde zu waten.

Er lächelt ein kleines Lächeln. Ich drücke ab, zwei-, dreimal, checke erneut das Display.

»Wir haben uns bei der Arbeit kennengelernt«, sagt er. »Ich war damals Produktionsassistent. Also, zumindest war das mein Brotjob. Ich habe tagsüber am Set gearbeitet und nachts geschrieben. Und Ellen war noch weitestgehend unbekannt. Ich –«

Er stockt, und ich stelle erschrocken fest, dass er mit den Tränen kämpft.

»Okay«, sage ich. »Lass uns eine Pause machen. Ich hole uns da drüben einen Kaffee, ja?«

Fünf Minuten später sitzen wir am Kanal und schauen auf das Wasser. Patrick hat sich gesammelt und ein tapferes Gesicht aufgesetzt, aber eines ist mir inzwischen vollkommen klar: Er weiß ebenso wenig, was mit Ellen passiert ist, wie ich.

»Ihr seid also schon ganz schön lange zusammen«, nehme ich den Gesprächsfaden wieder auf.

Er zuckt mit den Schultern.

»Drei Jahre«, sagt er.

»Wie habt ihr es geschafft, das so lange geheim zu halten?«

»Ach, so schwer war das nicht«, sagt er. »Klar, inzwischen ist Ellen ein Star, aber das sah bis vor zwei Jahren noch ganz anders aus. Da wurde sie hier und da mal auf der Straße erkannt, aber so richtig hat sich alles erst mit *Grundrauschen* geändert. Uns war beiden klar, dass wir besser damit fahren, wenn sie nicht über uns spricht. Du weißt doch, wie das ist. Wenn Prominente auch nur ein *bisschen* über ihre Beziehung reden, dann denken die Leute, sie hätten ein Recht darauf, *alles* über diese Beziehung zu erfahren. Plötzlich drehen sich Interviews nicht mehr um die eigene Arbeit und die eigene Kunst, sondern nur noch um vermeintliche bevorstehende Hochzeiten und um vermeintliche Trennungen und vermeintliche Schwangerschaften und all das. Du weißt doch, wie Teile der Presse sein können. Vor allem zu Frauen.«

Ich nicke.

»Da hatte Ellen keinen Bock drauf«, sagt Patrick. »Sie wollte eine Künstlerin sein, kein Promi. Und ich habe das ganz genauso gesehen.«

Eine Pause entsteht, während wir einem Entenpärchen zusehen, das leise schnatternd vorbeischwimmt.

»Was glaubst du, was mit ihr passiert ist?«, frage ich.

»Wenn ich das nur wüsste.«

Er nimmt einen Schluck von seinem Kaffee.

»Glaubst du, dass Ellen abgehauen ist?«

»Ohne mir was zu sagen?«

Er schüttelt den Kopf, scheint aber unsicher.

»Findest du, Ellen war anders in letzter Zeit?«

»Klar war sie das. Sie war nervös wegen der Premiere, wegen des ganzen Rummels. Du weißt doch, wie sie war.«

Nicht wirklich, denke ich. Ich schäme mich ein bisschen, denn ich habe Patrick zwar nicht wirklich angelogen, aber da er mir auf Ellens Party begegnet ist, muss er annehmen, dass wir uns viel besser und vor allem länger kennen, als es tatsächlich der Fall ist.

»Du kannst dir also nicht vorstellen, dass sie abgehauen ist?«, frage ich.

Er wirft mir einen schiefen Blick zu.

»Abgehauen …«, wiederholt er. »Wohin denn? Warum denn?«

»Keine Ahnung, vielleicht, weil ihr alles zu viel geworden ist, wie du sagst.«

Er wischt sich die Augen.

»Gott, ich hoffe, du hast recht«, sagt er und nimmt noch einen großen Schluck des inzwischen kalten Kaffees.

Ich tue es ihm nach.

»Weißt du, ich verstehe, dass Ellen gerne mit dir zusammen war«, sagt er. »Es tut gut, mit dir zu reden.«

Eine Weile lang schweigen wir.

»Falls Ellen abgehauen ist«, sage ich. »Was glaubst du, wo sie hin ist?«

»Glaubst du, ich wäre noch hier, wenn ich das wüsste?«

Er starrt in seinen Kaffeebecher, als hoffe er, dort eine Antwort zu finden.

»Was glaubst *du*, was mit ihr geschehen ist?«, fragt er schließlich.

Tja, das ist eine gute Frage. Was glaube ich? Ich glaube jedenfalls nicht, dass sie sich etwas angetan hat. Keine Ahnung, warum ich mir da so sicher bin, aber so ist es nun einmal.

»Ich weiß es nicht«, sage ich. »Wirklich nicht. Vielleicht musste sie tatsächlich einfach nur mal weg von allem und taucht in ein paar Tagen wieder auf. Oder … oder ihr ist etwas passiert. Ein Unfall … Ich weiß auch nicht.«

Ich denke an Ellens leuchtendes Gesicht, denke an den Fuchs, denke daran, wie sie mir kurzerhand Champagner in eine Porzellantasse kippt, denke an die Bücher in ihrem Schlafzimmer, und da ist es, das eine Detail, das die ganze Zeit über am Rande meines Bewusstseins darauf wartete, dass ich es zu packen bekam. Eines der Bücher in Ellens Zimmer. Das für den Bruchteil einer Sekunde in ihrem Koffer zum Vorschein gekommen war, als sie in ihren Sachen wühlte. Ein schlichtes Cover, weiße Schrift auf blauem Grund: *How To Disappear Completely And Never Be Found*.

Plötzlich arbeitet mein Gehirn auf Hochtouren, alles, was ich in den letzten Tagen und Wochen über Ellen gelesen habe, alles, was sie zu mir gesagt hat, geht mir binnen Sekunden durch den Kopf. Ich sehe Patrick an.

»Ich glaube nicht, dass Ellen tot ist«, sage ich.

»Wie willst du das wissen?«

Ich gehe nicht darauf ein.

»Nehmen wir einmal an, ich hätte recht, und sie wäre abgehauen. Einfach so. Warum auch immer. Was glaubst du, wo sie hingefahren wäre?«

Patrick denkt laut.

»Normalerweise würde ich sagen: zurück nach L.A. Oder nach New York«, sagt er. »In L.A. hat sie mehr Zeit verbracht, aber New York mochte sie lieber. Aber sie ist nicht geflogen, so viel wissen wir. Also wäre sie bestimmt noch in Europa. Familie hat sie keine. Ihre alten Freunde sind, soweit ich weiß, alle in Berlin, und …«

Er zuckt mit den Schultern. Ich beschließe, alles auf eine Karte zu setzen.

»Was ist mit Brügge?«, frage ich.

Patrick schaut mich überrascht an, scheint kurz sprachlos.

»Woher weißt du von Brügge?«

Gerade habe ich die Tür hinter mir geschlossen, mir einen Espresso gekocht und mich, nachdenklich nach dem Gespräch mit Patrick, damit an den Küchentisch gesetzt, da klingelt es. Durch den Spion sehe ich Frau Albrecht und muss ein Stöhnen unterdrücken. Sie hält einen kleinen gepolsterten Umschlag in der Hand.

»Na, Sie machen sich ja rar«, sagt sie, als ich ihr öffne.

»Tut mir leid«, antworte ich. »Sie hatten mir eine Nachricht dagelassen, jetzt fällt es mir wieder ein. Ich hatte in den letzten Tagen so viel um die Ohren, dass ich sie ganz vergessen habe.«

Sie schenkt mir einen vorwurfsvollen Blick und drückt mir den Umschlag in die Hand.

»Das hier habe ich für Sie angenommen«, sagt sie.

»Vielen Dank, sehr nett von Ihnen.«

»Ich habe Besseres zu tun, als Ihnen hinterherzulaufen. Das können Sie sich vielleicht denken.«

»Wieso haben Sie mir den Umschlag denn nicht einfach vor die Tür gelegt?«

Sie reißt die Augen auf.

»Und wenn er dann weggekommen wäre? Ich hatte schließlich die Verantwortung. Nein, nein, was ich für jemanden annehme, händige ich ihm auch persönlich aus, ich lasse mir da nichts nachsagen.«

Ich atme einmal tief durch und bedanke mich erneut. Sie brummt etwas Unverständliches und verschwindet.

Der Umschlag ist tatsächlich persönlich abgegeben worden, er ist nicht frankiert. Vorne drauf steht lediglich mein Vorname. *Nico.*

Ich öffne den Umschlag mit dem Zeigefinger. Darin befinden sich ein schlichtes weißes Kärtchen und eine kleine, flache Schachtel aus Papier. Ich ziehe die Karte heraus, lese die Worte, die darauf geschrieben sind.

Es tut mir so unendlich leid.

Ich runzle die Stirn, verstehe gar nichts. Ich öffne die kleine Schachtel. Und finde die Kette.

Ich hole sie heraus, betrachte sie. Habe sie auf den ersten Blick erkannt, konnte es nur nicht glauben. Aber sie ist es. Sie ist es. Die Kette mit dem kleinen Anhänger in Form eines Kolibris, die meine Mutter stets um den Hals trug. Bis zum Tag des Fährunglücks jedenfalls. Bis zum Tag ihres Todes.

Kurz bin ich so perplex, dass ich den kleinen Anhänger nur anstarren kann. Ich bin wie gelähmt. Als ich mich halbwegs wieder in der Gewalt habe, verlasse ich hastig meine Wohnung und eile Frau Albrecht hinterher. Ich treffe sie noch im Treppenhaus an, wo sie bedächtig die Treppen hinuntersteigt.

»Frau Albrecht«, sage ich, mehr außer Atem als sie. »Entschuldigen Sie, aber ich muss Sie etwas fragen.«

Sie dreht sich zu mir herum, Misstrauen im Blick.

»Wer«, sage ich, versuche, ruhiger zu atmen, »wer hat Ihnen diesen Umschlag für mich gegeben?«

Ich bin mir ziemlich sicher, wer es war, aber ich muss es genau wissen.

»Eine junge Frau«, sagt Frau Albrecht. »Groß, dunkle Haare. Hübsches Ding, nur furchtbar dürr. Aber nett. Hat die Bibi gekrault, und die ist gleich ganz zutraulich geworden und hat ihr die Hände geleckt. Das macht die nicht bei jedem.«

»Sie war hier?«

»Natürlich war sie hier, wie hätte sie mir denn sonst den Umschlag geben sollen?«

»Haben Sie sie auf der Straße getroffen?«

»Nein, sie war hier im Haus. Die jungen Leute von unten lassen ja ständig die Türe offen stehen –«

Ich unterbreche sie, bevor sie abdriften kann.

»Sie war hier im Haus?«

»Das habe ich doch gerade gesagt, oder nicht? Sie hat versucht, den Umschlag in Ihren Briefschlitz zu stecken, aber er passte nicht rein. Ich kam gerade mit der Bibi vom Einkaufen zurück und habe sie gefragt, was sie da macht, denn wenn wir eine neue Briefträgerin hätten, dann wüsste ich das ja wohl. Und dann hat sie mich eben gefragt, ob ich Ihnen den Umschlag geben könnte, den würde sie nicht einfach so jemandem anvertrauen, weil er wichtig wäre, aber ich sähe vertrauenswürdig aus.«

Ich bedanke mich, und sie macht sich wieder daran, die Stufen hinunterzusteigen, eine nach der anderen. Dann fällt mir etwas ein.

»Oh, Frau Albrecht?«

»Was ist denn noch?«

»Wann war das?«

Sie überlegt.

»An Neujahr«, sagt sie dann.

Ich betrachte den zierlichen Kolibri in meiner Hand. Er sieht nicht nur so aus wie der, den meine Mutter stets trug, es ist derselbe Anhänger, da bin ich mir vollkommen sicher. Aber wie ist das möglich? Wie kann es sein, dass Ellen in Besitz der Kette war, die meine Mutter stets als Talisman getragen hatte?

Mein Blick fällt auf die schlichte weiße Karte, die ich achtlos auf die Arbeitsplatte meiner Küche habe fallen lassen. Was bedeutet das? *Was* tut ihr leid? Plötzlich erinnere ich mich an diesen einen Moment in der Silvesternacht. Ich hatte gerade gehen wollen, und Ellen hatte mich davon abgehalten. *Ich hab was für dich.* Ich hatte nicht mehr darüber nachgedacht, wonach sie in ihrem Koffer gesucht hat, aber jetzt ist es mir klar. Wären wir doch bloß nicht unterbrochen worden. Dann hätte sie mir den Anhänger persönlich gegeben, und ich hätte all meine Fragen loswerden können.

Ich schnappe mir mein Handy und bombardiere Ellen mit Fragen. *Ich habe den Umschlag gefunden. Woher hast du diese Kette? Wer hat sie dir gegeben? Und wieso sagst du, es tut dir leid?*

Ich rechne nicht mit einer Antwort, aber Instagram-Messages sind nun mal der einzige Kommunikationskanal zu Ellen, der mir offensteht.

Ich lasse mich auf mein Bett fallen und starre die Decke an. Eines ist mir inzwischen klar: dass Ellen und ich einander begegneten, war kein Zufall.

Wo steckst du nur, Ellen? Wo steckst du nur?

Als ich an diesem Abend im Bett liege, höre ich den Geräuschen zu, die aus der Wohnung über mir zu mir herunterdringen. Anscheinend feiert meine Nachbarin eine kleine Party. Dann und wann höre ich Gelächter, den Rhythmus der Musik. Diese Klänge beruhigen mich, und irgendwann lullen sie mich dann doch so weit ein, dass ich in leichten Schlaf falle – und ich träume vom Wasser und von Ellen. Wir stehen an einem Kai, es ist heller Tag, aber das Wasser unter uns ist schwarz. Komm, sagt Ellen und nimmt meine Hand, doch ich entwinde mich ihr, ich will nicht ins Wasser, und dann ist Ellen plötzlich verschwunden, und meine Mutter ist bei mir.

Als ich am Morgen erwache und das Licht anknipse, finde ich dunkle Flecken auf meinem Kopfkissen. Kein schwarzes Meer, nur Wimperntusche und Tränen. Die Kette mit dem kleinen Kolibri liegt auf dem Nachttischschränkchen. Als ich sie mir um den Hals lege, fühlt sich das seltsam an. Falsch. Vielleicht muss ich mich erst an sie gewöhnen.

Ich klappe meinen Laptop auf, gehe auf die Seite der Deutschen Bahn und tippe in das Feld oben *Berlin* und in das untere *Brügge*. Wenn ich um acht am Hauptbahnhof in die Bahn stiege, könnte ich am späten Nachmittag in Brügge sein.

Und dann?

Und dann weitersehen.

Ich checke mein Handy und finde eine Nachricht von Kerstin vom Abend.

Bleibt's bei unserem Abendessen? Sag einfach, wann und wo, dann bin ich am Start.

Das hatte ich komplett vergessen.

Bitte entschuldige, tippe ich. *Gestern war unglaublich viel los. Wir holen das nach, ja?*

Ich tippe auf Senden. Als ich aus der Dusche komme, hat Kerstin bereits geantwortet.

Das kenne ich. Überhaupt kein Problem.

Du bist früh wach!, tippe ich.

Ich kann nicht mehr schlafen.

Ich auch nicht, tippe ich. *Wo steckt sie nur? Sie kann doch nicht einfach vom Erdboden verschluckt sein.*

Wahrscheinlich sitzt sie irgendwo in der Karibik und lacht sich ins Fäustchen.

Glaubst du das wirklich?

Kerstin antwortet mit einem Ich-habe-keine-Ahnung-Emoji.

Und dann: *Ich schätze, ich kann mich nach einem neuen Job umsehen.*

Ich weiß, es ist früh, aber kann ich dich kurz anrufen?, schreibe ich.

Sie kommt mir zuvor.

»Was gibt's?«

Jetzt hat sie mich überrumpelt. Ich beschließe, meine Karten auf den Tisch zu legen.

»Hi, guten Morgen. Also, ich hatte mich gefragt … Irgendwie habe ich das Gefühl, dass Ellen in Brügge sein könnte.«

Stille in der Leitung.

»Kerstin?«

»Wie kommst du darauf?«, fragt sie.

»Sie hat mal so was erwähnt.«

»Sie hat mal erwähnt, dass sie sich nach Brügge absetzen möchte? Ohne irgendwem etwas davon zu sagen?«

»Nein, natürlich nicht. Nicht so direkt. Aber irgendwie habe ich das Gefühl, dass sie in Brügge sein könnte. Ich habe mal nachgesehen, wenn ich nachher in die erste Bahn steige, bin ich gegen fünf da …«

»Was willst du denn da?«

»Sie suchen natürlich.«

»Ich kann dir da nicht helfen«, sagt Kerstin. »Mir gegenüber hat sie nie was von Brügge erwähnt.«

Sie schweigt kurz.

»Andererseits bin ich ja auch nur die Assistentin.«

Als wir das Gespräch beendet haben, rufe ich aus Gewohnheit Ben an, um ihm einen guten Morgen zu wunschen, doch dann fällt mir ein, dass er sich gerade auf diesen vermaledeiten Berg vorbereitet und dass wir abgemacht haben, erst wieder zu sprechen, wenn er oben war. Ich bin von ihm abgeschnitten. Was mir ursprünglich als nachvollziehbare Idee, inzwischen aber völlig verrückt vorkommt. Er könnte ebenso gut auf dem Mars sein. Um mich abzulenken, checke ich das Internet – nichts Neues außer Gerüchten.

Auf dem Weg ins Studio checke ich gewohnheitsmäßig noch einmal Instagram und stelle fest, dass ich eine neue Nachricht habe. Als ich sehe, dass sie von Ellen kommt, fängt mein Herz an zu rasen. Sie ist kurz und kryptisch.

Kannst du herkommen?

Ich bleibe stehen, bin völlig überrascht. Tagelang Sendepause und jetzt das.

Natürlich! Wo bist du?

Ich hoffe, dass sie online ist und sofort antwortet, doch das passiert nicht. Irgendwann gebe ich es auf, dumm in der Gegend herumzustehen, stecke das Handy weg und setze meinen Weg fort. In der U-Bahn befällt mich sofort wieder die Neugier, und reflexartig krame ich es wieder hervor. Und tatsächlich.

Ich werde dir alles erklären.

Adrenalin rauscht in meinen Körper.

Was tut dir leid?, schreibe ich, lösche es wieder, tippe dann: *Wo bist du, Ellen?*

Kein Wort zu irgendwem?, antwortet sie.

Versprochen. Bist du noch in Berlin?

Du weißt, wo ich bin. Du erinnerst dich doch?

Ich glaube schon.

Kannst du herkommen?

Warum ich?

Bitte komm, schreibt sie. *Dann erkläre ich dir alles.*

Ich steige an der nächsten Haltestelle aus, wechsele das Gleis, fahre zum Hauptbahnhof und kaufe ein Ticket nach Brügge.

Die Dunkelheit kommt, das kann ich fühlen. Bald wird es dunkel sein und still.

Ich gehe auf das Wasser zu, spüre seine Kühle.

Mein Körper fühlt sich seltsam an. Ich brauche eine Weile, bis ich das richtige Wort finde, bin so langsam im Kopf, so schwerfällig. Leer, mein Körper fühlt sich leer an.

Meine Hände sind klamm.

Wie bin ich hierhergekommen?

Ach ja.

Ich gehe auf das Wasser zu, Schritt für Schritt. Halte inne. Ich hebe den Blick. Die Welt hat kaum noch Farben, und jemand hat den Ton leiser gedreht. Bin ich noch ich, ist die Welt noch die Welt?

Ich zwinge mich, mich zu konzentrieren. Denk nach, Ellen. Du kannst nicht einfach ins Wasser gehen. Das Wasser ist kalt, es wird viel Disziplin brauchen, dich darin zu ertränken. Und da sind überall Leute, am Ende fischt dich doch irgendwer wieder raus, und das ganze elende Spiel beginnt von vorne. Ins Wasser zu gehen hat keinen Sinn, aber schau mal, dort oben, siehst du das?

Die Klippe.

Das ist weit. Aber das schaffst du. Und dann musst du nie wieder etwas schaffen. Na los.

Ich setze mich wieder in Bewegung. Tue einen Schritt und noch einen und noch einen.

16 NICO

Der Tag öffnet sich wie eine Faust. Eine zaghafte Wintersonne geht auf. Der ICE, in dem ich mich befinde, ist noch fast leer. Auch der Platz neben mir ist nicht belegt, und ich hoffe, dass das noch eine Weile so bleibt. Ich möchte meine Gedanken ordnen. Ich habe den Zug gerade noch erwischt und bin immer noch ziemlich außer Atem, als ich meinen Rucksack öffne, um zu sehen, ob ich das Ladegerät meines Handys dabei habe. Glück gehabt. Ich bin völlig überstürzt abgereist und habe nur die Dinge bei mir, die ich immer in meinem Rucksack mit mir herumtrage, aber immerhin verfüge ich über ein Handy und ein Ladekabel, der Rest wird sich ergeben.

Ich bin aufgeregt wie vor einem ersten Date. Da ist so vieles, was ich nicht verstehe, und ich sehne die Antworten auf meine Fragen so intensiv herbei, dass es wehtut. Nachdem ich Ellen kennengelernt hatte, dachte ich, ich sei es gewesen, die ihre Nähe gesucht hatte. Klar, ich habe ihr nicht nachgestellt, ich bin keine Stalkerin, und ich bin auch keine vierzehn mehr. Trotzdem habe ich mich jedes Mal gefreut, wenn ich Ellen über den Weg gelaufen bin. Das waren jedes Mal erfreuliche Zufälle, die ich zwar nicht bewusst herbeigeführt, aber doch begrüßt habe. Nur sind das eben alles keine Zufälle gewesen. Ellen war bewusst in meine Nachbarschaft gezogen, hatte mich wahrscheinlich beobachtet, hatte all diese kleinen Begegnungen vermutlich bewusst herbeigeführt. Nur: Warum? Wenn sie irgendwie an die Kette meiner Mutter gelangt war und sie zurückgeben wollte, hätte sie das doch viel einfacher haben können. Wieso erst tagelang um mich herumschleichen?

Ich brauche acht Stunden bis nach Brügge, wenn alles funktioniert und ich keinen meiner Anschlüsse verpasse. In ein paar Stunden werde ich am Kölner Hauptbahnhof umsteigen und dann noch einmal in Brüssel.

Und dann?

Ich lese mir noch einmal unsere Nachrichten durch. Ich verstehe das nicht. Wieso meldet sie sich genau jetzt? Und weshalb will sie, dass ich zu ihr komme?

Ich bin im Zug, schreibe ich. *Ich komme um 5 an.*

Erneut antwortet Ellen fast sofort.

Oh, Gott sei Dank. Ich wüsste nicht, was ich ohne dich machen würde.

Ich runzele die Stirn. Was zum Teufel ist nur los?

Kann ich dich anrufen?, frage ich.

Kein Telefon, schreibt Ellen. *Wir sprechen, wenn du hier bist.*

Wo finde ich dich?

Keine Sorge, schreibt sie. *Ich finde dich.*

Ich muss eingeschlafen sein, denn als die Fahrkartenkontrolleurin mich anspricht, brauche ich eine Sekunde, um mich zu orientieren.

»Wo sind wir?«, frage ich, während sie mein Handyticket einscannt.

»In einer halben Stunde erreichen wir Köln.«

Ich bedanke mich und will mein Telefon gerade wieder wegstecken und noch einen Moment lang die Augen schließen, als es in meiner Hand zu vibrieren beginnt. Ich kenne die Berliner Festnetznummer nicht, die auf dem Display erscheint.

»Nicolette Roba?«

»Hallo, Nico, hier ist Camilla.«

Ich wappne mich. Camilla ist meine Hausärztin, seit ich ein Teenager bin. Eine alte Freundin meines Vaters. Sie sieht mich praktisch nie, ich hasse es, zum Arzt zu gehen. Aber nachdem die Kopfschmerzen nach diesem Vorfall in der U-Bahn-Station einfach nicht nachlassen wollten, da habe ich sie tatsächlich aufgesucht. So wurde Kurt ja entdeckt.

»Camilla«, sage ich und versuche, unbefangen zu klingen, obwohl mir vollkommen klar ist, dass sie mich nicht einfach nur so anruft. »Was gibt's?«

»Deine Untersuchungsergebnisse sind da. Der Facharzt hat sie mir heute rübergeschickt. Kannst du reinkommen, damit wir sie besprechen können?«

Meine Untersuchungsergebnisse. Wie harmlos das klingt. Dabei geht es doch darum, wie gefährlich Kurt tatsächlich ist.

»Klar«, sage ich und versuche so neutral zu klingen wie Camilla. »Wann denn?«

»Geht es noch heute?«

Oh, verdammt.

»Heute bin ich unterwegs«, sage ich. »Wie wäre es, wenn ich mir für morgen oder übermorgen einen Termin mache?«

Camilla schweigt.

»Wie schlimm ist es?«, frage ich.

»Ich möchte das nicht am Telefon besprechen«, sagt Camilla. »Aber es wäre wirklich wichtig, dass wir die Dinge nicht auf die lange Bank schieben.«

Mein Mund ist plötzlich sehr trocken. Als hätte ich in ein Stück vom berühmt-berüchtigten Sandkuchen meiner Mutter gebissen. Mein Vater und ich witzelten hinter ihrem Rücken, dass sie ihn wirklich aus Sand machte. Wir aßen ihn trotzdem.

»Er ist bösartig, oder?«, frage ich, als ich sicher bin, dass mir meine Stimme nicht verrutschen wird.

Ich höre Camillas Atem. Sie scheint abzuwägen, ob sie mir die Antwort am Telefon geben kann. Die Angst krallt sich an mir fest, ein schwingenbewehrtes Monster, eine Wilddrude.

»Das ist er«, sagt sie. »Tut mir leid, Nico.«

Ich versuche, mich zu konzentrieren.

»Besteht die Chance, dass er wieder kleiner wird?«

Kurz sagt Camilla gar nichts, und mir wird klar, dass ich etwas Dummes gefragt habe. Eine Kinderfrage.

»Das ist praktisch unmöglich«, sagt Camilla. »Der Tumor scheint im Gegenteil recht schnell zu wachsen.«

Der Zug gleitet dahin, trägt mich vorbei an einer ausgewaschenen Winterlandschaft, an kleinen Orten und raureifbewehrten Wiesen. Er ist bösartig, denke ich. Er wird mich töten. Ich sterbe. Bald.

Aber das wusste ich doch schon, denke ich. Ich weiß es, seit ich ihn in Berlin zum ersten Mal gehört habe. Diesen tiefen, dräuenden, verführerischen Ton.

»Aber umso wichtiger ist, dass wir proaktiv vorgehen und keine Zeit verschwenden«, sagt Camilla. »Okay?«

Ich wusste es. Ein Teil von mir wusste es die ganze Zeit, dennoch fühle ich mich wie betäubt.

»Ich melde mich sofort, wenn ich wieder in Berlin bin«, sage ich und lege auf.

Ich wähle Bens Nummer, obwohl ich weiß, dass er nicht rangehen wird. Und er geht nicht ran. Ich probiere es noch einmal, umsonst. Ich berge das Gesicht in den Händen.

In Köln und in Brüssel gelingt es mir irgendwie, die Züge zu wechseln, aber ich nehme kaum wahr, was um mich herum passiert, ich schlafwandle meinen Weg durch die Rushhour, und irgendwann bin ich in Brügge, einfach so. Natürlich habe ich mit dem Gedanken gespielt, in Köln auszusteigen und nach Berlin zurückzufahren. Aber ich habe mich dagegen entschieden. Ich muss wissen, was in den letzten Stunden meiner Mutter geschah. Ich werde also Ellen treffen, ich werde ihr meine Fragen stellen, und mit etwas Glück sitze ich morgen früh im ersten Zug zurück nach Berlin. Bis dahin werde ich so wenig wie möglich an Kurt und an Camilla denken.

Die Stadt begrüßt mich mit Regen, und ich komme mir vor wie in einem Spionagefilm, während ich das Gleis entlanglaufe, die Treppen nehme, und schließlich durch den Hauptausgang den Bahnhof verlasse, wobei ich permanent nach Ellen Ausschau halte, sie aber nirgendwo entdecke. Während ich unter dem Vordach stehe und warte, wünschte ich fast, ich wäre Raucherin und könnte mir eine Zigarette anstecken. Wie ungesund das ist, könnte mir ja inzwischen egal sein, Krebs habe ich ja schon.

Ich verscheuche die Gedanken und checke mein Handy. Nichts. Ich warte eine Viertelstunde, inzwischen ist der kleine Bahnhofsplatz fast komplett verlassen, keine Spur von Ellen.

Ich öffne meine Instagram-App.

Wo steckst du?

Ich warte eine weitere Viertelstunde, erhalte aber keine Antwort und beschließe, mir erst einmal eine Bleibe für die Nacht zu suchen und dann weiterzusehen. Online bin ich gerade dabei, mir das erstbeste Hotelzimmer in Bahnhofsnähe zu buchen, als ich innehalte. Wenn Camillas gedämpfter Tonfall irgendein Indikator war, dann habe ich einen bösartigen Hirntumor, und zwar in einem so weit fortgeschrittenen Stadium, dass bei der Behandlung jeder Tag zählt. Wenn ich schon verrückt genug gewesen bin, nach Brügge zu fahren, statt mich sofort wieder auf den Heimweg zu machen, dann sollte ich Brügge auch so gut es geht genießen. Ich cancele die Buchung, die ich ursprünglich hatte tätigen wollen, und buche mir eine Nacht in einem hübschen, absurd teuren Boutiquehotel direkt an einer Gracht. Brügge sehen und sterben, denke ich und mache mich daran, ein wenig die Stadt zu erkunden.

Brügge ist von einer Schönheit, die den Spott von Menschen, die an weniger malerischen Orten leben, geradezu provoziert. Ich bin mir sicher, dass Alba, Lea und meine anderen Berliner Freundinnen früher oder später – halb abwertend, halb bewundernd – von Kitsch sprechen würden. Ich trinke die Schönheit in großen, gierigen Schlucken, lasse mich durch die mittelalterlichen Gassen treiben, bleibe schließlich an einer der schmalen Grachten stehen. Wenn jetzt Sommer wäre, würden Ausflugsboote schnatternde und mit dem Handy fotografierende Menschen vorüberschippern, doch es ist Winter, und die Stadt ist zwar nicht leer, doch es sind nur wenige Leute unterwegs. Die Dunkelheit lauert bereits in den Schatten der mittelalterlichen Häuser. Ich betrachte die, die direkt an der Gracht liegen und deren kleine Erker über das Wasser hinausragen. Stelle mir vor, wie es sich wohl anfühlen muss, in einem von ihnen zu wohnen. In diesem kleinen Erker zu sitzen, mit einem Buch vielleicht, und draußen die verzückten Touristinnen und Touristen vorbeigehen zu sehen.

Ich komme an kleinen Läden und Cafés vorbei, erhasche hier und da einen Hauch Schokoladenduft, der so tröstlich riecht, obwohl ich Schokolade noch nicht einmal besonders gerne mag. Den Duft liebe ich, er ist wie ein Versprechen von Geborgenheit und Wärme. Irgendwann lande ich auf dem großen Platz, der wahrscheinlich den Marktplatz darstellt und an dessen Ende ein großer Glockenturm aufragt, der *Belfried*, wie ich schnell herausfinde.

Mir ist augenblicklich klar, dass ich da rauf muss. Ich liebe Aussichts- und Kirchtürme, Wolkenkratzer mit Besucherplattform und alles, was es mir erlaubt, eine Stadt in der Vogelperspektive zu betrachten. Das hat nichts mit meiner Arbeit als Fotografin hinzu; ich liebe es einfach, Dinge von einer gewissen Entfernung aus zu betrachten. Die Menschen, die Autos, die Häuser, den Stoff, aus dem unser aller Leben besteht, so weit unter mir, dass alles beinahe unwirklich wirkt. Aus großer Höhe sieht jeder Ort friedlich aus. Das ist auch der Grund, weshalb ich auf Flügen stets um einen Fensterplatz bitte.

Ich habe Glück, dass die Frau um die sechzig, die hinter dem Ticketschalter sitzt, mich noch reinlässt, denn eigentlich, sagt sie, sei ich zu spät. Aber dann zwinkert sie mir zu, lässt mich auf Englisch wissen, dass sie nicht so sein wolle, und wünscht mir viel Spaß. Der Turm ist dreiundachtzig Meter hoch, alle anderen Infos, die im Eingangsbereich aushängen, habe ich sofort wieder vergessen. Auch die darüber, wie viele Stufen es bis nach oben sind. Meiner Schätzung nach müssen es ein paar Tausend sein, und ich bin schon völlig außer Atem, als ich auf einem Treppenabsatz ankomme, der durch vergitterte Fenster einen Blick in die Tiefe erlaubt, der zwar noch nichts mit der Vogelperspektive zu tun hat, die ich so schätze, aber doch recht beeindruckend ist. Ich bleibe kurz stehen, um zu verschnaufen, lächele das chinesische Pärchen an, das von oben kommt und plaudernd an mir vorbeigeht. Die junge Frau lächelt zurück, hebt dann die Brauen.

»*Your nose is bleeding*«, sagt sie.

Und jetzt spüre ich es auch.

»*Thank you*«, sage ich und presse mir ein Papiertaschentuch ins Gesicht.

Denke daran, dass meine Mutter mich stets den Kopf hat in den Nacken legen lassen, wenn ich Nasenbluten hatte, eine

Methode, die längst überholt ist, denn heute legt man das Kinn auf die Brust, zumindest habe ich das irgendwo gelesen. Ich beobachte die Menschen auf dem Marktplatz, während ich darauf warte, dass die Blutung aufhört. Sehe einen Mann mit braunem Haar, der ein Kleinkind wieder einfängt, das sich von seiner Hand losgerissen hat und so ungelenk wie enthusiastisch davonstürmt. Ich sehe ein Paar mit weißen Haaren, das vor einem der Restaurants steht und sich küsst. Ich sehe eine Gruppe junger Leute, die lärmend den Platz überquert. Und dann sehe ich Ellen.

Sie steht fast direkt unter mir, nur ein paar Meter vom Tor entfernt, durch das ich den Glockenturm betreten habe, und zündet sich mit einem kleinen roten Feuerzeug eine Zigarette an. Braucht zwei Versuche dazu, schafft es schließlich, schlägt den Kragen ihres schmalen dunklen Mantels hoch und zieht ein Handy aus der Manteltasche. Kurz verspüre ich das Bedürfnis, einfach loszurennen. Die Treppen runterzurennen, die chinesischen Touristen zu überholen und Hals über Kopf auf Ellen zuzustürmen, doch dann besinne ich mich eines Besseren. Ich bin körperlich nicht gerade in guter Verfassung, mein Herz hämmert wie wild, und kleine Sterne tanzen vor meinen Augen. Vor allem aber möchte ich kein Aufsehen erregen. Und das ist ja auch gar nicht notwendig. Ich schnappe mir mein Handy und öffne meine Instagram-App, um Ellen eine Nachricht zu schreiben.

Bleib, wo du bist, tippe ich. *Ich bin in zwei Minuten bei dir!*

Ich blicke aus dem Fenster und stelle fest, dass sie ihr Handy schon wieder weggesteckt hat und sich, kleine Rauchwölkchen ausstoßend, schnellen Schrittes über den Platz entfernt. Ich fluche leise, werfe meine Vorsätze von wegen bloß nicht auffallen über Bord und laufe die Treppen hinunter. Meine Nase hat aufgehört zu bluten, doch mein Herzschlag hat sich noch lange nicht beruhigt. Aber egal jetzt, ich bin für Ellen einmal quer durch die Bundesrepublik nach Belgien gefahren, ich will jetzt wissen, was Sache ist. Ich murmele eine Entschuldigung, als ich mich an dem jungen Pärchen vorbeidrücke, ignoriere den verwunderten Blick der Ticketverkäuferin, als ich an ihr vorbei auf den Ausgang zulaufe. Draußen versuche ich, mich zu orientieren. Ellen hatte den Platz zu seiner Stirnseite hin überquert, könnte inzwischen aber auch schon in eine der Gassen abgebogen sein. Ich nehme den Weg, den sie genommen hat, geradeaus, den Glockenturm im Rücken. Ich weiche einer Gruppe deutscher Touristinnen aus, die unerklärlicherweise Funktionskleidung tragen – und da sehe ich sie. Sie schlendert seelenruhig auf eine der Straßen zu, die vom Marktplatz abgehen. Dann hebt sie den Arm. Ich sehe sie nur von hinten, aber sie begrüßt jemanden. Und dann sehe ich auch, wen: einen hochgewachsenen blonden Mann, der einen schwarzen Labrador an der Leine führt. Ellen beugt sich zu dem Hund hinunter, der sie freudig begrüßt und ihr vermutlich die Hände lecken würde, wenn sie nicht Handschuhe trüge, dann umarmt sie den Mann. In Sekundenschnelle malt mein Hirn sich ein paar Szenarien aus. Ellen betrügt Patrick. Oder: Ellen hat sich von Patrick getrennt, und er weigert sich, das zu akzeptieren. Das würde erklären, weshalb auch er nicht weiß, wo sie abgeblieben ist. Oder – ehe ich weiter darüber nachdenken kann, dreht das Pärchen mit Hund sich um und kommt auf mich zu. Und sofort frage ich mich, wie ich mich so irren konnte, denn natürlich ist das nicht Ellen. Die junge Frau ist von derselben Größe und Statur, und vor allem bewegt sie sich wie Ellen. Aber von Nahem betrachtet sieht sie ihr noch nicht einmal ähnlich. Die beiden gehen mit ihrem Hund direkt an mir vorbei und verschwinden schließlich in einem der Lokale.

Ich stehe mitten auf dem alten Marktplatz, und passenderweise fängt es an zu regnen.

Ich atme ein paarmal tief ein und aus, um meinen Herzschlag zu beruhigen und den heraufziehenden Kopfschmerz wegzudrücken. Dann mache ich mich mithilfe von Google Maps auf den Weg in mein Hotel.

Ich dachte, dass die Schönheit der Stadt und ein luxuriöses Hotel mich aufmuntern würden, doch das Gegenteil ist der Fall, beides deprimiert mich. Ich wünschte, Ben wäre hier, während ich meinen Rucksack abstreife und mich auf das riesige, weiche Bett fallen lasse.

Die Stille prasselt auf mich ein, und schon nach wenigen Minuten mit mir selbst halte ich es nicht mehr aus. Greife reflexartig nach meinem Handy – keine Nachricht von Ellen. In diesem Moment poppt eine Erinnerung auf meinem Display auf. *Geburtstagsgeschenk Jona* steht da. Stimmt, mein kleiner Bruder hat nächste Woche Geburtstag, und da er ein spektakuläres Kind ist, verdient er ein spektakuläres Geschenk, nicht irgendetwas, das man auf den letzten Drücker besorgt hat. Kurz streift mich der Gedanke, dass dieser der letzte Geburtstag sein könnte, den ich mit Jona feiere, und ich schiebe ihn weit von mir weg, so weit ich nur kann, denn das kann nicht sein, das ist unvorstellbar, das darf nicht sein, das geht nun wirklich nicht. Ich setze mich auf und rufe bei Günther auf dem Festnetz an. Angélique meldet sich und holt mir Jona ans Telefon.

»Aber nicht zu lange, wir essen gleich«, höre ich sie im Hintergrund, und Jona antwortet mit seinem typischen *Okeee.*

»Schwesterherz!«, sagt er, als er meine Stimme hört.

»Hallo, Kumpel«, sage ich. »Du, mir ist gerade eingefallen, dass du nächste Woche Geburtstag hast.«

»Klar, Mann«, sagt er. »Hast du meine Einladung nicht bekommen? Ich hab sie dir per Mail geschickt.«

»Oh, das habe ich noch gar nicht gesehen, aber ich schaue gleich mal. Danke auf jeden Fall. Na, jedenfalls wollte ich fragen, ob du dir etwas wünschst.«

»Ich wünsche mir eine Million Views auf YouTube«, sagt er wie aus der Pistole geschossen.

»Okay«, sage ich. »Nichts leichter als das. Sonst noch was? Vielleicht eine Jacht oder einen Flug zum Mars?«

»Nein«, sagt Jona ernst. »Das ist eigentlich alles.«

Eine Pause entsteht, er scheint zu überlegen.

»Das war Ironie, oder?«, sagt er dann.

Ich muss lachen.

»Tut mir leid, Kumpel.«

»Ich hasse Ironie«, sagt er. »Ich check überhaupt nicht mehr, was ernst ist und was nicht, wieso reden Leute so?«

Das weiß ich jetzt auch nicht.

»Na ja«, sagt Jona. »Es gibt da auch noch so ein PlayStation-Spiel, das ich gerne hätte.«

Es hat aufgehört zu regnen, als ich wieder auf die Straße trete. Ich laufe an der Gracht entlang, schaue zwei Schwänen zu, die mich wohl für eine Touristin halten, die beeindruckt werden will, bewege mich weiter, absichtslos, durch das Gewirr der Gassen. Ich bin nicht hier, um mich bezaubern zu lassen, ich bin hier, um nicht in meinem Hotelzimmer zu sitzen und nachdenken zu müssen. Am Rozenhoedkaai mache ich einen Bogen um eine Gruppe von Touristinnen, die sich für Fotos aufgestellt hat. Ich habe mich gerade wieder in Bewegung gesetzt, als ich eine Stimme höre, die mir bekannt vorkommt. Ich wende mich nach rechts, zu der Gruppe von Leuten mit ihren Handykameras.

»Sehr gerne«, sagt die Stimme. »Viel Spaß noch.«

Und da sehe ich ihn auch. Patrick. Er gibt einer der offenkundig deutschen Touristinnen ihr Handy zurück, wirft sich seine Reisetasche wieder über die Schulter, dreht sich um. Und entdeckt mich im selben Moment. Hebt überrascht die Brauen – und die Hand zum Gruß.

»Nico!«, ruft er, und er lächelt ein Lächeln, bei dem glatt eine zweite Sonne aufgeht.

Wir umarmen uns kurz.

»Du bist auch wegen Ellen hier, oder?«, fragt er, und ich nicke.

Ihm hat sie also auch geschrieben. Aber was soll das alles? Weswegen sind wir hier?

»Mit dem ICE über Köln und Brüssel?«

Ich muss lachen.

»Mein Gott, wir waren im selben Zug«, sage ich.

»Und du hast auch keine Ahnung, wo sie steckt?«

Ich schüttele den Kopf.

»Sie wollte mich abholen, aber …«

»Aber sie ist nicht aufgetaucht«, vollendet er den Satz.

Verdammter Mist.

Mein Blick fällt auf die kleine Reisetasche, die Patrick sich über die Schulter geworfen hat.

»Warst du noch gar nicht im Hotel?«, frage ich.

»Ich wollte erst ein bisschen die Stadt erkunden. Aber ich glaube, ich checke mal ein. Hast du Lust, mich die paar Meter zu begleiten?«

Da ich nichts Besseres zu tun habe und derzeit ein bisschen ratlos bin, sage ich Ja.

Unterwegs stoßen wir allerdings auf ein hübsches Café direkt an der Gracht, und da wir beide Hunger haben, kehren wir ein. Das Lokal befindet sich in einem Haus mit weiß gestrichenem Backstein und hübscher roter Markise, und ich weiß nicht, was ich erwartet habe, aber innen sieht es auch nicht anders aus als in den Cafés in Berlin, in die ich gerne mit meinen Freundinnen gehe. Der Laden hat eine wunderhübsche, stuckverzierte Decke, an der Wand zur Stirnseite hin wurde der nackte Backstein freigelegt, von der Decke hängen schwere Retrolampen, die warmes Licht spenden an diesem dunklen Januartag, und auf einer Schiefertafel stehen die Tagesangebote auf Englisch. Das Lokal ist spärlich besucht, und instinktiv setzen wir uns so, dass wir vom Fenster aus das Wasser sehen können, als wären wir einfache Ausflügler.

Als meine Tomatensuppe kommt, habe ich erfahren, dass Patrick eine ganz ähnliche Nachricht von Ellen erhalten hat wie ich, und dass auch er nicht die geringste Ahnung hat, was das alles hier soll.

»Was ich nicht verstehe«, sagt Patrick und nippt an seinem Kaffee, »ist, warum die Polizei nichts unternimmt.«

»Hast du Anzeige gestellt?«

»Nein. Aber ich hätte gedacht, dass zumindest ihr Management …«

Er seufzt.

»Na ja«, sage ich. »Ellen ist erwachsen und kann machen, was sie will.«

»Aber sie ist nicht irgendwer«, sagt Patrick. »Sie ist gefährdeter als andere Menschen.«

»Durch ihre Prominenz?«, frage ich.

»Das auch«, sagt Patrick.

»Und was noch?«

Er zuckt mit den Schultern.

»Du weißt ja, wie sie ist.«

»Wie ist sie denn?«

»Impulsiv«, sagt er.

Das stimmt wohl.

»Außerdem hat sie früher ziemlich viele Drogen genommen. Ich mache mir Sorgen, dass sie rückfällig geworden ist. Deswegen verstehe ich auch nicht, dass niemand ernsthaft nach ihr sucht.«

Eine Zeit lang blicken wir schweigend aufs Wasser.

Schließlich checke ich noch einmal mein Handy, doch weder hat sich Ellen gemeldet, noch hat Ben zurückgerufen. Instinktiv tut Patrick es mir nach, zieht ebenfalls sein Smartphone hervor und tippt darauf herum. Seit ein paar Jahren schon fällt mir auf, dass die meisten von uns ganz automatisch ebenfalls zum Handy greifen, wenn das Gegenüber es tut, wir können gar nicht anders.

»Irgendetwas?«, frage ich.

Patrick schüttelt den Kopf.

»Nichts«, sagt er. »Ich frage mich langsam, ob wir in der richtigen Stadt sind.«

Er seufzt. Wieder entsteht eine Pause. Ich bestelle mir noch einen grünen Tee.

»Darf ich dich was fragen?«, sage ich.

»Klar.«

»Was, glaubst du, ist der Sinn des Lebens?«

Er lacht kurz auf.

»Dein Ernst?«

Ich nicke.

»Das ist einfach, oder?«, sagt er. »Die Liebe.«

Und er sagt das so schlicht, dass sich vermutlich noch nicht einmal Alba über ihn lustig machen würde, wenn sie hier wäre.

Tatsächlich hat Patrick genau das Hotel am Bahnhof gebucht, das ich auch beinahe ausgewählt hätte. Ich lasse mich in einen der weichen Sessel in der Lobby fallen, während er eincheckt und auf seinem Zimmer verschwindet, um sein Gepäck abzustellen. Um nicht schon wieder sinnlos auf meinem Handy herumzutippen, öffne ich mein Notizbuch und beginne, ein bisschen darin zu blättern.

Was, glaubst du, ist der Sinn des Lebens?

> *Der Sinn des Lebens ist, den Sinn des Lebens zu finden.*
> *Den ganzen Quatsch hier zu genießen.*
> *Die Welt besser zu hinterlassen, als man sie vorgefunden hat.*
> *Muss alles einen Sinn haben?*
> *Anderen zu helfen.*
> *Es gibt keinen. Alles ist Zufall.*
> *Gott zu dienen.*
> *Das Leben ist ein Kunstwerk. Und unser Job ist es, es so großartig und einzigartig zu machen, wie es nur sein kann.*
> *Nicht so viel über den Sinn des Lebens nachzudenken und stattdessen sein Leben zu leben.*

Schließlich setze ich Patricks Antwort unter die der anderen.

> *die Liebe.*

Das Bedürfnis, Ben zu sprechen, ist plötzlich so groß, dass sich mir vor Sehnsucht die Kehle zuschnürt. Ich wähle seine Nummer, doch sein Handy ist natürlich aus.

Und wo ich mein eigenes nun schon einmal in der Hand habe, kann ich natürlich doch nicht widerstehen und checke zum hundertsten Mal allein in dieser Stunde meine Messages. Mein Herz schlägt schneller, als ich Ellens Nachricht finde.

Oh mein Gott, ich lach mich tot, du bist ernsthaft in Brügge?

Ich starre die Nachricht an, sie scheint keinen Sinn zu ergeben. Was Patrick sagte, geht mir erneut durch den Kopf. Kann es sein, dass Ellen auf Drogen ist? Okay, sie hat in Interviews über ihre Drogenkarriere gesprochen. Dabei war es aber immer um die Vergangenheit gegangen, angeblich war Ellen seit Jahren clean und engagierte sich sogar für drogenabhängige Kids. Aber das hieß ja nicht, dass sie nicht rückfällig werden konnte, oder? War das die traurige Erklärung von allem?

Ich verstehe nicht …, schreibe ich. *Ist alles okay mit dir? Wo steckst du?*

Ellen antwortet mit nur drei Buchstaben.

LOL.

Mir wird kalt.

Wer schreibt da?, tippe ich und warte.

Fahr nach Hause, Nico. Ich hab dich verarscht. Und es tut mir noch nicht einmal leid.

Wer ist da?, tippe ich.

Jemand, der es satt hat, sich von irgendwelchen Tussis, die sich gerne ein bisschen in Ellens Glanz sonnen möchten, ausnutzen zu lassen.

Der Groschen fällt. Es ist das Einzige, was Sinn ergibt. Natürlich ist es alles andere als unwahrscheinlich, dass sie Zugriff auf Ellens Instagram hat. Schließlich ist sie ihre Assistentin.

Kerstin?, tippe ich.

Sie antwortet nicht mit Worten, sondern spendet meinem Scharfsinn mit drei Klatschende-Hände-Emojis ironischen Applaus.

Das warst alles du?, tippe ich.

Drei sich schlapp lachende Smileys erscheinen auf meinem Display.

Ellen ist gar nicht in Brügge?

Elementar, Mr Holmes, spottet Kerstin und schiebt ein Detektiv-Emoji hinterher.

Aber das ergibt keinen Sinn, denke ich.

Wenn das mit Brügge Unsinn ist, was macht dann Ellens Freund hier?

Mit klopfendem Herzen warte ich auf eine Antwort.

Ihr was? Wer bitte?

IHR FREUND, tippe ich. *PATRICK!*

Ich kenne keinen Patrick.

Tja, vielleicht standest du Ellen doch nicht so nahe, wie du dachtest, schreibe ich. Ein Tiefschlag, aber hey, ich bin wütend.

Kerstin antwortet nicht, doch plötzlich klingelt mein Handy.

»Hallo?«

»Nico«, sagt Kerstin. »Mit wem bist du in Brügge? Mit deinem Freund?«

»Mit *Ellens* Freund«, sage ich. »Wie schwer ist das zu verstehen? Er glaubt im Übrigen auch, dass sie in Brügge sein könnte.«

»Ist er jetzt gerade bei dir?«, fragt sie.

Sie klingt alarmiert. Ich bin kurz davor, einfach aufzulegen, doch etwas hält mich zurück. Ich werfe einen Blick in die Lobby, von Patrick ist nichts zu sehen, aber er müsste jeden Augenblick zurück sein.

»Wie sieht er aus?«

»Welche Rolle spielt das?«

»Vielleicht keine«, sagt Kerstin. »Aber Ellen hat keinen Freund. Ganz sicher nicht.«

»Woher willst du das so genau wissen?«, frage ich.

»Ganz einfach. Ellen steht auf Frauen. Ausschließlich auf Frauen. Wusstest du das nicht?«

17 NICO

Durch die Glasfront des Hotels sehe ich, wie Patrick die Treppen herunterkommt, die Lobby durchquert und sich nach mir umschaut.

»Ich muss auflegen«, sage ich.

»Nico, warte«, sagt Kerstin. »Ich weiß nicht, wer sich da als Ellens Freund ausgibt. Vielleicht ist es nur jemand von der Presse, der glaubt, er könne über dich an sie rankommen. Aber …«

Patrick hat mich gesehen, in ein paar Sekunden ist er bei mir.

»Ich muss los«, sage ich.

»Nico, hör mir zu. Ellen hatte einen wirklich gefährlichen Stalker. Die Sache war vor Gericht, er darf sich ihr nicht mehr nähern, sie hatte eine Heidenangst vor ihm. Er dachte in seinem kranken Kopf, dass sie seine Freundin ist. Ich weiß, dass er sie letztens erneut kontaktiert hat. Auf ihrem neuen Handy. Weiß der Teufel, wie er an die Nummer gekommen ist. Er ist clever, und er i–«

Patrick ist fast bei mir.

»Danke für die Info«, sage ich. »Dann komme ich morgen für ein MRT vorbei.«

Ich lege auf, doch ehe ich das Telefon wegstecke, mache ich unauffällig ein schnelles Handyfoto von Patrick.

»Alles klar?«, fragt er.

»Ich denke schon«, sage ich. »Ich war Anfang des Jahres für einen Routine-Check-up bei meiner Hausärztin, und gerade rief sie mich an und bat mich, morgen vorbeizukommen.«

»Oh, wow. Bist du okay?«

»Es ist bestimmt nichts«, sage ich, während ein weiterer Anruf von Kerstin eingeht. Ich ignoriere ihn und stecke das Handy weg. »Aber ich muss trotzdem so schnell wie möglich zurück nach Berlin. Das lässt mir sonst keine Ruhe.«

»Aber was ist mit Ellen?«, fragt Patrick.

Ich zucke mit den Schultern, versuche, ruhig zu bleiben. Ich glaube Kerstin. Ihre Sorge war echt.

»Sie hat sich nicht noch mal gemeldet«, sage ich. »Wer weiß, ob sie überhaupt in Brügge ist.«

»Was?«, fährt er auf. »Was soll das heißen?«

Ich antworte nicht. Bin mir unschlüssig, ob ich ihm sagen soll, dass ich weiß, dass er mich angelogen hat, oder das Spiel zunächst weiter mitspielen soll. Ich entscheide mich für Letzteres. Ich muss auf mein Zimmer, meine Gedanken ordnen. Vor allem aber muss ich ihn loswerden.

»Was genau hat sie dir denn gesagt?«, bohrt er.

»Sie hat gefragt, ob ich herkommen kann«, sage ich.

»Sonst nichts?«

Erneut hebe ich die Schultern.

»Denk nach, Nico!«, fährt Patrick mich an. »Es ist wichtig!«

Ich werfe ihm einen Blick zu, der dazu führt, dass er sofort einen Schritt zurück macht und die Hände hebt.

»Tut mir leid«, sagt er. »Sorry. Ich bin einfach ein bisschen mit den Nerven runter.«

»Schon okay«, sage ich. »Du, ich glaube, ich muss mal auf mein Zimmer. Mich ein bisschen hinlegen und anschließend meine Zugverbindung für morgen raussuchen.«

»Oh, na klar, das verstehe ich«, sagt Patrick. »Was dagegen, wenn ich dich begleite?«

»Das ist wirklich nicht nötig.«

»Mache ich gerne.«

»Okay«, sage ich. »Dann … klar, gerne! Da lang.«

Ich zeige auf die Straße, die am Bahnhof vorbei und Richtung Innenstadt führt. Das Handy, das ich in meine Manteltasche gesteckt habe, vibriert erneut, ich ignoriere es.

Am erstbesten Hotel, an dem wir vorbeikommen, bleibe ich stehen.

»Danke fürs Heimbringen«, sage ich.

»Gerne. Melde dich einfach, wenn du deine Angelegenheiten geregelt hast, okay? Vielleicht bleibt dann noch Zeit für ein gemeinsames Abendessen. Wenn du magst.«

Ich nicke.

»Was machst du in der Zwischenzeit?«, frage ich.

»Ich schätze, ich sehe mich ein bisschen um«, sagt er. »Ich weiß, dass das bescheuert ist. Wie hoch ist die Wahrscheinlichkeit, dass ich Ellen einfach so über den Weg laufe?«

Er zuckt mit den Schultern und lächelt ein schiefes Lächeln, das ich jetzt wahrscheinlich nach wie vor anrührend fände, wenn ich immer noch glaubte, dass er Ellens Freund ist. Aber das tue ich nicht. Kerstin mag mich an der Nase herumgeführt haben, aber in dem Punkt glaube ich ihr. Hundertprozentig.

»Bis später«, sage ich.

Ich spüre Patricks Blicke in meinem Rücken, während ich das Hotel betrete. Ich laufe in Richtung Rezeption, orientiere mich blitzschnell, registriere das Schild, das den Weg zu den Toiletten anzeigt, und schlage ihn ein. Dort warte ich ein paar Minuten, um sicherzugehen, dass ich nicht direkt wieder in Patrick hineinrenne. Als ich das Gefühl habe, dass genügend Zeit verstrichen ist, verlasse ich das Gebäude und mache mich auf den Weg zu meinem tatsächlichen Hotel. Ich schicke ein Stoßgebet zum Himmel, dass ich ihm nicht begegne – und habe Glück.

Zurück auf meinem Zimmer, sperre ich sofort hinter mir ab, werfe mich aufs Bett, schließe mein Handy ans Ladegerät an und starte eine ausgiebige Onlinesuche.

Über Patrick Schoen ist nicht viel zu finden. Allerdings gibt es ein paar Einträge auf Filmdatenbanken; es stimmt, dass er eine Zeitlang als Produktionsassistent gearbeitet hat, und es ist auch wahr, dass er ein paar kurze literarische Texte in Anthologien veröffentlicht hat. Er verfügt weder über einen Social-Media-Kanal noch über eine Homepage, doch die Bildersuche spuckt ein Bild von ihm aus, das einige Jahre alt sein muss, das aber ganz eindeutig Ellens vermeintlichen Freund während der Verleihung eines Literaturstipendiums zeigt.

Ich lasse unsere Begegnungen Revue passieren, und mir wird klar, dass alles, was ich über ihn zu wissen glaubte, reine Behauptung war. Dass er in der Lobby von Ellens Haus rumlungerte, heißt nicht, dass er zu ihrer Party eingeladen war. Und das mit Brügge? Ich denke an unser Fotoshooting am Landwehrkanal zurück. Ich war es, die Brügge aufbrachte. Patrick hatte lediglich blitzschnell reagiert, hatte so getan, als wisse er ebenfalls von Ellens Wunsch, die Stadt zu sehen. Ich hatte das Shooting mit Patrick nutzen wollen, um Informationen über Ellen zu erhalten. Und er hatte genau dasselbe mit mir gemacht.

Ich versuche, mich nicht allzu sehr über meine Gutgläubigkeit zu ärgern, und wende mich mit meinen Onlinerecherchen wieder Ellen zu – oder genauer: ihrer sexuellen Orientierung. Ich tippe »Ellen Kirsch lesbisch« ein und werde schnell fündig. Es stimmt, was Kerstin gesagt hat, ganz klar. Offensichtlich hat Ellen darauf verzichtet, aktiv mit der Presse über ihre sexuelle Orientierung zu reden, aber sie hat sie auch nicht verheimlicht. In der Filmbranche scheint das ein mehr oder minder offenes Geheimnis zu sein.

Als Nächstes tippe ich »Ellen Kirsch Stalker« und finde einen Artikel darüber, dass Ellens Anwalt letztes Jahr eine einstweilige Verfügung gegen einen Fünfunddreißigjährigen erwirkt hat, der sich Ellen nicht mehr nähern darf, nachdem er sich Zutritt zu ihrem Hotelzimmer in London verschaffte, während sie für einen Dreh in der Stadt war.

Ob das tatsächlich Patrick war oder ein anderer ist eigentlich egal, Patrick hat gelogen. Dennoch hätte ich gerne Gewissheit. Also bleibt mir nichts anderes übrig, als Kerstin anzurufen. Wobei – das sollte ich sowieso. Denn je länger ich darüber nachdenke, desto stärker drängt sich mir der Verdacht auf, dass sie womöglich recht hat damit, sauer auf mich zu sein. Wahrscheinlich passiert es ihr andauernd, dass Menschen Interesse an ihr heucheln, nur um an Ellen heranzukommen. Und wahrscheinlich kränkt das Kerstin viel mehr, als sie sich anmerken lässt. Mich zur Revanche einmal quer durch die Republik nach Belgien fahren zu lassen, statt mir einfach die Meinung zu sagen, ist zwar ziemlich albern, aber gut. Ihr Name auf Instagram lautet @diekindischekaiserin, insofern war ich gewarnt.

Sie nimmt fast sofort ab.

»Nico?«

»Kerstin, hi. Du, ich habe nachgedacht. Ich muss mich bei dir entschuldigen.«

Sie sagt nichts.

»Ich habe mich nicht okay verhalten. Du hast vollkommen recht. Es tut mir wirklich leid.«

Ich höre sie schlucken.

»Schon gut«, sagt sie. »Ich hatte meine Rache.«

»Die hattest du, und ich hoffe, du hast sie genossen.«

Sie geht nicht darauf ein.

»Wo bist du gerade? Immer noch in Brügge?«

»Ja«, sage ich. »Im Hotel.«

»Und wo ist der angebliche Freund?«

»Keine Ahnung«, sage ich.

»Nico, falls das der Typ ist, der Ellen gestalkt hat, dann musst du aufpassen.«

»Genau das wollte ich dich gerade fragen. Weißt du, wie der Typ aussah?«

»Ja«, sagt Kerstin. »Ich habe Ellen damals schon begleitet und bin ihm ein paarmal über den Weg gelaufen.«

»Sekunde«, sage ich und schicke Kerstin das Handyfoto, das ich vorhin vor dem Hotel gemacht habe. »Ich habe dir gerade was geschickt.«

Ich warte, während das Bild sich den Weg durch den Äther bahnt.

»Scheiße«, sagt Kerstin. »Er ist zurück.«

Sie klingt richtig geschockt, und ich versuche, mich nicht von ihrer Angst anstecken zu lassen.

»Was macht der überhaupt in Brügge?«, fragt sie. »Ich versteh das nicht!«

»Das ist meine Schuld«, sage ich. »Ich habe mich von ihm täuschen lassen.«

»Weiß er, wo du bist?«

»Ich glaube nicht, nein. Und er ist ja auch nicht hinter mir her, sondern hinter Ellen, oder?«

»Das stimmt«, sagt Kerstin.

Sie scheint zu überlegen.

»Was hast du jetzt vor?«

»Ich nehme den ersten Zug nach Hause.«

In der Nacht werde ich schweißgebadet wach. Ich habe geträumt, bekomme aber keinen Zipfel des Traumes mehr zu fassen. Ich fühle mich unbehaglich. Kein Wunder, wenn man bedenkt, dass ich in den Kleidern geschlafen habe, in denen ich den ganzen Tag lang durch die Gegend gelaufen bin, und dass ich die Tür meines Zimmers nicht nur abgeschlossen, sondern mithilfe eines schweren Sessels verbarrikadiert habe, weil ich befürchte, dass Ellens Stalker die Stadt nach mir absucht, in der Hoffnung, dass ich ihn zu ihr führen werde.

Ich mache Licht, greife nach meinem Handy, schreibe Ben, dass ich ihn liebe. Dann lese ich eine Nachricht von Alba, die vor einer Weile eingegangen ist. Alba hat mir drei entsetzte Emojis und einen Link geschickt. Das WLAN hier im Hotel ist gut, die Website poppt sofort auf. Das Erste, was ich sehe, ist Ellens Gesicht auf einem Porträtfoto. Darüber die Schlagzeile: *WASSERLEICHE AUS DER SPREE GEFISCHT!*

Und darunter: *Ist die Tote Ellen Kirsch?*

Ich finde keinen Schlaf in dieser Nacht, ich bin hellwach. In den letzten Wochen und Monaten hatte ich häufig so wenig Energie, habe so oft abgesagt, wenn meine Freundinnen und Freunde mit mir um die Häuser ziehen wollten, *Sorry, Sweetie, ein anderes Mal, okay?* Und nun weiß ich nicht, wohin mit mir, nun befinde ich mich in einem schlafenden Hotel in einer schlafenden Kleinstadt und kriege kein Auge zu, bin voller überschüssiger Energie. Ich komme mir vor wie eine Blüte, die nicht blühen darf. Es ist ein paar Jahre her, dass Lea – oder war es Alba? – mir Pfingstrosen brachte, als ich mit der Grippe im Bett lag. Ich freute mich wie verrückt über den Strauß, weil er so voller Potenzial schien, die kleinen Blüten noch verschlossen, so rund und fest wie pinkfarbene Satelliten. Ich erinnere mich so gut daran, wie ich tagtäglich um den Strauß herumschlich, in der Erwartung, dass die Kelche sich öffnen und in Rosa und Pink explodieren würden, aber das geschah nicht. Erst eine ganze Weile später verriet mir eine Floristin, dass die Blüten von Pfingstrosen häufig zugeklebt werden, damit sie sich nicht vor der Zeit öffnen. Ich erinnere mich noch an meine Empörung. Ich hatte schon viele unverständliche und seltsame Dinge gehört, die wir Menschen taten, um die Natur zu manipulieren, um ihr noch mehr abpressen zu können, ohnehin stets mehr, als uns zustand. Aber Blumen die Blütenkelche zuzukleben, damit sie nicht blühen konnten, wann ihnen der Sinn danach stand, sondern erst, wenn es uns Menschen passte, das schien mir unendlich grausam.

Na, jedenfalls: So fühle ich mich heute Nacht, wie eine Blüte mit verklebten Blättern. Wie gerne wäre ich in Berlin.

Als wir Ende zwanzig waren, jagten Björn, Alba, Nilgün und ich die perfekte Nacht. Tagsüber gingen wir zur Uni oder schlugen uns mit schlecht bezahlten ersten Jobs durch, und abends zogen wir um die Häuser. Ich glaube, es war Björn, der die These aufstellte, dass man die perfekte Nacht in seinen Zwanzigern erleben musste, vorher sei es zu früh, denn als Teenager habe man zu wenig Ahnung, zu wenig Geld und zu wenig Geschmack für eine perfekte Nacht. Und wenn die Zwanziger vorbei waren, dann war es zu spät, wie schon die scheußlichen Plakate für Ü-30-Partys, die hier und da in der Stadt aushingen und uns jedes Mal, wenn wir ihnen begegneten, in Angst und Schrecken versetzten, zeigten. Jenseits der dreißig kämen noch einige sehr ordentliche Nächte, das hoffe er zumindest, denn wozu sonst weiterleben? Aber die perfekte Nacht gehöre in die Zwanziger. Schon alleine, damit man später noch genügend Zeit hatte, alle anderen guten, aber nicht perfekten Nächte mit ihr zu vergleichen.

In den Sommermonaten vor Björns dreißigstem Geburtstag – denn Björn würde die Schwelle als Erster von uns überschreiten – begannen wir daher, sie zu jagen. Die perfekte Nacht. Als wir irgendeines Morgens aus irgendeinem Club nach Hause wankten und uns unterwegs Pommes zum Frühstück teilten, verglichen wir erstmals unsere Vorstellungen darüber, was die perfekte Nacht sei. Alba war für eine magische Partynacht, in der man für keinen Drink selber zahlen musste, in der man die wund getanzten Füße erst hinterher merkte. Björn war für einen Abend, der mit einem gemeinsamen Essen mit all seinen Freundinnen und Freunden begann und in eine Nacht mündete, in der man sich einfach dahin treiben ließ, wo es einen hinzog. Einfach die Spree entlang, mal hierhin, mal dorthin, Kneipe mit Tischkicker, fancy Bar oder Club, ganz egal, nur lau müsse die Nacht sein, und nicht auf die Bars und Clubs komme es an, sondern auf die Wege dazwischen, auf die Wärme der Nacht, auf die Stimmung zwischen ausgelassener Freude und ganz feiner Melancholie, auf das Licht kurz vor Sonnenaufgang. Ich schmiegte meine Wange in die Mulde unter Björns Kinn, weil ich es mochte, wenn er so poetisch daherredete, und er gab mir einen Schmatzer auf die Stirn, und ich beklagte mich über seinen klebrigen, nach künstlichem Pfirsichduft riechenden Lipgloss, und dann aßen wir alle unsere Pommes auf und gingen heim, um es am nächsten Abend alles noch einmal zu versuchen. Wir jagen sie noch heute, diese Nacht, und das ist gut, denn wir hatten nie eine, die perfekt war, aber wir hatten viele, viele großartige Nächte, von denen bei jeder einzelnen irgendeine Kleinigkeit nicht stimmte; vielleicht, weil Alba mit jemandem Streit anfing, vielleicht, weil irgendwer sein Handy oder sein Portemonnaie verlor, vielleicht, weil ein Ex von Björn auftauchte, was immer in Tränen endete, oder weil irgendwer von uns irgendetwas nicht vertrug und irgendwann kotzend über der Toilette hing; und das war alles so viel besser als perfekt.

Wie gerne würde ich sie heute noch einmal jagen, die Nacht der Nächte. Aber ich bin hier, und ich bin allein.

Ich stehe am Fenster meines luxuriösen und viel zu großen Hotelzimmers und blicke auf die nächtliche Gracht hinab. Ich ringe mit mir. Zwar habe ich keinerlei Bedürfnis, durch einen dummen Zufall Patrick zu begegnen. Gleichzeitig sehe ich es auch nicht ein, wegen ihm *nicht* die nächtliche Stadt zu erkunden. Also ziehe ich meine Schuhe an und verlasse das Hotel. Es ist kurz vor eins, als ich vor die Tür trete. Die Stadt liegt wie ausgestorben, ich höre meine eigenen Schritte, die vom Kopfsteinpflaster widerhallen – und sonst nichts. Es regnet nicht mehr, die Luft wirkt klar und rein, der süße Schokoladenduft, der tags durch die Stadt zog, ist verschwunden. Wie Städte sich verwandeln, wenn sie die Schwelle zwischen Tag und Nacht überschreiten, hat mich immer fasziniert. Brügge für seinen Teil hat alles Pittoreske und den zuckrigen Disney-Charme abgestreift. Die Stadt ist nicht weniger schön als bei Tageslicht, aber da ist noch etwas anderes. Etwas Dunkles in den Schatten, die die mittelalterlichen Gemäuer werfen. Geschichte vielleicht. Ich tauche aus einer der schmalen Gassen auf und finde mich auf dem Marktplatz wieder, an dem ich vor nur wenigen Stunden geglaubt hatte, Ellen zu sehen. Ich friere und will gerade umkehren, als ich es höre. Ganz, ganz leise nur. Ich lausche. Es sind keine Schritte, die an mein Ohr gedrungen sind, niemand außer mir ist hier, der ganze Marktplatz ist leer, da bin ich mir sicher. Aber kurz kam es mir so vor, als hörte ich etwas. Dräuend und tief. Ich glaube zunächst, dass ich es mir einbilde. Ich mache ein paar Schritte in die Richtung, aus der, so glaube ich zumindest, das Geräusch kam, bleibe in der Mitte des Platzes stehen. Nichts. Vielleicht habe ich mich geirrt, denke ich gerade, da höre ich es erneut. Eindeutiger dieses Mal, rhythmischer. Ich hatte ihn fast vergessen, diesen merkwürdigen Klang. Doch nun höre ich ihn ganz deutlich, viel deutlicher als in Berlin. Instinktiv gehe ich darauf zu, lasse den Belfried rechts liegen. Vor mir liegt der Rozenhoedkaai. Als ich seine kleine Brücke erreicht habe und die Kühle spüre, die vom Wasser aufsteigt, bleibe ich erneut stehen und lausche. Lange. Ich versuche, mir zu sagen, dass die ruhigen Klänge, die an mein Ohr dringen, nächtliche Geräusche sein müssen, für die es eine ganz prosaische Erklärung gibt. Doch je näher ich komme, desto klarer wird mir, dass das nicht stimmt. Das sind keine einfachen Geräusche, verursacht von einem rostigen Scharnier oder einem liebestollen Tier. Inzwischen bin ich mir sicher: Da spielt jemand Musik. Und die kommt nicht vom Band, auch das ist mir bald klar. Das dunkle Dräuen, dem ich durch die Gassen und über die Plätze dieser mittelalterlichen Stadt folge, hat seine Quelle ganz in meiner Nähe, und mir kommt es so vor, als spielte, wer auch immer da spielt, nur für mich allein. Ich folge dem Klang, den ich bisweilen mehr spüre, als dass ich ihn höre, wie einem grellroten Ariadnefaden inmitten der Dunkelheit, biege rechts in eine kleine Gasse ein, die direkt an der Gracht entlangführt und von schmalen Bäumen gesäumt ist. Zu meiner Linken prächtige Bürgerhäuser, zu meiner Rechten das Wasser, vor mir Kopfsteinpflaster, das nur tiefer und tiefer hineinführt in die Dunkelheit. Ich gehe weiter, Schritt für Schritt, vorbei an einem steinernen Portal, das zu einem Innenhof führt, weiter und weiter, und dann taucht sie plötzlich aus der Dunkelheit auf wie ein Schiff aus dem Nebel.

Die schmale Gestalt ist weder groß noch klein. Sie steht, ganz in Schwarz gekleidet, unter den Bäumen, die das Ufer der

Gracht säumen, und streicht in sachten, langsamen Bewegungen mit dem Bogen über ihren Kontrabass. Sie steht von mir abgewandt, und ich weiß nicht, wie lange ich da stehe und ihr einfach zuhöre, aber ihr Spiel, die düsteren Töne, die sie ihrem Instrument entlockt und mit denen sie mich zu sich geholt hat, von einem Ende der Altstadt zum anderen, sind berückend, schrecklich und schön. Und während ich da stehe, alleine, mitten in der Nacht, und ihrem Spiel lausche, da weiß ich es plötzlich. Es ist der Tod, der dort steht und für mich spielt.

Der Gedanke birgt keinen Schrecken, ganz im Gegenteil, er ist eine Versuchung. Komm mit mir, sagt sein Lied, da, wo ich herkomme, kannst du dich ausruhen. Schlafen, schlafen in der samtigen Finsternis. Das Blut pulst in meinen Adern, rauscht in meinen Ohren, die Melodie nimmt mich vollkommen gefangen.

Dann bewegt die Gestalt den Kopf, langsam, unendlich langsam, so, als wolle sie sich nach mir umsehen. Und ich könnte bleiben, ich könnte es einfach geschehen lassen, doch ich widerstehe dem Sog, der von der Melodie ausgeht, und ehe ich das Gesicht der Gestalt erkennen kann, wende ich mich ab und eile davon. Die Gracht entlang, über die Brücke, am Belfried vorbei und über den Platz, im Zickzack der schmalen Gassen. Die dunklen Klänge des Kontrabasses begleiten mich bis in meine Straße, bis in mein Hotel, bis in mein Zimmer und bis in mein Bett.

Die Dunkelheit kommt, das kann ich fühlen. Bald wird es dunkel sein und still.

Ich gehe auf das Wasser zu, spüre seine Kühle. Mein Körper fühlt sich seltsam an. Ich brauche eine Weile, bis ich das richtige Wort finde, ich bin so langsam im Kopf, so schwerfällig. Leer, mein Körper fühlt sich leer an. Meine Hände sind klamm.

Wie bin ich hierhergekommen?

Ach ja.

Ich gehe auf das Wasser zu, Schritt für Schritt. Halte inne. Ich hebe den Blick. Die Welt hat kaum noch Farben, und jemand hat den Ton leiser gedreht. Bin ich noch ich, ist die Welt noch die Welt?

Ich zwinge mich, mich zu konzentrieren. Denk nach, Ellen. Du kannst nicht einfach ins Wasser gehen. Das Wasser ist kalt, es wird viel Disziplin brauchen, dich darin zu ertränken. Und da sind überall Leute, am Ende fischt dich doch irgendwer wieder raus, und das ganze elende Spiel beginnt von vorne. Ins Wasser zu gehen hat keinen Sinn, aber schau mal, dort oben, siehst du das?

Die Klippe.

Das ist weit. Aber das schaffst du. Und dann musst du nie wieder etwas schaffen. Na los. Ich setze mich wieder in Bewegung. Tue einen Schritt und noch einen und noch einen.

Ich bin erschöpft, als ich oben ankomme. Niemand ist hier, die Aussicht gehört mir ganz allein. Ich sitze an der Felskante, weit unter mir der Strand, und ich sehe zu, wie es langsam dunkel wird. Der Himmel veranstaltet ein Spektakel, als wollte er mich ein letztes Mal so richtig beeindrucken, türmt Wolken aufeinander in Violett und Purpur, bläst sie auseinander und schichtet sie wieder auf, in immer neuen Skulpturen, und ich fühle nichts. Sitze einfach da, die Beine über der Abbruchkante. Wenn ich den Blick nach links wende, sehe ich den Hafen. Ich war als Kind einmal hier und weiß, dass von dort Fähren nach Schweden ablegen, aber was interessiert es mich.

Der Strand liegt so weit unter mir, dass Menschen von hier oben wahrscheinlich ameisenklein wären, aber es ist niemand dort, und das ist auch gut so.

Ich sitze und schaue und warte darauf, die Energie aufzubringen, wieder aufzustehen und das hier zu beenden, als ich hinter mir ein Geräusch höre.

18 NICO

Ein weiterer Wintermorgen, ein weiterer Tag. Ich liege angezogen auf dem Bett, lasse die Fingerspitzen über den Anhänger auf meiner Brust gleiten. Der Kolibri beruhigt mich. Nach meiner Begegnung mit dem Tod habe ich sehnsüchtig auf den Morgen gewartet, während ich bang auf das tiefe Dräuen lauschte, das jedoch nicht wieder erklang.

Nun, da die Sonne aufgegangen ist, da ich das Reinigungspersonal auf dem Gang höre und vom Fenster aus Menschen sehe, die geschäftig durch die Gassen laufen, hat die Nacht ihre Schrecken verloren, und meine Gedanken wenden sich wieder den Geheimnissen der letzten Tage zu.

Die Gedanken an meine Mutter, die verschwunden ist, und an Ellen, die verschwunden ist, fallen über mich her wie die Raben.

Als ich aus schierer Gewohnheit mein Mobiltelefon in die Hand nehme, springen mich die Benachrichtigungen an. Camilla hat angerufen, und Patrick hat mich mit Nachrichten überhäuft. Ich ignoriere alles, was er mir geschickt hat, und checke gewohnheitsmäßig meine E-Mails. Setze mich in der weichen, cremefarbenen Couch auf, auf die ich mich habe fallen lassen. Meine alte Schauspiellehrerin hat sich gemeldet, ich hatte ganz vergessen, dass ich mich, beflügelt von dem Theaterstück, das ich mir nach Jahren in Berlin angeschaut habe, bei ihr gemeldet hatte. Sie schreibt, wie sehr sie sich darüber freue, von mir zu hören, will wissen, wie es mir geht, und berichtet, dass sie sich einen alten Traum erfüllt habe und inzwischen in Paris lebe und dass ich sie unbedingt einmal besuchen müsse.

Ich schreibe ihr postwendend zurück, dass ich sie unfassbar gerne wieder einmal sehen würde, und während ich die Worte in das Display tippe, merke ich, dass ich das nicht nur so sage, sondern dass es stimmt. Kaum, dass ich die Mail abgeschickt habe, erhalte ich eine weitere Antwort von Petra, in der sie vorschlägt zu telefonieren, wenn es mir nicht zu früh sei, und nach kurzem Hin und Her schicke ich ihr meine Nummer, und sie ruft mich an. Sie hat immer noch diese sexy Reibeisenstimme, sie klingt, als sollte sie Blues singen oder etwas in der Art. Wie alt mag sie inzwischen sein?

Ein halbes Stündchen lang lasse ich mich einfach in die Polster sinken und von Petra unterhalten. Sie erzählt mir von ihrer ägyptischen Tempelkatze und von einem Trip nach Kambodscha, von ihrem gerissenen Meniskus und von ihren grauenhaften Pariser Nachbarinnen und Nachbarn, echten Snobs, die auch, nachdem sie schon drei Jahre in der Stadt lebe und auch sprachlich wirklich in Paris angekommen sei, so taten, als verstünden sie kein Wort von ihrem Französisch – oder von dem, was sie dafür zu halten schien. Wir lachen so viel, dass ich anfange, mir Sorgen darüber zu machen, dass die Nachbarn sich an der Rezeption über mich beschweren könnten.

»Und bei dir?«, fragt Petra. »Wie ist es dir ergangen? Ich habe oft an dich gedacht. Die anderen haben mir erzählt, dass du das Ganze damals sehr schwergenommen hast.«

Ich unterdrücke ein Seufzen. Ich weiß, dass viele Menschen Petras Direktheit als erfrischend empfinden, und das verstehe ich. Aber womöglich ist es exakt ihr Bedürfnis, auch schwierige Dinge sofort und auf der Stelle anzusprechen, das mich davon abgehalten hat, sie früher anzurufen. Ich war nicht bereit, darüber zu reden.

»Es war eine schwierige Zeit«, sage ich.

»Natürlich war sie das, deine Mutter ist gestorben«, sagt Petra. »Und du hast überlebt! Das ist schlimm.«

Ich sage nichts.

»Überlebende fühlen sich häufig schuldig«, fährt Petra fort.

Nagel, Kopf. Bäng.

»Was machst du heute?«, fragt sie.

»Ich bin Fotografin.«

»Wow! Das passt zu dir, finde ich. Du hattest immer schon einen interessanten Blick auf die Welt.«

Ich habe keine Ahnung, ob das stimmt, lasse es aber so stehen.

»Ich habe mich neulich mit einer Schauspielerin angefreundet«, sage ich. »Dabei musste ich an dich denken.«

»Ach ja? Kenne ich sie?«

»Ich weiß nicht«, sage ich. »Aus dem Kino vielleicht. Ellen Kirsch?«

Eine Pause entsteht, und kurz glaube ich, dass die Verbindung unterbrochen ist.

»Ich kenne Ellen«, sagt Petra schließlich.

»Wirklich?«

»Ja«, sagt sie. »Ich habe sie ein paar Jahre lang unterrichtet. Sie war nicht so talentiert wie du, aber sie brannte.«

»Ich denke, das tut sie noch immer«, sage ich.

Unmittelbar nach meinem Telefonat mit Petra kaufe ich mir online ein Ticket nach Paris, wo ich, sofern ich in Brüssel meinen Anschlusszug erwische, bereits am frühen Vormittag ankommen werde.

Ich bin froh, Brügge hinter mir zu lassen. Und erleichtert, dass mir Patrick nicht wieder über den Weg gelaufen ist. Auf dem Weg zum Bahnhof habe ich mich wieder und wieder umgesehen, doch Patrick lauerte mir weder irgendwo im Gebüsch auf, noch wartete er bereits am Gleis auf mich. Die Nachrichten, die er mir im Laufe der Nacht geschrieben hat, liegen noch ungelesen in meinen Postfächern. In Gedanken bin ich bereits in Paris bei Petra. Es fühlt sich richtig an, sie nach all der Zeit zu besuchen. Sie hat mir einmal viel bedeutet, und die Tatsache, dass ich sie jahrelang geghostet habe, hat an mir genagt.

In Paris war ich zuletzt als Teenager, und die Schönheit der Stadt war offensichtlich vollkommen an mich verschwendet, denn ich erinnere mich lediglich an Häuserfassaden, Tauben und an eine schier unüberwindliche Sprachbarriere. Während ich im IC Richtung Brüssel sitze, lese ich derweil auf meinem Handy alles, was ich über die Leiche finde, die aus der Spree gefischt wurde. Die Zeitungen berichten nichts weiter als das, was gestern bereits zu lesen war, doch die Sozialen Medien ergehen sich in allerlei Theorien. Eine Twitter-Userin behauptet, aus erster Hand zu wissen, dass es sich bei der Toten tatsächlich um Ellen Kirsch handele. Die Nachricht verbreitet sich wie ein Lauffeuer, und schnell ist wieder von Suizid die Rede, denn wie, bitte schön, lande man denn sonst in der Spree?

Ich klicke Twitter weg und mache kurz die Augen zu, ich habe die schlaflose Nacht nicht annähernd so gut weggesteckt, wie ich dachte, als ich mich auf den Weg gemacht habe. Ich glaube nicht, dass Ellen tot ist, vielleicht will ich es auch einfach nicht glauben. Aber die Gerüchte aus Berlin, so diffus ihre Quellen auch sein mögen, setzen mir zu.

Paris begrüßt mich mit einem klaren blauen Himmel, als wir in den Gare du Nord einfahren. Ich bin noch nie mit der Bahn nach Paris gekommen, und als ich aussteige und mich in der Bahnhofshalle umschaue, bin ich kurz bezaubert von der hohen Halle mit den schmiedeeisernen Säulen. Petra ist nirgends am Gleis zu sehen, allerdings schrieb sie mir ja auch, dass sie es wahrscheinlich nicht schaffen werde, mich abzuholen. Also beschließe ich, mich in das nächstbeste Bistro zu setzen, einen Kaffee zu trinken und ein Croissant zu essen und mir anschließend in der erstbesten Boutique frische Kleider zu besorgen. Ich steuere gerade auf den Ausgang zu und weiche einer jungen Frau mit Zwillingskinderwagen aus, als Patrick vor mir auftaucht. Sein Anblick ist ein Schock. Wie kann das sein?

Er hat mich nicht gesehen, das glaube ich zumindest, und instinktiv wechsle ich im Gewühl der Menschen die Richtung, sodass ich von ihm weglaufe und nicht mehr direkt auf ihn zu. Ich hole das Handy aus meiner Tasche, hefte den Blick fest darauf, so, als nehme ich meine Umgebung nur am Rande wahr, gleichzeitig scanne ich die Bahnhofshalle nach einer Toilette ab, in der ich mich kurz einschließen kann, bis Ellens Stalker verschwunden ist. Währenddessen geht mir eine ganze Menge gleichzeitig durch den Kopf. Patricks Anwesenheit hier ergibt nur dann Sinn, wenn er mir gefolgt ist. Wenn er mir vor dem Hotel aufgelauert hat und mir nach Paris gefolgt ist. Aber wie hat er herausgefunden, wo ich abgestiegen bin? Um das herauszubekommen, hätte er doch die ganze Nacht über alle Hotels in Brügge abtelefonieren und die Rezeptionisten mit irgendeiner Lügengeschichte davon überzeugen müssen, Auskünfte zu erteilen, die sie nicht erteilen durften. Sofort habe ich wieder Kerstins Stimme im Ohr. *Mit dem Typen stimmt was ganz gewaltig nicht. Ellen hatte richtig Angst vor ihm.* Plötzlich fallen mir die weißen Rosen wieder ein, die in Berlin vor meiner Wohnungstür lagen, und plötzlich glaube ich zu wissen, von wem sie stammen.

Ich spüre, wie mein Herz schneller zu schlagen beginnt. Ellen ist kein ängstlicher Mensch. Wenn sie Angst vor diesem Typen hatte, dann sicher mit gutem Grund. Und in diesem Moment höre ich ihn.

»Nico!«

Ich ignoriere das, tue so, als hätte ich ihn gar nicht gehört, doch einen Augenblick darauf fasst mich jemand von hinten an der Schulter, und darüber kann ich nun doch nicht mehr hinweggehen. Ich drehe mich zu ihm herum. Patrick hat sein charmantestes, harmlosestes Lächeln aufgesetzt.

»Mensch, Nico!«, sagt er. »Flüchtest du vor mir?«

»Oh, Patrick, hi!«, sage ich und setze ein unschuldiges Lächeln auf, nicht meine beste schauspielerische Leistung, ganz sicher nicht, gut, dass Petra nicht hier ist.

»Was machst du hier?«, fragt er.

»Dasselbe könnte ich dich fragen.«

Er geht darüber hinweg.

»Ich habe versucht, dich zu erreichen, ist alles okay?«

»Alles gut«, sage ich.

Wir befinden uns inmitten eines Stroms aus Menschen, und mehr als einmal werde ich angerempelt von Pendlern, die zu ihrem Zug wollen und es nicht einsehen, zwei Personen ausweichen zu sollen, die unbedingt im Weg stehen müssen.

»Ich dachte, du wolltest zurück nach Berlin«, sagt Patrick.

»Meine Pläne haben sich geändert.«

»Warum hast du dich denn nicht mehr gemeldet?«

»Mein Handy hatte keinen Saft mehr«, sage ich.

Patrick antwortet nicht, diese ganze Konversation hier ist ohnehin absurd, er weiß genau, dass ich versucht habe, ihn loszuwerden, und ich weiß genau, dass er mir heimlich gefolgt ist. Und wir wissen beide genau, dass der jeweils andere es auch weiß.

»Hast du was von Ellen gehört?«, fragt er.

»Nein«, sage ich. »Und jetzt muss ich los.«

Ich versuche, von Patrick wegzukommen, doch ausgerechnet in diesem Moment werden wir von einem Schwarm Pendler eingekesselt, der hinter mir aus einem Zug gestiegen sein muss und nun dem Ausgang zustrebt.

»Ist Ellen in Paris?«

»Keine Ahnung«, sage ich. »In Brügge war sie jedenfalls nicht.«

»Ich dachte, sie hat dir geschrieben, dass sie in Brügge ist?«, sagt er.

»Mich hat jemand verarscht, okay? Noch jemand, mal abgesehen von dir«, antworte ich. »Die Nachricht kam nicht von Ellen. Und jetzt lass mich in Ruhe.«

Ich versuche, mich an ihm vorbeizuschieben, doch er packt mich am Handgelenk.

»Wenn du etwas weißt, muss du es mir sagen!«

Ich mache mich los und versetze Patrick einen Stoß, wobei ich ihm den Mittelfinger meiner Hand in die empfindliche Mulde zwischen Schlüsselbein und Adamsapfel drücke, wie ich es in meiner ersten Stunde Krav Maga gelernt habe. Das tut nicht sehr weh, ist aber unangenehm, immerhin. Und es irritiert. Instinktiv weicht er einen Schritt zurück.

»Nun hör mir mal zu«, sage ich. »Ich weiß, dass du nicht Ellens Freund bist. Du bist ein Stalker. Und soweit ich informiert bin, darfst du dich Ellen sowieso nicht nähern. Und wenn du dir nicht die nächste Anzeige einhandeln möchtest, lässt du mich ab sofort in Ruhe. Keine Mails, keine Anrufe und schon gar keine Blumen mehr. Verstanden? Ich habe genug von deinem verlogenen Gelaber.«

Er antwortet nicht, sieht so aus, als hätte ich ihm unerwartet ins Gesicht geschlagen.

Als ich am Ausgang des Gare du Nord angekommen bin und einen Blick über die Schulter werfe, steht Patrick immer noch da, wo ich ihn zurückgelassen habe, stumm und starr, eine Insel im Strom der Menschen.

Nach dem schönen, malerischen, übersichtlichen Brügge fühlt sich Paris an, als wäre ich in meinen natürlichen Lebensraum zurückgekehrt. Ich steige in das erstbeste Taxi und lasse mich, einer Laune folgend, zum Louvre fahren. Einfach nur weit weg von Patrick. Sachen zum Anziehen kann ich mir auch später noch besorgen. Doch als ich dort aussteige und die Menschenmassen sehe, die selbst zu dieser – so dachte ich zumindest – für Touristen atypischen Zeit davor Schlange stehen, verwerfe ich den Einfall, spontan ins Museum zu gehen, und beschließe, in der Zeit, bis ich bei Petra vorbeischauen kann, meinen ursprünglichen Plan umzusetzen. Ich laufe zu Fuß in Richtung SoPi, South Pigalle, in die Gegend unweit des Moulin Rouge, in der Petra lebt, und betrete unterwegs das erstbeste Kaufhaus und erstehe Unterwäsche, Socken, eine Jeans und zwei Tops zum Wechseln, ehe ich in einem Café ein belegtes Baguette esse, einen Kaffee trinke und mich auf der Toilette umziehe, bevor ich meinen Weg fortsetze. Ich bin in Paris, und per se bin ich froh, wieder in eine Metropole eintauchen zu dürfen, doch ich habe kein Auge für die Stadt, habe sie nie verstanden, die Leidenschaft so vieler Menschen für diesen Ort. Es ist lange her, dass ich zum ersten Mal in Paris war – mit Lea. Wir waren beide Anfang zwanzig, trugen kurze Kleider und schlimme Frisuren, die wir uns in einer glücklichen, volltrunkenen Nacht gegenseitig geschnitten hatten, und waren mit einem Reisebus von Berlin nach Paris gefahren, weil das am günstigsten war. Lea war schon oft mit ihren Eltern und einmal mit ihrem ersten Freund in der Stadt gewesen und hatte sich nahtlos in den Chor all derer eingereiht, die Paris als die schönste Stadt der Welt priesen, voller Eleganz und Romantik und Charme; Notre-Dame, die Seine, Sacré-Cœur! All die Museen! Das wunderbare Essen! Und an jeder Ecke ein galanter Mann, an jeder Ecke ein schmollmündiges Supermodel in Yves Saint Laurent! So in etwa hatte ich mir das vorgestellt und war bitter enttäuscht gewesen. Den kompletten ersten Tag lang war ich mir sicher, dass es an mir liegen müsse. Alle liebten diese Stadt, wieso verschloss sich mir ihre Schönheit so komplett? Ich wartete auf den Moment, in dem es mir wie Schuppen von den Augen fallen würde, doch er kam nie. Stattdessen verbrachte ich vier Tage in einer – so fand ich – feindlichen Umgebung mit unfreundlichen Menschen und dreckigen Straßen und dachte mir insgeheim, dass ich all das doch auch ohne Weiteres in Berlin hätte haben können, während Lea verzückt lächelnd neben mir herstolperte, ihre dunkelbraunen Iriden zu Herzchen verformt, seit wir Pariser Stadtgebiet betreten hatten.

Wie auch immer, ich fühle mich wohler, seit ich in frische Kleidung geschlüpft bin, und ich freue mich darauf, Petra zu sehen. Doch zunächst checke ich in ein Hotel bei ihr um die Ecke ein, und als die junge Frau, die in Feinstrumpfhosen, Hotpants und Strickpullover der Kälte trotzt, mich auf Englisch wissen lässt, Check-in sei zwar erst um drei, sie habe aber schon jetzt ein Zimmer für mich und wünsche mir einen guten Aufenthalt, möchte ich ihr am liebsten um den Hals fallen, belasse es jedoch bei einem Lächeln und einem wirklich von Herzen kommenden *Merci bien*.

Mein Zimmer ist stilvoll, schlicht und schön, nicht so prächtig wie das in Brügge, aber hier fühle ich mich bedeutend wohler. Ich lasse meine Tasche zu Boden gleiten und werfe mich aufs Bett. Ich weiß gar nicht genau, wovon ich so erschöpft bin, aber mich einen Moment lang auszustrecken fühlt sich großartig an. Liegt es an Kurt, dass ich so fertig bin? Oder liegt es an dem Anhänger um meinen Hals, an Ellens Verschwinden, am Verschwinden meiner Mutter?

Ich stecke das Ladekabel meines Handys ein, schreibe Nachrichten an Ben, Lea, Alba, Björn und Jona, lasse meinen Zeigefinger anschließend über Camillas Nummer auf meinem Display kreisen, kann mich aber nicht dazu durchringen, sie anzurufen. Ich werde mit ihr sprechen, sobald ich zurück in Berlin bin. Ich lege das Handy weg, mache kurz die Augen zu, und als ich sie wieder öffne, ist es vier Stunden später und bereits dunkel. Ich habe geträumt, Jona war da. Und meine Mutter. Ich weiß nicht mehr, was genau geschah in diesem Traum, als ich die Beine aus dem Bett schwinge und mich ausziehe, um unter die Dusche zu steigen, was mich hoffentlich aufwecken wird. Aber ich erinnere mich noch an das Gefühl. Ich war glücklich. Ich denke kurz nach über diese Konstellation, die im echten Leben komplett unmöglich wäre, im Rahmen der Traumlogik jedoch funktionierte: Jona und meine Mutter, einmal abgesehen von Ben die beiden Menschen auf der Welt, die ich am meisten liebe. Der Gedanke, dass es auf diesem Planeten immer nur die eine oder den anderen geben konnte, ist seltsam. Jona wurde geboren, Jahre nachdem meine Mutter gestorben war – das ist das Eine. Aber wenn man genauer darüber nachdenkt, wäre Jona nie geboren worden, wenn meine Mutter nicht gestorben wäre, denn dann hätte mein Vater sich niemals in sein blondes Stepford-Wife verliebt, und es gäbe keinen Jona. Das heißt, wenn ich mir wünsche, meine Mutter wäre noch hier, dann wünsche ich mir gleichzeitig, Jona wäre nie geboren worden. Und wenn ich mich darüber freue, dass es Jona gibt, dann muss ich froh sein, dass meine Mutter nicht mehr hier ist; ich bekomme Kopfweh, je mehr ich darüber nachdenke, also höre ich auf damit, stelle das Wasser ab und steige aus der Dusche.

Petras Wohnung ist eine fabelhafte Mischung aus abgerockten Antiquitäten, Designerstücken und Bibliothek. So viele Bücher! Ich stehe im Salon, in den Petra mich geführt hat – diesen Raum als Wohnzimmer zu bezeichnen fühlt sich falsch an –, und sehe mich um. Petras Salon ist alles andere als minimalistisch eingerichtet; er ist voller Bücher und Objekte, Fotografien und Bilder, Skulpturen und Andenken. Dabei wirkt er aber keineswegs unordentlich, vollgestopft oder kitschig. Er wirkt einfach belebt, wie seine Besitzerin, und ich ertappe mich bei dem Gedanken, dass er wahrscheinlich die Manifestation davon ist, wie es in Petras Kopf aussieht. Ihr kleiner Hund kommt auf mich zugesprungen, als ich keuchend und prustend bei ihr auf der Matte stehe, nachdem ich die Treppen ins Dachgeschoss erklommen habe, verschwindet aber bald darauf wieder; die große, elegante Katze hingegen streicht mir um die Beine und lässt sich ausgiebig streicheln. Ich bin zu früh, und Petra wirkt zunächst ein wenig hektisch, aber sie freut sich ehrlich, mich zu sehen, das spüre ich sofort. Wir setzen uns an den Esstisch, auf dem neben einer französischen *Vogue* und einer amerikanischen Ausgabe von *Architectural Digest* ein Aschenbecher und eine Packung Gauloises liegen, was mich wundert, weil es in der ganzen Wohnung nicht im Geringsten nach kaltem Rauch riecht. Petra gießt mir einen grünen Tee ein, der wunderbar nach Jasmin duftet, und mustert mich über den Tisch hinweg. Sie selbst hat sich kaum verändert, und ich unterdrücke den Impuls, ihr das zu sagen, weil mir klar ist, dass das nach Schmeichelei klänge und klischeehaft noch dazu, und beides konnte Petra noch nie ausstehen. Sie ist groß, größer als ich, schlank, aber nicht dürr, hat graue Augen und graues Beethovenhaar, das ihr etwas Genialisches verleiht. Ich dachte immer, dass ihr ein Windhund gut stehen würde, aber wie ich inzwischen weiß, hat sie sich nun, da sie nicht mehr andauernd reisen muss und sich Haustiere leisten kann, für einen Dackel entschieden – die Hunderasse, die ihr selbst am wenigsten ähnelt.

»Wie gefällt dir meine Gegend?«, fragt sie.

»Es ist toll hier«, antworte ich ehrlich. »Eine Mischung aus Paris und Brooklyn, wenn das Sinn ergibt.«

»Ich habe keine Ahnung, was das bedeutet«, sagt Petra.

Sie lacht.

»Eine Menge Kreativität«, antworte ich. »Und jede Menge junge Leute.«

»Das war mir wichtig«, sagt Petra. »Ich wollte in einer Gegend wohnen, die in Bewegung ist. Die sich verändert. In der junge Menschen leben. Ich brauche das.«

Ich muss lächeln, denn die Energie, die von Petra ausgeht, ist greifbar. War sie schon immer. Sie lächelt mit mir, dann wird sie ernst.

»Was machst du hier, Nico?«, fragt sie.

»Du hast mich eingeladen!«, sage ich.

Ihr Gesicht wird wieder weich.

»Natürlich habe ich das«, sagt sie. »Ich habe mich jahrelang immer und immer wieder gefragt, was wohl aus dir geworden ist. So meinte ich das nicht, das weißt du. Aber du hast so lange nichts von dir hören lassen. Und jetzt bist du plötzlich da. Da frage ich mich natürlich: Was ist geschehen?«

Ich suche nach einer Antwort auf diese Frage.

»Ich bin auf der Suche nach ein paar Antworten«, sage ich.

»Von mir?«

»Eher von mir selbst, schätze ich.«

Sie legt den Kopf schief.

»Ich frage mich, wer ich bin. Was ich hier mache. Nicht hier bei dir, sondern auf diesem Planeten.«

»Ist es nicht ein bisschen früh für eine Midlife-Crisis?«

Das bringt mich zum Lachen.

»Das verdanke ich Ellen«, sage ich. »Und Kurt.«

»Das mit Ellen verstehe ich, aber wer ist Kurt?«

»Niemand«, sage ich. »Nicht so wichtig.«

Petra nimmt das so hin. Und mir fällt wieder ein, dass sie behauptet hat, die noch ganz junge Ellen gekannt zu haben. Was für ein Zufall. Andererseits: Wenn Facebooks Die-Freunde-deiner-Freunde-Funktion uns eines beigebracht hat, dann doch, dass jeder mit jedem über höchstens drei Ecken verbunden ist.

»Wie habt Ellen und du euch eigentlich kennengelernt?«

»Durch Zufall«, sage ich. »Das dachte ich damals zumindest.«

Petra legt den Kopf schief.

»Wie meinst du das?«

Ich erzähle es ihr. Alles. Ich erzähle ihr von einer magischen Nacht, in der mich ein unsichtbares Band aus dem Haus zog. Von Kirchenglocken in der Silvesternacht, vom Fuchs im Stadtpark, vom Museum. Erzähle ihr von unserer kurzen, aber intensiven Begegnung, von ihrem Verschwinden – und von der Kette mit dem Kolibri, nach der ich so viele Jahre lang gesucht habe. Die Kette meiner Mutter. Wieso und weshalb ich in Brügge gelandet bin, lasse ich weg, denn das spielt keine Rolle.

Petra schweigt eine ganze Weile, nachdem ich geendet habe.

»Was für eine Geschichte«, sagt sie schließlich.

Das kann man wohl sagen.

»Warst du deswegen in Brügge? Suchst du Ellen?«

Ich nicke.

»Es macht mich wahnsinnig«, sage ich. »Ich habe die Kette zurück. Cool. Aber das reicht nicht. Weißt du, ich habe diesen Anhänger so lange gesucht. Meine Mutter hat ihn immer getragen. Immer. Er gehörte zu ihr. Es war immer klar, dass ich ihn irgendwann bekomme.«

Ich überlege.

»Ich weiß gar nicht, ob sie mir das mal so gesagt hat oder ob ich das einfach angenommen habe, weil ich ihr einziges Kind war. Auf jeden Fall gehörte diese Kette zu meiner Mutter wie … wie der Geruch ihrer Haare oder das Braun ihrer Augen oder ihre Art zu gehen. Als wir uns damals an der Fähre trafen, trug sie den Anhänger plötzlich nicht mehr. Als ich sie danach fragte, lenkte sie mich ab. Vielleicht habe sie die Kette zu Hause vergessen, vielleicht habe sie sie verloren, wieso sei das denn so wichtig, es sei doch nur Schmuck und billiger noch dazu.«

Petra nimmt einen Schluck von ihrem Tee, und ich tue es ihr nach.

»Ich erinnere mich noch so gut an dieses Gespräch. Ich weiß, dass es wahrscheinlich banal klingt, denn das stimmt ja: Es war nur Schmuck. Und viel wichtiger als die blöde Kette war doch, dass wir mal wieder Zeit miteinander verbrachten, nur wir zwei … aber dieses Gespräch hat sich mir eingebrannt.«

»Weil das der Tag war, an dem sie starb«, sagt Petra leise.

»Schlimmer«, sage ich. »Das war der Tag, an dem sie verschwand. Wenn sie gestorben wäre, so wie andere Menschen bei Unfällen sterben, dann hätten wir sie beerdigen können. Wir hätten an ihrem Grab stehen und anständig trauern können.«

»Gab es denn keine Beerdigung?«

»Doch«, sage ich. »Natürlich. Aber ihr Grab ist leer. Nichts als ein leerer Sarg.«

Ich zucke mit den Schultern, merke, dass ich nicht in der Lage bin, in Worten auszudrücken, welchen Unterschied das machte.

»Ich habe sie gesucht«, sage ich. »Eine ganze Weile wollte ich nicht glauben, dass sie tot ist. Ich redete mir ein, dass sie gerettet worden war. Dass sie gerettet worden war und das Gedächtnis verloren hatte. Dass sie sich deswegen nicht bei uns gemeldet hatte – all so verrücktes Zeug. Ich suchte sie. Ganz ernsthaft. Ich habe meinen Vater wahnsinnig gemacht damit. Irgendwann begriff ich es dann. Keine Ahnung, wieso, aber eines Morgens wurde ich wach und wusste es. Die See hatte sie genommen. Sie würde nicht mehr wiederkommen. Ich konnte aufhören, nach ihr zu suchen. Und dann fiel mir die Kette wieder ein. Wo war die Kette? Wieso hatte meine Mutter sie abgenommen? Ich habe nie eine Antwort darauf gefunden. Ich habe sie genauso manisch gesucht wie zuvor meine Mutter selbst. Und nun habe ich die Kette und begreife, dass mir das gar nichts bringt. Denn was ich wirklich gesucht habe, war nicht die Kette. Sondern ihre Geschichte. Wieso hat meine Mutter die Kette abgenommen? Und wie ist sie in Ellens Besitz gelangt?«

Ich breite die Arme aus. Petra schüttelt sachte den Kopf.

»Das ist so irre«, sagt sie.

Ich lehne mich in meinem Stuhl zurück, und Petras Katze nutzt die Gelegenheit, springt auf meinen Schoß und macht es sich dort gemütlich.

»Du glaubst also«, sagt Petra nach einer Weile, »dass Ellen deine Mutter kannte.«

»Ja«, sage ich. »Da bin ich mir sicher.«

Petra denkt einen Moment nach.

»Also, wenn ich mich recht erinnere, dann kam Ellen in dem Jahr nach Berlin, bevor ich nach Hannover gezogen bin«, sagt sie. »War deine Mutter da nicht schon längst tot?«

»Das war sie«, sage ich.

»Wie hätten die beiden sich kennen sollen?«, fragt Petra. »Sie waren ja noch nicht einmal in derselben Stadt.«

»Das ist es ja gerade«, sage ich. »Das alles ergibt keinen Sinn. Es macht mich wahnsinnig!«

Schweigen füllt den Raum.

»Jetzt weißt du alles«, sage ich schließlich.

»Ich finde, Ellen hätte offen mit dir reden sollen«, antwortet Petra ein wenig lauter als nötig, so, als wolle sie die Befangenheit, die sich im Raum ausgebreitet hat, verscheuchen. »Es ist nicht in Ordnung, dich mit all diesen Fragen allein zu lassen.«

Sie räuspert sich, beäugt meine Teetasse.

»Möchtest du vielleicht einen Drink? Whisky? Gin?«

»Nein, danke«, sage ich.

Eine weitere Pause entsteht.

»Ich wünschte einfach, ich hätte die Gelegenheit gehabt, mit Ellen zu reden.«

Petra legt den Kopf schief.

»Ich weiß nicht«, sagt sie. »Vielleicht quälst du dich ganz umsonst. Vielleicht gibt es gar keine Geschichte. Vielleicht hat Ellen die Kette einfach nur gefunden.«

»Daran habe ich auch schon gedacht«, sage ich. »Aber denk das doch mal weiter. Ellen geht eine Straße entlang und findet eine Kette mit Anhänger. Und steckt sie ein. Okay. Aber woher hätte sie dann wissen sollen, wem die Kette gehörte? Und was hätte dann der Brief zu bedeuten?«

»*Merde*«, sagt Petra. »Stimmt.«

»Und der Kette lag ein Kärtchen mit einer Entschuldigung bei«, fahre ich fort.

Petra fährt sich durch ihr Beethovenhaar.

»Glaubst du, Ellen hat die Kette gestohlen?«

»Ich weiß nicht«, sage ich. »Sie ist bloß von sentimentalem Wert …«

»Aber weshalb sich sonst entschuldigen?«, fragt Petra.

Erneutes Schweigen tritt ein. Der Katze wird langweilig, mit einem Satz ist sie von meinem Schoß und trippelt in Richtung Wohnungstür, als Geräusche aus dem Hausflur zu hören sind. Petras Hund macht sich derweil an der Tür zum Schlafzimmer zu schaffen, Petra ruft ihn, er hört nicht, und sie rollt mit den Augen. Als ich mich nach ihm umsehe, fällt mein Blick auf die Wand hinter mir.

»Was ist das?«, frage ich und zeige auf eine gerahmte Illustration, die meine Aufmerksamkeit erregt hat.

Petra folgt meinem Blick.

»Oh, das? Das ist eine Seite aus dem Voynich-Manuskript. Die hat mir mein Exmann geschenkt. Was wahrscheinlich ein Seitenhieb sein sollte, so im Sinne von ›Du bist so unergründlich wie das Voynich-Manuskript‹. Ich habe es als Kompliment genommen.«

Ich verstehe kein Wort, und das sieht sie mir offensichtlich an.

»Nie davon gehört?«, fragt sie.

»Nein, sollte ich?«

Petra zuckt mit den Schultern.

»Keine Ahnung«, sagt sie. »Das fällt jetzt nicht gerade unter Allgemeinbildung oder so, aber es ist ganz interessant. Das Voynich-Manuskript ist ein Schriftstück aus dem Mittelalter. Und niemand weiß, was es enthält.«

»Wieso nicht?«

»Weil niemand es lesen kann. Es ist ein handschriftliches Manuskript und enthält auch einige Illustrationen wie diese«, sagt Petra.

Ich stehe auf und betrachte die Seite, die gerahmt an der Wand hängt. Buchstaben umrahmen die Illustrationen, aber ich habe diese Art von Alphabet noch nie gesehen.

»Niemand hat bisher die Schrift entschlüsseln können, in der das Manuskript geschrieben ist. Es hat zahllose Versuche gegeben, und immer mal wieder behauptet jemand, es geschafft zu haben. Aber richtig schlüssig war das bisher nie.«

Ich bin augenblicklich fasziniert.

»Wieso jagt man das Ding nicht einfach durch einen Supercomputer?«, frage ich. »Können die heutzutage nicht alles entschlüsseln?«

»Das hier nicht«, sagt Petra und lächelt.

Na wunderbar, denke ich. Noch ein Geheimnis.

»Das scheint dich zu freuen«, sage ich, und Petras Lächeln wird breiter.

»Das freut mich so dermaßen«, antwortet sie.

»Wüsstest du nicht gerne, was drin steht?«

»Auf gar keinen Fall«, sagt sie. »Die Welt braucht Mysterien, und das Voynich-Manuskript ist eines unserer schönsten.«

Sie hat etwas von einer Hohepriesterin, wie sie da sitzt, zwischen all ihren schönen, alten Dingen. Das fällt mir plötzlich auf.

»Petra?«, sage ich. »Darf ich ein Foto von dir machen?«

»Klar«, sagt sie. »Aber nur ein schnelles.«

Sie steht auf und wirft sich in Pose wie ein Stummfilmstar. Ich drücke ab.

»Und jetzt komm«, sagt sie. »Ich möchte dir etwas schenken. Komm!«

Ehe ich etwas entgegnen kann, geht sie zur Garderobe, wirft sich ihren Mantel über.

»Wir gehen aus?«, frage ich. »Jetzt?«

»Mon Dieu«, sagt sie. »Wer ist hier die alte Frau, du oder ich?«

Definitiv ich.

»Petra?«, sage ich, als wir die Straße entlanglaufen, vorbei an den Lokalen, von denen viele früher Bordelle oder Tabledance-Bars waren und heute hippe Cafés und Restaurants sind, vor denen junge Leute stehen und rauchen.

»Hm?«

»Was ist der Sinn des Lebens?«

Sie runzelt die Stirn.

»Im Ernst?«

»Klar«, sage ich.

»Das Leben ist ein Rätsel«, sagt sie. »Und das ist auch gut so. Ich glaube, es gibt einen Grund, weshalb wir nicht so genau wissen, weshalb wir hier sind. Ich glaube, es wäre fürchterlich, wenn wir es wüssten. Und es wäre furchtbar langweilig.«

Ich denke, dass das von allen Antworten, die ich bisher auf diese Frage bekommen habe, womöglich meine liebste ist, und sage nichts mehr. Ich frage auch nicht, wohin wir gehen, als Petra mit mir die nächste Metro-Station ansteuert, und wir in die Unterwelt von Paris hinabsteigen.

19 NICO

Wir befinden uns weit unter der Erde, und der Typ, der uns an der Metro-Haltestelle eingesammelt hat, führt uns weiter und weiter hinab. Ich trage eine Stirnlampe, die den rauen Stein um mich herum beleuchtet, und habe den vagen Verdacht, das alles hier zu träumen und in Bälde zu erwachen und mich in meinem Hotelbett wiederzufinden.

Petra und ich sind ein paar Stationen mit der Métro gefahren, ehe wir auf Laurent, einen kleinen, stämmigen Mann mit Glatze und freundlichen, seltsam kindlich wirkenden blauen Augen, und auf Naima, eine ganz in Schwarz gekleidete Schönheit mit langen dunklen Haaren, trafen, die Petra auf die Wangen küssten, mir zunickten, nachdem Petra mich vorgestellt hatte, und uns kreuz und quer durch die nächtliche Stadt führten, ehe sie auf einer völlig verlassenen Straße stehen blieben. Ich hatte es inzwischen aufgegeben, Petra zu fragen, was genau unser Ziel sei, und sah mich verwundert um. Ich hatte mit einem Speakeasy gerechnet, einem Lokal, das man nur fand, wenn man wusste, in welchem Haus es sich verbarg. Doch dann ließ Laurent die kleine Duffle Bag, die er über der Schulter getragen hatte, fallen, ging neben einem Gullydeckel in die Knie, sah sich noch einmal um und begann, sich daran zu schaffen zu machen, während Naima Petra und mir etwas in die Hand drückte. Die Stirnlampen.

»Was zum Teufel?«, sagte ich.

»Psssst«, machte Petra leise, die ihre bereits aufgesetzt hatte. »Schnell jetzt.«

Sie deutete auf das Loch im Boden, das Laurent in der Zwischenzeit freigelegt hatte, und ich begriff, setzte ebenfalls meine Stirnlampe auf und schaltete sie ein. Naima war bereits durch das Loch im Boden verschwunden, und Laurent sagte etwas auf Französisch, das ich nicht verstand.

»Wir müssen uns beeilen, ehe die Polizei uns entdeckt«, übersetzte Petra, ging in die Knie und schob sich rückwärts durch das Loch.

Kaum, dass sie nicht mehr zu sehen war, tat ich es ihr nach, fand mit den Füßen die kleine Stiege und kletterte hinab. Und da sind wir nun.

Naima geht voran und führt uns durch den Tunnel weit hinab. Ich konzentriere mich auf Petras Rücken, um nicht darüber nachzudenken, wie weit wir uns unter der Erde befinden. Denn ich leide zwar nicht unter Klaustrophobie, aber ein wenig beklommen fühle ich mich schon. Gleichzeitig pulst freudige Erregung durch meine Venen. Ich weiß immer noch nicht, wohin es geht, aber bei dem Aufwand, den wir dafür betreiben, muss es toll sein. Wenn ich meinen Blick zur Seite wende, streift meine Stirnlampe nackten Stein, und ich krame, während wir stumm durch die Tunnel laufen, alles aus meinem Langzeitgedächtnis hervor, was ich je über die Pariser Tunnelsysteme gehört oder gelesen habe. Unter der Stadt befindet sich ein riesiger Steinbruch, so viel bekomme ich noch zusammen, und ich weiß auch, dass in Teilen der Katakomben die Gebeine von Millionen von Parisern aus vergangenen Jahrhunderten liegen, auch wenn ich die Katakomben selbst noch nie besucht habe. Tatsächlich hatte ich das auch nicht vor, doch Petra scheint andere Pläne für mich zu haben. Ich werde aus meinen Gedanken gerissen, als sie plötzlich stehen bleibt und ich beinahe in sie hineinlaufe. Erst, als sie vor mir in die Hocke geht, begreife ich, was los ist: Wir müssen eine Abzweigung nehmen. Das allerdings nicht, indem wir uns einfach nach links oder rechts wenden, sondern indem wir uns durch ein Loch im Boden zwängen. Und spätestens jetzt ist klar, dass Petra das alles hier nicht zum ersten Mal macht, denn sie zögert keine Sekunde. Sie geht in die Hocke und zwängt sich rückwärts durch das Loch im Boden, als wäre das alles hier vollkommen normal. Sie passt gerade so hindurch; und ich zwinge mich, nicht lange nachzudenken, sondern es ihr sofort nachzutun. Ich hocke mich hin, robbe auf dem Bauch auf die Öffnung zu, bis ich meine Beine hindurchschieben kann, suche nach Halt, finde ihn jedoch nicht. Dann fasst mich jemand um die Hüften, und ich höre eine Männerstimme, die auf Französisch etwas zu mir sagt.

»Du sollst loslassen«, sagt Petra.

Also lasse ich los, werde von unsichtbaren Händen hinabgehoben und habe einen Wimpernschlag später wieder festen Boden unter mir. Ich drehe mich um und blicke einem dunkelhaarigen Hünen mit dichten Brauen ins Gesicht, der mich anlächelt und mir dann bedeutet beiseitezutreten, damit Laurent uns folgen kann. Der braucht keine helfende Hand, er lässt sich einfach durch das Loch gleiten und landet fast lautlos neben mir. Ich begreife, dass hier zwei Tunnelsysteme aufeinandertreffen, und frage mich, wie die jungen Leute, die uns hier hindurchführen, sich diesen Teil von Paris erschlossen haben. Denn jemandem, der sich auskennt, zu folgen ist das Eine und schon aufregend genug. Aber hier völlig ahnungslos hinabzusteigen ist doch eine völlig andere Geschichte. Ich habe große Lust, Laurent oder Naima oder den gut aussehenden Fremden, der mir durch das Loch geholfen hat, danach zu fragen, doch mir ist klar, dass jetzt nicht der richtige Zeitpunkt dafür ist. Niemand redet, also halte ich ebenfalls den Mund und folge meinem Vordermann schweigend. Nun sind wir also schon zu fünft, doch unser Ziel haben wir immer noch nicht erreicht, denn wir setzen unseren Weg fort. Schritt für Schritt, immer weiter und weiter durch den labyrinthischen Untergrund, so lange, dass der stete Rhythmus unserer Schritte mich fast einzulullen beginnt.

Und dann höre ich es. Erst als ferne Ahnung, so leise, dass ich zunächst glaube, ich bilde mir das nur ein. Denn kaum, dass ein Laut an meine Ohren dringt, verstummt er auch schon wieder. Doch bald bin ich mir sicher. Da ist Musik.

Ist es das? Sind wir unterwegs zu einem wirklichen und wahrhaftigen Underground-Konzert?

Als der Tunnel in einer Art kreisrundem Gewölbe mündet, wird mir klar, dass ich recht habe. Und nun begreife ich auch das An- und Abschwellen der Musik: Die Musiker spielen noch nicht, sie stimmen ihre Instrumente. Ich betrete das überraschend große Gewölbe hinter Petra und dem dunkelhaarigen Fremden. Die Atmosphäre ist bemerkenswert, denn hier unten befinden sich grob geschätzt sicherlich hundert Personen, aber sie sind mucksmäuschenstill. Und dabei liegt etwas in der Luft, ich weiß nicht, was, das sie regelrecht aufgeladen hat. Die Menge übt sich in meditativer Stille, und gleichzeitig ist da eine solche Spannung, dass ich das Gefühl habe, sie *schmecken* zu können, auch wenn ich den Grund dafür nicht wirklich erkennen kann. Es ist seltsam. Niemand schaut auf sein Handy, niemand flüstert mit seiner Begleitung, niemand tritt auch nur von einem Bein aufs andere oder kratzt sich am Kopf. Sie warten. Alle. Stumm. Als wüssten sie, dass etwas Großes bevorsteht – nur nicht, wann. Ich sehe mich genauer um. Das Gewölbe ist mit kleinen Scheinwerfern ausgeleuchtet, und inmitten des Publikums, das sich kreisrund an den Wänden entlang aufgestellt hat, befinden sich die Musikerinnen und Musiker. Ich bin fasziniert. Was für eine Atmosphäre! Was für ein Ort! Ich schiebe mich vorsichtig zwischen ein paar Leuten hindurch, um einen besseren Blick auf die Musiker erhaschen zu können. Da sind ein Mann und eine Frau mit Violinen, beide sehr jung, da ist eine Cellistin mit schlohweißem Pferdeschwanz und alterslosem Gesicht, und da ist ein Mann mit Bratsche, der mir allerdings den Rücken zuwendet. Und dann ist da, wie ich feststelle, noch ein Sänger, und als sich die Menge vor mir ein klein wenig verschiebt und mir den Blick auf ihn freigibt, bleibt mir der Mund offen stehen.

Petra schiebt sich neben mich, und ohne ihr den Blick zuzuwenden, sehe ich, dass es ihr nicht anders ergeht.

Plötzlich verstehe ich die einzigartige Atmosphäre in diesem Gewölbe. Diese Mischung aus Erregung und Ehrfurcht, das geradezu elektrische Surren in der Luft. Sie ist nicht nur dem ungewöhnlichen Ort geschuldet, an dem dieses kleine Geheimkonzert stattfindet. Sondern vor allem der Person, die es geben wird.

»Das kann nicht sein«, flüstere ich lautlos.

Und in diesem Moment hebt das kleine Streichorchester an, und der schmale Mann mit dem blassen, markanten Gesicht und den verschiedenfarbigen Augen fängt an zu singen.

Er singt uns von Schönheit und Tod, und die Violinen schwingen sich empor, und der Boden tut sich auf, doch wir fallen nicht. Und heiße Tränen laufen mir die Wangen hinab, und ich spüre es kaum; und Raum und Zeit existieren nicht mehr, und hier ist der Mittelpunkt des Universums, überall und genau hier. Und ich weiß, dass sich in diesem Moment Tausende von Hochzeitspaaren küssen, und ich weiß, dass in diesem Moment Tausende von Zwillingspaaren geboren werden, puterrot und schreiend und kerngesund, dass in diesem Moment Tausende Lebensmüde es sich anders überlegen und wieder von den Brückengeländern steigen, die sie gerade erst erklommen haben, dass an Tausenden von Orten Feuerwerke gezündet werden und die Menge Ooh und Aah macht, dass Tausende Angler den Fang ihres Lebens machen, ihn zwei, drei Wimpernschläge lang in den Händen wiegen und ihn dann wieder zurückwerfen, dass Tausende von schüchternen Teenagern in diesem Moment nach Jahren den Mut finden, *ihn* oder *sie* endlich anzusprechen – und nicht abgewiesen werden, dass Tausende von Kindern blinzelnd aus dem Koma erwachen, Tausende von Alten friedlich und zufrieden im Kreise ihrer Liebsten sterben, sich Tausende von Malen ein schwerer Vorhang für eine rauschende Premiere hebt; und ich weiß nicht, woher ich all das weiß, aber ich sehe es und fühle es, als wäre ich dabei, ich sehe und fühle alles, und ich bin so glücklich, ein Teil dieses wunderschönen Chaos zu sein, zu leben, zu atmen, dass es mich fast zerreißt; denn plötzlich weiß ich alles, und vor allen Dingen weiß ich eines: Wir sind sicher, das Universum ist endlos, und es ist freundlich, wir sind schwarze Sterne, jede und jeder Einzelne von uns unsterblich, uns wird kein Leid widerfahren, uns kann nichts geschehen. Und in diesem Moment weiß ich sie, einen Wimpernschlag lang nur, die Antwort auf die Frage nach dem Sinn des Lebens, und als ich verstehe, muss ich lächeln.

Als wir anderthalb Stunden später wieder an die Oberfläche kommen, habe ich immer noch das Gefühl zu träumen. Es fällt mir nicht leicht, in die Wirklichkeit zurückzufinden. Wir haben den Rückweg so schweigend zurückgelegt wie den Hinweg, Schritt für Schritt, sind lange gelaufen, sodass ich eigentlich Zeit genug gehabt hätte, meine Gedanken zu ordnen, doch ich bin immer noch nicht ganz zurückgekehrt von dem Ort, an den mich die Musik transportiert hat.

Die nächtliche Luft ist kühl und klar, und als ich wieder auf der Straße stehe, an der Laurent vor zwei Stunden oder vor zwei Jahren den Kanaldeckel hochgehoben hat, ist sie keineswegs verlassen, sondern es stehen zahllose Menschen in kleinen Grüppchen herum, rauchen, unterhalten sich und versuchen, das soeben Erlebte gemeinsam zu verarbeiten. Angst vor der Polizei scheint niemand mehr zu haben, und auch Laurent und Naima, die zuvor eher angespannt gewirkt hatten, machen einen gelösten Eindruck. Ich umarme beide fest und bedanke mich, beide küssen mir die Wangen.

»You enjoyed?«, fragt Naima mit wundervoll französischem Akzent.

»I loved it«, sage ich. *»I have no words for it. I'll remember this night forever.«*

Sie lächelt.

»Moi aussi«, sagt sie, *»till the day I die«*, dann entdeckt sie jemanden ein Stück die Straße runter und verschwindet in der Menge.

Petra taucht neben mir auf.

»Ich kann das gar nicht glauben«, sage ich.

»Ich auch nicht.«

Ich schaue sie überrascht an.

»Du wusstest nicht, wer heute auftreten würde?«, frage ich.

Sie schüttelt den Kopf.

»Secret Concert«, sagt sie. »Im wahrsten Sinne des Wortes.«

Sie strahlt mich an.

»Du hast dir einen guten Tag ausgesucht, um nach Paris zu kommen.«

»Allerdings.«

Wir schweigen ein bisschen gemeinsam, genießen einfach diese besondere Atmosphäre.

»Morgen werde ich denken, dass ich das alles geträumt habe«, sage ich irgendwann.

»Es war wie fallen, oder?«, sagt Petra, und ich weiß sofort, was sie meint, nicke.

»Ich muss gerade an einen Satz denken, den ich mal von einem buddhistischen Lehrer gehört habe. Er beschrieb die menschliche Existenz folgendermaßen: Es gibt eine gute und eine schlechte Nachricht. Die schlechte Nachricht ist: Wir fallen, und es gibt nichts, woran wir uns festhalten könnten. Die gute ist: Es gibt keinen Grund, auf dem wir jemals aufkommen werden.«

Sie hebt die Schultern.

»Ich weiß auch nicht, irgendwie musste ich gerade daran denken.«

Sie wendet sich von mir ab, als ein braun gebrannter Mann mit gepflegtem weißem Bart und schickem Anzug auf uns zukommt, um Petra zu begrüßen, und ich entferne mich unauffällig ein paar Schritte. Ich habe kein Bedürfnis, weitere Menschen vorgestellt zu bekommen, ich muss einen Moment für mich sein und das Erlebte verdauen. Ich lehne mich einfach gegen eine Straßenlaterne und lasse die Szenerie auf mich wirken. Unter den Menschen, die gerade wieder aus der Unterwelt emporgestiegen sind, sind mondän wirkende Paare, ziemlich offensichtlich Pariserinnen und Pariser, phänomenal gut und teuer, wenn auch unauffällig gekleidet. Da sind junge Hipster mit Bärten und *messy buns*, perfekt zurechtgemachte Dandys und ein paar Kids in abgerissenen Flohmarktklamotten. Die meisten von ihnen rauchen, und ich wünschte, das täte ich auch, denn was will man in so einer Nacht und nach so einem Erlebnis denn anderes machen, als sich stumm gegen eine Straßenlaterne zu lehnen und sich eine Zigarette anzuzünden? In Ermangelung dieses Lasters stehe ich einfach da, die Hände in den Manteltaschen, und schaue mir die Leute an. Ein schönes, androgynes Wesen mit kurzem Haar und asiatischen Gesichtszügen fällt mir auf, dann wandert mein Blick zu einem alten Mann, den ich auf locker achtzig schätzen würde und von dem eine enorme Energie ausgeht. Die wird er wohl auch gebraucht haben für den langen Marsch durch die Katakomben. Er unterhält sich mit einem Hipsterpärchen, sie mit langem, glattem Haar und Hornbrille, er mit gezwirbeltem Schnurrbart. Mir fällt auf, dass die junge Frau der Unterhaltung nicht wirklich folgt, sondern dass ihr Blick immer wieder über den Platz hinweg wandert. Ich folge ihm – und ziehe verwundert die Brauen zusammen. Ich kenne den Mann dort drüben. Oder? Ich mache ein paar Schritte auf ihn zu, um besser sehen zu können, doch in dem Moment nähert sich ein Fahrzeug und bringt ein paar der Herumstehenden dazu, ihm Platz zu machen. Ein paar Sekunden lang ist mir die Sicht versperrt, und als sie wieder frei ist, ist er verschwunden. Ich überquere die Straße, sehe mich auf dem Trottoir um. Habe ich mich geirrt? Mich täuschen lassen wie in dem Moment, als ich glaubte, Ellen in Brügge zu sehen, und einer Frau nachjagte, die ihr, aus der Nähe betrachtet, noch nicht einmal sonderlich ähnlich sah? In diesem Moment erblicke ich ihn am anderen Ende des Platzes, gar nicht weit von der Stelle, an der Petra mit dem französischen Gentleman plaudert. Er entfernt sich mit schnellen, aber keineswegs hastigen Schritten, biegt in eine schmale Gasse ein und ist bald nicht mehr zu sehen. Ich laufe ihm nach, weiche den plaudernden Grüppchen aus. Ignoriere Petras Rufe, die mich vermutlich ihrem Begleiter vorstellen will. Nicht jetzt, denke ich und spüre, wie das Adrenalin sich in meinem Körper ausbreitet. Denn der

Mann, dem ich hinterherhaste, hat sich zwar nicht noch einmal umgedreht, doch erkannt habe ich ihn auch so, zweifelsfrei. Die hünenhafte Gestalt, der markante Gang … Ich mag ihm zuvor erst ein einziges Mal begegnet sein, doch ich würde Miller überall erkennen. Er ist nicht die Art von Mensch, die man so schnell vergisst. Ich beginne zu rennen, doch als ich um die Ecke biege, sehe ich nur noch die Rücklichter eines Taxis, das sich in gemächlichem Tempo entfernt und schon bald außer Sicht ist.

Ich kehre zu Petra zurück, entschuldige mich, gebe dem Mann, den sie als einen Kollegen vom Theater vorstellt, den sie vor Jahrzehnten hier in Paris kennengelernt hat, die Hand.

»Alles okay mit dir?«

»Alles gut«, sage ich, immer noch außer Atem. »Ich dachte, ich hätte jemanden gesehen.«

Ich bin wütend auf Miller, er hat mich aus dem glückseligen, somnambulen Zustand gerissen, den das Konzert erzeugt hat. Petra schaut mich forschend an, sagt aber nichts weiter und wendet sich wieder ihrem Kollegen zu. Ich kann der Unterhaltung, die die beiden führen, mit meinem oxidierten Schulfranzösisch kaum folgen, aber das ist okay, denn es geht mir ohnehin viel zu vieles im Kopf herum. Was zum Teufel machte Miller hier, mitten in der Nacht? Konnte die Anwesenheit eines Mannes, der einen großen Teil seines Lebens damit zugebracht hatte, Menschen aufzuspüren, die nicht gefunden werden wollten, wirklich Zufall sein?

Nachdem ich mich von Petra verabschiedet und mich tausendmal bei ihr bedankt habe, rufe ich mir ein Taxi. Petra protestiert, sie hätte es lieber, wenn ich mit ihr und ein paar der anderen noch irgendwo einen Drink nehmen würde, aber ich lehne ab. Ich muss zurück ins Hotel, meine Gedanken sortieren.

Der Taxifahrer fährt mich schweigend, während das Klassikradio uns leise Klaviermusik vorspielt. Ich lehne die Stirn gegen die Scheibe, etwas, das ich früher nie gemacht hätte, doch nun habe ich keine Angst mehr, dass irgendwelche Erreger, die Fahrgäste vor mir hinterlassen haben, mich umbringen könnten. Die nächtliche Stadt zieht an mir vorbei, ihre Gestalten, ihre Lichter, ihre Schatten. Einmal ist tatsächlich kurz Sacré-Cœur zu sehen, und der traumartige Schwebezustand, in dem ich mich befand, ehe ich Miller entdeckte, kehrt zurück, und vielleicht bin ich dem Charme dieser Stadt hier jetzt doch erlegen, vielleicht habe ich Paris missverstanden, vielleicht geht es in Paris nicht um den Tag, sondern um die Nacht. Kurz bereue ich es, mich Petra und ihrer Begleitung nicht doch angeschlossen zu haben, als ich die letzten paar Meter zu meinem Hotel zu Fuß zurücklege und all die Menschen in den Bars sehe, die die Köpfe zusammenstecken. Doch dann spüre ich wieder die bleierne Müdigkeit, mit der mein Körper mir zu verstehen gibt, dass jetzt langsam mal Schluss ist mit Herumlaufen. Ich betrete das dunkle Hotelzimmer, taste nach dem Lichtschalter, finde ihn nicht, bin zu müde, um zu suchen, werfe die Tür hinter mir ins Schloss und lasse mich einfach so, wie ich bin, aufs Bett fallen. Mit Jacke und Schuhen und Make-up und allem. Dann sage ich mir, dass ich mich morgen früh grauenhaft fühlen werde, wenn ich jetzt einschlafe, ich schalte das kleine Lämpchen auf meinem Nachttischschränkchen ein und beginne, mich aus meiner Kleidung zu schälen und mir die Zähne zu putzen. Schließlich krieche ich in meiner Unterwäsche unter die Bettdecke und ziehe mein Handy zu mir heran. Nichts Neues. Ich schreibe Ben eine Gutenachtnachricht, obwohl ich weiß, dass er sie wahrscheinlich erst in ein paar Wochen lesen wird, lege das Handy wieder weg, lösche das Licht, schließe die Augen – und bin sofort weg.

Als ich erwache, weiß ich kurz nicht, wo ich bin. Ich blinzele ein paarmal, während ich versuche, mich zu orientieren, aber zunächst scheint der Raum, den ich sehe, keinen Sinn zu ergeben. Dann begreife ich, dass die Lichter, die durch die offenen Vorhänge hindurch zu sehen sind, zu Pigalle gehören, dass ich in Paris bin, dass es immer noch mitten in der Nacht ist. Mein Handy verrät mir, dass ich gerade mal eine Stunde geschlafen habe. Richtig tief, anders ist meine Verwirrung nicht zu erklären. Aber was hat mich geweckt? Ein Geräusch? Ich lausche angestrengt, doch da ist nichts, nur das leise Rauschen meiner eigenen Ohren. Trotzdem setze ich mich auf. Die Schemen der Möbel in meinem Hotelzimmer schälen sich nach und nach aus dem Dunkel, als meine Augen sich auf das Zwielicht einstellen. Etwas treibt mich aus dem Bett. Kein Geräusch, überhaupt keine körperliche Wahrnehmung. Ich trete ans Fenster. Die letzten Nachtschwärmer sind verschwunden, da ist keine Gestalt, die zu meinem Fenster heraufschaut, kein Patrick, kein Miller, da ist nichts. Warum schlägt mein Herz dann so schnell? Stirnrunzelnd blicke ich auf die Straße hinab, dann dämmert es mir, und ich drehe mich um.

Nicht auf der Straße. Vor meiner Zimmertür.

Durch den Spalt unter meiner Zimmertür fällt ein wenig Licht vom Hotelflur in mein Zimmer. Auf leisen Sohlen durchquere ich den kleinen Raum, der weiche Teppichboden schluckt das Geräusch meiner Schritte. Ich halte instinktiv den Atem an, als ich das kleine, bewegliche Plättchen, das den Spion in der Zimmertür abdeckt, beiseiteschiebe. Und ich habe mich nicht geirrt. Vor meiner Zimmertür steht jemand. Den Bruchteil einer Sekunde lang bin ich zu perplex, um zu reagieren. Dann öffne ich die Tür und lasse Ellen herein.

20 NICO

Ellen tritt mit schnellen Schritten ans Fenster und blickt auf die Straße hinab, dann setzt sie sich auf mein Hotelbett und schaut mich durch die Dunkelheit hindurch an. Ich mache das kleine Lämpchen auf dem Beistelltisch an, setze mich in den kleinen Sessel in der Zimmerecke und betrachte sie. Ellen ist unverkennbar Ellen, und doch hat sie sich komplett verwandelt. Sie trägt keine Perücke, ihr Haar ist nur ein bisschen länger, aber sie hat es heller gefärbt. Nicht drastisch, nur ein wenig, dennoch ist die Veränderung erstaunlich. Ihr Gesicht wirkt dadurch ganz anders. Wenn ich hätte raten müssen, dann hätte ich darauf getippt, dass Ellen sich in eine graue Maus verwandelt hat. In jemanden, bei dem man nicht zweimal hinsieht. Aber das stimmt nicht, Ellen sieht nach wie vor auffallend schön aus, nur eben auf ganz andere Art und Weise als zuvor. Konventioneller, herkömmlicher. Und ein paar Jahre älter. *Hiding in plain sight.* Sie ist allerdings ganz in Schwarz gekleidet, in dieser Hinsicht ist sie ihrem ursprünglichen Look treu geblieben.

»Was machst du hier?«, frage ich, nachdem ich sie ausgiebig begutachtet habe – und nachdem sie keinerlei Anstalten macht zu sprechen.

»Nichts«, sagt sie. »Ich bin gar nicht hier. Ich bin tot aus der Spree gefischt worden, hast du das nicht gehört?«

Ich gebe mir alle Mühe, mir klarzumachen, dass ich nicht träume. Denn dass Ellen plötzlich vor mir sitzt, so, als wäre gar nichts gewesen, so, als hätte ich, als hätte das halbe Land sie nicht seit Tagen gesucht, kommt mir seltsam unecht vor.

Als ich nicht reagiere, begreift Ellen, dass ihr Versuch, dem Moment die Schwere zu nehmen, gescheitert ist, und sie wird ernst.

»Du wolltest mich sprechen«, sagt sie.

Das bringt mich endlich zu mir. Das hier ist echt, das hier ist meine Chance.

»Ja«, sage ich. »Das stimmt. Aber … Woher wusstest du, dass ich hier bin?«

»Petra«, sagt Ellen.

Wenn mein Leben ein Comic wäre, dann ginge genau in diesem Moment eine riesige Glühbirne an über meinem Kopf. Wie verstört Petra auf die Tatsache reagierte, dass ich viel zu früh bei ihr auf der Matte stand. Wie ihr Hund wieder und wieder an der Tür zum Schlafzimmer kratzte …

»Du warst da«, sage ich.

Ellen nickt.

»Petra und ich kennen uns schon so lange«, sagt sie. »Sie ist übrigens ein ziemlich großer Fan von dir.«

»An der Nase herumgeführt hat sie mich trotzdem«, sage ich.

»Das kannst du ihr nicht vorwerfen. Sie hatte mir versprochen, mich ein paar Tage lang zu verstecken. Sie konnte dir nichts sagen. Aber als sie vorhin nach Hause kam, hat sie Fürsprache für dich gehalten.«

Ich hebe die Brauen.

»Ach ja?«

»Ja. Ich glaube, sie findet generell, dass ich mich schäbig verhalten habe, indem ich einfach abgehauen bin.«

Ellen hebt die Schultern.

»Auch Petra weiß nicht alles«, sagt sie leichthin.

Kurz tritt Schweigen ein.

»Ich wusste, dass du nicht tot bist«, sage ich.

Ellen grinst.

»Ach ja?«, sagt sie. »Und woher wusstest du das so genau?«

»Ich wusste es eben.«

So, wie ich damals wusste, dass meine Mutter tot ist. Auch da schon, als ich sie noch gesucht habe. Im Grunde wusste ich es.

»Warum bist du abgehauen?«

Sie antwortet nicht. Meine Hand berührt ganz automatisch den Anhänger zwischen meinen Schlüsselbeinen.

»Ich musste weg«, sagt Ellen schließlich.

Dann steht sie auf, so, als wäre ihr etwas wieder eingefallen, das sie kurz vergessen hatte, und tritt erneut ans Fenster.

»Wonach suchst du?«, frage ich.

»Du hast jemanden mitgebracht«, sagt sie.

»Was meinst du?«

»Seit du hier bist, ist auch ein Mann in Paris, den ich hier vorher noch nie gesehen hatte. Ich habe ihn vor Petras Haus gesehen, als du da warst. Und an der Metro-Station, da, wo man nach unten steigt.«

»Du warst dort?«, frage ich.

»Klar war ich dort«, sagt Ellen. »Eigentlich wollte Petra *mich* zu diesem Underground-Konzert mitnehmen. Ehe du mir in die Quere kamst.«

Sie lacht ihr silbriges kleines Lachen, dann wird sie wieder ernst.

»Wie sieht der Mann denn aus?«, frage ich, obwohl ich die Antwort erahne.

»Groß«, sagt sie. »Breit. Dunkelhäutig, mittleres Alter, schwer, das genauer zu sagen. Könnte fünfunddreißig sein oder fünfundfünfzig. Läuft, als wäre er mal Boxer gewesen, geschmeidig und irgendwie gefährlich. Niemand, der gut dazu geeignet ist, Leute zu beobachten. Viel zu auffällig.«

»Das ist Miller«, sage ich. »Hast du ihn denn nicht erkannt?«

Ellens Gesicht ist ein einziges *Hä?*

»Was für ein Miller?«, fragt sie, blinzelt. »Doch nicht …?«

»Genau der. Der Privatdetektiv, falls man das so sagt, zu dem du gegangen bist, um etwas über mich herauszufinden«, antworte ich und merke selbst, dass meine Stimme plötzlich um ein paar Grad kühler klingt.

Spielt Ellen mir etwas vor? Miller nicht wiederzuerkennen ist unmöglich, wenn man ihn einmal gesehen hat. Es ist genauso, wie sie sagt: Er ist ziemlich auffällig.

»Oh«, sagt Ellen. »So sieht er also aus. Das habe ich mich immer gefragt. Ich habe immer nur mit ihm telefoniert, ihn aber nie getroffen. Von dem, was man so hört, ist er ein sehr scheuer Mann. Es gibt online kein einziges Bild von ihm, ist das zu fassen?«

Sie lässt sich wieder auf mein Hotelbett fallen.

»Beneidenswert.«

»Moment mal«, sagt sie dann. »Woher kennst *du* ihn denn?«

»Ich war bei ihm. Er sollte mir helfen, dich zu finden.«

»Seid ihr zusammen hier?«

»Nein«, sage ich. »Ich weiß nicht, was er hier macht. Ich habe ihn auch erst vorhin bemerkt.«

Ellen lässt das einen Moment lang auf sich wirken. Sie bleibt kurz so sitzen, dann steht sie wieder auf und beginnt, unstet im Zimmer auf und ab zu gehen.

»Wenn das wirklich dieser Miller ist, den du mir da mitgebracht hast, dann kann ich hier nicht bleiben«, sagt sie.

»Ich habe überhaupt niemanden mitgebracht«, sage ich.

»Was denkst du denn, wie er mich sonst gefunden hat?«, fragt Ellen. »Das ist doch kein Zufall, dass ihr gleichzeitig hier auftaucht.«

Sie hebt die Hände, als sie meinen Blick sieht.

»Ich meine damit nicht, dass du mit ihm unter einer Decke steckst oder so«, sagt sie. »Aber ich schätze, er hat sich an dich drangeklemmt!«

Mein Mund wird trocken. Kann das sein? Ist Miller mir gefolgt? Von Berlin über Brüssel nach Brügge und von Brügge nach Paris, ganz, ohne dass ich es gemerkt hätte?

»Wie kann es sein, dass du so schnell bemerkt hast, dass er dir folgt?«, frage ich. »Mir ist er nur aufgefallen, weil ich ihn kenne. Ich würde es garantiert nicht sofort bemerken, wenn mir ein Fremder folgen würde.«

»Sei froh«, sagt Ellen. »Das zeigt nur, dass du mein Level an Paranoia noch nicht erreicht hast.«

Sie seufzt einmal tief, sieht mich an.

»Ich muss los«, sagt sie.

»Was?«, sage ich perplex. »Wohin denn?«

»Ich weiß noch nicht so genau«, antwortet Ellen. »Ich weiß nur, dass ich nicht hier in Paris bleiben kann, wenn ein Privatdetektiv, der in den Neunzigern ein Vermögen damit gemacht hat, Promis, die nicht gefunden werden wollen, für die Yellow Press aufzuspüren, vorm Haus meiner Gastgeberin rumlungert und uns durch die halbe Stadt folgt.«

Ellen greift nach dem Türknauf, doch mit zwei Schritten bin ich bei ihr und packe sie am Arm.

»Wir müssen reden«, sage ich. »Du kannst hier nicht wie aus dem Nichts auftauchen und einfach so wieder verschwinden.«

Kurz funkelt Ellen mich an, und für den Bruchteil einer Sekunde habe ich das Gefühl, dass sie mich schlagen könnte. Ich lasse sie los. Nicht, weil ich Angst vor ihr hätte, sondern weil sie so verwundbar aussieht in diesem Moment. Wie ein in die Enge getriebenes Tier.

»Ich melde mich bei dir«, sagt Ellen. »Ich verspreche es. Ich *will* ja mit dir sprechen. Sonst wäre ich doch gar nicht hergekommen. Hab ein bisschen Geduld.«

»Das kann ich nicht«, sage ich. »Mir geht es nicht nur darum, dass du in meinem Leben aufgetaucht bist wie ein Meteoritenschauer, nur um kurz darauf wieder zu verschwinden. Das geht mich im Grunde nichts an, du kannst verdammt noch mal machen, was du willst. Aber das hier«, ich berühre den Anhänger meiner Mutter, »das ist eine andere Geschichte.«

»Und ich werde sie dir erzählen«, sagt Ellen. »In aller Ruhe. Hab ein bisschen Geduld, das läuft uns doch nicht weg.«

Wieder will Ellen durch die Tür.

»Ich komme mit«, sage ich.

»Ich weiß ja noch nicht einmal, wo ich hinsoll«, sagt Ellen. »Fahr nach Hause, Nico. Ich melde mich bei dir, sobald ich kann.«

»Ich habe keine Zeit!«, sage ich.

Und irgendetwas in meiner Stimme hält sie zurück. Sie dreht sich zu mir herum.

»Wie meinst du das?«, fragt sie.

»Ich bin krank«, sage ich.

Einen Moment lang schaut Ellen mich verständnislos an, dann gerät etwas in ihrem Gesicht in Bewegung. Sie dreht sich um, setzt sich wieder aufs Bett.

»Wie schlimm ist es?«

»Ich glaube, ich sterbe«, sage ich.

Ich sehe, wie Ellen sich auf die Unterlippe beißt, ansonsten zeigt sie keine Regung.

»Du stirbst«, sagt sie, ohne ein Fragezeichen in der Stimme.

Schweigen breitet sich aus.

»Was hast du?«, fragt Ellen schließlich. »Also, ich meine …«

»Hirntumor«, sage ich. »Ich nenne ihn Kurt.«

Ellen lacht auf, wird wieder ernst.

»Seit wann weißt du es?«, fragt sie.

»Seit kurz vor Weihnachten.«

»Deswegen hast du so geweint. Wegen Kurt.«

»Was?«

Sie schüttelt den Kopf, wischt das fort.

»Wie geht's dir?«, fragt sie.

Ich schaue sie vermutlich einigermaßen fassungslos an.

»Wie soll es mir schon gehen?«, sage ich. »Ich will nicht sterben!«

Als ich es sage, merke ich, dass es stimmt. Ich will nicht sterben. Ich will lange leben. Ich will gesund sein. Ich will einfach nur gesund sein. Ich will einfach nur noch ein bisschen Zeit.

»Der Tod sage ich«, rezitiert Ellen, *»diese vertrackte Haarnadelkurve eine Frivolität eine Verdammung sage ich.«*

Das trifft's, denke ich. Eine Frivolität, eine Beleidigung, eine bodenlose Unverschämtheit.

»Von wem ist das?«

»Friederike Mayröcker«, sagt Ellen. »Aber ich kann mich auch irren.«

Erneut breitet sich Schweigen aus.

»Scheiße«, sagt Ellen irgendwann. »Lass uns ans Meer fahren.«

»Was? Warum?«

»Das wolltest du doch. Du hast es selbst gesagt.«

»Was? Wann?«

»An Silvester! Außerdem … wollen Sterbende das nicht immer? Ans Meer fahren?«

»Ich weiß nicht«, sage ich. »Vielleicht. Im Sommer.«

»Im Winter ist es viel dramatischer«, sagt Ellen, und als sie das sagt, erinnere ich mich an meinen Traum vom Wasser.

»Wir fahren ans Meer«, wiederholt Ellen. »Und unterwegs erzähle ich dir von der Ellen von früher, von dem Kolibri und von deiner Mutter.«

Meine Sachen sind schnell gepackt.

»Was ist eigentlich mit Petra?«, frage ich, als wir im Taxi zum Bahnhof sitzen.

Die Morgendämmerung ist noch nicht angebrochen, die Dunkelheit hält die Stadt der Lichter mit festem Griff.

»Petra hat diesen Hottie mit dem weißen Bart mit nach Hause genommen«, entgegnet Ellen trocken. »Petra kommt klar.«

Das bringt mich zum Lachen.

Als wir Paris eine Stunde später mit einer Bahn in Richtung Norden verlassen, geht endlich die Sonne auf.

21 ELLEN

Der Zug rattert Richtung Meer, Richtung Wintersonne, Richtung Tag. In dem Abschnitt des Waggons, in dem wir sitzen, sind wir die Einzigen, und überhaupt ist der Zug fast leer. Der Schaffner ist durch, wir haben jede einen Pappbecher Kaffee in der Hand und trinken schweigend, während draußen die Außenbezirke von Paris vorbeiziehen.

Ich bin froh, dass wir in diesem Zug sind, in Bewegung. Paris hat mich zunehmend nervös gemacht. Außerdem bin ich erleichtert, dass ich Nico nicht in ihrem Pariser Hotelzimmer Rede und Antwort stehen musste; ein fahrender Zug scheint mir dafür so viel besser geeignet. Ich fand schon immer, dass man sich auf Fahrten besonders gut unterhalten kann. Ich vermute, das hat nicht nur mit der Vorwärtsbewegung zu tun, in der man sich automatisch befindet, sondern vor allem auch damit, dass man in Autos oder Zügen meistens neben- oder hintereinander sitzt statt einander gegenüber. Ich habe festgestellt, dass es manchmal leichter ist, schwierige Gespräche zu führen, wenn man einander eben nicht in die Augen schauen kann, sondern so ein ganz kleines bisschen aneinander vorbeiredet.

Als wir im Taxi saßen, habe ich gespürt, wie Nico versucht hat, sich in Disziplin zu üben und nicht gleich mit all ihren Fragen über mich herzufallen, doch nun mag sie nicht länger warten, und das kann ich, obwohl ich hundemüde bin, natürlich verstehen.

»Warum bist du abgehauen?«, fragt sie und nippt an ihrem Kaffee.

Ich bin so froh, dass sie damit beginnt und nicht mit dem Kolibri.

»Wegen Patrick?«

Der Name wirkt auf mich wie eine große Kreuzspinne an der Wand für einen Arachnophobiker.

»Was weißt du von Patrick?«

»Ich weiß, dass er dich gestalkt hat«, sagt Nico.

»Woher?«, frage ich.

»Von deiner Assistentin«, sagt sie. »Und aus Erfahrung.«

»Wie meinst du das?«

»Er ist mir begegnet«, sagt Nico. »In Brügge.«

»Das habe ich eh nicht verstanden, was machtest du denn in Brügge?«

»Lange Geschichte«, sagt Nico. »Aber das spielt jetzt keine Rolle. Erzähl.«

Im ersten Moment frage ich mich ernsthaft, wo ich beginnen soll, doch dann erzähle ich ihr einfach alles. Ich erzähle ihr von Anthony, meinem väterlichen Freund, meinem großen Bruder, meinem Anker in dieser Welt; ich erzähle ihr von seinem Leben, seinem Tod, seiner Beerdigung. Von der Trauerfeier auf dem Friedhof, zu der ich nicht eingeladen war, und von der bei mir daheim. Ich erzähle ihr von den Männern auf der Friedrichstraße und den Männern früher, ich erzähle ihr von den Morddrohungen, den Vergewaltigungsdrohungen, den Stalkern, ich erzähle ihr, wie es sich anfühlt, belagert zu werden, und ich erzähle ihr, wie ich versucht habe, damit klarzukommen; so nämlich, wie man tauchen lernt: einfach weiteratmen und nicht in Panik geraten. Einfach durch das Mundstück weiteratmen, auch wenn einem das zunächst nicht nur schwierig, sondern vollkommen unmöglich vorkommt.

»Ich dachte, ich packe das«, sage ich. »Ich bin nicht die erste Frau auf diesem Planeten, die mit plötzlicher Prominenz klarkommen muss. Aber …«

Ich kann nicht gleich weitersprechen, und Nico drängt mich nicht. Eine Weile sitzen wir einfach nur schweigend nebeneinander, zwei übermüdete Frauen mit grauen Gesichtern, die Bahnhofskaffee trinken.

»Weißt du, es ist seltsam. Ich arbeite schon lange als Schauspielerin. Ich habe die Schauspielschule abgebrochen, wie du wahrscheinlich weißt. Danach habe ich viel gespielt, aber große Rollen waren lange nicht dabei. Ich war einfach eine von vielen. Falls ich das gewisse Etwas hatte, ist es niemandem aufgefallen.«

Ich zucke mit den Schultern.

»Und ehrlich gesagt fand ich das gar nicht so schlecht. Denn ich habe ja gearbeitet und konnte vom Job leben, ich musste nicht nebenher kellnern oder unterrichten oder so. Ich habe gespielt. Das war cool. Berühmt zu werden stand für mich nicht auf dem Plan. Davon habe ich nie geträumt.«

Nico schaut mich schief von der Seite an.

»Wirklich nicht!«, insistiere ich.

Von der Madame, die schräg hinter uns sitzt, kommt ein missbilligendes »Scht«, und ich fahre etwas leiser fort.

»Wie auch immer. Ich war einfach eine Schauspielerin, die gut über die Runden kam. Dann kam mein erster großer Film. Ich bekam die Rolle, nachdem die Schauspielerin, die sie eigentlich hätte übernehmen sollen, wegen eines besseren Projektes abgesagt hatte. Ich war nur die zweite Wahl, und niemand ging davon aus, dass aus dem Film wirklich etwas werden würde. Aber dann geschah etwas.«

»Was?«, fragt Nico, als ich nicht gleich weiterrede.

»Ich begriff, dass ich in der Lage war, mich zu verwandeln. Also tat ich das. Ich wurde diese Figur. Das meine ich nicht metaphorisch, sondern wortwörtlich. Na ja. Ich dachte ehrlich gesagt, dass der Film mit etwas Glück auf ein paar kleinen Festivals laufen und mit noch viel mehr Glück vielleicht einen Publikumspreis gewinnen könnte. Aber dann lief der Film auf der Berlinale, was eine ziemliche Überraschung war, zumindest für mich, und dann bekam ich den Darstellerinnenpreis.«

Kurz streift mich die Erinnerung an diesen Abend. Anthony im Publikum, Rotz und Wasser heulend.

»Und weißt du, was danach passiert ist?«

»Was?«

»Gar nichts. Ich hatte nicht plötzlich Fans oder ganz viele Angebote. Das passierte erst, als ich meine erste Serie für einen Streamer an Land gezogen habe. Durch puren Zufall. Das war ganz merkwürdig, plötzlich kannten mich die Leute.«

Ich merke, dass ich mich verzettele, halte inne.

»Worauf ich hinauswill: Ich hatte ganz lange keine Fans oder so etwas. Es gab da nur eine Handvoll Kunstliebhaberinnen, denen ich aufgefallen war. Nette Leute, die mich in einem Film oder vielleicht auch im Theater gesehen hatten und mir freundliche E-Mails oder sogar Briefe schrieben. Jetzt mit Social Media ist das ja auch alles noch einmal anders. Man ist so viel zugänglicher, ob man will oder nicht. Na ja, einer dieser ganz frühen Handvoll von Fans war Stefan. Die allerersten Fans vergisst du nicht. Du kannst dir gar nicht vorstellen, dass die *dich* meinen. Weil es so viele tolle Schauspielerinnen da draußen gibt, verstehst du, was ich meine?«

Ich sehe aus den Augenwinkeln, wie Nico nickt.

»Na jedenfalls«, sage ich. »Stefan. Der netteste Mann auf dem Planeten. Die Art von Typ, bei dem dir sofort das Herz aufgeht. Zurückhaltend, höflich, wertschätzend meiner Arbeit gegenüber und dabei stets darauf bedacht, nicht übergriffig oder sonst wie *too much* zu sein. Wir waren über Jahre in Kontakt. Zwei-, dreimal habe ich ihn in echt gesehen, bei Filmpremieren. Im Publikum. Am Anfang war er einer von ganz Wenigen. Dann wuchsen die Mengen, und ich hatte weniger Zeit für ihn. Und er hat das nie krummgenommen, ich hatte das Gefühl, da freut sich einer über meinen Erfolg, als wäre es sein eigener. Das war cool. Wenn ein neues Projekt von mir rauskam, konnte ich die Uhr danach stellen, wann ich eine freundliche Nachricht von Stefan dazu in meiner Mailbox finden würde. Wenn ich Zeit hatte, antwortete ich ihm. Als ich dann irgendwann auf Instagram unterwegs war, schrieb er dort Kommentare. Nicht häufig, aber manchmal. Und wenn jemand Hasskommentare schrieb, meldete er sie oder wies die Trolle zurecht.«

»Klingt nach dem perfekten Fan«, sagt Nico.

»Absolut.«

Ich setze meinen Kaffeebecher an, aber er ist leer, und ich zerdrücke ihn zwischen meinen Fingern.

»Weißt du, was *Lost Places* sind?«

»Klar«, sagt Nico. »Verlassene, verfallene Orte. Die magst du, stimmt's?«

»Sehr«, sage ich. »Früher jedenfalls. Wer mir auf Social Media folgte, wusste das, denn ich habe immer mal wieder Fotos von coolen Orten gepostet, und oft wurde ich auch in Interviews auf meine Faszination für *Lost Places* angesprochen. Es kam immer wieder vor, dass Fans mir eine Freude machen wollten, indem sie mir vermeintliche Geheimtipps zu irgendwelchen Orten gaben, in der Hoffnung, dass ich sie besuchen würde. Habe ich natürlich meistens nicht geschafft. Selbst wenn ich gewollt hätte, meistens war das natürlich überhaupt nicht praktikabel. Wenn ich gerade in L.A. oder in London drehe, kann ich nicht mal eben nach Tokio oder nach Prag oder nach Oregon jetten, nur um mir eine Geistervilla anzuschauen.«

Ich versuche, tief durchzuatmen, aber es klappt nicht.

»Na ja. Bei Stefan war das anders. Der hatte mitgedacht, wie immer. Er hatte auf Instagram gesehen, dass ich in Berlin bin, und er fragte, ob ich diesen ganz bestimmten *Lost Place* in der Berliner Peripherie schon kenne. Er würde ihn mir wahnsinnig gerne zeigen.«

Ich spüre, wie sich der altbekannte Druck auf meine Brust legt. Ich atme dagegen an, aber es ist wieder Neujahr, und ich bin wieder in dem heruntergekommenen Ausflugslokal in Berlin, JWD, zu dem Stefan mich bestellt hat. Stefan, den ich, seit ich so viel zu tun hatte und mir solche Sorgen um Anthony machte, ein wenig vernachlässigt hatte – ebenso wie meine anderen Hardcore-Fans.

Ich fühle die klamme Kühle des Neujahrstages, das fahle Licht. Ich rieche den Moder, der von dem sterbenden Ballsaal ausgeht, ich spüre gesplittertes Parkett und geborstenes Glas unter meinen Füßen, und ich höre die Stimmen der Geister, die in den Ecken hängen wie Spinnweben. Und ich nehme Nico mit an diesen Tag und an diesen Ort. Gemeinsam durchqueren wir die Halle im Erdgeschoss, gemeinsam gehen uns die Augen über, gemeinsam rufen wir nach Stefan, und gemeinsam hören wir seine Antwort und folgen seiner Stimme, die morschen Treppen hinauf in den roten Salon, und dann ist es wieder da, dieses Gefühl, schwer und beißend wie Buttersäure, und nun begreifen wir, was es war, am Flughafen, im Talkshowstudio: eine Warnung. Eine Warnung hiervor. Und gemeinsam finden wir ihn und wissen zunächst nicht einzuordnen, was wir da sehen, und als wir es begreifen, denken wir: bitte nicht. Und wir sagen es auch, mit heiserer Stimme, doch das nützt uns gar nichts, denn Stefan kickt den Stuhl beiseite, auf dem er, eine Schlinge um den Hals, steht, und wir sind kurz wie gelähmt, ganz kurz nur, dann rennen wir. Nicht weg, nicht weg, laut schreiend und so schnell wir können, sondern auf ihn zu. Durchqueren den verfluchten Saal, der plötzlich riesig scheint, immer größer zu werden scheint, ganz wie in einem Alptraum. Und das, obwohl wir wissen, dass es zu spät es. Weil wir es gehört haben.

Ich nehme Nico mit, zurück zu diesem Tag, zurück zu diesem Ort. Gemeinsam schauen wir in Stefans tote Augen, und gemeinsam wenden wir uns ab und flüchten, flüchten nun doch, rennen und rennen, rufen mit unterdrückter Nummer die 112 an, gerade so, als würde das noch einen Unterschied machen, und rennen, rennen, rennen. Kommen irgendwie heim, schaffen es irgendwie, nicht in das Taxi zu kotzen, das wir uns weit, weit weg von diesem Ort gerufen haben, und während das Taxi uns zurück nach Charlottenburg fährt, sehen wir nur Stefans Augen, nicht seine toten, viel zu roten Augen, sondern seine Augen vorher, direkt vorher, bevor er es tat, wie er uns ansah in dem Moment, als wir zur Tür hereinkamen und ihn da stehen sahen. Ihn da warten sahen, auf uns.

Ich nehme Nico mit in meine Wohnung, und wir hängen gemeinsam über der Toilettenschüssel, denn nun übergeben wir uns doch, wir spülen uns den Mund aus, und wir werfen Kleidung in einen Koffer, denn wir wollen weg, nur weg, das hier ist vorbei, das hier machen wir nicht mehr, nicht zu diesem Preis, nie wieder, wir sind raus. Wir gehen online und buchen den erstbesten Zug nach Prag, nicht, weil wir nach Prag wollten, sondern weil uns das so einfällt; dann besinnen wir uns eines Besseren, denn wir erinnern uns, was wir während der Recherche für *The Vanishing* über die Kunst des

Verschwindens gelernt haben, und wir fahren an den Bahnhof und ziehen am Automaten ein Ticket auf Papier, ein Ticket nach Paris, weil dort jemand lebt, dem wir vertrauen. Und als wir in einem Reflex online gehen und unsere E-Mails checken, einfach, weil wir ständig unsere E-Mails checken, warum also nicht auch jetzt, da finden wir sie, die Nachricht von Stefan. Mit Hilfe irgendeines Tools versendet nach seinem Tod. Und wir wollen sie nicht öffnen, aber selbstverständlich öffnen wir sie. Und natürlich ist das Stefans Abschiedsbrief, den wir da lesen, und er endet mit den Worten: »Ich möchte etwas Besonderes für Dich sein. Es war wichtig, dass Du es siehst. So kann ich sicher sein, dass Du mich nie vergisst.«

Als ich in die Gegenwart zurückkehre, merke ich, dass ich weine.

»Das tut mir so wahnsinnig leid«, sagt Nico.

»Ich gehe nicht mehr zurück. Ich bin niemandes Projektionsfläche. Nie wieder.«

Ich lege meinen Kopf an Nicos Schulter und lasse zu, dass sie mich tröstet, auch wenn das natürlich unmöglich ist.

»Ich verstehe dich«, sagt sie.

»Ich hatte schon länger darüber nachgedacht, abzuhauen«, sage ich. »Das war nur ein Gedankenspiel. Aber ich wusste immer, wie ich es machen würde.«

Eine Weile fahren wir schweigend, und ich merke, wie erschöpft ich bin.

Nico riecht gut, denke ich noch. Dann schlafe ich doch wirklich und wahrhaftig ein.

22 NICO

Ich weiß nicht, wo Ellen ihre Energie herholt, aber ich bin so müde, dass ich kaum noch laufen kann. Wir sind zweimal umgestiegen, um in diese kleine Hafenstadt zu kommen, die Ellen meiner Meinung nach vollkommen willkürlich ausgesucht hat, denn sie ist genau wie ich zum ersten Mal hier und kann mir auch nicht sagen, wieso ihre Wahl genau auf diesen Ort gefallen ist. Wahrscheinlich gefiel ihr einfach der Name. Wir schlendern durch die Stadt, weg vom Bahnhof, Richtung Hafenpromenade. Es ist kühl, aber wenigstens regnet es nicht.

Die Stadt mit ihren kleinen, pittoresk geziegelten Häusern und ihrem unebenen Pflaster kommt mir seltsam bekannt vor, aber ich bin mir sicher, noch nie hier gewesen zu sein. Alles, was ich bisher von Frankreich kannte, war Paris.

Wir biegen in eine Gasse ein, die leicht bergab führt, ich checke die Uhrzeit auf meinem Handy – fast Mittag –, und als ich wieder aufblicke, ist da die See.

Ich ziehe die Schultern hoch, als mir der Januarwind in den Nacken fährt. Als wir uns dem Wasser nahern, stoßen wir auf jede Menge hübsche Häuser, die als Hotels ausgewiesen sind, doch wie schon erwartet sind die meisten von ihnen um diese Jahreszeit geschlossen. Denn wer fährt schon mitten im Winter nach Nordfrankreich ans Meer? Abgesehen vielleicht von

Schriftstellerinnen, die die Abgeschiedenheit suchen. Oder Schauspielerinnen auf der Flucht?

Wir laufen die Promenade entlang, und durch eine breite Straße, die zu unserer Linken weg von der See bergauf führt, eröffnet sich uns der Blick auf eine Basilika, die für mich mittelalterlich aussieht, was gar nichts heißen muss, denn von solchen Dingen habe ich wirklich nicht die geringste Ahnung. Ellen ist neben mir stehen geblieben.

»Irgendwie kommt mir dieser Ort bekannt vor«, sagt sie. »So, als ob ich schon mal hier gewesen wäre.«

»Geht mir genauso«, sage ich. »Aber vielleicht sehen kleine Hafenstädte in Nordeuropa auch alle irgendwie gleich aus.«

»Vielleicht«, sagt Ellen, und wir setzen unseren Weg fort.

Ein verrammelter Laden, dessen verblichenes Schild *Antiquités* verspricht, die es hier vermutlich frühestens im Frühling wieder zu kaufen gibt, ein paar ebenfalls geschlossene Restaurants und Kneipen …

Wo auch immer die Einheimischen während der Wintermonate essen und trinken gehen, hier unten tun sie es jedenfalls nicht. Die Möwen lachen sich schlapp. Ich mag nicht mehr laufen, bin kurz davor, mich einfach irgendwo auf den Bordstein zu setzen, um ein wenig auszuruhen, als ich eine alte Dame mit einem kleinen Pudel an der Leine aus einem der Hotels kommen und hinter sich abschließen sehe. Ich ergreife die Chance sofort.

»Excusez-moi, Madame?«, beginne ich, und damit ist mein Französisch eigentlich auch schon erschöpft, doch Ellen kommt mir sofort zu Hilfe und fragt die Lady nach einem Zimmer. *»Une chambre«*, so viel verstehe ich noch.

Dann folgt ein kurzer Austausch, bei dem ich nicht mehr mitkomme. Wie auch immer die Sache hier ausgeht, mir gefällt die Frau, bei der es sich vermutlich um die Besitzerin des für die Wintermonate geschlossenen Hotels handelt. Sie ist garantiert weit jenseits der siebzig, sie hat tolle Falten und Runzeln, aber gleichzeitig hat ihr Gesicht etwas Jugendliches, sodass ich mir augenblicklich vorstellen kann, wie sie als junges Mädchen ausgesehen haben muss. Unter ihrem karierten Regenmantel ist ein schickes blaues Kleid zu sehen, und sie trägt halbhohe, robuste Schuhe. Sie hat diese tollen, ausdrucksstarken Hände, wie nur alte Leute sie haben, die mich sofort faszinieren und die ich am liebsten auf der Stelle fotografieren würde, aber eines nachdem anderen. Wir brauchen ein Zimmer, ich muss mich ein bisschen hinlegen, so sieht's aus.

Ich frage mich, worüber Ellen und die Frau sich so lange unterhalten, verstehe aber nach wie vor kein Wort. Doch Ellen lächelt, und die alte Frau lacht, und schließlich nickt die Dame uns beiden zu und schließt ihr Hotel für uns auf.

»Sie hat ein Zimmer für uns?«, frage ich.

»Eigentlich nicht, eigentlich hat sie zu«, sagt Ellen. »Aber sie macht eine Ausnahme für uns. Sie hat gefragt, ob wir uns ein Zimmer teilen können. Ich glaube, sie mag nicht extra zwei herrichten.«

»Stört mich nicht«, sage ich. »Ich bin einfach froh, dass wir überhaupt irgendwo unterkommen. Ich kann kaum noch geradeaus gucken.«

Ich mag das Haus sofort, vielleicht, weil es so gut riecht, sehr sauber und irgendwie wie ein richtiges Zuhause, auch wenn ich den Finger nicht darauf legen kann. Ich sehe mich im Erdgeschoss um. Hinter der kleinen Rezeption hängen Schlüssel für sechs Zimmer, und die Hausherrin schnappt sich Nummer fünf und geht uns voran.

Der Teppichboden ist so dick und flauschig und sieht so frisch gesaugt aus, dass ich den Impuls unterdrücken muss, mir die Schuhe auszuziehen.

»Worüber habt ihr euch unterhalten?«, frage ich, als wir der Dame eine kleine Treppe hinauf in den ersten Stock folgen, während der Pudel im Erdgeschoss bleibt und nervös umhertrippelt und die Geister in den Ecken anknurrt.

»Sie hat mich gefragt, weshalb sie sich die Mühe machen sollte, für ein einzelnes Gästepaar mitten im Winter ihr Hotel aufzuschließen. Dann müsste sie jeden Tag für uns saubermachen, uns Essen kochen – und wofür das alles? Ein paar Euro.«

»Und was hast du gesagt?«

»Dass ich eine berühmte Schauspielerin bin, die auf der Flucht ist. Dass ich ein Versteck brauche. Und dass mir ihr Hotel dafür gut geeignet scheint.«

Ich muss lachen.

»Und das hat sie dir geglaubt?«, frage ich.

»Ich glaube nicht, aber es hat ihr gefallen.«

»Was hat sie denn darauf gesagt?«

»Nichts, nur dass das Abendessen um acht ist, danach wird es ihr zu spät.«

Das Zimmer ist klein und gemütlich. Darin stehen ein Doppelbett, ein weißes Nachttischschränkchen mit einer altmodischen Lampe darauf, ein winziger Tisch und zwei Stühle. An den Wänden blassblaue Tapete mit weißem, floralem Muster. Von der Puppenstube geht ein kleines Badezimmer ab, und hinter dem Fenster liegt die See. Ich drehe die Heizung auf und beginne, mich auszuziehen.

»Ich bin todmüde«, sage ich. »Ich muss ein wenig schlafen. Auf der Flucht zu sein ist anstrengend.«

Ellen lacht.

»Wem sagst du das?«, antwortet sie, windet sich aus ihrem Wintermantel und zieht sich ihren Pulli über den Kopf.

Ellen atmet längst ruhig neben mir, doch so müde ich auch bin, ich finde keinen Schlaf. Wieder und wieder lasse ich Revue passieren, was Ellen mir erzählt hat. So oft habe ich mich gefragt, wie mein Leben verlaufen wäre, wenn ich die Schauspielerei nicht aufgegeben hätte. So vielleicht, denke ich heute. Und zum ersten Mal habe ich nicht das Gefühl, etwas verpasst zu haben, sondern etwas von der Schippe gesprungen zu sein. Ich denke an den Mann, der sich vor Ellens Augen das Leben genommen hat. Ich wende den Kopf und sehe, wie sich ihre Augen hinter der weichen Haut der geschlossenen Lider bewegen. Ob sie von ihm träumt? Die Worte aus seinem Abschiedsbrief gehen mir durch den Kopf. *Ich will, dass du mich nie vergisst.* Und ich spüre, wie Wut in mir hochkocht. Ich wünschte, ich könnte Ellen die Erinnerung an diesen Tag aus dem Hirn saugen, sie eliminieren, meine Freundin für immer davon befreien.

Leise stehe ich auf und betrachte vom Fenster aus das Meer. Es liegt in schieferfarbenem Dunst, der Strand ist nur zu erahnen. Der Puls der Wellen geht langsam und stetig, die Möwen fechten ihre Kämpfe aus.

Ich klettere wieder ins Bett, vorsichtig, um Ellen nicht zu wecken, die den Schlaf noch dringender zu brauchen scheint als ich, und schließe die Augen.

Als ich sie wieder öffne, ist es fast dunkel im Zimmer. Ellen sitzt – barfuß und in Unterwäsche sowie Wintermantel – am offenen Fenster und raucht. Täusche ich mich, oder sieht sie schon wieder anders aus als noch am Morgen? Ihre Haare ein wenig länger und ein wenig heller, ihr Gesicht ein wenig … ja, was eigentlich?

»Ich erzähle es dir jetzt einfach, okay?«, unterbricht sie meine Gedanken. »Denn wenn ich den Mut jetzt nicht aufbringe, dann schaffe ich es nie.«

Ich setze mich auf, nicke.

»Okay.«

»Es war in einer kleinen Stadt an der See«, sagt Ellen, ohne mich anzusehen, ihr Blick geht in die Ferne. »Eine Stadt fast wie diese hier. Nur auf einer Insel, aber ansonsten fast genau wie diese hier.«

Sie bläst einen Kringel, den die kalte Luft sofort verweht.

»Ich war jung. Noch nicht mal zwanzig. Ich war ans Meer gefahren, um mich umzubringen.«

Ellen scheint kurz nachzudenken, ihre Gedanken zu ordnen.

»Ich komme aus keiner guten Familie«, sagt sie. »Meine Eltern –«

Sie stockt, überlegt es sich anders.

»Ich komme aus keiner guten Familie, und als ich neunzehn war, wurde ich schwanger. Von wem spielt keine Rolle, ich war schwanger. Und das war krass, denn ich war immer eine schlechte Schülerin gewesen, mir war alles egal. Ich hatte keine Hobbys, ich hatte keinen Freund, ich hatte keine Freundinnen und Freunde, was kein Wunder war, weil ich immer nur allen den Mittelfinger gezeigt habe. Ich hatte überhaupt keine Aussichten. Ich wusste überhaupt nicht, was ich mit meinem Leben machen sollte, ich hatte überhaupt keinen Halt. Und dann ist etwas super Seltsames passiert. Ich wurde schwanger, und als ich das gecheckt habe, war ich außer mir vor Freude.«

Sie zieht an ihrer E-Zigarette.

»Ich dachte, dieses Kind ist ein Zeichen. Meine Aufgabe. Meine Mission, mein Job. Wie auch immer … ich habe mich vorbereitet. Im Nachhinein kommt mir das ein bisschen verrückt vor, aber ich habe mich vorbereitet, wie man sich auf eine Reise vorbereitet, auf die man sich seit Jahrzehnten freut. Ich habe mir einen Job gesucht und dann einen zweiten. Tagsüber Regale einräumen im Supermarkt, abends kellnern beim Italiener. Das Erste, was ich gekauft habe, waren Babyschuhe. Ich weiß nicht, warum, ich hätte auch einen Strampler kaufen können oder Windeln oder wer weiß was, aber ich kaufte Babyschuhe. Neu, nicht gebraucht. Hellblau und so unfassbar klein.«

Erneut hält sie inne, scheint ihren eigenen Worten nachzuspüren.

»Klingt bescheuert, eine perspektivlose Neunzehnjährige, die sich auf ihr vaterloses Baby freut, als wäre es eine Puppe oder ein Tamagotchi oder wer weiß was«, sagt Ellen. »Aber so war es.«

Ich habe das Bedürfnis, ihr zu sagen, dass nichts von dem, was sie mir erzählt, bescheuert klingt, aber ich weiß, dass ich sie jetzt nicht unterbrechen darf, denn Ellen hat mich komplett vergessen, sie erzählt diese Geschichte nicht mir, sie erzählt diese Geschichte sich selbst. Vielleicht zum ersten Mal überhaupt.

»Na, wie dem auch sei«, fährt Ellen fort. »Das Baby starb kurz nach der Geburt. Und als ich aus dem Krankenhaus entlassen wurde, habe ich mir eine Fahrkarte gekauft, bin in die Bahn gestiegen und ans Meer gefahren, um mich umzubringen.«

Ich schlucke schwer. Stelle mir die neunzehnjährige Ellen vor, allein in irgendeinem Krankenhaus, vor der Entbindung alleine, alleine währenddessen und auch danach: alleine. Mir fällt eine berühmte Sechs-Wörter-Geschichte ein, die ich einst gehört habe: *»For sale: baby shoes, never worn.«*

»Ich habe ihn einfach dort gelassen, kannst du dir das vorstellen?«, fragt Ellen, aber ich glaube nicht, dass sie mich mit ihrer Frage meint, und ich sage nichts, wüsste ohnehin nicht, was.

»An die Bahnfahrt kann ich mich nicht mehr erinnern«, sagt Ellen. »Habe ich gesessen? Habe ich gestanden? Habe ich aus dem Fenster geguckt? Geschlafen? Ich weiß es nicht mehr.«

Die E-Zigarette, die sie raucht, macht ihr charakteristisches, zischendes Geräusch.

»Ich muss eine Weile herumgelaufen sein«, sagt sie. »Am Wasser entlang. Bis zur Steilküste.«

Ellen nimmt einen Zug, dann noch einen.

»Ich bin nicht gleich gesprungen«, sagt sie. »Ich habe mich da oben hingesetzt und aufs Wasser geguckt. Ich weiß nicht, weshalb. Ich hatte keine Angst oder so. Ich wollte, dass es vorbei ist. Aber gleichzeitig hatte ich auch keine Eile. Es wurde Abend, aber es war noch nicht dunkel, und da zu sitzen verschaffte mir irgendwie Linderung, und vielleicht wollte ich auch einfach kurz verschnaufen.«

Sie lacht auf.

»Verrückt, verschnaufen, bevor man sich umbringt«, sagt sie. »Als ob das anstrengend wäre.«

Sie wird wieder ernst. Sagt nichts. Schweigt. Denkt nach, vielleicht.

»Ich wäre gesprungen«, sagt sie schließlich. »Das steht völlig außer Frage. Ich war nicht unsicher. Ich habe nicht gezögert. Ich wollte nur kurz verschnaufen. Weil ich müde war. Müde von der Entbindung, müde von allem danach, müde vom Weg zum Bahnhof und von der Zugfahrt und müde von meinem Marsch zu den Klippen. Müde ja, unsicher nein. Ich konnte keinen einzigen Grund sehen, zu bleiben. Ich wäre gesprungen. Ich hatte niemanden.«

Eine Zeitlang warte ich geduldig, doch Ellen bleibt stumm. Der Wind weht das Gelächter der Möwen ins Zimmer, dann wird es wieder still.

»Was ist dann passiert?«, frage ich leise.

Und zum ersten Mal, seit Ellen zu erzählen begonnen hat, sieht sie mich an.

»Deine Mutter«, sagt sie. »Das ist passiert.«

23 ELLEN

Ich sitze in einem kleinen Hotelzimmer in Nordfrankreich, aber ich sitze auch an einer Felskante, weit unter mir der Strand, und sehe zu, wie es langsam dunkel wird. Der Himmel veranstaltet ein Spektakel, als wollte er mich ein letztes Mal so richtig beeindrucken, türmt Wolken aufeinander in Violett und Purpur, bläst sie auseinander und schichtet sie wieder auf, in immer neuen Skulpturen, und ich fühle nichts. Sitze einfach da, die Beine über der Abbruchkante. Wenn ich den Blick nach links wende, sehe ich den Hafen. Ich war als Kind einmal hier und weiß, dass von dort Fähren nach Schweden ablegen, aber was interessiert es mich.

Der Strand liegt so weit unter mir, dass Menschen von hier oben wahrscheinlich ameisenklein wären, aber es ist niemand dort, und das ist auch gut so.

Ich sitze und schaue und warte darauf, die Energie aufzubringen, wieder aufzustehen und das hier zu beenden, als ich hinter mir ein Geräusch höre. Ich wende den Kopf, gerade weit genug, um aus den Augenwinkeln heraus erkennen zu können, mit wem ich es zu tun habe, und sehe eine hochgewachsene Frau, die mich neugierig anschaut.

Bitte sprich mich nicht an, denke ich. *Ich kann das jetzt nicht.*

»Hi«, sagt die Frau.

Ich antworte nichts.

Bitte geh weg, denke ich. *Geh einfach weg. Ich sitze hier nur so. Kein Grund zur Beunruhigung. Nicht dein Problem. Hau ab.*

»Alles klar bei dir?«, fragt sie.

Sie hat einen leichten Akzent, den ich nicht zuordnen kann, und wider besseres Wissen drehe ich mich um. Die Frau schaut mich mit offenem Blick an, und instinktiv frage ich mich, was für ein Bild ich wohl abgeben mag. Ich trage die Sachen, mit denen ich vor ein paar Tagen ins Krankenhaus gefahren bin, Jeans, Pulli, Parka, Doc Martens. Mein Haar ist ungekämmt, und ich habe mir heute Morgen nicht die Zähne geputzt. Ob mir SELBSTMÖRDERIN auf der Stirn steht? Falls ja, lässt sich die Spaziergängerin nichts davon anmerken. Aber sie geht auch nicht weiter, sondern kommt langsam auf mich zu.

»Darf ich?«, sagt sie, ehe sie sich setzt, und ich nicke.

Nicht, weil das für mich klarginge, sondern weil ich mir in den letzten neun Monaten für mein Baby angewöhnt habe, höflich zu anderen Menschen zu sein; und irgendwie habe ich mir in der letzten Zeit so viel Mühe gegeben mit mir und mit der Arbeit und mit anderen Leuten und mit allem, dass ich dieser Frau jetzt nicht einfach sagen kann, dass sie sich verpissen soll. Außerdem ist die Frau Schwarz, und ich will nicht, dass sie denkt, dass ich deswegen was gegen sie hätte oder so.

Die Frau setzt sich eine Armlänge von mir entfernt auf den Boden, allerdings nicht so nah an die Kante, dass sie die Beine baumeln lassen könnte wie ich, sondern ein Stück weiter weg und im Schneidersitz. Ich betrachte sie unauffällig. Sie ist nicht so groß wie ich. Sie ist schlank und sehr elegant. Sie trägt dunkle Jeans, eine schwarze Winterjacke, schwarze Chucks, obwohl es dafür eigentlich zu kalt ist, und hat sich ein buntes Seidentuch um die langen Dreadlocks geschlungen. Sie sieht aus wie die Hohepriesterin in dem Deck aus Tarotkarten, das ich mir vor ein paar Jahren gekauft und dann schnell wieder vergessen habe – nur viel freundlicher. Ihre Hände sind lang und schmal und voller dicker silberner Ringe. Ihr Gesicht ist super glatt, aber sie ist viel älter, als ich ursprünglich gedacht habe. Eher fünfzig als dreißig. Ich merke, dass ich sie anstarre, und wende den Blick wieder nach vorne.

»Schön hier«, sagt sie.

Ich nicke widerwillig. Ich mag mich nicht unterhalten, aber ich will auch in meinen letzten Minuten kein schroffes Arschloch sein, denn wenn ich eines gelernt habe in neunzehn Jahren, dann dass es von denen eindeutig genug gibt auf diesem Planeten; und da scheint mir ein Nicken ein ganz guter Kompromiss zu sein.

»Bist du von hier?«, fragt die Frau.

Ich schüttele den Kopf.

»Kannst du sprechen?«

Ich verdrehe die Augen, doch dann merke ich, dass sie mich nicht provozieren will, sondern dass sie ihre Frage ernst meint. Und hey, na klar, woher soll sie das auch wissen, es könnte doch wirklich sein, dass ich nicht reden kann, also nicke ich erneut.

»Ich kann sprechen«, schiebe ich hinterher, weil ich mir langsam blöd vorkomme, wie ein bockiges Kind, das beschlossen hat, nicht mehr zu reden, bis es noch ein zweites Überraschungsei bekommt. Und ein Kind bin ich nun wirklich nicht mehr. »Und ich bin nicht von hier«, füge ich hinzu. »Sie?«

»Nein«, sagt sie. »Touristin. Aus Berlin.«

»Berlin, wie cool«, rutscht es mir heraus, dabei will ich mich doch gar nicht unterhalten.

»Bist du hier, um dir die Felsen anzusehen?«

»Nicht wirklich, nein. Und Sie?«

»Sag ruhig Du zu mir. Ich bin Sali.«

Cooler Name, denke ich.

»Ich heiße Ellen.«

»Schöner Name«, sagt die Frau. »Freut mich, dich kennenzulernen.«

Ich weiß nicht, wie sie das macht, aber bei ihr klingt das nicht wie eine Floskel. Eine Weile sitzen wir stumm nebeneinander und gucken auf das Wasser und auf die Wolken. Dann kramt Sali eine Packung Zigaretten aus ihrer Jackentasche und zündet sich eine an.

»Dafür kriege ich auf jeden Fall Ärger«, sagt sie. »Meine Tochter hasst es, wenn ich rauche, und sie wird das garantiert an mir riechen, sie ist wie ein Spürhund.«

Sie nimmt einen tiefen, genießerischen Zug.

»Auch?«, fragt sie.

Kurz bin ich unsicher. Ich habe immer gerne geraucht, aber wegen meines Sohnes damit aufgehört, auf der Stelle, und als ich jetzt an ihn denke, an sein kleines Gesicht und an seine kleinen Hände und an seine Füßchen, an seine Wimpern und seine perfekten kleinen Lippen und all das, da kriege ich es irgendwie nicht mehr auf die Reihe mit dem gefassten, stoischen Selbstmord, und ich fange an zu heulen wie noch nie zuvor in meinem Leben.

Sali sagt nichts. Sie fragt nicht, was los ist, sie sagt nicht, dass alles wieder gut wird, und sie sagt auch nicht, dass ich nicht weinen soll, also mache ich einfach noch ein bisschen weiter damit, und jedes Mal, wenn ich denke, dass es gut ist jetzt, geht es weiter, jedes Mal, wenn ich versuche, mir die Tränen wegzuwischen, mache ich alles nur schlimmer.

»Das ist okay«, sagt Sali. »Das muss alles raus.«

Irgendwann reicht sie mir ein Taschentuch, und ich schaffe es irgendwie, mich zu sammeln.

»Wie alt ist deine Tochter?«, frage ich irgendwann.

»Neunzehn«, sagt sie.

»Und ihr seid zusammen hier?«

Sali nickt.

»Warum?«

»Wir wollen nach Schweden«, sagt sie. »Mit der Fähre.«

»Zu dieser Jahreszeit?«

Sie zuckt mit den Schultern.

»War nicht meine Idee«, sagt sie ominös. »Andererseits: Im Sommer machen das schließlich alle.«

Sie schaut zum Hafen hinüber, wo die Fähre vertäut liegt. Wirft dann einen flüchtigen Blick auf die Armbanduhr, so, als wollte sie nicht, dass ich das merke.

»Und wo ist deine Tochter?«, frage ich.

»Keine Ahnung«, sagt sie. »Noch ein bisschen in der Stadt, schätze ich. Oder schon an Bord. Ich bin mir nicht sicher. Ich habe sie gefragt, ob wir zusammen zu den Klippen gehen, und sie hat Nein gesagt. Zu weit, zu dunkel, zu kalt.«

»Da hat sie nicht ganz unrecht«, sage ich, und plötzlich spüre ich, wie klamm meine Hände sind und wie die Kälte vom Gestein unter mir durch meine Kleidung dringt.

Sali lacht.

»Erzähl mir von deiner Tochter«, sage ich, als ich mir die Nase geputzt habe.

Keine Ahnung, warum. Vermutlich nur, weil ich dieser Frau gerne zuhöre.

»Tja, wo beginnen«, sagt Sali. »Sie ist wahnsinnig klug. Andererseits denken das alle Eltern von ihren Kindern.«

Meine nicht, denke ich, sage aber nichts.

»Sie ist willensstark. Immer gewesen. Lustig. Mitfühlend. Kreativ. Sie will Schauspielerin werden.«

»Wirklich?«

Sali nickt.

»Das wollte ich früher auch«, sage ich.

»Tatsächlich?«

»Ja, ich habe als Kind in so einer kleinen Theatergruppe gespielt.«

Das hatte ich komplett vergessen.

»In meiner ersten Rolle war ich ein Gespenst mit einem Sprachfehler.«

»Was?«, fragt Sali und lacht.

»Ja! Ein Gespenst mit Sprachfehler, jetzt erinnere ich mich wieder. Das Gespenst konnte kein normales S aussprechen, nur SCH, also habe ich nicht gesagt ICH BIN EIN GRUSELIGES GESPENST, sondern ICH BIN EIN GRUSCHELIGESCH GESPENSCHT.«

Sie lacht, und das gefällt mir. Von dieser Frau geht so viel Wärme aus, dass ich das Gefühl habe, neben mir sitzt keine Person, sondern eine kleine Sonne.

»Ich war auch einmal die Goldmarie in *Frau Holle*. Das war super. Das hatte ich ganz vergessen.«

»Warum hast du damit aufgehört?«, fragt Sali.

Ich zucke mit den Schultern.

»Wir sind umgezogen.«

»Es ist nie zu spät, wieder anzufangen!«, sagt sie.

»Glaubst du?«

»Na, hör mal, wie alt kannst du schon sein? Siebzehn? Achtzehn?«

»Neunzehn«, korrigiere ich automatisch. »Im Juni werde ich zwanzig.«

»Ach, das ist ja lustig. Dann seid Nico und du fast gleich alt. Wann hast du denn Geburtstag?«

»Vierzehnter Juni«, sage ich und sehe, wie Sali überrascht die Brauen hebt.

»Das gibt's ja nicht«, sagt sie. »Nico und du seid auf den Tag gleich alt.«

»Im Ernst?«, frage ich.

Sali nickt.

»Das bedeutet etwas«, sagt sie.

»Das ist bloß Zufall«, entgegne ich, finde es, wenn ich ehrlich bin, aber selber krass.

»Glaubst du?«, fragt Sali. »Wie oft bist du denn schon jemandem begegnet, der genauso alt ist wie du? Also, auf den Tag genau, wie ein Zwilling?«

»Soweit ich weiß, noch nie«, sage ich.

»Voilà«, sagt Sali. »Das kann kein Zufall sein.«

»Was dann?«, frage ich in dem sarkastischen Ton, den meine Lehrerinnen immer so unausstehlich fanden. »Ein Zeichen?«

»Warum nicht?«

»An so was glaubst du?«

Sali lacht.

»Eigentlich nicht«, sagt sie. »Eigentlich fand ich jede Form des Aberglaubens immer lächerlich. Meine Mutter war furchtbar abergläubisch. Sie war der Meinung, dass die Frauen in unserer Familie das zweite Gesicht hätten.«

»Du auch?«

»Sie war sich da sicher, ja. Dass ich keinerlei Neigung zu solchen Dingen zeigte, hat sie nie gestört. Sie meinte, bei manchen käme es eben später, und damit fertig.«

Sie blickt aufs Meer.

»Am Wasser ist es übrigens leichter«, sagt sie. »Visionen zu haben, meine ich. Behauptete wenigstens meine Mutter.«

Ich schnaube.

»Und?«, frage ich. »Siehst du schon was?«

Ich klinge böser und ironischer, als ich vorhatte zu klingen, doch Sali scheint sich nicht daran zu stören.

»Ob ich die Zukunft sehen kann? Ganz bestimmt nicht«, sagt sie. »Wie gesagt, ich halte so etwas für Unsinn. Aber weißt du, eigentlich hatte ich vorhin keine Lust, noch mal loszugehen. Ich war müde, und es wäre kein Problem gewesen, schon auf die Fähre zu gehen und ein bisschen auszuruhen. Aber irgendwie wollte ich hier rauf.« Sie runzelt die Stirn. »Ich bin eigentlich gar nicht so. Ich gehe niemals wandern.«

Erneut lacht sie dieses tiefe, perlende Lachen.

»Spazieren gehe ich höchstens im Museum«, fügt sie hinzu. »Ich bin ein totales Stadtgewächs, eigentlich.«

»Ich auch«, sage ich.

»Was machst du dann hier?«

Ich entgegne nichts, was soll ich auch sagen. Sie weiß so gut wie ich, was ich hier mache, es hat nur keine von uns beiden Lust, es auszusprechen.

»Mein Baby ist gestorben«, sage ich.

Sali sieht mich ernst an, schweigt.

Weit weg, in der Ferne, ist ein Schiffshorn zu hören, dann wird es wieder still.

»Das ist schlimm«, sagt sie schließlich.

Das trifft's.

Ich sehe sie an, merke jetzt erst, wie viel dunkler es bereits geworden ist, bald wird ihr ruhiges, ernstes Gesicht nicht mehr zu erkennen sein.

»Ich will mich nicht umbringen«, sage ich. »Ich weiß nur nicht weiter.«

Und als ich es sage, merke ich, dass es stimmt. Gerade wollte ich es noch, und jetzt will ich es nicht mehr, und plötzlich spüre ich die Tiefe, und die Angst schlägt über mir zusammen wie eine Woge, als ich begreife, wie nah am Abgrund ich mich tatsächlich befinde. Ich schiebe mich so weit von der Klippe weg, bis meine Beine nicht mehr über dem Abgrund hängen und ich wieder festen Boden unter mir spüre.

»Scheiße«, sage ich. »Scheiße, was mache ich nur?«

Sali legt den Kopf schief.

»Weißt du was, Ellen? Komm doch einfach mit. Und wir finden es zusammen raus.«

»Was?«

»Komm mit uns nach Schweden«, sagt sie.

Ich schaue sie an, als spräche sie in fremden Zungen.

»Das geht doch nicht«, sage ich.

»Klar geht das. Wenn du möchtest.«

Darüber muss ich nachdenken.

»Nein«, sage ich. »Ich muss zurück nach Hause.«

Sali sieht mich forschend an.

»Ich muss mein Baby begraben.«

Ich kann ihr Gesicht nur noch erahnen, aber ich höre, dass sie schluckt, ihr Kehlkopf macht ein kleines, klickendes Geräusch. Dann nickt sie.

Als wir langsam Richtung Stadt laufen, Sali rauchend, ich nicht, dafür mit kribbelnden Beinen vom langen Sitzen, ertönt erneut das Geräusch, das ich für ein Nebelhorn hielt. Plötzlich begreife ich, dass es das Signal der Fähre ist.

»Wann geht denn dein Schiff?«, frage ich.

Sali wirft einen Blick auf ihr Handgelenk, kann offensichtlich nichts erkennen, lässt das Display ihres Handys aufleuchten.

»Vor zehn Minuten«, sagt sie heiter.

»Scheiße, Sali, du verpasst deine Fähre!«

»Nicht so schlimm«, antwortet sie.

Den restlichen Weg legen wir schweigend zurück, wie Freundinnen.

»Soll ich dich noch zur Bahn bringen?«

»Schon okay«, sage ich.

»Brauchst du Geld?«

Ich schüttele den Kopf.

»Nein«, sage ich. »Ich habe einen Job, ich arbeite.«

Darauf bin ich stolz, das merke ich in diesem Moment.

»Das ist gut«, sagt sie. »Das freut mich.«

Ich werfe einen Blick den Weg zurück, den wir gekommen sind. Die Klippen thronen dunkel hoch über dem Strand. Sali folgt meinem Blick.

»Mach dir keine Sorgen«, sage ich. »Ich gehe nicht dahin zurück.«

»Ich weiß.«

Kurz zögert sie.

»Darf ich dich umarmen?«

»Okay.«

Sie riecht nach Blumen und nach diesem Gewürz, das ich so gerne mag, dessen Name mir aber gerade nicht einfällt.

»Du musst los«, sage ich. »Deine Tochter wird sich bestimmt schon riesige Sorgen machen.«

»Sie wird es überleben«, sagt Sali. »Sag mal, hast du was zu schreiben?«

»Ich habe einen Stift«, sage ich, krame in meiner Tasche herum und reiche ihr einen Kuli.

Sie schüttelt die letzten zwei Zigaretten aus ihrer Packung, steckt sie lose in ihre Jackentasche, und schreibt eine Nummer auf die Innenseite der Zigarettenpackung.

»Du kannst mich anrufen«, sagt sie und reicht mir die Packung. »Okay?«

Ich nicke. Dann schiebt Sali ihren Schal beiseite, und im Schein der Straßenbeleuchtung sehe ich den kleinen Anhänger auf ihrer Brust. Sie nimmt das Silberkettchen, an dem er hängt, ab, legt es auf ihre linke Handinnenfläche und betrachtet es einen Augenblick lang. Ein Kolibri, denke ich entzückt.

»Hast du schon mal einen Kolibri gesehen?«, fragt Sali. »Also, in echt?«

Ich schüttele den Kopf.

»Als ich zum ersten Mal einen gesehen habe, konnte ich es kaum glauben. Diese *unfassbaren* kleinen Wesen. Wenn ich eine leibhaftige Elfe gesehen hätte, hätte ich nicht hingerissener sein können«, sagt Sali. »Ich habe dieses Kettchen von einem Straßenhändler in Brasilien gekauft, als ich noch eine ganz junge Frau war. Eigentlich sollte Nico es bekommen.«

Sie nimmt meine Hand, legt es hinein und schließt sie darum.

»Ich hoffe, es bringt dir Glück«, sagt sie.

»D-das kann ich nicht annehmen«, stottere ich. »Das musst du deiner Tochter schenken.«

»Sie bekommt was anderes«, sagt sie. »Mach dir da mal keine Sorgen.«

Ich merke, dass mir die Unterlippe bebt, und presse kurz die Lippen aufeinander.

»Alles wird irgendwann besser«, sagt Sali. »Und es gibt immer etwas, das man tun kann. Vergiss das nicht, okay?«

»Warum bist du so nett zu mir?«, frage ich, als ich das Gefühl habe, dass es sicher ist zu sprechen.

»Wieso braucht das einen Grund?«

Und ich kann regelrecht hören, wie bei mir der Groschen fällt und ich etwas über das Leben und die Menschen verstehe, das ich vorher nicht begriffen hatte.

»Ich muss los«, sagt Sali. »Viel Glück, Ellen.«

Kurz stehe ich da und schaue zu, wie sie davoneilt, dann gehe ich zum Bahnhof, ohne mich noch einmal umzusehen.

Nelke, denke ich noch, als ich im Zug sitze. So heißt das Gewürz. Dann schlafe ich, meinen neuen Talisman um den Hals und den Kopf gegen die Scheibe gelehnt, ein.

24 NICO

Ellen zieht an ihrer E-Zigarette und schließt das Fenster.

Ich sitze derweil in meiner Unterwäsche in diesem schmalen nordfranzösischen Hotelbett und versuche, meine Gedanken zu ordnen. So also. So einfach. Endlich habe ich die Antwort, nach der ich so lange gesucht habe, doch so ganz verstehe ich noch immer nicht. Etwas fehlt. Wieso sieht Ellen so sorgenvoll aus? Weshalb hat sie mir diese Geschichte nicht schon erzählt, als wir uns zum ersten Mal begegnet sind? Warum hat sie eine so große Sache daraus gemacht? Meine Mutter war wundervoll zu ihr. Ist doch cool! Klingt voll nach ihr, sie hat viele Leben berührt. Doch wieso kann Ellen mir plötzlich nicht mehr in die Augen schauen?

»Jetzt weißt du's«, sagt sie. »Es gab zwei unfassbare Glücksfälle in meinem Leben. Anthony – und deine Mutter.«

Auf Ellens Hals zeigen sich hektische Flecken.

»Ich kapier's aber nicht so richtig«, sage ich. »Wieso macht dich das so unglücklich? Also, falls es um die Kette gehen sollte … Ich finde es gut, dass sie sie dir geschenkt hat. Das hätte ich an ihrer Stelle auch gemacht.«

Ellen wirft mir einen Blick zu, den ich nicht recht deuten kann. Sie hat Angst. Oder schämt sich. Oder beides.

»Du kannst nicht ernsthaft denken, dass ich ein Problem damit habe«, sage ich.

Ellen antwortet nicht.

»Hast du später mal versucht, sie zu kontaktieren?«, frage ich.

»Nein«, sagt Ellen. »Ich wollte mich bei ihr melden. Ich habe die Nummer aufgehoben. Aber ich wollte mich erst bei ihr melden, wenn ich mein Leben in den Griff bekommen habe. Ich wollte, dass sie stolz auf mich ist. Eine Frau, die ich eigentlich gar nicht kannte. Seltsam, oder?«

Überhaupt nicht.

»Sie hatte diese Wirkung«, sage ich.

Ellen nickt.

»Irgendwann war sie in meinem Kopf zu diesem unglaublich perfekten Wesen geworden, und irgendwann hatte ich Angst, sie wiederzusehen. Angst, dass sie sich nicht an mich erinnert. Oder dass wir uns vielleicht jenseits dieser Extremsituation gar nichts zu sagen haben. Irgendwie habe ich es immer weiter aufgeschoben. Bis letztes Jahr.«

»Was war da plötzlich anders?«, frage ich.

»Ich kann es nicht so gut beschreiben«, sagt Ellen. »Aber ich war auf dem Gipfel des Erfolgs angekommen. Das konnte ich fühlen. Eine Zeitlang war alles gut. Richtig gut. Und dann erfuhr ich, dass die Premiere für *The Vanishing* in Berlin stattfinden sollte.«

Sie hält kurz inne, wirft mir einen Blick zu.

»Und weiter?«

»Du wirst mich bescheuert finden, wenn ich es dir sage.«

»Werde ich nicht.«

Ellen holt tief Luft.

»Ich schaue mir seit vielen Jahren immer die Oscars im Fernsehen an«, sagt Ellen. »Und ich fand es immer cool, wenn Stars nicht mit ihrem Partner oder ihrer Partnerin erscheinen, sondern ihre Eltern als Date mitbringen oder einen anderen

Menschen, der ihnen viel bedeutet. Ich habe immer gedacht, dass ich das auch irgendwann so mache. Und als die Premiere in Berlin anstand, hatte ich vor, die zwei Menschen als meine Dates mitzunehmen, die dafür gesorgt hatten, dass ich die Künstlerin geworden bin, die ich bin. Anthony, meinen besten Freund und Mentor. Und deine Mutter.«

Ellen will nach ihrer Zigarette greifen, zieht dann jedoch die Hand zurück.

»Total anmaßend, ich weiß. Wie kam ich auf die Idee, dass sie sich an mich erinnerte, geschweige denn mit mir zu einer Filmpremiere gehen wollte? Aber das war mein Gedanke letztes Jahr.«

»Sie hätte das geliebt«, sage ich leise.

»Meinst du? Ich habe die ganze Zeit gedacht, dass sie auf diese Art von Rummel vielleicht gar nicht sonderlich scharf gewesen wäre …«

Das bringt mich zum Lachen.

»Meine Mutter war einerseits ausgesprochen bodenständig«, sage ich. »Hilfsbereit, zupackend. Lehrerin. Aktivistin. Sie war wahnsinnig klug und hätte nie zugegeben, dass sie nicht nur die Tages- und Wochenzeitungen und alle mögliche Fachliteratur liest, sondern auch die *Elle* und die *Vogue*. Aber das tat sie. Außerdem war sie unfassbar eitel. Sie war stolz auf ihre schöne Haut und auf ihre Art, sich zu kleiden. Und sie hatte eine leise Schwäche für Glamour. Sie hätte es *geliebt*, mit dir zu dieser Premiere zu gehen.«

»Ich wollte mich so gerne bei ihr bedanken«, sagt Ellen. »Sie hat mir wirklich und wahrhaftig das Leben gerettet damals. Und ich bin ein Stück weit wegen ihr Schauspielerin geworden. Und ein Stück weit auch wegen dir.«

Sie fängt an, einen Prospekt über die Region, der vor ihr auf dem Tischchen lag, in kleine Stücke zu reißen.

»Das ist total verrückt«, sage ich.

Sie nickt. Sie sieht immer noch kreuzunglücklich aus. Oder nein: mehr denn je.

»Aber Ellen«, sage ich. »Das ist doch alles ganz wunderbar. Wieso setzt dir das so zu?«

»Du kapierst es nicht«, fährt sie auf. »Letztes Jahr habe ich die Nummer angerufen, und natürlich war sie nach all den Jahren nicht mehr gültig. Ich habe versucht, deine Mutter online zu finden, aber ich hatte ja nur ihren Vornamen, und obwohl der ungewöhnlich war, war das zu wenig. Eine Frau namens Sali mit einer Tochter namens Nico, die vielleicht mit vollem Namen Nicole hieß oder weiß der Teufel wie. Es war zu wenig, zumindest für mich. Irgendwann kam mir dann die Idee, einen Profi einzuschalten, und nachdem ich mich ein bisschen umgehört hatte, wurde mir ein James E. Miller empfohlen. Und der fand Sali für mich.«

Eine Pause entsteht.

»Als Miller mir sagte, dass die Frau, nach der ich suchte, nicht mehr am Leben sei, konnte ich es erst einmal überhaupt nicht fassen. Ich hatte so viel über sie nachgedacht. Ich hatte es so sehr bereut, dass ich ihr keine einzige Frage gestellt hatte. Was arbeitete sie? Wo lebte sie? Mit wem? Was waren ihre Träume, Hoffnungen, Pläne? Wer war sie? Wie war sie so geworden, wie sie war, und wie könnte ich es ihr gleichtun? Ich habe mich so häufig gefragt, was sie wohl macht. Als ich den Detektiv beauftragt habe, konnte ich mir alles Mögliche vorstellen. Dass sie inzwischen in Kanada lebte oder in Tansania oder in Grönland. Dass sie eine NGO leitete oder Kinder unterrichtete oder Kunst schuf oder irgendwo ein politisches Amt innehatte. Das Einzige, was ich mir nicht vorstellen konnte, war, dass diese Frau nicht mehr am Leben war.«

Ellen blinzelt eine Träne weg.

»Wie kann es sein, dass du das Fährunglück damals nicht mitbekommen hast?«, frage ich. »Die Medien haben doch tagelang nur davon berichtet.«

»Ich schätze, ich hatte damals anderes zu tun als fernzusehen«, sagt Ellen ruhig.

Natürlich. Ein totes Kind.

»Als Miller mir am Telefon sagte, dass Sali exakt an dem Tag gestorben war, an dem ich ihr zum ersten und einzigen Mal begegnet war, konnte ich das einfach nicht fassen. Ein paar Stunden nach diesem Telefonat war ich immer noch wie in Watte gepackt. Aber irgendwann sickerte die Wahrheit zu mir durch, und ich kapierte es.«

Ich verliere die Geduld.

»Könntest du endlich mal Klartext reden?«, sage ich. »Ich verstehe nicht, wovon du sprichst!«

Endlich schaut Ellen mir in die Augen.

»Es ist meine Schuld«, sagt sie. »Ich bin schuld daran, dass deine Mutter gestorben ist.«

»Was redest du da?«

»Verstehst du denn nicht?«, sagt Ellen, und ihre Stimme zittert. »Das Nebelhorn. Ich habe es zweimal gehört, während wir auf dieser verfickten Klippe saßen. Nur dass es kein Nebelhorn war, sondern ein Signal der Fähre, die ausfuhr. Die Fähre, Nico, verstehst du? Sie hat sie wegen mir verpasst. Wenn ich sie nicht aufgehalten hätte, hättet ihr die Fähre genommen, mit der alles in Ordnung war! Ihr wart wegen mir auf der, die verunglückt ist. Sie ist wegen mir ertrunken, Nico! Und du wärst auch fast gestorben. Wegen mir!«

Schweigen breitet sich aus wie die Flut, während ich das auf mich wirken lasse. Ellen schlingt die Arme um den schmalen Leib.

»Oh mein Gott, Ellen«, sage ich. »Das dachtest du?«

Nicht nur ihre Unterlippe, ihr ganzes Gesicht bebt.

»Das stimmt nicht«, sage ich.

»Komm mir jetzt nicht damit, dass es die freie Entscheidung deiner Mutter war, mir zu helfen, oder dass es nicht meine Schuld ist, dass sie ihre eigenen Entscheidungen getroffen hat oder dass niemand wissen konnte, dass diese Fähre untergehen würde oder oder oder –«

»Ellen«, versuche ich, sie zu stoppen, doch sie redet einfach weiter.

»Das habe ich auch versucht, mir einzureden. Aber es ändert nichts an der Tatsache, dass ich eine grauenhafte Entscheidung getroffen hatte und dass deine Mutter gestorben ist, weil sie so verdammt anständig zu mir war.«

»Ellen«, sage ich. »Darf ich vielleicht auch mal was sagen?«

Sie sieht mich an.

»Es stimmt nicht.«

»Natürlich stimmt es.«

»Nein«, sage ich. »Das tut es nicht. Weil wir die Fähre gar nicht verpasst haben.«

Ellen schaut mich an, als hätte ich ihr gerade unvermittelt mit der flachen Hand ins Gesicht geschlagen. Sie blinzelt. Zweimal, dreimal.

»Was?«

»Wir haben die Fähre nicht verpasst. Hätten wir beinahe, aber wir haben sie noch bekommen. Die, die wir gebucht hatten. Die mit der Innenkabine.«

»Was?«, sagt Ellen erneut.

»Meine Mutter kam zu spät zum Hafen«, sage ich, »ja. Aber unsere Fähre hatte ebenfalls Verspätung. Dass du zuvor meiner Mutter begegnet bist und sie – wie du sagst – aufgehalten hast, hat, was das betrifft, absolut keinen Unterschied gemacht.«

Ellen starrt mich mit offenem Mund an, und ich sehe, dass sie zittert, vielleicht vor Kälte, vielleicht wegen all der zurückgehaltenen Tränen.

»Oh mein Gott«, sagt sie. Und dann noch einmal: »Oh mein Gott.«

»Weißt du«, sage ich, »ich war stinksauer auf meine Mutter an diesem Abend. Wir hatten abgemacht, dass wir noch kurz durch den Ort bummeln und dann frühzeitig auf die Fähre gehen. Ungestörte und entspannte Mutter-Tochter-Zeit, das war der Sinn der Sache. Meine Mutter einmal nicht teilen müssen. Und dann schmiss sie alle Pläne über den Haufen und wollte sich unbedingt diese bescheuerten Klippen anschauen. Ich kann mich noch genau daran erinnern, wie genervt ich war. Ich sagte ihr, dass ich ohne sie fahren würde, wenn sie die Fähre verpasste, aber sie sagte nur, das werde sie nicht. Ich habe sie verflucht. Sie war eh zeitlebens die schlimmste Zuspätkommerin des Planeten. Ich war so genervt, als sie zur Abfahrtszeit noch nicht da war. Ich war längst an Bord, habe das Schiff aber natürlich wieder verlassen, denn selbstverständlich wäre ich nie ohne sie nach Schweden gefahren. Also stand ich schlotternd am Fährhafen und wartete auf sie. Schließlich sah ich sie. Sie kam völlig gechillt auf mich zu, zwanzig Minuten zu spät. Und weißt du, was sie zu mir sagt, als ich sie darauf hinweise, dass das Schiff schon vor zwanzig Minuten hätte auslaufen sollen? *Ich verstehe gar nicht, was du hast, es ist doch noch hier.* Ich wäre fast geplatzt vor Wut. Ich erinnere sie also daran, was der Plan war, den wir wochenlang im Voraus geschmiedet hatten: Anreise aus Berlin, Stadtbummel, so früh wie möglich aufs Schiff, zusammen einen Drink an der Bar nehmen, dann auf die Kabine, uns eine Schlaftablette teilen, um so früh wie möglich einzuschlafen und am nächsten Morgen erholt aufzuwachen und fit zu sein, wenn uns ihre schwedischen Freunde am Hafen in Empfang nehmen würden. Doch ich merke, dass sie mir gar nicht richtig zuhört. Und dann kommen wir in unsere kleine Innenkabine, und ich rieche den Zigarettenrauch an ihr und sage, dass ich es unmöglich von ihr finde zu rauchen, nach allem, was war.«

»Was war denn?«, fragt Ellen.

»Sie hatte Krebs«, sage ich. »Nur zwei Jahre zuvor. Einen Hirntumor.«

Ich hole tief Luft, versuche, mich nicht mit Haut und Haaren von der Erinnerung schlucken zu lassen.

»Und dann zieht sie ihren Mantel aus, und ich sehe, dass sie ihre Kette nicht trägt. Und ich frage sie danach. Keine Ahnung, warum mir das sofort auffiel, aber das tat es. Und sie antwortete mir nicht. Aber ich ließ nicht locker. Wie es so meine Art war, in meinen Teenagerjahren. Und dann ist etwas total Krasses geschehen«, sage ich.

»Was?«

»Sie hat mir den Kopf gewaschen«, sage ich. »Aber so richtig.«

Ellen legt den Kopf schief.

»Sie hat mich verwöhnt genannt. Kindisch. Empathielos. All so etwas. Ich war richtig geschockt. Sie hatte immer unendlich viel Geduld mit mir. Immer. Aber an diesem Abend ist ihr der Kragen geplatzt, und zwar so richtig. Und ich verstand es nicht. Ich wusste nicht, was mit ihr los war. Bevor sie Richtung Klippen aufgebrochen war, war sie wie immer gewesen. Und als sie zurückkam, war sie völlig verändert.«

Ich atme tief durch, doch es fühlt sich so an, als wollten meine Lungen sich nicht komplett mit Sauerstoff füllen.

»Ich fragte sie, was mit ihr los sei, weshalb sie plötzlich so anders sei, was ich ihr denn getan hätte. Ich weiß noch genau, was sie darauf sagte. Sie sagte: Die Welt dreht sich nicht immer nur um dich.«

Ellen sieht mich mit einem Ausdruck an, den ich nicht ganz deuten kann.

»Das stimmt natürlich«, sage ich und versuche mich an einem Lächeln. »Heute denke ich mir, dass meine Mutter an diesem Abend zum ersten Mal wie mit einer Erwachsenen mit mir sprach. Im Übrigen hatte sie vollkommen recht mit allem, was sie sagte. Aber das war mir damals und viele Jahre danach noch nicht klar. Ich habe mir meinen Rucksack geschnappt, habe die Kabinentür hinter mir zugeknallt und bin an Deck gegangen. Das war das letzte Mal, dass ich meine Mutter gesehen habe.«

»Oh mein Gott, Nico, das tut mir so leid«, sagt Ellen.

»Jetzt weiß ich, warum sie so anders war. Weshalb sie so wenig Geduld hatte für mein kleinliches Gemecker. Sie hatte gerade mit einem jungen Mädchen gesprochen, keinen Tag älter als ich, das nach Hause fahren musste, um sein Kind zu begraben.«

Wieder schwillt das Schweigen zwischen uns an.

»Ihr habt euch wegen mir gestritten«, sagt Ellen und fährt sich durchs Haar.

»Ja«, sage ich. »Das haben wir. Das begreife ich jetzt.«

»Scheiße, Nico, das tut mir so leid.«

Sie sieht mich nicht an, ihr Blick geht aus dem Fenster, Richtung See.

»Ellen«, sage ich eindringlich. »Du verstehst nicht. Ich war eine von nur elf Personen, die das Unglück überlebt haben. Zehn Mitglieder der Crew und ich. Ich war die einzige Passagierin, die überlebte. Weil ich an Deck war. Und ich war nur an Deck, weil ich mich mit meiner Mutter gestritten hatte. Ich war an Deck wegen dir!«

Lange sagt keine von uns beiden etwas.

»Warum hast du mich gesucht?«, frage ich irgendwann. »Ich weiß, dass du Miller beauftragt hast, mich zu finden. Dass du nicht zufällig bei mir gegenüber eingezogen bist.«

Ellen hebt die Schultern.

»Das schien mir nur logisch«, sagt sie. »Sali war fort, aber du warst noch da. Ich hatte keinen richtigen Plan. Ich wollte einfach sehen, ob ich etwas für dich tun, dir irgendwie eine Freude bereiten kann oder so. Und natürlich wollte ich dir die Kette zurückgeben. Keine Ahnung. Das schien mir wichtig. Es tut mir leid, dass ich nicht ehrlich war.«

»Schon okay.«

Sie sitzt noch eine Weile so da.

»Ich kann nicht glauben, dass du sterben wirst«, sagt sie.

Ich schlucke schwer.

»Ich habe immer geglaubt, dass ich eigentlich schon in dieser Nacht dran gewesen wäre.«

»Was?«, fährt Ellen auf. »Wieso das denn?«

»Ich bin die einzige Passagierin, die überlebt hat. Das ist doch nicht fair.«

»Spinnst du? Dass die anderen alle gestorben sind, das ist nicht fair. Dass du überlebt hast, ist das einzig Faire, was in dieser verdammten Nacht passiert ist!«

Ellen funkelt mich an, ich sage nichts. So habe ich das bisher noch nicht gesehen, dabei klingt es so einfach, so einleuchtend, wenn sie das so sagt.

»Oh mein Gott«, sagt sie, »bitte sag mir, dass du nicht denkst, du hättest deswegen Krebs bekommen.«

Ich weiche ihrem Blick aus.

Ellen steht auf und setzt sich neben mich, nimmt mein Gesicht in ihre kalten Hände und zwingt mich, sie anzusehen.

»Du verdienst es, hundert Jahre alt zu werden«, sagt sie. »Du verdienst es, zu sehen, wie dein kleiner Bruder erwachsen wird, du verdienst es, die Kirschblüte in Japan zu sehen, und du verdienst es, irgendwann doch noch mit deinem Freund den Acagugu zu besteigen.«

»Aconcagua«, verbessere ich automatisch.

»*Whatever*«, sagt Ellen grimmig. »Ist mir scheißegal, wie der Berg heißt. Ich verstehe, dass du etwas erlebt hast, das du niemandem begreiflich machen kannst, etwas, mit dem du komplett alleine bist. Ich verstehe, was du verloren hast. Ich verstehe, dass du traumatisiert bist. Wirklich, Nico. Aber wenn ich dich vorhin richtig verstanden habe, dann hast du dich noch nicht einmal ausgiebig von deiner Ärztin beraten lassen. Und eine zweite Meinung hast du auch nicht eingeholt. Du hast gar nichts gemacht! *Nada!*«

Ellen schüttelt den Kopf.

»So eine Diagnose muss ein unfassbarer Schock sein«, sagt sie. »Aber du musst trotzdem alles versuchen. Ich meine, ich verstehe es, wenn dir die Kraft ausgeht. Das verstehe ich. Das ist okay. An diesem Punkt war ich auch schon. Aber es ist nicht okay, wenn du dich hängen lässt, weil du glaubst, dass du es nicht verdient hast zu überleben. Das ist nämlich einfach nur Bullshit, Nico.«

Ellen lässt mein Gesicht los, und Schweigen senkt sich herab wie eine dünne Schneedecke.

»Ich bin wahnsinnig müde«, sage ich schließlich. »Du nicht?«

»Todmüde«, antwortet Ellen und kuschelt sich an mich.

Sie ist eiskalt.

Dass ich überlebt habe, ist das einzig Faire, was in dieser Nacht passiert ist, denke ich. Ich probiere diesen neuen Gedanken an wie einen Schuh.

25 NICO

Ich schlafe tief und traumlos, und als ich doch kurz an die Oberfläche des Schlafes treibe, spüre ich Ellen neben mir. Sie schläft wie ein Kind, Fötusstellung, den Mund halboffen, lange, laute Atemzüge. Ich drehe mich auf den Rücken. Ellen murmelt etwas, und mich durchzuckt der Gedanke, dass ich zum ersten Mal seit langer Zeit nicht vom Wasser geträumt habe, und ich frage mich, ob man nur dann vom Meer träumt, wenn man nicht gerade da ist, und darüber taumele ich wieder hinab, hinab in watteverpackten Schlaf.

Als ich das nächste Mal erwache, ist Ellen nicht mehr da. Es ist schon wieder dunkel, ich habe den ganzen restlichen Tag verschlafen. Dafür fühle ich mich aber auch erfrischt wie lange nicht mehr. Ich setze mich auf, schaue mich um. Ihre Tasche steht noch neben dem Bett, und auf dem Tischchen neben dem Aschenbecher finde ich einen Zettel.

Ich besorge uns was zu essen.

Mit Blick auf die Uhr stelle ich fest, dass es in drei Stunden ohnehin Abendessen gibt, aber auch mein Magen knurrt so beharrlich, dass mir ein paar Stunden wie eine halbe Ewigkeit erscheinen.

Das leere kleine Hotel hat etwas Surreales, Außerweltliches. Ich würde mich nicht wundern, wenn wir nach ein paar Tagen wieder aus unserer Puppenstube von Zimmer nach draußen träten und feststellten, dass in der Welt draußen Jahre vergangen sind. Im Erdgeschoss gehe ich an der Rezeption vorbei und wende mich instinktiv nach rechts, dorthin, wo ich die Küche vermute. Gerade will ich nach Ellen rufen, da höre ich, wie sie etwas sagt. Und zunächst denke ich, dass sie sich mit der netten Madame unterhält, die vielleicht doch schon früher den Herd für uns angeschmissen hat, doch dann macht mich etwas stutzig. Ellen spricht zu leise, als dass ich sie von hier aus verstehen könnte, doch irgendetwas an ihrem Tonfall stimmt nicht. Sie klingt … ja, wie? Ich weiß es nicht, aber etwas daran beunruhigt mich.

Ich höre Ellens Stimme, und ich denke an Kurt, denke an bohrenden Kopfschmerz, an Schwindel und Verwirrung, denke an den Anblick von tiefrotem Blut auf Papiertaschentüchern. Kurz ist es still, dann sagt Ellen wieder etwas, ein wenig lauter nun, und der Klang ihrer Stimme transportiert mich in eine U-Bahn-Station, in der die Gewalt explodiert, und die Furcht legt ihren schweren Arm um mich wie eine gute, alte Freundin. Denn das ist es, was der Klang von Ellens Stimme zu mir herübergeweht hat: den Geruch von Angst.

Und da ist noch etwas, das mich irritiert, und ich brauche ein, zwei Sekunden, bis ich es begreife: Ellen spricht nicht Französisch, sondern Deutsch. Und dann höre ich eine andere Stimme, die ihr etwas antwortet, und auch diese Stimme erkenne ich sofort. Das kann nicht sein, denke ich. In meinem Magen verknotet sich etwas, und ich versuche ruhig zu bleiben, während ich auf den Raum vor mir zugehe und die Tür aufstoße.

Vor mir liegt eine blitzblanke kleine Küche. Ein Gasherd, ein Spülbecken, eine Kücheninsel in der Mitte des Raumes, an den Wänden stehen offene Regale, die als Vorratsschränke dienen, und hier und da sind Leisten angebracht, von denen Kochutensilien hängen. Kochlöffel, Pfannenwender, Messer und dergleichen. Der Boden besteht aus rotbraunen Fliesen, und auf diesen Fliesen, in einer Ecke schräg gegenüber der Tür, durch die ich gekommen bin, hockt Ellen und weint. Nein, sie weint nicht, ihre Augen tränen. Sie sind knallrot und blicken wie blind umher, sie blinzelt hektisch, ihre Nase läuft, sie keucht und schnappt panisch nach Atem. Über ihr steht ein Mann und redet auf sie ein.

Dieser Raum, in den ich eingetreten bin, ist randvoll mit Gewalt, sie hängt in der Luft, wie ein schwerer Gestank, tropft klebrig von den Wänden. Und plötzlich werde ich von einer Erinnerung geschluckt, werde in einen Morgen meiner Kindheit katapultiert, an dem mein Vater, der passionierte Jäger, mich mit in den Wald genommen hatte. Ich war stolz darauf gewesen, dass er mich hatte dabeihaben wollen, ich hatte das Gewehr halten dürfen, das überraschend schwer gewesen war. Ich hatte es genossen, dass wir ganz nah beieinander waren, aber ganz still, ganz, ganz still dabei, damit wir die Tiere nicht erschreckten, damit sie nicht davonliefen vor uns. Ich hatte unser Glück kaum fassen können, als nach langem Warten ein Reh in Sicht gekommen war. Wir hatten einander angeschaut, das Reh und ich, so lange, bis ein Teil von mir ganz vergessen hatte, weshalb ich hier war, weshalb mein Vater das große, schwere Gewehr durch den halben Wald getragen hatte. Dann hatte mein Vater neben mir tief ausgeatmet, und ich hatte angenommen, dass er dasselbe fühlte wie ich. Dann war der Schuss gefallen. Hatte das Reh in einen leblosen Körper verwandelt, den man in einen Kofferraum werfen konnte, und ich hatte ein für alle Mal verstanden, wie Gewalt funktioniert. Die Erinnerung spuckt mich wieder aus, nur den Bruchteil einer Sekunde später und doch vollkommen verwandelt.

»Weg von ihr«, sage ich und erkenne meine eigene Stimme nicht wieder.

Ellens Kopf ruckt in meine Richtung, und auch Patrick fährt herum. Er sieht ganz anders aus, als ich ihn in Erinnerung hatte, jetzt, wo er seine freundliche, charmante Maske abgelegt hat, und ich kann nicht mehr nachvollziehen, dass ich einmal Mitleid für ihn empfunden habe. Er hält eine Dose in Signalfarben in der Hand, und ich weiß sofort, was das ist, denn ich hatte jahrelang eine ganz ähnliche in meiner Handtasche, ein Geschenk von Alba: Pfefferspray.

Er lässt die Dose achtlos fallen, genau wie ich weiß er anscheinend, dass sie nach einmaliger Benutzung leer ist. Vielleicht hat er das auch beim Krav Maga gelernt, so wie ich. Patrick sieht sich nach einer anderen Waffe um, und mein Herz krampft sich schmerzhaft zusammen, als ich sehe, wie sein Blick auf die Messerleiste an der Wand direkt neben ihm fällt. Er greift sich eines der Messer, und zunächst denke ich, dass er Ellen damit etwas antun wird, und suche meinerseits nach einer Waffe, doch dann sehe ich, wie er sich von ihr abwendet und stattdessen auf mich zukommt.

»Nico?«, ruft Ellen, die offensichtlich immer noch wie geblendet ist von der vollen Ladung Reizgas, die dieses Arschloch ihr verpasst hat.

Ich antworte nicht, ich greife mir die erstbesten Gegenstände, die in meiner Reichweite liegen, und werfe sie nach Patrick, mit aller Kraft. Eine Thermoskanne, einen Pfannenwender, einen Kochlöffel, ein Nutellaglas, ein Handrührgerät, einen kleinen Topf, ein Sieb, Besteck. Kurz bringt ihn das aus dem Konzept, und er bleibt stehen. Ein Fehler. Ich greife die kleine, schwere Espressokanne, die vor mir auf der Kücheninsel steht, und lande einen Glückstreffer. Patrick verliert das Messer, und sein Kopf fängt sofort an zu bluten. Er fasst sich an die Stirn, und ein ungläubiger Ausdruck tritt auf sein Gesicht, als er das Blut an seiner Hand erblickt. Hinter ihm richtet sich Ellen unsicher auf, aber er nimmt sie gar nicht wahr.

»Ich bringe dich um«, sagt er, und mir ist klar, dass er das tatsächlich tun wird, wenn er mich in die Finger bekommt.

Patrick stürmt auf mich zu, und ich drehe mich um, stoße die Tür auf, durch die ich gekommen bin, und renne auf den Flur. Er ist direkt hinter mir, ich höre seinen Atem, und ich höre Ellens Stimme, aber ich drehe mich nicht um. Ich renne auf die Tür zu, mit dem vagen Gedanken im Kopf, dass ich Patrick vielleicht auf die Straße locken kann, weg von Ellen, raus aus dem Hotel, und dass mir da draußen vielleicht jemand zu Hilfe kommen oder zumindest die Polizei rufen wird, doch ich schaffe es nicht. Patrick packt mich an der Schulter und reißt mich herum. Ich bin zu überrascht, um seinen Faustschlag abzuwehren, doch er trifft mich nicht ganz, ist selbst viel zu verwirrt und wütend, um wirklich zu zielen, er streift mein Gesicht nur, und dennoch explodiert der Schmerz hinter meinem linken Auge. Ich blinzle, ducke mich unter einem weiteren Hieb hindurch und sehe, wie Patrick kurz das Gleichgewicht verliert. Ich versetze ihm einen Stoß, der ihn ins Taumeln bringt, doch er richtet sich sofort wieder auf und setzt mir nach. Greift erneut nach mir, ich entwinde mich ihm, rette mich instinktiv hinter die Rezeption – und begreife sofort, dass ich einen Fehler begangen habe, denn hier sitze ich in der Falle. Wieder beginne ich, Dinge nach ihm zu werfen, ohne nachzudenken, die schweren Schlüssel, Stifte, Bücher, dann ist er bei mir und schlägt mir mit voller Wucht ins Gesicht, und dieses Mal gehe ich zu Boden. Mein Kopf schlägt gegen die Wand hinter mir, und kurz sehe ich wirklich und wahrhaftig Sterne. Dann ist Patrick über mir, seine Hände finden meine Kehle, und er drückt mit aller Gewalt zu. Ich versuche, ihn von mir wegzustoßen, aber er ist zu schwer, und schon geht mir die Luft aus. Ich spüre, wie meine Beine sinnlos zu kicken beginnen, mein Kopf dröhnt, das Blut rauscht in meinen Ohren, und mein Bewusstsein beginnt, sich zu trüben – und …

Mein Körper ist plötzlich ganz leicht. Die Schmerzen sind weg, die Atemnot ist weg, ich spüre keine Furcht mehr, ich bin ganz ruhig. Ich liege auf einem weichen Untergrund, meine vier Beine von mir gestreckt. Ich habe die Augen geschlossen, und ich spüre die Wärme der Sonne auf meinem Gesicht, und ich könnte für immer so liegen. Aber dann öffne ich die Augen, und ich erkenne, dass ich auf Moos liege, und ich richte mich auf, denn ich begreife, dass ich kein Mensch mehr bin, sondern ein Reh, also verlasse ich die sonnenbeschienene Lichtung, auf der ich mich kurz ausgeruht habe, und springe hinein in den schützenden Wald, nach Hause, nach Hause, und ich genieße, wie leicht sich das anfühlt, ich genieße, wie schnell und stark und behände ich bin, und –

»Nico.«

Eine Stimme.

»Nico.«

Eine Berührung an meiner Wange.

»Nico, komm schon.«

Ich öffne die Augen.

»Oh, Gott sei Dank«, sagt Ellen. »Bist du okay?«

Ich antworte nicht. Die Welt sieht aus wie eine altmodische Dunkelkammer, alles ist rot. Ellens Gesicht ist rot, die Decke des Raumes ist rot, meine eigenen Hände, die ich vors Gesicht hebe, sind rot, ebenso wie das Holz der Rezeption, ebenso wie die Wände, ebenso wie Ellens Pullover, ihre Haare, ihre Hose. Ich versuche, Atem zu schöpfen, schüttele mich. Mein Kopf schmerzt, meine Kehle noch mehr. Ich schließe die Augen, öffne sie erneut – und die Welt hat ihre Farben wieder.

»Ich bin okay«, sage ich.

Meine Stimme klingt seltsam. Rau, fremd. Jedes Wort schmerzt.

»Wo ist er?«, bringe ich hervor.

Ellen starrt mich mit weit aufgerissenen Augen an, sagt nichts, sieht sich nur um. Ich rappele mich hoch, versuche die Situation zu erfassen. Und da ist Patrick. Liegt am Boden, auf dem Gesicht. Neben ihm die Vase, die Ellen ihm über den Kopf gezogen hat.

»Ich glaube, er ist tot«, sagt Ellen. »Ich habe ihn umgebracht.«

Ihre Stimme zittert. Ich gehe auf Patrick zu, um ihm den Puls zu fühlen. Als ich ihn berühre, stöhnt er auf. Ich weiche zurück.

Und in diesem Moment höre ich jemanden an der Tür. Ellen und ich blicken einander an, ein paar lange Sekunden lang. Keine von uns beiden weiß, was wir jetzt machen sollen. Und ehe wir uns zu irgendetwas entschließen können, die Tür verbarrikadieren, abhauen, was auch immer, schwingt sie auf, und Millers breite Statur füllt den Rahmen.

Ellens und mein Zimmer ist zu klein für einen Mann wie Miller. Ich wundere mich fast, dass er sich nicht bücken musste, um durch die Tür zu kommen. Wir haben Patrick in den Sessel gehievt, auf dem vor noch nicht allzu langer Zeit eine rauchende Ellen saß, die mir von ihrer Begegnung mit meiner Mutter erzählte. Wir haben Patrick zu dritt die Treppe hinaufgeschleppt, was selbst mit Millers Hilfe kein ganz leichtes Unterfangen war. Nun sitze ich auf dem Bett, Patrick gegenüber, während Miller an der Tür lehnt. Durchs offene Fenster strömt kalte Luft herein, und wir warten darauf, dass Patrick, der immer noch benommen wirkt, aber langsam zu sich kommt, wieder ganz bei sich ist. Er hat eine ordentliche

Beule am Hinterkopf und vielleicht eine kleine Gehirnerschütterung, aber er ist nicht schwer verletzt, da sind wir uns inzwischen ziemlich sicher. Wenn man Millers Einschätzung glauben darf, dann hat es mich mindestens ebenso schlimm erwischt, und ich werde noch eine ganze Weile etwas von meinen Kopfschmerzen haben. Während ich hier neben Miller sitze, in dieser völlig irrealen Situation, und daran denke, dass ich fast dem Krebstod von der Schippe gesprungen wäre, weil mich um ein Haar ein verrückter Stalker erwürgt hätte, muss ich beinahe lachen. Das ist wirklich alles viel zu absurd.

Ich denke an Kurt, an die Angst, die er mir wochenlang bereitet hat. Und plötzlich fürchte ich mich in der Situation, in der ich mich gerade befinde, überhaupt nicht mehr. Wovor sollte ich denn Angst haben, wenn ich ohnehin nur noch ein paar Monate auf dieser schönen, schrecklichen Erde wandele? Vor einem weiteren Faustschlag? Sicher nicht. Davor, wegen Körperverletzung ins Gefängnis zu wandern? Mitnichten.

Und während ich so nachdenke über Kurt und mich und zum ersten Mal in meinem Leben wirklich begreife, wie sich Galgenhumor anfühlt, schlägt Patrick die Augen auf und versucht, Miller und mich scharf zu stellen. Ich wette mit mir selbst, was das Erste sein wird, das er sagt, und ich behalte recht.

»Wo ist Ellen?«

»Wer?«, frage ich.

Patrick funkelt mich bitterböse an, und ich bin mir sicher, dass er mir sofort wieder an die Gurgel gehen würde, wenn Millers plötzliche Präsenz ihn nicht so irritieren würde.

»Wo ist Ellen?«, wiederholt er. »Was habt ihr mit ihr gemacht?«

Er sieht tatsächlich so aus, als wolle er gleich wieder auf mich losgehen. Ich atme tief ein und aus, mein Hals schmerzt beinahe unerträglich. Patrick scheint zu begreifen, dass ihn Aggression nicht weiterbringt, und er ändert seine Taktik.

»Das von vorhin tut mir leid«, sagt er. »Ich bin in Panik geraten. Ich wollte dir nicht wehtun. Aber Ellen und ich lieben uns.«

»Eines wollen wir mal von vorneherein klarstellen«, sage ich. »Du wirst Ellen in diesem Leben nicht mehr wiedersehen.«

Patrick schaut mich an, als hätte ich ihn geschlagen.

»Was redest du da?«, bellt er.

»Ellen ist weg«, sage ich. »Nur wir sind noch hier.«

Ich werfe Miller einen Blick zu, der nickt. Patrick folgt meinem Blick und ist eingeschüchtert genug, um gar nicht erst aufzustehen. Aber es ist gut, dass er nicht weiß, dass Ellen immer noch in diesem Haus ist. Dass wir sie unter die Dusche gestellt haben, bis sie das Reizgas los war und wieder einigermaßen frei atmen konnte. Dass wir gemeinsam beschlossen haben, dass es besser ist, wenn Patrick sie nicht mehr zu sehen bekommt. Und dass sie sich daraufhin erbot, unten das Chaos zu beseitigen, das der Kampf in der Küche und an der Rezeption hinterlassen hatte. Ehe die Hausherrin zurückkam.

»Wo ist sie hin?«, jammert Patrick. »Bitte, Nico, du musst es mir sagen.«

Ich lache sarkastisch auf, ich kann es in diesem Moment nicht unterdrücken, und als ich das mache, brennt bei Patrick eine Sicherung durch, und er geht an die Decke.

»Das findest du witzig, du blöde Fotze? Ihr habt mir fast den Schädel eingeschlagen! Das ist schwere Körperverletzung! Ach, was rede ich, das ist versuchter Totschlag! Dafür geht ihr in den Knast!«

»Jetzt hörst du mir mal zu«, antworte ich. »Du hast Ellen monatelang gestalkt und bist sogar in ihre Wohnung eingebrochen. Du hast es so weit getrieben, dass ein deutsches Gericht dich dafür bestraft hat, und wir wissen, denke ich, alle, dass es verdammt lange dauert, bis sich die Justiz zu so etwas durchringt. Und obwohl du dich von Ellen fernhalten musst, belästigst du sie weiter. Und nicht nur das, du verfolgst auch mich. Du trackst sogar mein Handy. Du attackierst Ellen mit einer Waffe. Und du versuchst, mich umzubringen. Dafür haben wir sogar einen Zeugen. Und *du* willst *mir* etwas von Körperverletzung und von Totschlag erzählen?«

Ich spüre, wie schnell mein Puls geht, ich bin so wütend. Größtenteils auf Patrick, aber auch auf mich selbst. Ich hätte kapieren müssen, dass er mein Handy trackt. Dass er deswegen in Brügge auftauchte, in Paris – und schließlich hier. Aber ich habe es tatsächlich erst verstanden, als Miller mich darauf hinwies. Patrick hielt mich für seine einzige Chance, Ellen ausfindig zu machen, und damit hatte er recht behalten. Ich hatte ihn direkt zu ihr geführt. Und Miller wiederum war Patrick gefolgt. Warum und wieso, weiß ich nicht, aber jetzt ist nicht die Zeit, darüber nachzudenken.

»Hier ist, was passieren wird«, sage ich. »In zehn Minuten wird ein Taxi vor diesem Hotel hier halten. Du steigst ein, und das Taxi bringt dich zum Bahnhof. Der letzte Zug zurück nach Paris geht in einer Stunde. Den wirst du nehmen. Du wirst uns nicht noch einmal unter die Augen kommen.«

»Und wenn doch?«, fragt Patrick.

Er klingt wie ein trotziges Kind.

»Dann haben wir immer noch das hier«, sage ich und halte sein Handy hoch, das, wie wir in der Zwischenzeit festgestellt haben, dutzende heimlich geschossener Fotos und Videos von Ellen enthält, die Patrick in Berlin gemacht haben muss.

Einige zeigen ihr Schlafzimmer, wahrscheinlich, so vermute ich, am Abend der Silvesterfeier.

»Mein Handy!«, sagt er. »Das gibst du mir sofort zurück.«

Erneut muss ich lachen, dieses Mal so richtig. Dann erinnere ich mich, mit wem ich es zu tun habe, und werde wieder ernst.

»Du kannst jetzt gehen«, sage ich.

Miller gibt die Tür frei und öffnet sie.

Patrick sieht mich an, sieht Miller an. Er scheint sich unsicher zu sein, was er nun tun soll. Doch dann scheint er zu begreifen, dass es in seinem Sinne ist, diesen Raum hier zu verlassen, und er geht. Miller folgt ihm auf dem Fuße, bis er das Haus verlassen hat. Ich beobachte durch das Fenster, wie er vor das Haus tritt und unsicher auf dem Gehweg stehen bleibt. Und schließlich in das wartende Taxi steigt. Als der Wagen mit ihm an Bord davonfährt, meine ich zu sehen, wie er sich umdreht und durch die Heckscheibe blickt. Wie jemand, der Abschied nimmt.

Ich wende den Blick vom davonfahrenden Taxi ab und betrachte Miller. Es kommt mir beinahe unwirklich vor, dass er tatsächlich hier ist. So, wie der ganze Mann etwas von einer Geistererscheinung hat. Ich habe online intensiv nach ihm gesucht und nicht die geringste Spur gefunden. Wie alt ist dieser Mann? Wo und wie ist er aufgewachsen? War er schon als Kind groß und selbstsicher? Wie war er als Teenager? Wie ist er an diesen merkwürdigen Job gekommen? Was hat ihn nach Berlin verschlagen? Was treibt ihn an? Wen liebt er, und wer liebt ihn? Er ist ein Rätsel. Und vielleicht hat Petra recht, vielleicht ist das schön so. Vielleicht ist es ein Fehler, jedes Rätsel lösen zu wollen.

» Und das war das«, sagt Miller.

»Vielleicht hätten wir doch die Polizei rufen sollen«, antworte ich. »Der Typ ist so was von gefährlich. Und unberechenbar.«

Miller nickt unbestimmt.

»Das stimmt«, sagt er. »Aber das ist die Polizei eben auch.«

Ich weiß, worauf er anspielt, denn wir haben die Möglichkeit, die Polizei zu rufen, diskutiert, während Patrick ohnmächtig war.

»Ich weiß nicht«, sagte Miller, nachdem ich das Thema aufgebracht hatte. »Daheim wäre es etwas anderes. Da kenne ich die Leute und weiß, wer in Ordnung ist. Aber hier sind wir fremd. Und ihr wisst, wer in diesem Département an der Macht ist und wer hier die Bürgermeisterin stellt, oder?«

Ellen schüttelte den Kopf, begriff nicht gleich, aber ich kapierte sofort.

»Front National, oder wie die jetzt heißen?«

»Bingo«, sagte Miller.

»Oh«, sagte Ellen. »Ihr meint …«

Sie beendete den Satz nicht.

»Aber ist doch egal«, setzte Ellen neu an. »Ihr habt ihm keins mit der Vase übergezogen. Das war ich. Ihr müsst doch überhaupt nicht in Erscheinung treten!«

Ich dachte einen Augenblick nach.

»Du kannst nicht zur Polizei gehen«, sagte ich. »Wenn du nicht sofort alle wieder am Hals haben willst, vor denen du geflohen bist, dann darfst du hier überhaupt nicht in Erscheinung treten.«

»Bleiben noch Nico und ich«, sagte Miller. »Ein Schwarzer Mann und eine Schwarze Frau, die beide kaum Französisch sprechen. Und dieses weiße Babyface da, mit der hübschen Beule am Hinterkopf. In einer ziemlich rechten Gegend.«

Er rieb sich nachdenklich das Kinn.

»Klar kann die Polizei hier okay sein«, sagte er schließlich. »Aber wetten würde ich darauf nicht.«

»Ich auch nicht«, sagte ich.

»Scheiße«, sagte Ellen nach kurzem Nachdenken. »Ich auch nicht. Aber das ist auch vollkommen unerheblich. Ich lasse nämlich ganz bestimmt nicht zu, dass du etwas auf dich nimmst, das ich verbockt habe.«

»Du hast gar nichts verbockt«, sagte ich. »Du hast mich gerettet. Patrick hätte mich umgebracht. Und im Übrigen war er nur hier, weil ich so unaufmerksam war. Ich habe ihn zu dir geführt.«

»Aber –«

»Wir werden die Polizei nicht rufen«, sagte ich schließlich. »Wir regeln das so.«

Ich kehre mit meinen Gedanken in die Gegenwart zurück, als Ellen im Türrahmen auftaucht.

»Er ist weg?«, fragt sie.

Miller nickt.

»Glauben Sie, dass er Ellen wirklich in Ruhe lassen wird?« Ich klinge immer noch seltsam heiser, räuspere mich.

»Ich glaube, dass das keine Rolle mehr spielt«, sagt Miller.

»Weshalb?«, fragt Ellen mit gerunzelten Brauen.

»Ganz einfach«, sagt Miller. »Weil er nie wieder in der Lage sein wird, dich zu finden. Er nicht und auch sonst keiner.«

Ich brauche einen Moment, dann begreife ich, und obwohl das angesichts von allem, was an diesem Tag geschehen ist, vollkommen unangemessen ist, muss ich grinsen.

26 NICO

Der Speisesaal des Hotels grenzt direkt an die Küche. Er sieht genau so aus, wie ich ihn mir vorgestellt habe: kleine Holztische mit ebensolchen Stühlen, altmodische kleine Lampen an der Decke, die gelbliches Licht spenden, und Bilder mit nautischen Motiven an den weiß getünchten Wänden. Das Mobiliar ist mit weißem Stoff bedeckt, wohl, um es während der Wintermonate vorm Staub zu schützen, und die Stühle sind allesamt hochgestellt. Nur der runde Tisch in der Mitte des Raumes ist parat gemacht. Vier Stühle, einfache, makellos weiße Tischdecke, Gedecke für vier Personen. Ellen entweicht ein entzückter Aufschrei, als sie die winzige Vase in der Mitte des Tisches entdeckt, in der ein paar Schneeglöckchen stecken.

»Oh mein Gott«, sagt sie. »Sie hat sich so viel Mühe gemacht!«

Zehn Minuten später biegt sich der Tisch beinahe unter den Speisen, die Madame Esther aufgetragen hat, und mir ist nicht nur schleierhaft, wer das alles essen soll, sondern auch, wie sie das alles in so kurzer Zeit zubereitet hat. Auf Ellens Frage, ob noch eine weitere Person mit uns essen könne, hatte Madame Esther nicht mit Irritation, sondern unverhohlener Freude reagiert, ganz im Sinne von *the more, the merrier*. Als Ellen und ich ankamen, wirkte es auf mich, als sei sie ein wenig bekümmert über die Unannehmlichkeiten, die ein Gästepaar außerhalb der Saison ihr bereiten werde. Inzwischen scheint sie jedoch nicht nur versöhnt mit unserer Ankunft, sondern ausgesprochen froh darüber. Als sie Miller erblickt, stutzt sie kurz, schenkt ihm dann jedoch ein mädchenhaftes Lächeln, errötet und nennt ihn Ellen gegenüber einen *homme très beau*, und das verstehe sogar ich.

Mir wird bald klar, dass Madame Esther nicht einfach nur eine gute Köchin ist, sie ist eine Zauberin. Nachdem sie uns als Vorspeise eine rahmige Suppe mit Lauch serviert hat, verschwinden meine Kopfschmerzen. Die wunderbar herzhafte Tarte, die sie danach aufträgt und die mich entfernt an Zwiebelkuchen erinnert, vertreibt die Angst aus meinem Herzen, die gedämpften Muscheln den Zorn, und das süße Grießflammeri mit eingeweckten Aprikosen füllt es mit Liebe. Das Essen ist umwerfend, der kalte Weißwein auch. Aber noch mehr freue ich mich über die Tatsache, dass Madame Esther sich völlig selbstverständlich zu uns setzt und, soweit unser Französisch das erlaubt, mit uns plaudert.

Wir erfahren, dass Madame Esther nicht aus der Region stammt, sondern von der Côte d'Azur und dass sie der Liebe wegen hergezogen ist vor vielen, vielen Jahren. Ihr Mann, mit dem zusammen sie das Hotel führte, ist vor fünf Jahren gestorben. Inzwischen sei ihre älteste Enkelin in das kleine Familiengeschäft eingestiegen, eine wunderbare Überraschung, nachdem ihre Kinder keine Lust darauf gehabt hätten. Die sei allerdings während der Wintermonate im Süden und komme erst zur Saison wieder zurück. Bis dahin vertreibe Madame Esther sich die Zeit mit Kartenspielen mit ihren Freundinnen, mit Voltaire – ihrem Pudel, nicht dem Philosophen – und mit Netflix.

Als wir aufgegessen und ihre Speisen über den Klee gelobt haben, helfe ich ihr dabei, den Tisch abzuräumen. Als wir damit fertig sind, hole ich meine Kamera aus dem Zimmer und frage Esther, ob ich sie fotografieren dürfe, und wider Erwarten sagt sie Ja. Ich setze sie auf einen Stuhl in einem Nebenraum des Speisesaals, unter ein Stillleben, das, wie sie mir erklärt, ihr Mann gemalt hat. Sie blickt gelassen direkt in die Kamera und lächelt.

Als ich in den Speisesaal zurückkehre, weil Esther mich aus der Küche gescheucht hat, sind Ellen und Miller bereits in ein ernstes Gespräch vertieft.

»Das ist das Wichtigste«, sagt Miller gerade. »Es gibt Dinge, die lassen sich improvisieren. Aber das nicht.«

Ellen nickt bedächtig. Ich setze mich dazu, versuche, den Inhalt des Gesprächs aus dem Kontext zu erschließen.

»Und du musst sofort verschwinden«, fügt Miller hinzu. »Je länger du hierbleibst, desto leichter wird es, dich aufzuspüren.«

»Verstehe«, sagt Ellen.

Dann tritt Stille ein, die nur von dem Geklapper unterbrochen wird, das unsere Gastgeberin in der Küche veranstaltet.

»Und nun?«, sagt Ellen schließlich. »Was willst du?«

Ich denke erst, sie meint mich, doch sie sieht Miller an.

»Was meinst du?«

»Du hast mir sehr geholfen, und ich bin dir unendlich dankbar dafür«, sagt sie. »Aber mir ist trotz allem die Tatsache nicht entgangen, dass nicht nur Patrick mir durch halb Europa gefolgt ist. Sondern auch du. Also. Was willst du? Möchtest du mein Foto verkaufen, ist es das?«

Miller winkt ab.

»Ich habe, was ich wollte.«

Ich sehe, wie Ellen fragend die Stirn runzelt, aber ich verstehe, was er meint. Hundertprozentig.

»Und was wäre das?«, fragt Ellen.

»Die Lösung des Rätsels«, sage ich. »Rätsel nagen an uns.«

Miller wirft mir einen Blick zu, nickt.

»Ein ungelöstes Rätsel ist wie ein unerträgliches Jucken an einer Stelle, an die man einfach nicht herankommt«, sagt er und hebt die Schultern.

»Das ist alles?«, fragt Ellen.

»Das ist alles«, sagt Miller.

Ich glaube zwar nicht, dass das stimmt, ich glaube, dass es ihm neben der Lösung eines Rätsels auch um die Frage ging, ob er es immer noch draufhat. Ob er in der Lage war, die Person, die alle suchten, als Erster zu finden. Aber das spielt an dieser Stelle überhaupt keine Rolle mehr, also halte ich meinen Mund.

Miller erhebt sich.

»Ich muss los.«

»Was, jetzt noch?«, fragt Ellen. »Madame Esther gibt dir bestimmt mit Freuden ein Zimmer.«

»*Tempting*, aber ich muss weiter.«

»Fährt jetzt noch ein Zug?«

»Ich fahre niemals Zug«, antwortet Miller.

Er gibt Ellen die Hand, er gibt mir die Hand, dann geht er in die Küche, um sich von Madame Esther zu verabschieden.

»Was für ein Typ«, sagt Ellen, als wir wieder zurück in unserem Zimmer sind.

»Allerdings.«

Ich lasse mich aufs Bett fallen, die Federn quietschen.

»Und du willst wirklich abhauen?«, frage ich sie. »Also, so richtig? Komplett verschwinden? Für immer?«

»Wieso sollte sich daran etwas geändert haben?«

»Wirst du die Schauspielerei nicht vermissen?«

»Doch. Aber ich kann so nicht leben. Mit einer Zielscheibe auf meinem Rücken.«

Darauf fällt mir nichts ein. Außer vielleicht dem egoistischen Wunsch, dass ich nicht möchte, dass sie auf Nimmerwiedersehen aus meinem Leben verschwindet.

»Ich habe noch nie davon gehört, dass jemand wie du so etwas macht«, sage ich.

»Jemand wie ich?«

»Jemand, der so erfolgreich ist! So berühmt!«

»Ach, wer weiß, oder? Es gibt doch auch Leute, die glauben, dass Elvis noch lebt. Oder 2Pac!«

Sie wird wieder ernst.

»Es führt kein Weg zurück«, sagt sie. »Ich will das nicht. Ich fühle mich wie unter einem Brennglas. Ich will meine Ruhe. Ich will meine Freiheit. Ich will glücklich sterben. Ob in zwanzig Jahren oder in fünfzig. Und dafür muss man was tun. Und wenn man merkt, dass man auf dem falschen Pfad ist, dann …«

Sie hebt die Schultern.

»Es gibt kein Zurück«, wiederholt sie.

Ich schaue ihr ins Gesicht, das sich, da bin ich mir sicher, seit heute Morgen schon wieder verändert hat. Ganz leicht nur, fast unmerklich. Und dennoch. Ellen blickt zurück, lächelt.

»Und wo willst du hin?«, frage ich.

»Das weiß ich noch nicht so genau«, sagt sie. »Aber Portugal klingt nett, findest du nicht? Oder Curaçao.«

Sie überlegt.

»Gibt es in der Karibik Mauersegler?«

»Ich habe nicht die geringste Ahnung.«

»Ich will an keinem Ort leben, an dem es keine Mauersegler gibt«, sagt Ellen.

»Was ist mit deinen Freunden?«, frage ich. »Mit den Leuten, mit denen du gearbeitet hast?«

»Was soll mit ihnen sein?«

»Sollen sie sich ein Leben lang fragen, was mit dir passiert ist? Ob dich irgendein Psycho umgebracht und irgendwo verbuddelt hat? Oder dich irgendwo gefangen hält?«

Eine steile Falte erscheint zwischen Ellens Brauen.

»Ungewissheit ist das Schlimmste, glaub mir«, sage ich. »Ich wusste im Grunde, was mit meiner Mutter geschehen ist. Aber dass ihre ... dass ihr Körper nie geborgen wurde, hat mich trotzdem fertiggemacht. Ich wusste, dass ihr Grab leer ist. Das nagt bis heute an mir.«

»Was soll ich deiner Meinung nach tun?«, fragt Ellen. »Zurückkehren und mich wieder in die Form eines Lebens pressen, in die ich nie wirklich reingepasst habe? Nur damit alle anderen glücklich sind?«

»Natürlich nicht«, sage ich. »Aber vielleicht könntest du ein Lebenszeichen hinterlassen.«

»Wie?«, fragt sie.

»Ich hätte da eine Idee.«

Ellen wendet den Blick von mir ab, schaut aus dem Fenster.

»Miller kriegt einen Anfall, wenn ich das mache«, sagt sie dann, und dieses Mal müssen wir beide lachen.

»Erzähl mir von deiner Idee«, sagt Ellen.

Ich habe nur fünf Minuten gebraucht, um sie zu überzeugen, klappe mein Laptop auf, verbinde es mit dem Wi-Fi des Hotels, das tadellos funktioniert, öffne FaceTime und drücke die Daumen, dass in Berlin noch jemand abhebt. Ich habe Glück, denn schon nach kurzer Zeit erscheint Jonas Gesicht auf dem Monitor. Er befindet sich in seinem Kinderzimmer.

Jonas Zimmer ist so ordentlich, dass ich manchmal bezweifle, dass wir miteinander verwandt sind. Da sind Bücher, da sind Playmobilfiguren, da ist ein LEGO-Todesstern, da ist ein Aquarium mit allerlei Fischen, und da sind sein Computer, ein Green Screen und Kamera-Equipment. YouTube ist Jonas größte Leidenschaft, seit Jahren, und ich wundere mich immer noch, dass seine Eltern ihm erlauben, Videos hochzuladen. Natürlich nur solche, die sie zuvor kontrolliert haben, aber immerhin! Anfangs hat Jona aus seinem Leben erzählt und Fahrrad- und Skateboardstunts gemacht, später hat er sich auf einfache Tutorials verlegt, und inzwischen führt er Interviews. Die sind sogar ziemlich gut; er interviewt Gleichaltrige oder Erwachsene zu Themen wie Umweltschutz oder Kinderrechten, aber auch zu Videospielen und Filmen, die er mag. Wie er seine Gäste auswählt, hat sich mir noch nicht so ganz erschlossen, als ich ihn einmal danach fragte, antwortete er: Bauchgefühl. Auf jeden Fall mag ich seine Videos sehr gerne, und ich kann das beurteilen, ich habe sie alle – bisher sind es vierundzwanzig – viele, viele Male laufen lassen. Ein Großteil der Klicks stammt von mir. Bisher hat Jona achtundsiebzig Abonnenten. Hauptsächlich Kinder aus seiner Klasse – und Erwachsene, die von mir genötigt wurden, ihn zu abonnieren. Ben, Björn, Brad, Alba, Nilgün, Lea, Elias – die ganze Crew.

»Schwesterherz! Was gibt's?«

Er guckt mich gespannt an. Und ich bin ehrlich gesagt selbst ein bisschen aufgeregt.

»Hi, Jona«, sage ich. »Ich melde mich wegen deines Geburtstags bei dir.«

Er zieht die Nase kraus.

»Wo bist du da?«, fragt er.

»In Frankreich, am Meer. Aber keine Sorge, ich bin rechtzeitig für deine Party zurück.«

»Okeee«, macht Jona.

»Kumpel, hör zu«, sage ich. »Dieses Jahr bekommst du kein ganz normales Geschenk. Du musst selber was dafür tun.«

Jona kratzt sich am Kopf.

»Was denn?«

»Ich habe dir eine Interviewpartnerin für deinen YouTube-Kanal besorgt«, sage ich.

»Warum?«, fragt er.

»Das merkst du schon noch. Bau doch schon mal dein Equipment auf.«

Das lässt er sich nicht zweimal sagen. Er stöpselt sein Ringlicht ein, schließt ein externes Mikro an.

»Aber ich bin gar nicht vorbereitet«, sagt er dann.

»Das macht nichts. Du bist ein Filmemacher, und deine Gesprächspartnerin auch. Ihr könnt euch bestimmt super miteinander unterhalten.«

Jona macht große Augen.

»Eine YouTuberin?«, fragt er.

»Ähm, nein«, sage ich. »Eine Schauspielerin.«

Ellen rückt näher an mich ran, sodass Jona sie sehen kann. Ich runzele die Stirn. Ich bin mir nicht sicher, ob es mit ihrer Körperhaltung zu tun hat oder mit ihrer Mimik – oder ob es etwas ganz anderes ist, aber plötzlich sieht sie wieder aus wie Ellen Kirsch, der Filmstar.

»Hi, Jona«, sagt sie. »Ich freue mich sehr, dass ich auf deinem Kanal auftreten darf. Danke!«

Jona strahlt.

»Oh mein Gott, dich kenne ich«, ruft er begeistert. »Du bist Elysia!«

»Wer ist Elysia?«, frage ich verwirrt.

»Eine Figur aus einem PlayStation-Spiel, der ich meine Stimme geliehen habe. Sie klingt und sieht so aus wie ich.«

»Das ist mein Lieblingsspiel«, sagt Jona glücklich.

Ich rücke meinen Stuhl beiseite, damit Ellen sich direkt vor der Webcam platzieren kann. Ich werde offensichtlich nicht mehr gebraucht.

»Du hattest recht«, sagt Ellen, als wir uns von Jona verabschiedet und ihn angewiesen haben, das Video erst dann zu veröffentlichen, wenn wir ihm einen Wink geben. »Das mit dem Lebenszeichen fühlt sich richtig an. Jetzt bin ich wirklich frei.«

»Das ist es also für uns, oder? Du musst weiter.«

Ellen nickt.

»Und du kommst nicht zurück?«

»Nein«, sagt sie. »Ich glaube nicht.«

»Du könntest einen Bodyguard anheuern«, sage ich. »In ein Haus mit Alarmanlage ziehen.«

Sie verzieht das Gesicht.

»Weißt du, was mir so an der Idee gefallen hat, Schauspielerin zu werden?«, fragt sie.

»Fame and fortune?«, scherze ich.

Ellen grinst.

»Die Möglichkeit, eine andere zu sein. Mir eine neue Haut überzustreifen.«

Verstehe.

»Weißt du schon, wer du als Nächstes sein willst?«

Sie schüttelt den Kopf, lächelt aber. Angesichts all der Möglichkeiten, vielleicht.

»Auf jeden Fall kein Filmstar«, sagt sie.

»Wann machst du dich auf den Weg?«

»Mal sehen.«

Ich nehme die Kette ab, die ich um den Hals trage.

»Ich möchte, dass du die hier mitnimmst«, sage ich. »Sie ist so ein guter Glücksbringer.«

Ich halte sie Ellen hin, doch die macht einen Schritt zurück, als könnte sie sich an meiner Hand verbrennen.

»Ganz bestimmt nicht«, sagt sie. »Auf gar keinen Fall.«

»Sie hat sie dir geschenkt«, sage ich. »Du musst sie zurücknehmen.«

»Keine Chance, Nico.«

Ellen wendet sich von mir ab und beendet das Thema, indem sie im Bad verschwindet.

Ich betrachte den kleinen Kolibri auf meiner Handfläche, sehe zu, wie er anfängt, sich zu bewegen, erst sacht, dann schon selbstbewusster, wie er beginnt, mit seinen Flügeln zu schlagen, wie er von der Innenfläche meiner rechten Hand abhebt, ein wenig im Zimmer herumschwirrt, hier und da in der Luft steht, ein paar Runden dreht und ein paar Pirouetten, nur um schließlich wieder auf meiner Hand zu landen.

27 NICO

Als ich erwache, ist es noch dunkel, doch ich kann Ellens Umrisse am Fenster erkennen. Sie raucht nicht, sie tut gar nichts, schaut nur nach draußen. Fast hatte ich erwartet, dass sie bei Nacht und Nebel verschwinden würde, und ich bin froh, dass sie noch da ist.

»Ich habe vom Wasser geträumt«, sage ich.

Meine Stimme klingt noch ganz rau von der Nacht.

»Und von …«

Ich unterbreche mich, weil ich erst dem Traum nachspüren muss, ehe ich den Satz vollenden kann.

»Von etwas am Strand. Es war irgendwie groß und dunkel und … ich weiß nicht mehr.«

Ich strecke mich.

»Ich weiß nicht«, füge ich hinzu. »Es fühlte sich seltsam an.«

Ellen wendet mir den Kopf zu, und ich sehe es in ihrem Blick, sie müsste es gar nicht aussprechen, tut es aber.

»Ich hatte den gleichen Traum.«

Als wir eine gute Viertelstunde später das kleine Häuschen von Madame Esther verlassen, ist gerade das erste Licht im Osten zu erahnen. Es ist windig und kühl, und ich schlinge die Arme um den Körper, presse den Stoff meines Mantels an mich. Außer uns ist niemand auf der Straße, und in den meisten Häusern, die ich von hier aus sehen kann, brennt kein Licht. Was nicht weiter verwunderlich ist, hier unten reihen sich kleine Hotels und Pensionen aneinander; die Einheimischen wohnen wohl größtenteils woanders. Wie Madame Esther, deren Wohnhaus sich in der Nähe der Basilika befindet, die ich bei unserer Ankunft aus der Ferne bewundert habe, und die sagt, das Meer sei für die Gäste, ihr sei es hier unten im Sommer zu voll und im Winter zu zugig, aber in der Oberstadt lasse es sich gut aushalten, das ganze Jahr über eigentlich.

»Was, glaubst du, hat es zu bedeuten, dass wir genau gleich alt sind?«, frage ich Ellen, während wir die Straße entlanglaufen. Sie überlegt nur kurz.

»Es bedeutet, dass wir Zwillinge sind«, antwortet sie schlicht.

»Meinst du, wir träumen deswegen dieselben Träume?«

Ellen nickt. Wir gehen auf die Promenade zu, die den Strand entlangführt, das Meer ist ein bleigraues Wogen in der Ferne, ein Organismus, fremdartig und groß. Lange hat er mir Angst eingejagt, der Schlund, der mir meine Mutter nahm, der auch mich wollte und nie bekam. Nun empfinde ich nicht mehr so. Wasser und Pflanzen und Tiere, denke ich. Nicht Tod. Leben.

»Ellen?«

»Hm?«

»Was würdest du machen, wenn du nur noch ein Jahr zu leben hättest?«

Sie wirft mir einen Blick zu.

»Das hier«, sagt sie.

Der feuchte Sand knirscht unter unseren Füßen, als wir die Promenade verlassen.

»Und … was, denkst du, bleibt von uns? Wenn wir nicht mehr da sind?«

»Im Sinne von … unserem Vermächtnis?«

Ich nicke.

»Jedes Leben, das du berührt hast, schätze ich. Das ist es, was du hinterlässt.«

Der Wind fährt mir unter die Jacke, bauscht sie einen Moment lang wie ein Segel.

»Das ist gut«, sage ich.

Ellen grinst.

»Ich glaube, das ist von Oprah.«

Ellen und ich wechseln kein Wort mehr, aber irgendwie zieht es uns beide in dieselbe Richtung: das Wasser. Ellen neben mir schlingt die Arme um den Körper, um sich gegen den Wind zu schützen, ihr inzwischen blondes Haar – bilde ich mir das ein, oder ist es schon wieder einige Schattierungen heller und um einige Zentimeter länger geworden? – flattert im Wind. Eine Strähne hat sich in Ellens Mundwinkel verfangen, sie schiebt sie sich hinters Ohr, doch sie landet sofort wieder zwischen ihren Lippen, und Ellen gibt auf und lässt sie einfach dort. Sie sieht ein wenig aus wie eines der dünnen, schönen, leicht androgynen Models aus einem Hugo-Boss-Spot, denke ich und betrachte sie genauer, während sie sich hier und da nach Muscheln bückt und sie immer dann, wenn ihr eine geschlossene unterkommt, zurück ins Meer wirft. Nein, ich habe mich nicht geirrt. Der Gedanke, der mich in Paris kurz gestreift hat und den ich sofort wieder verworfen habe, war nicht so abwegig, wie ich dachte. Ellen verändert sich. Nicht nur ihre Haare sind binnen Tagen viel schneller gewachsen, als es möglich sein sollte. Auch ihr Gesicht hat sich verwandelt. Über Nacht. Als sie mit Jona sprach, ähnelte sie noch der Frau auf den Plakatwänden für *The*

Vanishing, doch von der ist inzwischen kaum noch etwas übrig. Ihre markanten Wangenknochen, die nicht nur auf der Leinwand so toll aussehen, sondern Ellen diesen spezifischen Model-Look verleihen, sind immer noch sichtbar, wirken jedoch weniger ausgeprägt. Ihre Nase sieht ein klein wenig anders aus als noch vor einigen Tagen, auch wenn ich nicht genau den Finger darauf legen kann, worin die Veränderung besteht.

»Was ist los?«, fragt Ellen, bückt sich nach einer Muschel, lässt sie wieder fallen und wirft mir einen Blick zu, während sie sich aufrichtet.

Ich antworte nicht, sehe sie nur an. Irre ich mich, oder …?

»Was?«, sagt Ellen, kickt spielerisch Sand in meine Richtung und lacht.

»Nichts«, sage ich und gehe auf sie zu, fasse ihr ins Haar, als habe sich etwas darin verfangen, ein Blatt vielleicht oder ein Fussel oder was auch immer, doch eigentlich suche ich nur einen Vorwand, um sie in Ruhe und aus der Nähe zu betrachten. Ellen hält still und sieht mich aufmerksam aus ihren grauen Augen an.

»Alles okay mit dir?«, fragt sie. »Hast du Kopfschmerzen?«

Ich schüttele den Kopf.

»Mir geht's gut«, sage ich.

Und das stimmt. Kurt hat sich seit vielen Tagen nicht gemeldet, und die schmerzhaften Stellen an meinem Hals, die ich der Auseinandersetzung mit Patrick verdanke, heilen unerwartet schnell. Wenn man mal alles bedenkt, was in den letzten Tagen geschehen ist, geht es mir viel zu gut. Es ist nur halt so: Ich hätte wetten können, dass Ellens Augen grün sind.

Während ich noch mit mir selbst darüber debattiere, ob es an mir liegt oder am Licht oder sonst was oder ob meine

Freundin sich wirklich und wahrhaftig und vor meinen Augen transformiert, wendet sie den Blick plötzlich nach links, und ein Schatten legt sich über ihr Gesicht.

»Dort«, sagt sie.

Ellen beschleunigt ihre Schritte, und ich tue es ihr nach. Sie muss mir gar nicht genauer sagen, was sie mit dort meint, denn ich spüre es auch. Oder nein, ich spüre es nicht, ich erinnere mich. Dort hinten ist etwas, ich bin diesen Weg in meinem Traum gegangen, und nun gehe ich ihn ein zweites Mal. Dort ist etwas, gerade so außer Sicht. Wir beginnen zu laufen, während die Morgendämmerung den Strand in fahle Farben taucht. Und dann sehen wir sie. Die riesigen Schemen in der Ferne. Zunächst werden wir langsamer, dann bleiben wir ganz stehen. Sehen, ohne zu begreifen.

»Was ist das?«, fragt Ellen nach einer Weile.

Der Anblick, der sich uns bietet, ist so eigentümlich, dass ich zwei, drei Augenblicke lang nur dastehen und schauen kann. Dieses Bild ist so fundamental falsch, dass mein Gehirn es zunächst nicht verarbeiten kann, und der erste Gedanke, der mir kommt, ist der, dass ich halluziniere. Der zweite ist der, dass es sich um Kunst handeln muss. Um ein monströses, größenwahnsinniges, grausames Kunstwerk. Aber das ist natürlich Unsinn. Kein Künstler hätte das arrangieren können, das hier ist echt, auch wenn es nicht so aussieht. Ich atme zitternd ein und so langsam wie möglich wieder aus, als die Realität dessen, was ich da sehe, bei mir ankommt. Die Trauer legt sich auf mein Herz und über meinen Körper wie Blei, und plötzlich fühle ich mich so schwer, dass ich mich am liebsten einfach in den Sand fallen lassen und sehr, sehr lange nicht wieder aufstehen würde. Ich bin traurig, und ich bin müde.

»Das sind Wale«, sage ich leise.

Ellen macht den Mund auf und wieder zu. Einen Moment lang sehen wir einander nur an, dann gehen wir auf die riesigen Körper zu, die, von Wellen umspült, völlig regungslos im seichten Wasser liegen. Es sind drei. Der erste, den wir erreichen, ist riesig. Es ist der größte der drei, wenn die Perspektive nicht täuscht, und er ist mindestens zwölf Meter lang. Er liegt längs zur Brandung, die Wölbung seines Körpers ein Hügel, seine enorme Schwanzflosse von einer Größe, die ich kaum glauben kann. Seine Haut, falls man das so nennt, ist von dunklem Grau und hier und da weiß gemasert, und wenn ich mir Dokumentationen über Wale angesehen habe, dachte ich stets, dass ihre Haut gummiartig aussähe, aber das stimmt nicht. Absolut nicht.

Die beiden anderen liegen ein Stück weit entfernt, ein wenig kleiner, aber nicht minder beeindruckend, nicht minder herzzerreißend, wie einsame Astronauten, weit weg von der Erde, weit weg von ihrer Raumkapsel, ganz allein in einer lebensfeindlichen Umgebung, weit weg von allem, was ihnen vertraut ist, im kalten, dunklen All.

»Ich wusste nicht, dass es hier Wale gibt«, sagt Ellen.

Sie spricht leise, mit der Art von Tonlage, die man während eines Gottesdienstes verwendet. Oder auf einer Beerdigung. Natürlich, denke ich. Sie spürt es auch.

»Das wusste ich auch nicht«, sage ich.

Vielleicht gibt es hier auch gar keine Wale, denke ich. Vielleicht haben sie sich verirrt. Mein Herz ist so schwer, dass ich mich wundere, dass es überhaupt noch schlägt. Noch nie habe ich ein Wesen gesehen, das so einsam auf mich wirkte wie dieser gestrandete Wal. Sein riesiges Maul ist leicht geöffnet, und nun, wo es heller und heller wird, kann ich sein Auge erkennen, winzig in Relation zu seinem Körper. Ich starre es an, und da ist keine Bewegung, da ist kein Erkennen, da ist rein gar nichts, was meine plötzliche Überzeugung erklären könnte, aber mit einem Mal weiß ich es so sicher, wie ich weiß, dass mein eigenes Herz noch schlägt.

»Er lebt«, sage ich.

Ellens Augen weiten sich.

»Oh mein Gott«, sagt sie. »Bist du sicher?«

»Ich bin sicher.«

Kurz starrt Ellen mich an, dann fängt sie an, ihre Manteltaschen abzuklopfen.

»Scheiße«, sagt sie. Und dann: »Hast du dein Handy dabei? Meines liegt im Hotel.«

Ich taste meine Manteltasche ab, schüttele den Kopf. Wir sehen uns an, dann fangen wir an zu rennen. Zurück zum Ort, zurück dahin, wo Menschen sind.

Eine Stunde später ist es immer noch früher Morgen, doch am Strand haben sich zahllose Menschen zusammengefunden. Als Ellen und ich rufend in Richtung Ortschaft zurückgelaufen sind, war der Erste, der uns begegnete, ein Teenager, der gerade Zeitungen austrug. Kylian. Ellen brauchte eine Weile, um ihm begreiflich zu machen, was los war, was nicht so sehr an ihren sprachlichen Fähigkeiten lag, sondern eher daran, dass der Junge – schmal, rothaarig und ausgesprochen hübsch unter seiner Akne – ihr zunächst nicht glaubte. Doch Ellens Dringlichkeit irritierte ihn schließlich so weit, dass er sein Handy rausholte und es Ellen lieh, damit die die Polizei rufen konnte. Wir hatten auf unserem Weg zurück zum Ort kurz besprochen, was wir tun sollten, und das schien uns die einzige Möglichkeit zu sein. Vielleicht würde die hiesige Polizei wissen, was zu tun war. Und tatsächlich: Nachdem die Frau, mit der Ellen gesprochen hatte, sich zweimal von Ellen hatte versichern lassen, dass es sich um keinen Scherz handelte, sondern dass wirklich und wahrhaftig drei Pottwale am heimischen Ufer gestrandet waren, ließ sie sich von Ellen den genauen Standort durchgeben – und legte auf.

»Wie lange brauchen die?«, fragte ich.

»Keine Ahnung«, sagte Ellen. »Hat sie nicht gesagt.«

Ich warf einen Blick zurück zum Strand, während der Junge immer noch unschlüssig vor uns stand und schüchtern darauf wartete, dass Ellen ihm sein Mobiltelefon zurückgab. Die zwei Wale weiter hinten am Strand, die beiden kleineren, wurden noch dann und wann von Wellen überspült, doch der größte von ihnen, der erste, den wir gefunden hatten, lag beinahe auf dem Trockenen.

»Wir müssen sie nass halten«, sagte ich. »Wir brauchen Hilfe.«

Der Junge hatte inzwischen aufgegeben, unserem Austausch auf Deutsch zu lauschen, war auf das Mäuerchen gestiegen, das an der Promenade entlangführte, und hatte sich ein paar Meter von uns entfernt, um besser sehen zu können. Seine Augen waren weit und kugelrund, als er zu uns zurückkam, und Ellen sagte schnell etwas zu ihm auf Französisch, was ihn dazu brachte, auf sein Rad zu steigen und so schnell davonzufahren, dass ich mir Sorgen um ihn gemacht hätte, wenn die Straßen hier nicht so verlassen gewesen wären.

»Was hast du ihm gesagt?«, fragte ich.

»Ich habe ihm gesagt, dass wir so viele Menschen und so viele Eimer brauchen wie möglich.«

»Wir können nicht auf ihn warten«, sagte ich und sah mich um.

In einigen der Häuser in erster Reihe brannte inzwischen Licht, die Strandpromenade bestand also doch nicht nur aus Hotels. Ich prägte mir ein, was »Hier sind Wale gestrandet, wir brauchen Ihre Hilfe« auf Französisch heißt, dann teilten

Ellen und ich uns auf und begannen, an Türen zu klingeln und Leute zusammenzutrommeln. Zunächst stieß ich auf eine Mischung aus Misstrauen und Unverständnis, als mir am ersten Haus, an dem ich mein Glück versuchte, eine Frau um die vierzig im Frotteebademantel die Tür öffnete, doch irgendetwas in meinem Gesicht oder in meiner Stimme brachte sie dazu, nach ihrem Mann zu rufen, und der sprach ein wenig Englisch. Mit Eimern und Schaufeln bewaffnet und ein gutes Dutzend Menschen in Gummistiefeln und schweren Mänteln im Schlepptau liefen wir so schnell wir konnten wieder hinunter an den Strand.

Der Anblick der gewaltigen Tiere, die so hilflos daliegen, vom seichten Wasser umspült, trifft mich erneut wie ein Schlag, und trotz der Geschäftigkeit, die alle Menschen um uns herum sofort an den Tag legen, spüre ich, dass es den anderen genauso geht. Niemand von uns weiß so recht, was zu tun ist, aber wir folgen unserem Instinkt. Haben uns in drei Gruppen aufgeteilt, füllen Eimer mit Meerwasser und begießen die riesigen Leiber der Wale damit. Wieder und wieder, bis zur Erschöpfung, jede und jeder von uns ein kleiner, hoffnungsvoller Sisyphos. Dann kommt Kylian zurück, mit einer noch viel größeren Gruppe von Menschen, und nun sind wir genügend Personen, um eine Kette zu bilden, und das erleichtert die Dinge. Wir arbeiten Seite an Seite, Ellen und ich am größten der drei Wale, sie direkt neben mir, zu meiner Rechten, links von mir ein großer Mann mit groben, starken Händen und dichten Brauen; niemand spricht, die Stimmung ist ganz merkwürdig und unwirklich, während wir keuchend vor Anstrengung und schwitzend im Winterwind Eimer um Eimer füllen, und der Ton, den ich schon in meinen Träumen gehört habe, ist noch da, schwillt an, langsam, aber stetig, aber noch leben die drei Wale, das sehe ich. Ich weiß nicht, wie lange wir schweigend und schwitzend und frierend und durchnässt und sorgen- und hoffnungsvoll vor uns hin gearbeitet haben, Schulkinder und Rentnerinnen, Arbeiter und Postbotinnen und Spaziergänger und wer sich noch alles hier am Strand eingefunden hat, aber schließlich kommt die Polizei, und entgegen meiner Befürchtung, dass man nur anrücken werde, um herauszufinden, wer da in aller Früh Scherzanrufe tätigt, haben sie Ellens Meldung ernst genommen, denn wie sich herausstellt, haben sie eine Gruppe junger Leute dabei, die sich als Mitglieder einer NGO herausstellen, die sich um die Erhaltung der Walpopulation kümmert – und die wissen, was zu tun ist.

Sabina, eine hagere junge Frau, der die Kompetenz ins Gesicht geschrieben steht, weist einen Teil von uns, der damit begonnen hat, mühsam Sand von den Tieren wegzuschaufeln, im Gedanken, ihnen so den Weg zurück ins Meer frei zu machen, an, sich lieber auch Eimer zu schnappen, um die Wale feucht zu halten, denn das Schaufeln sei vergebliche Liebesmüh, dafür kämen Bagger.

Und tatsächlich, entweder wurde das alles unfassbar schnell organisiert, oder wir arbeiten hier schon sehr lange, auf jeden Fall erscheinen an der Strandpromenade wie auf Kommando drei Bagger, die bald darauf beginnen, Rinnen zu graben, während alle freiwilligen Helferinnen und Helfer nach wie vor Eimer um Eimer über die Walkörper gießen. Meine Arme brennen, ich spüre, wie meine Muskeln nachgeben, und ich sehe, dass alle Menschen in meinem Umfeld ähnlich erschöpft sind wie ich, doch niemand lässt die Arme sinken, niemand hört auf. Ellen hat einen stillen, entschlossenen Ausdruck im Gesicht, genau wie Kylian, der offensichtlich seine halbe Schule zusammengetrommelt hat. Er arbeitet mit zusammengepressten Lippen. Das Mädchen neben ihm wiederholt immer wieder denselben Satz, den ich nicht verstehe, der aber sicher von ihrem Unglauben angesichts dieser surrealen Situation handelt, die Frau hinter mir, die, die mir zuerst die Tür öffnete, arbeitet fluchend, der Mann mit den großen Händen neben mir schweigt, doch ihm laufen stumme Tränen übers Gesicht. Wir alle verstehen, dass es hier um etwas geht, um etwas Großes, größer als die gewaltigen Körper der drei Meeressäuger. Wir verstehen unausgesprochen, dass diese Tiere nicht hier sein sollten, wir verstehen, wie grausam es ist, dass sie es doch sind, und wir begreifen auf einer Ebene, die wohl niemand von uns genauer benennen könnte, dass es unsere Schuld ist, dass diesen Tieren geschehen ist, was ihnen geschah; und wir versuchen, es wiedergutzumachen, ein bisschen wenigstens, Eimer um Eimer, Eimer um Eimer, Eimer um Eimer, wenigstens ein bisschen. Und deswegen trifft es uns auch so, als die Frau, die sich als Sabina vorgestellt hat, ihren Kollegen etwas zuruft, das ich erst nicht verstehe, das sich aber schnell unter den Helferinnen und Helfern verbreitet. Einer der Wale ist nicht mehr am Leben. Ich wische mir mit dem Ärmel meiner Jacke über die Augen, aber ich höre nicht auf, genau wie die Menschen um mich herum höre ich nicht auf. Und dann rücken die Bagger näher, und dann löst mich jemand ab, und ich lasse es zu, denn ich bin so erschöpft, dass ich mich kaum noch auf den Beinen halten kann, und Ellen ist neben mir, und wir taumeln ein paar Meter von dem Wal weg, so weit, dass wir niemandem im Weg stehen, den Helferinnen nicht, den Polizisten nicht, Sabina und ihren sechs Kollegen von der NGO nicht, und lassen uns einfach in den feuchten Sand fallen. Wir sprechen nicht, sehen stumm zu, wie die Menschen, die uns abgelöst haben, um das Leben der zwei Tiere kämpfen, immer noch, Eimer um Eimer, sehen zu, wie die Bagger fortfahren, den Tieren einen Wasserweg zu graben, wie ihre Motoren die Rufe, das Keuchen, die gemurmelten Flüche übertönen. Eine alte Frau, die sich, sobald ich meine Tränen weggeblinzelt habe, als Esther entpuppt, gibt Ellen und mir etwas zu trinken und sagt etwas zu Ellen, dann verschwindet sie, um auch andere der Helferinnen und Helfer mit Wasser zu versorgen. Eine Gruppe Kinder steht um den toten Wal herum wie eine Trauergesellschaft, manche von ihnen weinen. Auch Ellen weint.

Dann, als wir wieder in der Lage sind aufzustehen, gehen wir zurück an die Arbeit. Eimer um Eimer.

Es ist seltsam, wie deutlich die Präsenz dieses riesigen Tieres zu spüren ist, vor dem wir stehen und das nicht mit uns kommuniziert, ja sich noch nicht einmal bewegen kann. Doch in diesem riesigen Körper schlägt ein großes, starkes Herz, und ich weiß nicht, wieso, aber ich kann es fühlen. Und ich darf nicht zulassen, dass es damit aufhört, auch das weiß ich. Und wenn es das Letzte ist, was ich tue.

Inzwischen sind wir sicher gut sechzig Leute, die unermüdlich arbeiten. Ein junger Mann ist so erschöpft, dass er einfach umfällt und von seinem Freund in den Sand gesetzt werden und Wasser eingeflößt bekommen muss.

Als sich herumspricht, dass auch der zweite Wal nicht mehr am Leben ist, höre ich, wie die Gruppe der Helferinnen einen kollektiven Seufzer ausstößt, und mir knicken die Beine weg. Heiße Tränen laufen mir über die Wangen, aber wir machen einfach weiter. Auch die Menschen, die sich um das verendete Tier gekümmert haben, hören nicht sofort auf, übergießen es weiter mit Wasser, bis Sabina sie dazu bringen kann, damit aufzuhören. Mit gesenkten Köpfen stehen sie da. Ich wende den Blick ab, versuche, nichts zu hören, nichts zu sehen und nichts zu denken, den düsteren, drohenden Ton auszublenden, versuche, nichts zu sein als Bewegungsablauf. Eimer nehmen, nach links drehen, Eimer weitergeben, nach rechts drehen, Eimer annehmen.

Wir arbeiten bis zur Erschöpfung und darüber hinaus. Es wird Vormittag, es wird Nachmittag. Am frühen Abend sitzen viele von uns erschöpft und zitternd im Sand. Die Bagger haben ihre Arbeit getan, vor dem größten der drei Wale befindet sich eine Rinne, die ihm den Weg zurück ins Meer ebnen soll. Schweigend sehen wir zu, wie das Tier mit schwerem Gerät angehoben, in ein Netz verfrachtet und zurück ins Meer geschleppt wird. Niemand sagt etwas, wir schauen nur. Angstvoll, hoffnungsvoll, zitternd vor Anspannung und Kälte und schierer Erschöpfung. Wir stehen auf, um besser sehen zu können, viele Menschen stehen knietief im Wasser, scheinen die Kälte kaum zu spüren, auch Ellen und ich waten ins Wasser, wollen näher an das Tier, als könnten wir ihm so den letzten Rest Energie abgeben, den wir noch übrig haben. Wir sehen zu, wie der Wal zu Wasser gelassen wird. Alles ist still. Niemand sagt etwas. Nichts passiert. Nichts. Zwei, drei, zehn Sekunden lang. Ich spüre, wie wir kollektiv den Atem anhalten. Die Schulkinder und die Polizei, Esther und ihre Freundinnen, Sabina und ihr Team, Kylian und seine Freundinnen und Freunde, Ellen neben mir. Als der gewaltige Körper da draußen im Wasser sich zu bewegen beginnt, heulen wir alle.

Nachdem wir geduscht haben und Madame Esther uns in einige ihrer Kleider gesteckt hat, die uns beiden erstaunlich gut passen, sitzen wir noch lange auf dem Mäuerchen, das die Hafenpromenade vom Strand trennt, ziemlich genau da, wo wir am Morgen Kylian auf seinem Fahrrad angehalten haben, und blicken aufs Meer. Viele der Einheimischen sind noch hier, auch ihnen scheint es schwerzufallen, einfach nach Hause zu gehen. Trotz der Kälte und der Dunkelheit, die sich längst wieder über den Strand gesenkt hat, stehen sie in kleinen Gruppen herum und reden. Die beiden verendeten Tiere wurden in der Zwischenzeit abtransportiert, und ich bin froh, dass wir das nicht miterlebt haben, weil wir zu dem Zeitpunkt dabei waren, uns in unserem Hotelzimmer zumindest halbwegs aufzuwärmen. Auch die Bagger sind abgezogen, ebenso wie die Polizei. Die Straßenlaternen spenden gelbliches Licht. Wir trinken Rotwein aus Plastikbechern, die der Mann mit den großen Händen und den dichten Brauen, der den halben Tag neben mir gearbeitet hat, uns mit einem stummen Lächeln in die Hände gedrückt hat.

»Was denkst du?«, fragt Ellen.

Ich überlege kurz.

»Ich glaube, ich habe gerade darüber nachgedacht, dass ich ganz vergessen hatte, wie wunderbar Menschen manchmal sein können«, sage ich.

Mein Blick wandert zu Sabina hinüber, die als Einzige aus ihrem Team noch geblieben ist, um sich mit den Einheimischen zu unterhalten. Sie raucht und trinkt mit einer kleinen Gruppe von Teenagern, und jetzt, wo sie den Kopf in den Nacken legt und lacht, frage ich mich, ob sie nicht selbst fast noch ein Teenager ist. Früher am Abend hat sie Ellen und mir erklärt, dass in den letzten Jahren immer häufiger Wale strandeten, auch hier, in Frankreich, und auch immer mal an Orten, die keinen Sinn ergeben. Die Gründe dafür seien nicht immer klar. Aber meistens seien sie menschengemacht. Sie zuckte mit den Schultern, schüttelte den Kopf, und kurz schien es, als werde sie anfangen zu weinen. Doch sie fing sich. Was für ein Tag, sagte sie nur. Und dann noch einmal: Was für ein Tag. Boote hatten den überlebenden Wal noch bis in tiefere

Gewässer begleitet, hatten ihn schließlich davonschwimmen sehen. Sabina war in einem dieser Boote gewesen.

Wie schön das sein muss, in schon so jungen Jahren so genau zu wissen, wer man ist, wofür man steht und wofür nicht, was man will und wofür man kämpft.

»Was für ein Tag«, sage nun auch ich.

Ellen nickt.

Der Wind fährt mir in die Kleider, und ich beginne zu frieren. Aber ich sage nichts, denn ich will noch ein bisschen hierbleiben, mit Ellen, am Strand. Ihre Verwandlung ist abgeschlossen, sie ist nicht wiederzuerkennen. Kurz bin ich versucht, sie zu fragen, wie sie das macht, aber dann beschließe ich, einfach zu akzeptieren, dass es das gibt: angewandte Magie.

Ich schaue aufs Wasser. Ich denke an meine Mutter und an alle, die mit ihr starben, damals. Ich denke an Ellens Kind.

Ich denke an Kurt.

»Was für ein Zufall«, sage ich.

»Was meinst du?«, fragt Ellen.

»Dass sich ausgerechnet zwei Versehrte wie wir treffen.«

»Denkst du, da sind wir etwas Besonderes?«

Ich hebe die Schultern.

»Du kennst doch dieses Restaurant bei dir in der Straße, das persische«, sagt sie. »Es hat immer auf, jeden Tag. Außer am 27. Dezember. Ich habe den Besitzer mal gefragt, warum, und da hat er mir erzählt, dass das der Tag ist, an dem sie seinen jüngeren Bruder gehängt haben, damals im Iran. An diesem Tag kann er nicht arbeiten.«

Ich schließe die Augen.

»Oder erinnerst du dich an Kerstin?«, fragt Ellen. »Meine Assistentin? Du hast sie auf meiner Silvesterparty gesehen.«

Ich nicke.

»Als sie drei war, hat sich ihr Vater vor einen Zug geworfen.«

»Das ist ja schrecklich«, sage ich leise.

»Er hat keinen Abschiedsbrief hinterlassen, keiner weiß, warum er das gemacht hat.«

Ellen saugt an ihrer E-Zigarette, das Gerät zischt leise.

»Du hast recht«, sage ich. »Ich muss dringend aufhören, mich über mein Schicksal zu beklagen.«

»So habe ich das nicht gemeint«, sagt Ellen. »Kurt ist nicht weniger echt, nur weil die ganze Welt so voller Leid ist. Das mit deiner Mutter ist deswegen nicht weniger schlimm. Ich wollte nur sagen, dass du damit nicht alleine bist.«

Sie schweigt eine Weile.

»Nachdem das Baby gestorben war, habe ich mir nachts im Bett immer vorgestellt, dass Tausende Frauen irgendwo da draußen genauso wach liegen wie ich, weil ihnen das Gleiche passiert ist wie mir, dass sie genauso fühlen wie ich.«

Sie stockt, zuckt mit den Schultern, und wir schweigen ein bisschen gemeinsam, weil es eigentlich nichts mehr zu sagen gibt, und das fühlt sich gut an.

Wir verabschieden uns, indem wir einfach noch ein bisschen nebeneinandersitzen und aufs Meer schauen.

Als ich am nächsten Morgen erwache, ist Ellen verschwunden. Dieses Mal für immer.

28 NICO

Wir haben Frankreich längst verlassen, als ich hochschrecke. Mein linker Arm, auf dem ich gegen das Zugfenster gelehnt geschlafen habe, kribbelt, erwacht nur langsam wieder zum Leben. Und auch ich muss mich erst wieder zurechtfinden.

Ellen ist weg, ich bin wieder alleine. Und das ist okay, denn es gibt keine Geheimnisse mehr, ich weiß, was ich wissen wollte. Ich weiß, was mit Ellen geschehen, weshalb sie verschwunden ist. Und ich weiß, was sie mit meiner Mutter verband. Zeit, in die Gegenwart zurückzukehren und die Vergangenheit ruhen zu lassen. Und das werde ich auch. Bald. Nur eines fehlt noch. Und deswegen reise ich nicht auf direktem Weg zurück nach Berlin.

Der Zug ist nur spärlich besetzt, ich bin bereits ein paarmal umgestiegen, und nach einigen französischen Regionalbahnen kommt mir der deutsche ICE seltsam vertraut vor. Ich spiele mit dem Gedanken, mir einen Kaffee und einen Schokoriegel im Bordbistro zu holen, doch ehe ich mich dazu aufraffen kann, drifte ich schon wieder weg, eingelullt von den Geräuschen um mich herum und der scheinbar immer gleichen Landschaft, die im schon wieder viel zu milden Januarregen an den Fenstern vorbeizieht. Die Nacht eilt heran, und mit ihr die Gedanken, die ich ein paar aufregende französische Tage lang von mir geschoben habe.

Der Jahrestag des Fährunglücks, bei dem meine Mutter starb und das ich als einzige Passagierin zusammen mit zehn Crew-Mitgliedern überlebte, liegt schon wieder ein paar Tage zurück, und ich bin doppelt froh, dass ich zu diesem Zeitpunkt nicht in Berlin war, denn in eine Sendung zum Thema hätten mich zwar keine zehn Pferde bekommen, aber womöglich hätte ich nicht widerstehen können und mir die Berichterstattung und die Interviews zum Jahrestag der Katastrophe angeschaut, und das wäre sicher nicht gut für mich gewesen.

Ich schließe die Augen, und irgendwo zwischen Wachen und Träumen höre ich den Sound der Katastrophe, die vermaledeiten Schläge. Es beginnt immer mit den Schlägen, drei Stück. Ich befinde mich gerade an der Bar und trinke eine Cola light. Meine Mutter und ich wollen nach Schweden, die Fahrt dauert sieben Stunden, von denen man die allermeisten verschläft, wenn man es richtig anstellt, und dann wacht man am nächsten Morgen auf und ist plötzlich ganz woanders. Der Gedanke hat mich schon immer fasziniert, seit eine Schulfreundin diese Reise mit ihrem Freund gemacht hatte. Und nachdem ich ein fabelhaftes Abi hingelegt und zudem Geburtstag hatte, schenkten mir meine Eltern den Trip. Eigentlich hätte ich ihn mit meinem damaligen Freund antreten sollen, doch mit dem war nach einem Jahr, was mir damals wie eine Ewigkeit erschien, Schluss. Also sprang, nachdem Alba mich sitzen ließ, um mit ihrem Neuen nach Kroatien zu fahren, meine Mutter ein, und ich freute mich darüber, denn Sali war keine normale Mutter, auch wenn sie es nicht leiden konnte, wenn ich sie beim Vornamen nannte. Das war einer der ganz wenigen Punkte, in denen sie konventionell war: Sie wollte, dass ich sie weiterhin Mama nannte, doch das fand ich natürlich uncool und tat es nie. Aber wie gesagt, eigentlich war sie unglaublich cool. Normalerweise stritten wir daher auch nicht, wir diskutierten höchstens, weswegen ich ihr Verhalten an Bord der Fähre, nachdem sie mich so lange allein gelassen hatte, obwohl wir eigentlich abgemacht hatten, früh zusammen an Bord zu gehen, so verwirrend gefunden hatte.

Der Gedanke, dass es an Bord der Fähre eine Bar gab, hatte mich überrascht und mir sehr gefallen, ich fand das sehr glamourös, Drinks auf hoher See. Doch tatsächlich stellte sich der kleine Raum nur eine Ebene unter dem Oberdeck als maximal unglamourös heraus, die Bar war ähnlich altmodisch holzverkleidet und hier und da verspiegelt, wohl um ein Gefühl von Weite zu erzeugen, wie unsere Kabine. Tatsächlich war ich die Einzige, die es zu dieser Zeit noch aus ihrer Kabine gezogen hatte. Ich trank die Cola mit Zitronenspalte, die mir ein wortkarger Typ mit blank polierter Glatze und müden hellblauen Augen hingestellt hatte, und betrachtete mich im Spiegel, der hinter der Theke angebracht war, ohne dass es zu sehr auffiel.

Als der erste Schlag ertönte, hatte ich mein Glas gerade geleert und den Zitronenschnitz ausgesaugt, mir die Finger abgeleckt und gezahlt, weswegen es einen skurrilen Moment lang so wirkte, als stünde der Schlag, den es getan hatte, in irgendeinem kausalen Zusammenhang mit dieser soeben beendeten Transaktion. Der Barmann und ich sahen einander an, und in seinem Gesicht las ich sofort, dass etwas ganz und gar nicht in Ordnung war. Ehe ich meine Cola bestellt hatte, hatte ich aus Langeweile versucht, den Mann in ein Gespräch zu verwickeln. Viel hatte ich nicht aus ihm herausbekommen, aber dass er seit Jahren hier an Bord arbeitete und die Überfahrten für ihn absolute Routine waren, das wusste ich. Und deswegen wusste ich auch sofort, dass etwas ganz und gar nicht stimmte. Ehe einer von uns auch nur etwas sagen konnte, folgte ein weiterer Schlag, und dieser erschütterte das

Schiff so sehr, dass ich es unter meinen Füßen zittern fühlen konnte.

»Was war das?«, sagte ich.

Er antwortete nicht, starrte mich nur an. Ich wandte mich um und rannte aus der Bar, versuchte mich zu orientieren. Unsere Kabine befand sich weit unten, im Bauch des Schiffes, wir waren Treppen hinabgegangen, nachdem wir an Bord gekommen waren. Ich fand den Weg, lief einen Gang entlang und wollte gerade die Treppe hinunter, als ich feststellte, dass mir von dort eine ganze Gruppe von Männern entgegenkam, die leicht als Crew zu erkennen waren. Während ich verzweifelt darauf wartete, dass sie den Weg freigaben, folgte ein dritter Schlag, und wo beim zweiten der Boden unter meinen Füßen gezittert hatte, bebte er nun. Ich presste mich an die Wand hinter mir, während die Männer an mir vorüberliefen, ohne mir weiter Beachtung zu schenken. Ich ließ sie ziehen, rannte die paar Stufen hinab, die sie heraufgelaufen waren, denn hier war etwas furchtbar schiefgelaufen, und meine Mutter war noch da unten, im Bauch des Schiffes, und zwar alleine, womöglich sediert von den Schlafmitteln, die sie hin und wieder nahm, bevorzugt auf langen Reisen. Auf der letzten Stufe stolperte ich, weil der Untergrund erneut schwankte, taumelte und fing mich, wollte weiter – und lief in einen jungen Mann hinein, sehr groß, sehr blond, Schwede vielleicht?, jedenfalls ebenfalls von der Crew, wie mir seine Kleidung verriet. Erschrocken sahen wir uns an, ich wollte weiter, doch der Mann hielt mich am Arm. »Lassen Sie mich los«, rief ich und versuchte, mich zu befreien, doch der Mann hielt mich fest und deutete in die Richtung, aus der er gekommen war, sagte etwas zu mir, das ich nicht verstand.

»Nein«, schrie ich. »Ich muss zu meiner Mutter!«

»No, this way«, rief der Mann.

Ich versetzte ihm einen Tritt und versuchte erneut, meinen Arm mit einem Ruck zu befreien, und dieses Mal ließ der Mann mich los. Nicht jedoch aus freien Stücken, sondern weil die Welt in diesem Moment aus den Fugen geriet. Heute weiß ich, dass zu diesem Zeitpunkt schon Unmengen eiskalten Wassers in das Schiff eingedrungen waren, damals begriff ich nichts. Ich stürzte, schlug mir den Kopf an, rappelte mich hoch, sah den Mann neben mir, der sich hektisch umsah, als versuchte er, sich zu orientieren, und der schließlich begann, den Gang entlangzueilen.

»*This way*«, sagte er noch einmal, dann war er verschwunden.

Ich tastete mich in die entgegengesetzte Richtung, so lange, bis ich das Wasser sah.

Im ersten Moment konnte ich es nicht begreifen, es sah so unwirklich aus, das Wasser, das da im Inneren des sich stetig zur Seite neigenden Schiffes stand. Dunkel und eisig und bedrohlich. Steigend. Es dauerte zwei, drei Sekunden, bis ich begriff, dass es den Weg zurück zu meiner Kabine, zurück zu meiner Mutter, nicht mehr gab. Mein Hirn wollte den Gedanken nicht gleich akzeptieren, sperrte sich. Dann gewann mein Überlebensinstinkt die Oberhand, und ich rannte dem blonden Mann, der mich aufzuhalten versucht hatte, hinterher. Den Weg, den ich gekommen war, ich stolperte die Treppen hinauf, bis ich seinen Rücken vor mir sah. Ich folgte ihm, einen Gang entlang, in dem just in dem Augenblick die Lichter erloschen, als er eine Tür aufdrückte, die nach draußen führte. Ich hatte sie ebenfalls beinahe erreicht, als das Schiff sich auf die Seite legte.

Ich weiß nicht, weshalb ich überlebte und all die anderen nicht. Ich weiß nicht, welchen Sinn das ergibt. Ich weiß nur, dass ich nach draußen kroch, auf allen vieren. Ich weiß, dass ich auf der Seite des Schiffes stand und den Anblick nicht fassen konnte, ich weiß, dass ich versuchte, mich an etwas festzuhalten, dass ich mich schließlich in eine Lücke klemmte, um nicht abzurutschen und im Wasser zu landen, ich weiß, dass ich die anderen Überlebenden sah, einen ganz in meiner Nähe, einen Jungen, kaum älter als ich, der auf Polnisch Gebete murmelte, und ich weiß, dass ich schließlich doch im Wasser landete, weil das leckgeschlagene Schiff sank. Ich weiß, wie das eisige Wasser sich anfühlte, und ich weiß, wie der Sog des sinkenden Schiffes sich anfühlte. Ich weiß nicht, wie ich es mit einigen anderen, darunter dem blonden Mann und dem Barkeeper, auf eine Rettungsinsel schaffte. Ich weiß, dass die Wellen uns überspülten, und ich weiß, dass der blonde Mann, der sich geweigert hatte, mich in mein Unglück laufen zu lassen, abrutschte und es nicht wieder auf die Insel schaffte, sosehr wir uns auch abmühten, und ich weiß, dass wir anderen alle überlebten. Ich weiß, wie es sich anfühlte, das riesige Schiff sinken zu sehen. Ich weiß, dass ich nicht begreifen konnte, dass es wirklich geschah, dass das Schiff zunächst auf der Seite lag, dass es sich weiter drehte und drehte und dann Stück für Stück weniger wurde, bis nichts mehr von ihm zu sehen war, als hätte es nie existiert, als wäre es gar nicht da gewesen, als hätten wir uns dieses riesige Schiff einfach nur ausgedacht, das Schiff und alle Menschen darin, die es hinabzog ins Dunkel, hinab, hinab, hinab. Ich weiß um die Stille, die aufstieg wie Nebel, ich weiß um die Gesichter der anderen. Ich weiß um unser Schweigen, ich weiß um diese merkwürdige Atmosphäre, die uns kurz umfing, als die See so vor uns lag. So leer, so still. Kein Schiff. Kein Schiff. Kein Schiff.

Mama.

Ich weiß, wie es sich anfühlte, als die Hubschrauber auftauchten und die Stille zerrissen. Ich weiß, wie wir die Toten sofort vergaßen, wie wir anfingen, zu rufen und zu winken. Weil wir nicht tot waren und weil wir leben wollten.

Ich weiß, dass wir überlebten, und ich weiß, wie wir überlebten, aber ich weiß nicht, warum.

Der Zug hält, nimmt neue Gäste auf, und ich kehre in die Gegenwart zurück. Versuche es zumindest, denn die kalte Flut, der Sog des untergehenden Schiffes, die Gesichter der Männer auf der Rettungsinsel lassen mich nicht so schnell los. Immer noch nicht. Ich stelle mir vor, wie meine Mutter im Bett liegt, als das Wasser kommt. Dass es dunkel ist in der Kabine, dass sie nach dem Lichtschalter tastet, ihn findet. Das Wasser sieht. Dass sie feststellt, dass sie alleine ist. Dass ich nicht da bin. Ich stelle mir vor, wie sie aufsteht, durch das kalte Wasser watet. Den Alarm hört. Ich stelle mir vor, wie es sein muss, im Bauch des Schiffes zu sein, alleine, während das Wasser steigt und steigt. Ich stelle mir vor, wie sie sich den Gang entlangkämpft, ehe das Licht verlischt und das Schiff sich auf die Seite legt. Ich stelle mir vor, wie die Dunkelheit ihr die Kraft nimmt. Die Kälte und Schwere, der Stoff ihres Nachthemdes, die Unmöglichkeit ihres Unterfangens. Die letzten Momente im Leben meiner Mutter waren einsam und kalt. So zumindest stelle ich es mir vor, auch wenn ich das nicht will. Wissen werde ich es nie.

Als eine junge Frau mit dem Kaffeewagen vorbeikommt, bestelle ich einen großen schwarzen Filterkaffee, rühre zwei Päckchen Zucker hinein und trinke das Gebräu in kleinen Schlucken.

Die Insel empfängt mich eine Stunde später mit einem sternenklaren Himmel. Das Hotel, eine seelenlose Kette, die den Vorteil bietet, ganzjährig geöffnet zu haben, und das ich mir im Zug online gebucht habe, liegt nicht weit vom Bahnhof entfernt. Ich stelle meine Tasche ab, knipse alle Lichter im Zimmer an, dusche, ziehe frische Sachen an. Dann, es ist bereits nach acht, gehe ich zum Strand. Zum Hafen, dahin, wo wir damals an Bord gegangen, von wo aus wir ausgelaufen sind. Außer mir ist kein Mensch unterwegs. Der weiche, trockene Sand fühlt sich gut an unter meinen Füßen, als ich den Steg verlasse und auf das leise rauschende Wasser zugehe. Ich schaue zu der Klippe hinauf, die meine Mutter damals unbedingt hatte erklimmen wollen – weil irgendetwas ihr sagte, dass dort oben jemand wartete, der ihre Hilfe brauchte, auch wenn ihr das selbst vermutlich nicht klar war. Ich blicke aufs Meer. Ich weiß, dass die Stelle zwischen hier und Schweden, die Stelle, an der die Fähre sank, mit einer Leuchtboje markiert ist, und ich weiß, dass ich nie das Herz haben werde, mit einem Schiff hinauszufahren, zurück dorthin. Also verabschiede ich mich hier. Und ich denke, es ist okay. Das Herz ist mir schwer, und etwas in mir raunt mir zu, in die Fluten zu gehen, hier und jetzt, weil es nicht okay ist, dass ich weiterlebe und all die anderen da draußen nicht, aber ich bringe sie nun endlich zum Schweigen. Dass ich überlebt habe, ist das einzig Faire, was in dieser schlimmen Nacht geschah.

Ich weiß, dass die meisten Menschen glauben, wenn man so etwas erlebt hat, dann lebt man jeden Tag so, als wäre es der letzte. Dass man sich jeden Tag über die Schönheit des Planeten freut, sich nie wieder über Kleinigkeiten aufregt, jeden einzelnen Moment auskostet und würdigt. Aber das tut man nicht. Das geht gar nicht. Man lebt einfach. So jedenfalls mache ich das, solange ich noch darf. Ich schaue aufs Meer hinaus, und ich denke, dass es so vieles hält, das ich nicht sehen kann und von dem ich nichts weiß. All die zahllosen gesunkenen Schiffe und all die Seelen an Bord, all die Wale, die sich verirrt haben, all die Nixen in den Treibnetzen – all das.

Und ich denke, dass ich dem Wasser an diesem Tag entronnen bin und dass das irgendetwas bedeuten muss, auch wenn ich nicht weiß, was. Ich bin noch hier. Ich weiß nicht, für wie lange noch, aber letztlich weiß das doch niemand.

»Ich komme noch nicht«, sage ich. »Bitte verzeih mir, Mama, aber ich komme noch nicht.«

Ich stehe noch ein bisschen da, schaue, horche. Ich höre nichts, kein Dröhnen, kein Dräuen, nur die See. Der Tod ist nicht mehr hier.

29 NICO

Ich weiß nicht genau, was es ist, womöglich ist es tatsächlich die Berliner Luft – auf jeden Fall fühle ich mich sofort zu Hause, als ich am Hauptbahnhof umsteige. Ich bin wirklich, wirklich müde, sehne mich danach, in meinem eigenen Bett zu schlafen, bis ich von ganz alleine wieder aufwache, aber ehe ich das machen kann, gibt es noch die eine oder andere Sache, die ich erledigen muss.

Mein Vater und seine neue Familie leben in einer modernen Stadtvilla im Grünen, und ich habe mich bewusst nicht angekündigt, sondern ich fahre einfach hin, so wie ich bin. Meine Reisetasche über der Schulter, in den Klamotten, in denen ich vor einer gefühlten halben Ewigkeit spontan nach Brügge aufgebrochen bin und die Madame Esther freundlicherweise für mich gewaschen hat. Als ich aufs Haus zugehe, erwarte ich fast, dass mein Vater nicht hier, sondern im Büro sein wird, der Tatsache, dass er kürzer treten will, zum Trotz. Doch als ich um kurz nach elf an der Tür klingele, ist er es, der öffnet. Er wirkt nicht sonderlich erstaunt, nur ein bisschen verärgert darüber, dass ich mich nicht angekündigt habe, aber ein wenig verärgert wirkt er immer, insofern wirft mich das nicht aus der Bahn. Zwei Sekunden später höre ich Jonas Stimme.

»Wer ist das?«, fragt er. »Ist das DHL?«

Als seine blonden Locken hinter meinem Vater auftauchen, geht mir das Herz auf.

»Gut, dass du da bist«, sage ich. »Ich muss mit dir sprechen.«

»Okeee«, sagt Jona. »Kommst du mit in mein Zimmer?«

Ich nicke. Mein Vater hat sich bereits von der Tür zurückgezogen, offensichtlich froh darüber, sich nicht weiter mit mir unterhalten zu müssen.

»Mit dir muss ich auch reden«, sage ich, ehe er sich weiter entfernen kann. »Bist du noch einen Moment hier?«

Er zieht seine dichten Brauen zusammen.

»Wo soll ich sonst sein?«

Ich folge Jona in sein Zimmer, der Computer läuft.

»Ich schneide gerade das Video mit deiner Freundin Ellen«, sagt er.

»Was gibt's denn da zu schneiden?«, frage ich alarmiert.

»Nicht viel, ich mache nur den Anfang schön, mit meinem Vorspann und so.«

»Ah, verstehe. Also, genau deswegen wollte ich dich sprechen. Wann kannst du es hochladen?«

»Bin fast fertig. Ich muss es nur noch einem Erwachsenen zeigen vorher. Aber Mama ist nicht da, und Papa hat schlechte Laune.«

Er überlegt kurz.

»Aber du bist auch erwachsen, oder?«, fragt er listig.

Als ich die Treppen hinuntersteige, um mit meinem Vater zu reden, denke ich mir, dass ich andersherum hätte vorgehen sollen. Erst mit ihm reden und danach, zur Belohnung, mit Jona. Aber so ist es nun mal. Wenigstens ist Ellens Lebenszeichen, sobald der kleine Künstler da oben seine Arbeit daran beendet hat, in der Welt.

Mein Vater sitzt an seinem Schreibtisch und liest die *FAZ*.

Wir setzen uns in die Küche, mein Vater kocht Kaffee, und ich hocke mich auf eines der barhockerähnlichen Sitzmöbel, die an einer Art Tresen stehen, an dem, wie ich inzwischen weiß, die neue Familie meines Vaters normalerweise ihr Frühstück einnimmt. Alles hier wirkt so kühl, dass ich mich wundere, dass Jona in diesem Umfeld keine Frostbeulen bekommt, andererseits ist er der Sohn der Schneekönigin und meines Vaters, insofern ist er vermutlich an die Kühle gewöhnt. Jona wärmt sich von innen.

Mein Vater hantiert ewig mit Kaffeemaschine, Tassen und Milchschäumer herum, und so langsam beschleicht mich der Verdacht, dass er absichtlich herumtrödelt. Dass er eigentlich nicht gerade darauf brennt, sich mit seiner erwachsenen Tochter zu unterhalten. Und ehrlich gesagt machen wir das ja auch nie, bisher lag das allerdings auch an mir, nicht allein an ihm. Als er endlich fertig ist, stellt er mir einen ziemlich perfekt aussehenden Cappuccino hin und nippt freudlos an einem Espresso, in den er, wie ich feststelle, kein einziges Körnchen Zucker rührt.

»Was kann ich für dich tun?«, fragt er schließlich.

»Ich habe gestern Mamas Grab besucht«, sage ich.

Er hebt die Brauen.

»Also, nicht das leere Grab auf dem Friedhof«, erkläre ich. »Das Seegrab. Ich war am Strand.«

»Verstehe«, sagt er.

Vielleicht versteht er tatsächlich. Kurz nachdem ich aus dem Krankenhaus entlassen worden war damals, als der Medienzirkus rund um das Fährunglück langsam, aber auch nur ganz langsam abebbte, war er selbst ebenfalls hingefahren. Hatte sich rausfahren lassen. Alleine. Ich weiß nicht, wie es ihm erging, was ihm durch den Kopf schoss, als er aufs Meer sah, das ihm seine Ehefrau geraubt hatte. Seine, wie er immer gesagt hatte, große Liebe. Die Frau, für die er mit seinen Eltern gebrochen hatte. Er, der in so vielen Belangen so konventionell, so konservativ war. Ich habe nie ganz verstanden, was meine in jeder Hinsicht so unterschiedlichen Eltern zueinander hingezogen hatte, und ich weiß, dass ihre Beziehung komplex war, aber ich weiß auch, dass ich nie wieder ein Paar gesehen habe, das sich so geliebt hat. Und ich weiß, dass mein Vater mir nach dem Unglück zunächst all die Dinge sagte, die ich hören musste.

Ich bin so froh, dass ich dich noch habe.

Natürlich war es nicht deine Schuld.

Du bist das Wichtigste für mich.

Du darfst dir nicht die Schuld geben.

Ich danke jeden Tag Gott, dass du noch am Leben bist.

Und ich weiß, dass er verwandelt war, als er von seinem Trip an die See zurückkam. Ich weiß nicht, was es war. Vielleicht begriff er erst dort, dass meine Mutter nicht mehr zurückkommen würde. Auf jeden Fall hatte sich sein Gesicht verändert in dem halben Tag, den er fort gewesen war. Es war nicht älter geworden oder dergleichen. Nur härter. Sein Kinn wirkte kantiger plötzlich. Seine Wangenknochen schärfer. Und er blickte anders auf mich als zuvor.

»Was ist damals passiert?«, frage ich. »Als du die Stelle besucht hast?«

Seine grauen Brauen ziehen sich zusammen.

»Was soll schon passiert sein? Ich habe getrauert.«

Er zuckt mit den Schultern, unwillig, diesen Moment noch einmal mit mir zu besuchen. Er hat ja überlebt, er hat weitergemacht, hat eine neue Frau und ein neues Kind.

»Du warst so anders, als du nach Hause kamst«, sage ich. »Und …«

Ich muss ihn jetzt einfach fragen. Aussprechen, was ich noch nicht einmal meiner Therapeutin damals erzählt habe. Es vom Tisch kriegen, so oder so.

»Du hast angefangen, mich zu meiden«, sage ich. »Ich habe damals einfach nicht verstehen können, warum.«

»Ich kann mich nicht erinnern, dass ich dich gemieden hätte«, sagt er.

»Doch, das hast du«, sage ich. »Eine Zeitlang dachte ich, dass ich dich einfach zu sehr an Mama erinnere und dass du meinen Anblick deswegen nicht mehr ertragen kannst.«

Ich hebe die Schultern.

»Das war zumindest der Erklärungsansatz meiner Therapeutin. Aber ich habe mich immer gefragt, ob es das wirklich ist.«

Mein Vater wendet den Blick ab, leert seinen Espresso. Er muss scheußlich schmecken, doch er verzieht keine Miene, stellt seine Tasse ab. Sorgfältig, fast lautlos.

»Ich habe immer gedacht, dass du dir gewünscht hättest, dass es umgekehrt gewesen wäre. Dass Mama zu dir zurückgekommen wäre. Und nicht ich.«

Schweigen tritt ein.

Widersprich mir, denke ich. Sag, dass du froh bist, mich zu haben.

Mein Vater räuspert sich. Sagt nichts.

Ich betrachte einen Moment lang den unberührten Cappuccino, den er mir zubereitet hat. Eines muss man ihm lassen, denke ich. Wenigstens lügt er nicht.

Ich stehe auf und wende mich zum Gehen.

»Ich komme übermorgen zu Jonas Geburtstagsparty vorbei«, sage ich.

Als die Tür hinter mir ins Schloss fällt und der Kies unter meinen Stiefeln knirscht, wundere ich mich, dass ich nicht auseinanderfalle. Aber das tue ich nicht. Meine Augen sind trocken, als ich mir ein Taxi bestelle, meine Finger zittern nicht. Die Dinge sind geklärt, ein für alle Mal. Ich habe mich von meinen Eltern verabschiedet. Von beiden. Die Vergangenheit ist vergangen, ich bin frei.

Mein Kiez verpasst mir bei meiner Rückkehr eine Lektion in Demut. Auf dem Weg von der S-Bahn-Station zu meiner Wohnung mache ich einen Abstecher zu Mesut, um Bier und Snacks zu kaufen. Er wirft mir einen missmutigen Blick zu.

»Na, hast du mich vermisst?«, frage ich.

»Wieso vermisst?«

»Ich war verreist«, sage ich.

»Ist mir gar nicht aufgefallen.«

Auch sonst scheine ich niemandem gefehlt zu haben. Bis auf Frau Albrecht, auf deren neugierige Nachfragen ich hätte verzichten können, die mich allerdings sofort stellt, nachdem ich die Haustür aufgeschlossen und mich hindurchgeschoben habe.

Von ihr erfahre ich, dass vor ein paar Tagen die Feuerwehr angerückt ist zu einem Haus schräg gegenüber, dass es sich aber um einen Fehlalarm handelte, dass in dem leer stehenden Laden, in dem bis vor einer Weile noch ein Dönerladen gewesen war, ein Blumenladen eröffnen werde – und dass sich ein junger Mann nach mir erkundigt habe, den sie auf meine Nachfragen hin aber partout nicht genauer beschreiben kann. Zumindest passt ihre Beschreibung nicht auf Patrick, was mich beruhigt. Müller hat zwar versprochen, ihn im Auge zu behalten, aber man weiß ja nie.

Als ich es schließlich schaffe, mich von Frau Albrecht loszueisen, und meine Wohnung betrete, lasse ich meine Tasche achtlos auf den Boden fallen und lehne mich im Flur gegen die

Wand. Das Porträtfoto von meiner Mutter schaut mich an, ich schaue zurück. Der kleine silberne Kolibri flattert auf ihrer Brust, und ich frage mich, ob Ellen das kleine Kettchen, das ich ihr heimlich in das Innenfach ihrer Tasche gesteckt habe, bereits gefunden hat.

Ich hole mir ein Glas Wasser in der Küche und koche mir einen Kaffee. Ich trinke ihn in kleinen Schlucken, dann atme ich tief durch und rufe Camilla an.

30 NICO

Traumloser Schlaf, eine schnelle Dusche und ein schwarzer Filterkaffee, weil sowohl die Kuh- als auch die Hafermilch in meinem Kühlschrank während meiner Abwesenheit vom flüssigen in den festen Zustand übergegangen ist. Gerade trinke ich den letzten Schluck, als mein Handy vibriert. Meine Augen weiten sich, mein Herz fängt sofort an zu klopfen. Wie verrückt. Ben! Atemlos nehme ich den Anruf entgegen.

»Hey«, sage ich.

»Hey.«

Er klingt müde und erschöpft, aber ich kann hören, dass er lächelt. Kurz bin ich befangen. Jahrelang haben wir jeden Tag Dutzende Male miteinander gesprochen, nun fühlt er sich so fern an. So vieles ist geschehen, von dem er nicht weiß. Und so vieles, bei dem ich nicht dabei war.

»Schön, dich zu hören«, sagt er.

Ich muss lächeln.

»Likewise«, sage ich. »Ist alles okay bei dir? Ich habe erst in ein paar Tagen mit dir gerechnet.«

»Wir sind umgekehrt«, sagt er. »Zunächst sahen die Wetterbedingungen okay aus. Aber dann ist das Wetter umgeschlagen.«

»Das tut mir so leid, Ben. Ich weiß, wie sehr du dir das gewünscht hast.«

»Es ist okay«, sagt er. »Es gibt Schlimmeres. Ich probiere es nächstes Jahr noch mal.«

»Das ist gut«, sage ich. »Das ist ein guter Plan.«

Kurz entsteht eine Pause.

»Aber sag«, meint Ben. »Wie ist es dir in der Zwischenzeit ergangen? Habe ich was verpasst?«

Ich nehme den letzten, kalten Schluck Kaffee. Dann stelle ich die Kaffeetasse ab und erzähle Ben alles.

Ich verlasse die Wohnung immer noch zerknautscht und ohne Frühstück. Und trete fast darauf: Vor der Tür zu meiner Wohnung liegt eine Postkarte. Sie ist mit illustrierten Blumen bedruckt, die Art von Karte, die man in den Drehständern vor Buchläden bekommt; über das florale Motiv ist in stilisierter Schreibschrift »Schön, dass du wieder da bist« gedruckt. Auf der Karte liegt ein Twix. Ich sehe mich auf dem Flur um, natürlich ist niemand da. Ich gehe in die Hocke, nehme die Karte, drehe sie um, in der Hoffnung, dass ich wider Erwarten feststellen werde, dass sie von Alba oder Björn oder Lea oder Nilgün oder sonst wem ist. Aber die Rückseite ist leer, natürlich ist sie das, denn meine Liebsten hätten geklingelt, oder nicht?

Jemand war hier, während ich geschlafen habe. Stand vor meiner Tür. Weiß nicht nur, in welchem Haus ich wohne, sondern auch, in welchem Apartment. Weiß, dass ich weg war, dass ich frisch zurück bin. Weiß sogar, welchen Schokoriegel ich mir immer bei Mesut kaufe …

Ich nehme Karte und Schokoriegel, werfe beides in eine der Mülltonnen im Innenhof und mache mich auf den Weg. Darüber, was das alles zu bedeuten hat, kann ich auch später noch nachdenken, zunächst sind andere Dinge viel wichtiger.

Auf Camillas wuchtigem Schreibtisch stehen Familienfotos, hinter ihr hängt ein Kunstdruck von Mark Rothko, den ich als seelenlos empfinde, einfach, weil ich ihn schon so oft reproduziert gesehen habe, und sofort tut mir das für den Künstler leid, der, wie ich einmal las, sein Leben der Aufgabe widmen wollte, *das Erhabene* in Farben auszudrücken, und der nun in Arztpraxen hing, millionenfach dupliziert, im – in meinem Falle – fruchtlosen Versuch, nervöse Patientinnen und Patienten zu beruhigen. Camilla ist eine beeindruckende Frau, für mich sieht sie immer so aus, als sei sie nicht Ärztin, sondern spiele eine im TV. Sie hat mittellange blonde Haare, ein norddeutsches Gesicht, herb und schön, sie ist groß und athletisch, wirkt mitfühlend und strotzt nur so vor geballter Kompetenz.

»Ich bin froh, dass du dich gemeldet hast«, sagt sie, nachdem ich ihr gegenüber Platz genommen habe.

»Bitte entschuldige, dass ich so lange dafür gebraucht habe«, sage ich.

Ich meine es ernst. Die Frau hat Besseres zu tun, als einer ausgebüchsten Patientin mit Krebs im Endstadium hinterherzutelefonieren.

»Du musst dich nicht entschuldigen«, sagt sie.

Eine kurze Pause entsteht.

»Also«, sage ich. »Wie geht es jetzt weiter?«

Camilla wirft einen Blick auf ihren Computermonitor, der natürlich so ausgerichtet ist, dass ich nichts sehen kann.

»Was machen deine Kopfschmerzen?«, fragt sie.

»In den letzten Tagen war alles okay«, sage ich. »Ich hatte auch kein Nasenbluten mehr. Aber das war eh immer so *on and off*. Allerdings bin ich oft wahnsinnig müde.«

Camilla nickt bedächtig.

»Du hast verschiedene Optionen«, sagt sie. »Über die ich dich natürlich sehr gerne aufkläre. Wichtig ist aber, dass du verstehst, dass keine dieser Optionen kurativ ist. Sie alle sind lediglich lebensverlängernd.«

Ich weiß das, ich wusste das schon lange, aber es zu hören, ist noch mal etwas anderes.

»Ich verstehe«, sage ich.

Camilla nickt erneut knapp.

»Zunächst würde ich allerdings gerne ein aktuelles CT und ein aktuelles MRT machen.«

Die nächsten paar Stunden werde ich in der Radiologie nebenan von freundlichen, unverbindlichen jungen Frauen in Warteecken geparkt, in summende und klackernde Apparaturen geschoben – ich bekomme kaum etwas davon mit, ich bin gedanklich beim Wort »lebensverlängernd« hängengeblieben. So, wie man als Kind manchmal mit dem Pulli oder der Strickjacke an den Stacheln eines Hagebuttenstrauchs hängen blieb, wenn man bei den Großeltern auf dem Land spielte, und wusste, dass man nicht loskommen würde, ohne ein Loch im Gewebe des Stoffes zu hinterlassen.

»Okay«, sage ich, nachdem Camilla mich noch einmal zu sich gerufen hat, und ich muss sagen, dass mich der Rothko, nachdem mich allerlei technische Geräte von oben bis unten durchleuchtet haben und nachdem ich mich regelrecht durch die Mangel gedreht fühle, tatsächlich beruhigt. »Was nun?«

»Ich melde mich bei dir, sobald wir die Befunde ausgewertet haben«, sagt Camilla. »Und dann besprechen wir das weitere Vorgehen. In Ordnung?«

»In Ordnung«, sage ich. »Danke.«

Ich stehe auf, doch Camilla hält mich zurück.

»Und Nico?«

»Ja?«

»Keine Reisen bis dahin.«

»Ich verstehe«, sage ich, weil ich das immer sage, wenn ich noch nicht so genau weiß, ob ich mich an eine Anweisung halten möchte.

Aber letztlich habe ich gar keinen Grund, Berlin in nächster Zeit zu verlassen, Ben ist gerade dabei, sich den ersten Flug zurück nach Berlin zu organisieren. Er hat gefasst reagiert, als ich ihm von meiner Erkrankung erzählt habe. Allerdings weiß er auch nicht, wie ernst es ist, das sage ich ihm besser persönlich. Wird nicht lustig, wenn die Reaktionen von Björn (totaler Zusammenbruch), Alba (erst Heulanfall, dann absolute Verleugnung) und Lea (Zorn, erst auf mich, dann auf Gott) ein Indikator sind.

Auf meinem Heimweg nehme ich einen E-Scooter, obwohl ich die Dinger eigentlich hasse und obwohl ich erst eine App installieren und Zahlungsdaten eingeben muss, was ewig dauert. Aber das Wort lebensverlängernd lässt mich nicht los, und ich begreife gerade, wie viele Dinge ich noch nie getan habe, einfach, weil ich dachte, dafür hätte ich noch genügend Zeit. Und obwohl der Gedanke, dass ich jung sterben könnte, immer irgendwie da war, war er doch nur abstrakt, eine Idee im Hintergrund, eine Spinnwebe in einer Ecke meines Bewusstseins. Und nun ist es so, nun ist es tatsächlich so. Ich habe keine Zeit mehr. Und ich begreife, dass ich nicht mit Ben alt werden werde zum Beispiel, auch nicht mit einer anderen Person, dass ich nie alt werden werde. Dass ich nie heiraten werde, was mir plötzlich traurig vorkommt, obwohl ich Heiraten immer bescheuert und spießig und einen Trick des Patriarchats fand und Ben bereits nach ein paar Monaten Beziehung sagte, ein Heiratsantrag sei für mich ein Trennungsgrund, worüber er nur so lange lachte, bis er merkte, dass ich gar keinen Witz gemacht hatte. Ich weiß, dass ich nicht mehr Theater spielen werde, auch nicht in dreißig Jahren in einer netten Amateur-Seniorengruppe, dass ich nicht nach Japan und auch nicht nach Brasilien reisen werde, und ich weiß, dass meine erste New-York-Reise die letzte war, und ich weiß auch, dass ich nicht sehen werde, wie Jona erwachsen wird, und Alter, das tut vielleicht weh.

Ich fahre mit meinem bescheuerten E-Scooter durch den Berliner Nieselregen, habe ihn bald satt und steige auf die S-Bahn um. Vor Ellens Airbnb bleibe ich stehen. Ich sehe sie schon von Weitem, die vielen Blumen, die Grabkerzen, die Briefe und Geschenke. Anscheinend ist Ellens letzter Wohnort über Nacht zu einer Art Pilgerstätte ihrer Fans geworden. Wahrscheinlich hat irgendein Fan die Adresse von Ellens letzter Bleibe herausgefunden, und das hat sich dann verbreitet. Ich mache ein Foto, im Gedanken, es ihr bei Gelegenheit zu schicken, und kurz komme ich mir dabei pietätlos vor; denn das hier soll ja ein Ort der Trauer sein, schätze ich. Aber dann fällt mir auf, dass eigentlich alle irgendwas mit ihrem Handy machen, Fotos des Blumenmeers, Selfies, und ich begreife, dass das hier einfach nur ein weiterer Instagram-Hotspot ist, wie das Brandenburger Tor, der Fernsehturm oder die Museumsinsel. Und, mal ehrlich: Sobald Jonas neuestes Video ein bisschen an Fahrt aufgenommen hat, hat sich das mit den Grabkerzen ohnehin erledigt.

Ich will gerade gehen, als ich jemanden meinen Namen rufen höre. Ich drehe mich um.

»Kerstin«, sage ich. »Hi.«

»Na?«, sagt Kerstin. »Ziemlicher Zirkus, oder?«

Ich nicke.

»Wie geht's dir so?«, frage ich.

Kerstin zuckt mit den Schultern.

»Ich bin, wie man so schön sagt, *in between jobs*. Aber wahrscheinlich gehe ich zurück nach New York. In Berlin halte ich es nicht aus.«

Ich betrachte sie genauer. Sie wirkt ganz anders als noch vor ein paar Wochen. Heiter. Sorglos. Und mit einem Mal wird es mir klar.

»Sie hat sich bei dir gemeldet!«, sage ich.

Kerstin hebt die Mundwinkel, antwortet aber nichts.

»Was sagt sie?«

»Nicht viel. Dass es ihr gut geht und ich mir keine Sorgen machen soll. Dass sie nicht zurückkommt. Und ob ich schon gegoogelt hätte, was ihre Sylvia-Plath-Erstausgabe wert sei.«

»Und? Hast du?«

»Inzwischen schon.«

»Und?«, frage ich, doch Kerstin grinst nur vielsagend.

»Gut für dich«, antworte ich.

Daheim klingle ich bei Frau Albrecht, die so überrascht darüber scheint, dass sie zunächst ausnahmsweise sprachlos ist. Was mich nicht weiter wundert, denn normalerweise meide ich sie wie der Teufel das Weihwasser, und das weiß sie natürlich, obwohl es sie nicht im Geringsten zu stören scheint.

»Ja?«, fragt sie misstrauisch.

»Sagen Sie, Frau Albrecht, haben Sie in den letzten Tagen und Wochen hier im Haus … na ja, irgendwen gesehen?«

»Wen denn?«

»Jemanden, der hier nicht hingehört?«

Sie überlegt.

»Na, es kommen immer mal wieder Araber, seit die Neue im ersten Stock da ist«, sagt sie.

Es war ein Fehler, sie zu fragen.

»Wieso denn?«, hakt sie nach.

»Nichts«, sage ich. »Schon gut, nicht so wichtig.«

Zurück auf meiner Etage, atme ich erleichtert auf, als ich feststelle, dass meine Türschwelle leer ist. Keine Karten, keine dubiosen Geschenke. Ich denke darüber nach, jemandem davon zu erzählen, aber zur Polizei möchte ich nicht gehen, schon gar nicht mit einer solchen Lappalie, und eine bessere Idee habe ich nicht. Also versuche ich, das Ganze zunächst zu vergessen, denn was auch immer es damit auf sich haben mag: Das muss mir gerade ein bisschen egal sein.

Ich ziehe mir eine trockene Jeans an, schlüpfe in meinen Beyoncé-Hoodie und ziehe meinen Laptop zu mir heran. Das Internet ergeht sich in so verrückten Verschwörungstheorien über Ellens Verbleib, dass ich fast lachen muss, und ehe ich komplett in den Kaninchenbau falle, schließe ich Twitter wieder. Zeit, mich an die Arbeit für Jonas Geburtstagsgeschenk zu machen.

31 NICO

Es wurde Zeit, dass Ellen meine Freundinnen und Freunde kennenlernt, und ich bin wahnsinnig glücklich darüber, dass alle sich so gut verstehen. Alba hat meine Wohnung für die Feier mit Papierlampions und Lichtern geschmückt, es gibt Champagner und Eis am Stiel, Björn legt Musik auf, und Ellen knutscht in meinem Schlafzimmer mit Nilgün. Alba und ich tanzen zu Rihanna, als ich merke, dass etwas nicht stimmt. Da ist ein Kratzen an der Tür. Nicht nur ich merke es, auch Nilgüns Hund stellt die Ohren auf, wirkt plötzlich nervös.

»Da ist jemand an der Tür«, sagt er.

Und in diesem Moment merke ich, dass ich träume, und wache auf.

Es braucht einen Augenblick, bis ich mich orientiert habe. Ich bin auf dem Sofa eingeschlafen, bei eingeschaltetem Fernseher, der ohne Ton läuft und gerade ein Morgenmagazin zeigt. Ich setze mich auf, fahre mir mit der Hand über die Augen, checke meine Armbanduhr, kurz nach fünf – und dann höre ich Schritte auf dem Hausflur. Und denke sofort, dass ich das Geräusch gar nicht geträumt habe, sondern dass da wirklich jemand vor meiner Tür war und dass ich das Geräusch in meinen Traum eingebaut habe.

Vor meiner Tür liegt eine Blume, eine gelbe Rose, daneben

ein Twix. Ich laufe Richtung Treppenhaus, und da sehe ich ihn. Ein Stockwerk unter mir.

»Hey«, rufe ich.

Der Junge sieht zu mir hoch, wirkt erschrocken. Klein, schmal, blaue Baseballkappe, mehr sehe ich nicht, denn er fängt an zu rennen. Die Treppen hinunter, zur Haustür. Und ich kapiere gar nichts, denn ich kenne ihn nicht, was zum Teufel macht er in meinem Haus, aber ich setze ihm nach. Fliege die Treppen regelrecht hinunter, nehme zwei Stufen auf einmal, höre einen Aufschrei und ein Geräusch, das ich nicht zuordnen kann, beschleunige noch ein bisschen, komme im Erdgeschoss an und stolpere fast über ihn. Er ist gestürzt, sitzt da, mit schmerzverzerrtem Gesicht, hält sich den Knöchel und guckt mich an. Und da erkenne ich ihn.

»Was machst du hier?«, sage ich. »Was soll das?«

Er schaut zu mir hoch, nicht so sehr ertappt, sondern eher … ehrlich verwirrt.

»Ich –«, stammelt er, versucht, vorsichtig aufzustehen und mich dabei im Blick zu behalten, als wäre ich ein Kampfhund, der bei jeder unbedachten Bewegung auf ihn zustürmen wird.

»Was soll das mit der Rose?«, frage ich. »Und dem Twix? Bist du bescheuert?«

Der Junge ist aufgestanden, versucht aber, seinen linken Fuß nicht zu belasten.

»Ein Geschenk«, sagt er.

»Willst du mich einschüchtern?«, frage ich. »Denn wenn du glaubst, dass ich Angst vor dir habe, dann hast du dich geirrt.«

Der Junge blinzelt. Er ist noch jünger, als ich dachte. Aber ich habe ihn ja vorher auch erst einmal gesehen, und da war er damit beschäftigt, einen anderen Jungen zusammenzutreten und mir mit der Faust ins Gesicht zu schlagen.

»Ich wollte Sie nicht einschüchtern«, sagt er mit gesenktem Blick. »Ich wollte Entschuldigung sagen.«

Ich glaube, ich schaue eine ganze Weile lang ziemlich dumm aus der Wäsche, während ich zwischen Überraschung und Misstrauen schwanke.

»Darf ich es Ihnen erklären?«

Es mir erklären? Ich hatte wochenlang Alpträume von diesem Jungen. Ich hatte wegen diesem Jungen Angst, den U-Bahnhof zu betreten, ich habe wegen diesem Jungen mit Krav Maga angefangen. Ich taste nach meinem Handy und wähle die 110.

»Bitte«, sagt der Junge. »Kommen Sie schon. Bitte.«

Ich stecke das Handy weg. Vorläufig. Was nicht nur mit dem Jungen zu tun hat und mit meiner Neugier auf seine Geschichte, sondern auch mit der Tatsache, dass ich noch nie die Polizei gerufen habe und keine Lust verspüre, heute damit zu beginnen. Ich kenne die Geschichten.

»Woher weißt du, wo ich wohne?«, frage ich.

In diesem Moment öffnet sich die Tür am anderen Ende des Erdgeschosses, und Frau Albrecht steckt den Kopf heraus und fängt sofort an zu keifen. Nachtruhe, anständiges Haus, Ruhestörung, Polizei. Ich schiebe den Jungen aus der Haustür.

»Bei Mesut gibt's schon Kaffee«, sage ich. »Lass uns gehen.«

Mesut blickt auf, sieht mich, wendet sich wieder seiner Zeitung zu, doch dann macht er so eine Art Double-Take, als er den Jungen sieht, der hinter mir den Laden betritt, und schaut uns interessiert zu.

»Zwei Kaffee«, sage ich.

Mesut füllt zwei Pappbecher.

»Geht aufs Haus«, sagt er ohne ein Lächeln, und ich denke, dass das Leben voller Mysterien ist, und eines der größten ist hundertfünfzig Kilo schwer, trägt Vollbart und sitzt hinter dem Tresen.

Ich drücke dem Jungen einen der Becher in die Hand, und wir stellen uns an den kleinen Stehtisch am anderen Ende des Spätis.

»Wie heißt du?«, frage ich.

»Tommi.«

Fast muss ich lachen. Der Junge, der mir mit der Faust ins Gesicht geschlagen hat, trägt einen Namen, der so übertrieben harmlos klingt, dass er zu niedlichen Mischlingsrüden passt oder zu jovialen TV-Moderatoren aus den Achtzigern.

»Okay, Tommi«, sage ich. »Leg los.«

Während ich meinen Kaffee trinke, beginnt der Junge, der höchstens vierzehn oder fünfzehn sein kann, zu erzählen. Er starrt in seinen Kaffee und erzählt, wie er mit seinen Jungs unterwegs war, wie es zum Streit mit Tarek kam, einem Mitschüler, dem, auf den er eingetreten hatte, als ich dazugekommen war. Er erzählt, dass er ausgerastet sei, und davon, wie es sich angefühlt hatte, als ihm klar geworden war, was er da gemacht hatte. Dass er Tarek umgebracht hätte, wenn ich nicht gekommen wäre. Dass er noch nie zuvor eine Frau geschlagen hätte. Dass er Angst vor sich selber bekommen hätte.

Ich unterbreche ihn, weil ich das alles nicht hören will. Weil ich keine Lust habe, Mitgefühl mit ihm zu haben. Dieser Junge hat mich monatelang terrorisiert. Erst mit brachialer Gewalt und schließlich mit purem Psychoterror.

»Woher weißt du, wo ich wohne?«, frage ich erneut.

Kurz schaut er mich verwirrt an, dann starrt er wieder in seinen Kaffee. Er erzählt mir, dass er wahnsinnige Angst hatte, als er nach Hause kam, er erzählt von seiner Mutter, von seinem Vater, der sie früher häufig geschlagen hat und der jetzt zum Glück im Knast sitzt, und dass er nie so werden wollte wie sein Vater und dass er Schiss bekommen habe, und zwar so richtig, und –

»Woher weißt du, wo ich wohne?«, wiederhole ich. »Die Geschichte deiner traurigen Kindheit kannst du dir fürs Jugendgericht aufheben.«

Und das ist jetzt nicht gerade nett von mir, aber ich hege nicht die Gewohnheit, nett zu Menschen zu sein, die mir schon mal mit der Faust ins Gesicht geschlagen haben.

Er schluckt.

»In den Wochen danach habe ich mich von den Jungs ferngehalten«, sagt er. »Bin viel alleine rumgelaufen, den Kopf frei kriegen. Und einmal, als ich mir hier was zu trinken holen wollte, habe ich Sie gesehen.«

Ich runzele die Stirn.

»Wann war das?«

»Keine Ahnung«, sagt er. »Vor ein paar Wochen eben. Sie haben zwei Twix und ein Bier gekauft. Ich habe Sie sofort erkannt, und ich dachte, Sie mich auch, aber dann habe ich gecheckt, dass Sie mich überhaupt nicht erkannt haben. Sie haben sich mit dieser Schauspielerin unterhalten. Als Sie hier raus sind, bin ich Ihnen hinterher, weil ich mich entschuldigen wollte.«

»Du hast mich verfolgt?«

»Weil ich mich entschuldigen wollte«, wiederholt er.

»Und dann?«

»Habe ich gesehen, wie Sie ins Haus gegangen sind. Wie Sie aufgeschlossen haben. Und dann waren Sie weg. Ich habe auf das Klingelschild geguckt und mir gedacht, dass Sie Nicolette Roba heißen. Und keine Ahnung, später habe ich Sie gegoogelt.«

Meine Güte, ein kleiner Detektiv. Miller hätte seine Freude an ihm.

»Und dann?«

»Ich hab Ihr Insta angeschaut. Und da haben Sie geschrieben, was *Random Acts of Kindness* sind. Dass man was Nettes zu Verkäuferinnen sagen soll oder Leuten kleine Geschenke machen soll oder so.«

Ich starre ihn an, denn langsam dämmert es mir. Der Schokoriegel, die Karten, die Blumen, all die kleinen Geschenke …

»Das sollten *Random Acts of Kindness* sein?«

Der Junge hebt die Schultern, nickt gleichzeitig und starrt wieder in seinen Kaffee.

»Ich habe mich nicht getraut, Sie anzusprechen«, sagt er. »Ich wollte mich irgendwie entschuldigen.«

Plötzlich geht mir wahnsinnig auf die Nerven, wie er hier einen auf eingeschüchtertes Kind macht. Nach allem, was er angerichtet hat.

»Dann tu es auch«, sage ich.

»Was?«

»Dich entschuldigen.«

Er schluckt, dann sieht er mir in die Augen.

»Es tut mir leid«, sagt er schlicht. »Wirklich leid.«

Kurz gucken wir uns einfach nur an, er hält meinem Blick stand.

»Okay«, sage ich. »Und Tarek?«

Er hebt die Brauen.

»Wie geht's Tarek?«, frage ich. »Hast du dich bei ihm auch entschuldigt?«

»Längst«, sagt er.

Komisch eigentlich, aber ich glaube ihm. Trotzdem weiß ich nicht, was ich jetzt machen soll. Soll ich ihn einfach laufen lassen? Doch noch die Polizei rufen? Ihm, keine Ahnung, Hilfe anbieten? Meine Mutter hätte das jetzt wahrscheinlich gemacht, aber wenn ich etwas rausgefunden habe in den letzten Wochen und Monaten, dann das: Ich bin nicht meine Mutter. Und ich habe anderes zu tun. Darüber nachdenken, was ich mit der Zeit anstellen will, die mir noch bleibt. Die Ausstellung vorbereiten – all das. Aber habe ich mir das nicht an Silvester gewünscht? Mehr Magie in meinem Leben, mehr Leben in meinen Bildern – und die Gelegenheit, jemandem zu helfen, der meine Hilfe braucht? Ich zögere.

»Mesut, hast du einen Zettel für mich?«, frage ich.

Als er mir mit betont gleichgültigem Gesichtsausdruck Zettel und Stift gereicht hat, kehre ich an den Stehtisch zurück.

»Schreib mir deine Nummer auf«, sage ich.

»Wozu?«, fragt der Junge.

»Weiß ich noch nicht.«

Er zögert nur kurz, dann tut er es. Ich stecke den Zettel ein und nehme den letzten Schluck Kaffee.

»Was ist mit deinem?«, frage ich.

»Ich trinke eigentlich keinen Kaffee«, sagt er. »Der ist immer so bitter.«

Er ist wirklich noch ein Kind. Ich trinke seinen kalt gewordenen Kaffee in ein paar Schlucken, dann verlasse ich Mesuts Späti.

Daheim wartet Frau Albrecht auf mich. Kommt sofort aus ihrer Wohnung geschossen und beklagt sich über meine Rücksichtslosigkeit. Ich lasse sie stehen und steige die Treppen hinauf. Vor meiner Wohnungstür liegt immer noch die gelbe Rose. Ich hebe sie auf und stelle sie in eine kleine Vase.

Meine Gedanken rasen, gleichzeitig bin ich hundemüde. Ich weiß jedoch, dass es keinen Sinn hat, mich noch einmal hinzulegen, Schlaf werde ich heute nicht mehr finden. Ich gehe online, lese die Zeitungen, gebe zum Spaß den Hashtag

#findingellenkirsch bei Twitter ein und verbringe eine gute Stunde damit, mich mal über die Fantheorien online zu freuen und mal, mich über die Kommentare zu ärgern. Anscheinend ist das Internet noch nicht auf Jonas Video aufmerksam geworden.

Schließlich klappe ich meinen Laptop zu, werfe einen Blick auf die Uhr. Es ist kurz nach neun, und bis zu Jonas Geburtstagsfeier, die um drei beginnt, habe ich nicht das Geringste zu tun. Ben befindet sich wahrscheinlich gerade am Flughafen, bereit, den Flug nach Europa anzutreten. Alba schläft sicherlich noch, und Björn ist vermutlich schon im Büro. Es macht mich seltsam froh, mir vorzustellen, was die Menschen, die ich liebe, wohl gerade tun. Ich schätze, Jona ist längst wach und packt im Schlafanzug Geschenke aus.

Ich schalte den Fernseher wieder ein, stelle ihn auf ein Programm, auf dem Tierdokus laufen, und kuschele mich auf die Couch. Als das Telefon mich aus dem Schlaf reißt, ist es halb elf. Camillas Name auf meinem Display ist für mich in den letzten Wochen so sehr zum Trigger geworden, dass mein Angstzentrum sofort reagiert und allerlei Stresshormone durch meinen Körper pumpt. Dann fällt mir wieder ein, dass das Schlimmste, was passieren konnte, bereits passiert ist, und ich gehe ran.

»Guten Morgen«, sagt Camilla. »Wie fühlst du dich?«

»Ganz okay«, sage ich. »Was gibt's denn? Hast du schon meine Ergebnisse?«

»Genau deswegen rufe ich an«, sagt sie.

Sie klingt ein wenig … ja, wenn ich es nicht besser wüsste, würde ich sagen, sie klingt etwas ratlos.

»Kannst du später noch mal reinkommen? Ich würde gerne deine Ergebnisse mit dir besprechen.«

»Jetzt gleich?«

»Heute Nachmittag könnte ich dich reinquetschen«, sagt sie. »Gegen drei. Davor und danach bin ich dicht.«

»Heute kann ich nicht«, sage ich. »Mein Bruder hat Geburtstag, und da muss ich unbedingt hin.«

Camilla schweigt kurz.

»Kannst du es mir nicht am Telefon sagen?«, frage ich.

»Das möchte ich eigentlich nicht«, sagt sie.

»Camilla, bitte«, sage ich. »Du kannst doch einer Sterbenden keinen Wunsch abschlagen!«

Sie lacht kurz auf, es klingt völlig falsch. Sie zögert. Räuspert sich. Und das macht mir Angst. Trotz allem. Dass sie so verunsichert klingt.

»Okay«, sagt sie. »Lass mich vorneweg schicken, dass alles, was ich dir jetzt sage, mit Vorsicht zu genießen ist.«

Sie macht eine Pause, also sage ich pflichtschuldig: »Okay.«

»Ich habe CT und MRT ausgewertet und auch noch eine Kollegin mit draufschauen lassen. Wir haben die Bilder nicht nur separat betrachtet, sondern sie auch mit den Aufnahmen verglichen, die wir bei der Erstdiagnose gemacht haben. Und nach allem, was wir sehen können, sieht es ganz so aus, als sei der Tumor *nicht* größer geworden.«

Ich höre, wie sie schluckt, ehe sie weiterspricht.

»Nicht größer geworden«, wiederholt sie. »Oder sogar geschrumpft.«

»Was?«

»Ja.«

»Du hast gesagt, das sei praktisch unmöglich.«

»Praktisch, ja.«

Erneut räuspert sie sich. Sie klingt fast verlegen.

»Es ist wichtig, dass ich dir hier keine falsche Hoffnung mache«, sagt sie.

Eine Pause entsteht.

»Camilla«, sage ich und versuche, meine Gedanken zu ordnen. »Was von beidem ist es? Ist er einfach nur nicht weiter gewachsen? Oder ist er kleiner geworden?«

»Ich bin mir nicht hundertprozentig sicher«, sagt sie. »Deswegen wäre es gut, in absehbarer Zeit noch einmal nachzusehen. Aber wenn ich mich festlegen müsste, dann würde ich sagen, er ist kleiner geworden. Nicht nur ein bisschen, sondern deutlich. Wenn ich mich festlegen müsste, dann würde ich sagen: Du befindest dich in Remission.«

Ich weiß nicht, was ich fühlen soll, als ich den Anruf beende, ich wage es nicht, mich zu freuen, dafür war Camilla zu verhalten. Und vielleicht ist es ganz gut, dass ich jetzt nicht einfach allein daheim abhängen und mich auf der Couch zusammenrollen und lange nachdenken kann, auch wenn mir durchaus danach wäre, sondern dass ich schon bald zu Jonas Geburtstagsfeier muss. Ich schiebe also alle Gedanken an Kurt beiseite und entscheide mich meiner nicht eben rosigen finanziellen Situation zum Trotz, mir ein Taxi zu leisten, statt ein halbes Dutzend verschiedene Bahnen und Busse zu nehmen. Der Tag ist sonnig und viel zu warm für die Jahreszeit.

Als ich erneut den Kiesweg zur Stadtvilla entlanggehe, denke ich an mein letztes Gespräch mit meinem Vater, und ich fühle nichts. Ich bin wegen Jona hier. Das ist alles. Schon bald werden andere Menschen in diesem Haus wohnen, und Jona wird nach Bayern verfrachtet, und wer weiß, wie häufig wir uns dann noch sehen. Wer weiß, wie häufig wir uns überhaupt noch sehen.

Im Haus erwartet mich ein Kindergeburtstag wie aus dem Bilderbuch. Es gibt jede Menge Kuchen, Cupcakes und Limo, sicherlich nicht nur alles vegan, sondern auch zucker- und glutenfrei, wenn ich mich nicht sehr in Jonas Mutter täusche, und eine ganze Horde Kinder, die unter den Blicken ihrer Eltern gerade – und das denke ich mir nicht aus – von einem Clown bespaßt wird.

Angélique lässt mich wissen, dass ich abgenommen habe. Aus ihrem Mund klingt das anerkennend, und wenn ich nicht um Jonas willen hier wäre, würde ich jetzt vielleicht nonchalant droppen, dass Krebs im Endstadium das bisweilen mit sich bringt, aber ich reiße mich zusammen und esse zwei Cupcakes, ehe ich mein von der Verkäuferin im Spielzeugladen verpacktes Alibigeschenk – das echte kriegt Jona später, wenn wir unter uns sind – auf den Gabentisch lege, auf dem so viele bunt verpackte Präsente liegen, dass er sich eigentlich darunter biegen müsste.

Als der Clown seinen Act beendet hat, sieht mich Jona, löst sich aus dem Gewusel seiner Freundinnen und Freunde und kommt auf mich zugerannt.

»Yogurette!«, ruft er, und ich bin irgendwie kurz so gerührt von diesem Kind, dass ich ratzfatz meine Tränen wegblinzeln und den Impuls, ihn an mich zu pressen, zurückdrängen muss.

»Jona!«, rufe ich, stoße mit meiner Faust gegen seine. »Herzlichen Glückwunsch zum Geburtstag.«

Er deutet eine Verneigung an, keine Ahnung, wo er das jetzt schon wieder her hat, aber ich muss echt lachen, und das scheint ihn zu freuen.

»Du hast da was im Gesicht«, flüstert Jona diskret, immer der Gentleman.

»Oh, danke«, sage ich und wische mir einen Klecks Sojasahne von der Nase. »Diese veganen Cupcakes sind gar nicht so übel. Du, aber sag mal, hast du nachher ein paar Minuten für mich? Ich habe zwei Geschenke für dich. Eines liegt da drüben auf dem Tisch«, ich deute mit dem Kinn auf das

Päckchen, »das kannst du später auspacken, da ist dieses PlayStation-Spiel drin, das mit dem Indiana-Jones-Verschnitt.«

»Alter!«, ruft Jona und schlägt theatralisch die Hände vors Gesicht. »Das darfst du mir doch nicht sagen!«

Ich zucke mit den Schultern.

»Das ist nicht das echte Geschenk. Das echte Geschenk ist da drin.«

Ich tippe auf das Macbook in meiner Tasche, und Jona runzelt die Stirn.

»In deinem Laptop?«, fragt er.

Ich nicke.

Jona scannt den Raum. Seine Eltern unterhalten sich mit den anderen Erwachsenen, und die Aufmerksamkeit seiner Freunde ist von einem Zauberkünstler gefesselt, der ihnen Tricks vorführt. In diesem Moment wird seine Mutter auf die Tatsache aufmerksam, dass ich ihn mit Beschlag belege, während er doch eigentlich mit den anderen Kindern feiern soll, und lotst ihn zurück zu den Kids. Ich beschäftige mich weiter mit dem veganen Kuchen, denn mein Appetit ist plötzlich riesig.

»Ist es okay, wenn wir kurz in mein Zimmer gehen?«, sagt Jona, als seine Freunde und ihre Eltern gegangen sind und Angélique sich schon einmal daran macht, die Spuren der Party zu beseitigen und den Raum zu resetten.

Sie schaut enttäuscht.

»Du hast ja deine ganzen Geschenke noch gar nicht alle ausgepackt!«

»Ja, aber Nico hat auch noch was für mich«, sagt er.

Sie runzelt die Stirn und wird gleich sagen, dass ich ihm das doch auch hier geben kann in 3, 2, 1 –

»Okay«, sagt sie stattdessen. »Ab mit euch. Dann lauft ihr mir hier wenigstens nicht zwischen den Füßen rum.«

Ich muss so breit grinsen, als wir die Treppen zu Jonas Zimmer hinaufsteigen, dass mir nach einer Weile das Gesicht anfängt, wehzutun.

»Du siehst aus wie der Joker«, sagt Jona, als ihm mein Gesichtsausdruck auffällt. »Gruselig ist das.«

»Vielen Dank, mein Kind«, antworte ich. »Aber mal was anderes. Warst du heute schon auf YouTube?«

»Nein, Mann«, sagt Jona, wirft theatralisch den Kopf in den Nacken und birgt das Gesicht in den Händen. »Meine Zeit für heute ist abgelaufen.«

Ich weiß, was er meint. Seine Eltern erlauben ihm nur eine bestimmte Zeitspanne Internet pro Tag, haben auf seinem Computer sogar eigens eine App installiert, die nach Ablauf der Zeit das Internet blockiert. Eigentlich eine sinnvolle Maßnahme, wie ich finde. Heute werde ich sie aber ausnahmsweise unterwandern. Das Kind hat schließlich Geburtstag.

»Komm neben mich«, sage ich und klappe meinen Laptop auf.

Jona hüpft aufs Bett und setzt sich im Schneidersitz neben mich.

»Kannst du dich noch dran erinnern, wie ich angerufen habe, um dich zu fragen, was du dir zum Geburtstag wünschst?«, frage ich, öffne YouTube.

»Na klar«, sagt Jona. »Ein PlayStation-Spiel.«

Ich stelle ihm den Laptop auf die Knie.

»Ursprünglich hattest du dir was anderes gewünscht, weißt du noch?«

Jona zieht die Nase kraus, überlegt, nickt.

»Check mal deinen YouTube-Kanal«, sage ich.

Tatsächlich bin ich selbst gespannt, wie viele Views das Video inzwischen gesammelt hat. Zunächst hatte es praktisch niemand geklickt, auch, als ich es auf meinen eigenen

Social-Media-Kanälen geteilt hatte, hob es noch nicht ab. Also machte ich Nilgün darauf aufmerksam und bat sie, es ein paar strategischen Medien ihrer Wahl zu schicken. Und nachdem *ZEIT online* und der *SPIEGEL* darüber berichtet hatten, dass die seit Wochen verschwundene Schauspielerin Ellen Kirsch einem völlig unbekannten, zehnjährigen YouTuber ein Interview gegeben hatte, in dem sie zwanzig Minuten lang nicht nur über ihre Karriere, sondern auch über ihr Verschwinden spricht, war das Video viral gegangen. Ellen Kirsch hatte offen erzählt, dass sie sich in ihrem Leben nicht mehr zu Hause fühle und daher vorhabe, noch einmal ganz von vorne anzufangen. Mehr wollte sie dazu nicht sagen, doch sei es ihr wichtig gewesen, ein Lebenszeichen zu hinterlassen. »Es geht mir gut«, sagte sie gegen Ende des Videos. »Ich bin glücklich. Ich bin frei. Sucht nicht nach mir. Und wenn ich eine Bitte äußern darf: Bitte lasst diesem talentierten und charmanten YouTuber hier ein paar Likes da. Und um Himmels willen, klickt auf Abonnieren!«

Inzwischen hatten auch der *Guardian, Buzzfeed* und die *New York Times* darüber berichtet. Jona weiß gar nicht, wie berühmt er ist.

Er hat die Seite inzwischen allerdings aufgerufen und macht neben mir ein ganz ersticktes Geräusch. Er guckt mich an, dann guckt er wieder den Monitor an, dann wieder mich. Er klappt vor lauter Schreck den Laptop zu. Atmet tief durch. Klappt ihn sehr langsam wieder auf. Blinzelt.

»Alter«, flüstert er. »Das gibt's nicht.«

Er umarmt mich und vergräbt sein Gesicht in meinem Bauch und macht vor Freude quietschende Geräusche dabei, und wenn ich der sentimentale Typ wäre, würde ich jetzt Rotz und Wasser heulen.

Ich gehe nicht direkt heim, nachdem ich mich von Günther und Angélique verabschiedet habe, während Jona gar nicht mehr aufhört zu reden, allerdings so schnell, dass die beiden einfach nicht in der Lage sind, zu verstehen, warum er sich so aufregt.

Ich steige an der S-Bahn aus und laufe Richtung Park. An der Bank vorbei, auf der ich mit Ellen gesessen und den Fuchs gesehen habe. Tiefer hinein in den Park, vorbei an den Leuten, die ihre Hunde ausführen, vorbei an den dealenden Kids und den Joggern. Als ich in der Nähe des künstlichen Sees eine einsame Bank finde, lasse ich mich darauf nieder. Mache kurz die Augen zu.

Ben ist gerade über dem Atlantik, auf dem Weg zu mir, und das ist gut. Ellen ist wer weiß wo, frei, und auch das ist gut. Meine Mutter ist tot, mein Vater lebt, will aber nichts von mir wissen. Ich bin krank, und ich weiß nicht, ob ich je wieder gesund werde, und das alles ist, wie es ist. Ich werde garantiert noch durchdrehen vor Angst deswegen, aber jetzt noch nicht. Ich atme tief durch, während die Kühle nun, da die Sonne langsam untergeht, durch meine Kleider dringt, und frage mich, wieso ich nicht längst daheim bin, was mich in den entlegenen Winkel dieses Parks gezogen hat. Dann höre ich es. Langsam öffne ich meine Augen.

Es ist nicht derselbe Fuchs, zumindest glaube ich das nicht. Aber er sieht ihm sehr, sehr ähnlich. Er hat intelligente Augen und einen Ausdruck, den ich nur als neugierig beschreiben kann. Er steht direkt vor mir, nur ein paar Meter entfernt, und guckt mich an. Eine Weile sitze ich einfach nur so da und schaue zurück. Dann hole ich vorsichtig meine Kamera aus der Tasche, lege an, rechne damit, dass meine Bewegungen das Tier vertreiben werden, doch es sitzt mir still Porträt. Bewegt sich auch dann noch nicht, als ich meine Kamera wieder weggesteckt habe.

»Das Leben ist ein Rätsel«, sage ich, denn so viel habe ich inzwischen gelernt.

Der Fuchs legt den Kopf schief, ehe er gelassen wieder davontrabt. Und erst dann sehe ich die Jungen. Zwei flauschige Fuchswelpen am Rande des Gebüschs.

Ich sitze noch lange so da, spüre die Kälte gar nicht mehr. Als ich schließlich nach Hause gehe, lächele ich.

32 NICO

Letztlich war es nicht schwer, die richtigen Bilder für meine Soloausstellung zusammenzustellen. Alles, was ich brauchte, war das richtige Thema.

RÄTSEL steht in schlichter schwarzer Schrift auf dem weißen Putz der Wand, die in den Raum mit meinen Bildern führt. Schon jetzt ist der Ausstellungsraum rappelvoll mit meinen Freundinnen und Freunden, mit Familie, aber auch einigen Kontakten von Britt, die ich noch nie gesehen habe.

Ben, absurd gut aussehend in schwarzem Anzug und weißem Hemd ohne Krawatte, war schon heute Nachmittag mit mir hier, hat mir bei den letzten Vorbereitungen geholfen und mir in regelmäßigen Abständen Wasser und Lavendelpillen gegen die Aufregung gereicht. Er platzt fast vor Stolz, glüht heute regelrecht und hat seine liebe Mühe, sich der jungen, hübschen Kellnerinnen zu erwehren, die ihn umschwirren wie Nachtfalter die Flamme.

Obwohl wir uns in einer Galerie in Mitte befinden, und obwohl es draußen bereits dunkel ist, ist das Licht hier drinnen mild und weich wie an einem Sommerabend an der Côte d'Azur, was, wie Lea mir erklärte, an der Lichtinstallation eines senegalesischen Künstlers liege.

Alba und Nilgün sind da, Lea und Elias natürlich, mit ihrer Tochter, dieses Mal. Mesut und sein Freund sind ebenfalls da, und es kommt mir ganz merkwürdig vor, Mesut mal außerhalb seines natürlichen Lebensraums zu sehen. Mit ihm ist es wie mit den Sprecherinnen der *Tagesschau.* Ich habe ihn immer nur sitzend hinter dem Tresen im Späti gesehen, mir war gar nicht so hundertprozentig bewusst, dass er Beine hat. Mara und Kwasi, meine Mitarbeiter aus dem Fotostudio, sind Händchen haltend aufgetaucht, was mich überrascht und freut, Claude ist da, was mich rührt, nur Björn und Brad sind noch nicht aufgetaucht, was mich jedoch nicht weiter beunruhigt, denn Björn kommt immer und überall zu spät. Es ist Frühling in Berlin, Alba steht mit einer kleinen Gruppe, die ich nicht kenne, auf dem Gehweg vor der Galerie und drückt hektisch ihre Zigarette aus, als ich mich kurz zu ihr geselle.

»Die Bilder sind der Wahnsinn«, sagt sie. »Die sind gar nicht wie Bilder, es ist, als würden sie leben. Aber ich finde trotzdem, dass der Ausstellung etwas fehlt.«

Ich hebe die Brauen.

»Was denn?«

»Im Ernst?«, fragt Alba und verdreht die Augen.

»Was meinst du?«

»Oh mein Gott«, sagt sie. »Es ist so offensichtlich! Da hängt kein einziges Bild von mir!«

Ich muss lachen.

»Es tut mir leid«, sage ich. »Falls ich die nächsten Wochen überlebe, widme ich meine nächste Ausstellung ausschließlich dir, okay?«

Alba lacht und wendet sich an die Leute, die rauchend in der Nähe stehen.

»Ihr seid meine Zeugen!«

»Ich muss wieder rein«, sage ich grinsend.

Drinnen laufe ich Britt in die Arme, der die Galerie gehört. Sie trägt wie immer Cowboystiefel zur Jeans und ein Herrenhemd unter ihrem berühmten Tweedjacket, in dem sie vermutlich sogar schläft. Sie schnappt einem vorbeigehenden Kellner zwei Proseccogläser vom Tablett und reicht mir eines davon.

»Meinen Glückwunsch«, sagt sie.

Ich bedanke mich, nippe.

»Britt, ich wollte Sie die ganze Zeit über schon etwas fragen«, sage ich dann und bringe sie dazu, stehen zu bleiben.

Sie hebt die Brauen.

»Lea erzählte, dass Sie auf mich zugekommen sind, weil mich jemand empfohlen hat. Können Sie sich noch daran erinnern, wer das war?«

Ein Schatten zieht über Britts Gesicht, und kurz habe ich das Gefühl, etwas Falsches gesagt zu haben, doch dann hellt sich ihre Miene wieder auf.

»Das war mein guter Freund Anthony Hill«, sagt sie. »Er muss vor Jahren schon mal ein Werk von Ihnen gekauft, Sie dann aber ein bisschen aus den Augen verloren haben. Anthony hatte ein wundervolles Auge. Kein Wunder eigentlich, er war nicht nur Maler, sondern auch Regisseur. Leider ist er Ende letzten Jahres gestorben.«

Sie räuspert sich, blinzelt. Mir fällt darauf nichts ein, ich bin sprachlos.

»Auf Anthony«, sagt Britt. »Künstler, Freund, großzügiger Förderer junger Künstlerinnen, *master of mischief*.«

»Auf Anthony«, sage ich.

Als Britt weitergezogen ist, sehe ich mich um. Mein Vater hat sich bereits im Vorfeld entschuldigt, die Arbeit, natürlich, aber Angélique ist mit Jona gekommen, was ich ihr hoch anrechne, denn immerhin wohnen sie inzwischen in München. Jona ist mächtig stolz auf das Foto, das ich von ihm geschossen habe. Es eröffnet die Ausstellung, die komplett aus Porträts besteht. Ich lasse den Blick schweifen. Da ist Jonas nachdenkliches Gesichtchen. Da ist natürlich das Porträt von Sali. Da ist Mesut, grimmig und schön mit seiner ewigen Zornesfalte, auf den ich wochenlang einreden musste, ehe er zustimmte, da sind Petra und Madame Esther. Da ist der tote Spatz, und da ist der Fuchs. Und schließlich ist da eine geheimnisvoll wirkende Frau mit hellem Haar und ätherischem Gesicht, die mit einer Mischung aus Verletzlichkeit und Entschlossenheit in die Kamera blickt. Kurz bleibe ich vor ihrem Bild stehen. Als ich sie, kurz bevor wir Abschied nahmen, fotografierte, hatte Ellen sich bereits so weit verwandelt, dass auch ich sie nicht wiedererkannt hätte, wenn ich sie irgendwo auf der Straße getroffen hätte. Wenn ich es nicht besser wüsste, würde ich glauben, Ellen habe mit Make-up nachgeholfen oder gar mittels Chirurgie. Dabei ist das einfach ihr Talent. Die Verwandlung. Es bereitet mir im Stillen Freude, dass alle diese Menschen hier in Ellens Gesicht blicken und sie doch nicht erkennen.

Ich habe nicht wieder von Ellen gehört, aber ich bin mir sicher, dass es ihr gut geht. An einem Ort, an dem es Mauersegler gibt.

Mein Blick wandert durch den Raum, dahin, wo Ben und Jona gerade über ein PlayStation-Spiel fachsimpeln, und plötzlich bin ich so glücklich, dass es mich fast zerreißt. Gerade will ich mir noch ein Glas Sekt holen, obwohl ich doch eigentlich keinen Alkohol trinken soll, als Lea sich mit ihrem Kind zu mir gesellt. Leas rotbackige Tochter hat einen braunen Heidi-Bob mit Pony und große braune Augen. Die

Kleine ist jetzt vier, und sie sieht ihrer Mutter so ähnlich, dass ich jedes Mal lächeln muss, wenn ich die beiden zusammen sehe.

»Die kenne ich!«, ruft die Kleine und zeigt auf das Foto der verwandelten Ellen.

»Ach ja?«, sagt Lea und betrachtet das Bild der schönen, geheimnisvoll wirkenden blonden Frau mit den grauen Augen. »Bist du sicher?«

»Hm-hm!«

Mia nickt nachdrücklich. »Sie hat mir eine Geschichte erzählt, als ich nicht schlafen konnte, und mir einen verzauberten Keks geschenkt!«

»Aaalles klar«, sagt Lea und wendet sich mir zu. »Schlafen ist wahrscheinlich ein gutes Stichwort. Ich glaube, es wird Zeit fürs Bett, wir sind langsam ein bisschen drüber. Feiert noch schön, okay?«

»Das machen wir. Danke, dass ihr da wart. Überhaupt danke für alles.«

»Gerne.«

Lea gibt mir einen Kuss auf die Wange, während Mia schon dabei ist, davonzuwuseln.

»Sag tschüss, Mia«, sagt Lea.

»Tschüss, Mia!«, ruft ihre Tochter und wirft mir eine Kusshand zu.

»Oh, schau, da sind Björn und Brad«, sage ich, als die beiden die Galerie betreten.

»Wo?«, ruft Mia begeistert und bleibt stehen.

Ich hebe sie hoch, damit sie über die Menge, die sich in die Galerie gequetscht hat, hinweg Richtung Eingang schauen kann.

»Was hat'n der mit seinen Haaren gemacht?«, sagt Mia und zieht die Nase kraus.

Tatsächlich musste auch ich zweimal hinschauen, denn Björn hat sich den Kopf kahl rasiert.

»Hast du eine Wette verloren?«, frage ich, als er, seinen Verlobten im Schlepptau, auf uns zukommt.

Björn sagt nichts, grinst nur verlegen und fährt sich mit der Hand über den Kopf. Und da begreife ich, dass er das für mich gemacht hat, weil er weiß, dass ich Angst vor der Chemo habe, vor der Übelkeit, den Schmerzen und dem Verlust meiner Haare, und meine Augen werden feucht.

In diesem Moment steigt Alba, die schon einiges an Champagner getankt hat, auf einen Stuhl, um das Glas auf mich zu erheben, brüllt einen Toast, und alle applaudieren.

Was für ein Abend.

Meine Premiere, meine allererste Vernissage ist geglückt, und die Menschen, die ich liebe, sind bei mir und spenden mir Applaus, was mir ein kleines bisschen unangenehm ist, aber dann genieße ich es doch. Ben strahlt mich vom anderen Ende des Raumes an, warm wie eine aufgehende Sonne. Ich habe Mia auf dem Arm. Ich bedanke mich bei den Gästen meiner Vernissage, ich bin so froh, dass sie alle da sind, an diesem magischen Abend. Björn mit seinem kahl rasierten Schädel gibt mir einen Kuss. Ich lächele, drehe mich um und blicke in das zufriedene Gesicht meiner Mutter.

Ihrem Foto habe ich in der Ausstellung den meisten Raum gegeben, und immer wieder beobachte ich, wie Gäste vor dem Bild stehen bleiben, manchmal minutenlang, um es zu betrachten.

Sie schaut mit offenem Blick in die Welt. Dort, wo ihre Schlüsselbeine sich treffen, flattert ein kleiner silberner Kolibri.

SALI

Wir befinden uns auf dem Wasser, und es kann natürlich auch an dem Schlafmittel liegen, das ich genommen habe, aber obwohl Nico und ich uns gestritten haben, fühle ich mich leicht und weich, und es dauert einen Moment, bis ich das Gefühl erkenne. Ich bin glücklich. Wir fahren nach Schweden, Nico und ich, das ist schön so. Und ich war heute Abend einmal zur absolut richtigen Zeit am richtigen Ort, und auch das ist ein großes Glück. Alles ist so schwierig und kompliziert wie immer, die Welt ist voller Schönheit und voller Schrecknisse wie immer, aber genau jetzt, genau hier habe ich das Gefühl: So ist es perfekt. Mit allem, trotz allem.

Nico streift irgendwo da draußen herum, den Bauch voller Wut, und das ist okay so, denn ich erinnere mich so gut daran, wie sich das anfühlt. So jung zu sein, wie sie es ist. *Meine Tochter,* denke ich, und ich empfinde eine Art von Stolz, die mir gar nicht zusteht. Und Ellen, denke ich, ist da draußen, und auch das ist gut so.

Ich winde mich aus meinen Klamotten und schlüpfe in mein Nachthemd, lege mich auf das schmale Bett und schaue eine Weile die hölzerne Decke meiner Kabine an. Die Fähre gibt Geräusche von sich, als befände ich mich nicht an Bord eines Schiffes, sondern im Inneren eines riesigen Organismus, und das ist beruhigend irgendwie. Der Herzschlag ist kein Herzschlag, sondern der Motor, das Rauschen des Blutes in den Adern ist kein Rauschen des Blutes in den Adern, sondern das sind Wasserleitungen und Mechanik, aber ich bin im Bauch eines Riesen, sicher und geborgen, und über diesem Gedanken dämmere ich weg, ich falle, falle, falle in wattige Wärme, tiefer und tiefer. Und ich träume.

Ich träume von Füchsen mitten in Berlin, ich träume vom Gesang eines Wales in Freiheit, und ich träume vom leisen Fallen des Schnees. Und ich sehe mich um, und ich begreife, dass ich weit weg bin von daheim, und ich sehe nach oben, und ich spüre, wie der Schnee sachte meine Wangen streift, und sehe, dass es Blütenblätter sind, die da lautlos und rosa zu Boden fallen, während der Wind durch die Äste der Kirschbäume streicht, und ein Wort streift meine Gedanken, *Kirschblüte*.

Kirschblüte in Japan. Als ich leise Stimmen höre, ein Flüstern, ein Lachen, gehe ich auf die Geräusche zu. Dort, unter den Bäumen, befinden sich drei Personen, zwei Frauen und ein kleines Kind. Ich nähere mich ihnen und stelle fest, dass eine von ihnen meine Tochter ist. Die andere ist Ellen, das kleine Kind an der Hand.

Ich betrachte sie, beide sind um einiges älter, beide um einiges glücklicher, als ich sie kannte. Und ehe sie mich bemerken, gehe ich davon.

DANKE

An meine brillante Verlegerin und Lektorin Regina Kammerer für die gedankenvolle Begleitung, für das Vertrauen, für die gemeinsame Reise.

An Felix Rudloff, Caterina Schäfer, Vanessa Gutenkunst, Lisa Volpp und Georg Simader für die fantastische Agenturarbeit.

Und an meine Familie und an J. für wie immer alles.